내가
없는
세월

내가 없는 세월

박진규 장편소설

문학동네

차례

1988

1988년의 어느 늦봄 상봉동 주택가의 주부들은 쌀을 씻고 시어빠진 김치를 칼로 썰며 저녁식사를 준비했다. 오늘밤도 당연히 야근을 하는 아버지들은 아직 감감무소식이었고, 아이들은 좁은 골목을 헤집으며 요란스레 뛰어다녔다. 망우동 연탄공장에서 날아오는 검은 탄가루 탓에 아이들의 목덜미와 옷깃마다 시커먼 얼룩이 내려앉았다.

장난감 총을 들고 뛰어놀던 아이들 몇몇이 봉화삼거리에 있는 작은 양옥집 앞에 멈춰 섰다. 그 집은 이층 삼층으로 올린 다른 주택들과는 달리 아담한 단층집이었다. 대문은 주황색이었고 문패는 걸려 있지 않았다. 거들먹대던 아이 하나가 콧구멍을 후벼 큼직한 코딱지를 파내더니 문패가 걸릴 법한 자리에다 쓱쓱 문질렀다. 아이들은 서로의 얼굴을 바라보며 침을 꼴깍 삼켰다. 한 아이가 느닷없이 주황색 대문에 대고 화약총을 쏘았다. 화약 터지는 소리가 너무 컸는지 아이들 모두 화들짝 놀라 움찔 거렸다.

문패 없는 집에 사는 미령의 귀에 화약 터지는 소리가 그리 시끄럽게 들리지 않았다. 미령은 키는 껑충하고 다리가 길어 동네 할아버지들은 중학생으로 보기도 했다. 하지만 미령은 고작해야 열 살이 된 꼬마아가씨였다.

미령은 콧노래를 부르고 엉덩이를 들썩이며 고사리 같은 손으로 바가지 속의 쌀을 씻고선 조리질을 시작했다. 몸을 움직일 때마다 하나로 질끈 묶은 숱 많은 말총머리가 찰랑거렸다. 꼬마아가씨는 엄마처럼 모든 요리를 잘하는 게 꿈이었다. 미령의 엄마 선옥은 요리 솜씨가 빼어나서 김치나 밑반찬은 물론이요 아이들 간식까지도 손수 만들었다. 땅콩과 뻥튀기를 조청에 살살 버무려 만든 강정은 입에 맞게 달짝지근했고, 매콤한 떡볶이 또한 언제나 일품이었다. 아이들 생일날에는 달달한 약식이나 알록달록한 무지개떡을 직접 만들어 상에 올렸다. 아이들 아버지가 좋아하는 시원한 식혜는 계절이 바뀔 때마다 담가 냉장고 안에 고이 넣어두었다.

미령은 콧노래를 부르며 조리질을 끝냈지만 문제는 그다음이었다. 몇 번이나 손을 넣다 뺐으나 밥물의 양을 어찌 맞추어야 할지 알 길이 없고 뿌연 쌀뜨물이 그리 깊어 보일 수가 없었다. 그녀는 몇 번이나 물을 붓고 다시 쏟아내다 어느새 울상을 짓고 말았다.

　미령이 지금껏 어깨너머로 밥물 맞추는 엄마의 모습을 본 건 여러 번이었다. 손등을 잠길락 말락 물속에 담가 밥물을 맞추던 엄마는 진밥을 좋아하는 아빠가 오는 날에는 더 깊숙하게 손을 담갔다. 하지만 어른의 손과 어린아이의 손으로 가늠할 수 있는 물의 양은 하늘과 땅 차이였다.

　몇 번이나 물을 더 붓고 덜어내도 밥물의 양은 쉽게 맞추어지지 않았다. 까맣게 잊고 있던 허기가 갑작스레 밀려와 미령은 잔뜩 심술이 나고 말았다. 결국 개수대에 바가지를 내동댕이치고는 씩씩대며 안방 문을 열어젖혔다.

　"몰라, 나 못해. 왜 나보고 밥을 하래? 나 배고파. 엄마가 해."

　늦봄인데도 두툼한 원앙금침을 덮고 누워 있던 선옥이 몸을 일으켰다. 눈물이 주르륵 흐를 듯 쌍꺼풀 진 큰 눈은 선뜩하도록 새빨갰다. 그 눈보다 더 무서운 것은 선옥의 손에 쥐어진 작은 약병이었다. 영특한 미령은 그 약병에 무엇이 담겨 있는지 잘 알았다. 그건 쥐약이었다. 선옥의 손에서 작은 약병이 툭 떨어지더니 문지방 쪽으로 또르르 굴러왔다.

　"아가야, 엄마가 일을 저질렀어. 이리 와서 손이라도 좀 잡아줄래?"

　선옥은 딸을 향해 힘겹게 팔을 뻗었다. 꽃다운 시절 뭇 사내들의 넓은 가슴을 마음껏 간질이던 섬섬옥수는 두려움에 파르르 흔들렸다.

"엄마, 지금 그거 먹은 거야? 나하고 오빠 이제 어떻게 해!"

미령은 제자리에 서서 주먹을 쥐고 발을 구르며 앙칼지게 소리쳤다. 선옥은 간신히 침을 넘겼다. 질끈 눈을 감고 목구멍으로 털어넣었던 쥐약보다 침 한 방울이 더 썼다.

딸아이는 지 아버지를 닮아 키가 컸다. 키만 큰 게 아니라 일찍 철이 들어 선옥을 가르치려 들 때도 여러 번이었다. 하지만 선옥은 너무 빨리 어른스러워지는 딸을 보며 흐뭇하다가도 어딘지 모르게 등골이 오싹해졌다. 아들과 딸 연년생인 두 아이가 훌쩍 어른이 되면 자신의 아름다운 시절도 훌쩍 사라지면서 눈 깜짝할 사이에 등 굽은 노파로 변해 있을 것만 같았다.

"바보같이 왜에? 엄마 진짜 죽는 거 아니지?"

엄마 곁에 다가온 미령은 그제야 어린애처럼 흐느끼며 말했다.

"아빤 이제 여기 안 와. 혼자서 내가 뭘 하겠니? 눈가의 주름 좀 보라지. 이젠 웃어도 할망구처럼 보여."

선옥은 그 남자 최씨를 아빠라고 불렀다. 최씨가 찾아올 때면 그의 듬직한 어깨와 가슴팍에 폭 안겨서는 어린아이처럼 칭얼거렸다. 하지만 최근 몇 달 동안 최씨는 선옥의 투정을 받아주다가도 득달같이 화를 냈다. 그럴 때면 선옥은 얼음물을 한바가지 뒤집어쓴 양 눈을 감고 온몸을 부르르 떨었다.

사랑하는 남자가 형식적인 작별키스도 없이 그렇게 떠난 밤이면 그녀는 약상자에서 '프레파레숀H'를 꺼냈다. 원래 치질연고로 수입된 이 약은 피부를 팽팽하게 당겨 잔주름을 펴준다는 소문 때문에 주부들 사이에서 인기였다. 선옥은 그 치질연고를 눈가와 입가에 바른 밤이면 퀴퀴한 약내가 사라질 때까지 잠을 이루지 못했다. 꽃처럼 화사하게 태어나서 꽃같이 대접받다가 겨우 유부남하고 눈이 맞고 첩살이로 시드는 팔자라니.

"엄마, 이러고 있을 때가 아니야. 빨리 병원에 가야 해. 내가 전화할게."

미령은 눈물을 손등으로 닦으며 전화기 앞에 앉았다. 병원이란 말을 듣자 선옥은 어떻게든 살고 싶고 하나뿐인 아들 태호가 목메게 그리웠다.

"태호, 내 아들 태호. 태호가 보고 싶어."

"오빠는 보이스카우트 캠프에 갔잖아!"

"그래, 일부러 그렇게 날을 잡았지. 사랑하는 아들한테 어떻게 이런 꼴을 보여줘. 그런데 엄마는 태호가 너무 보고 싶다. 미령아, 엄마 좀 살려줘."

미령은 벌벌 떨고 있는 고사리 같은 손으로 다이얼을 돌렸다.

선옥의 귓가에는 미령이 전화다이얼 돌리는 소리가 느리고 묵직하게만 들렸다. 드르륵 드르륵 울리는 소리는 어느새 저승사자의 킬킬대는 웃음소리로 변해 있었다. 동시에 창자가 끊어질 듯 아파와 견딜 수가 없었다. 선옥은 방바닥에 엎드린 채로 계속해서 아들의 이름을 목놓아 불렀다.

'태호, 우리 태호. 이제 엄마 없이 넌 어떻게 사니.'

처음 태호를 가졌을 때 선옥은 부푼 희망에 잠겨 살았다. 최씨의 부인은 딸 하나만 세상에 내놓고는 더는 아이를 낳지 못하는 팔자라고 했다. 그 덕에 호랑이 같은 시어머니 손에 쥐어 사는 불쌍한 여인이 본부인이라고 들었다. 그 여자 참 안됐네요. 사랑받지 못하면 든든한 아들이라도 있어야 세상 사는 맛이 있지. 태호를 가졌을 때 선옥은 최씨의 가슴팍에 안겨서 본부인의 걱정까지 해줄 만큼 여유가 있었다. 태몽에서 화사한 빛깔의 잉어가 펄쩍 뛰어올라 품에 안겼으니 아들이 분명했다.

정작 최씨는 아무런 약속도 하지 않았지만 선옥은 불룩한 배를 어루만지며 꿈결 같은 시간을 보냈다. 남자의 집 정원에서 화사한 라일락꽃을 바라보며 아들의 손을 잡고 거니는 모습도 생생하게 떠올랐다. 하지만 무슨 일인지 태호가 태어난 뒤에도 선옥은 겨우 최씨의 어깨에서 희미하게 라일락 냄새를 맡았을 뿐이었다.

둘째인 미령을 가졌던 때는 아예 이를 악물고 최씨가 사는 성북동으로 찾아갔다. 몇 달이나 연락이 끊긴 최씨와 대놓고 멱살잡이라도 할 심사였다. 하지만 아무리 성북동을 들쑤셔도 '최'라고 적힌 문패 하나 찾기 힘들었다. 게다가 징글징글한 8월의 햇볕은 쨍쨍 내리쬐었고 불룩한 배는 궤짝처럼 무거운데다 다리는 천근만근이었다. 결국 낯선 집 대문 앞에 쪼그려 앉은 선옥은 그만 눈물을 쏟고 말았다. 묵은 세월의 서러움이 통째로 녹아 있는 눈물은 쉽게 멈출 생각을 하지 않았다. 겨우 눈물을 그치고 몸을 수습하려는데 눈곱이 낀 늙은 검둥개 한 마리가 나타나더니 그녀 앞에서 어슬렁댔다. 선옥은 발밑에 떨어져 있던 날카로운 콘크리트 조각을 개에게 집어던졌다. 검둥개는 잠시 뒤로 물러났지만 주둥이를 혀로 핥으면서 선옥을 빤히 바라보았다. 개의 눈동자는 소름끼치도록 시커먼 먹빛이었다.

사는 게 끔찍해. 모든 걸 다 찢어발길 칼이 있었으면. 이 배를 찢어서 아이를 도려낼 칼이 있었으면. 하나도 안 아픈 칼 한 자루가 있었으면.

눈에 보이지 않는 날카로운 칼이 선옥의 아랫배를 들쑤셨다. 덫에 걸린 들짐승처럼 선옥은 비명을 질러댔다.

미령은 수화기를 꼭 움켜쥐고서 겁먹은 눈으로 엄마를 빤히 바라보았다. 눈앞에 있는 여자가 꿈에 나온 귀신인지 아니면 아침마다 머리카락을 땋아주던 그 엄마인지 분간이 가지 않았다.

선옥은 겨우 팔을 뻗어 딸아이의 가녀린 발목을 움켜잡았다. 하지만 죽음의 끄트머리에 다다른 여인의 모습에 놀란 미령은 진저리를 치며 뒤로 물러났다.

정신이 혼미해진 선옥은 마지막으로 자신의 하얗고 보드라운 손가락을 물끄러미 바라보았다. 최씨가 사랑의 증표로 선물해주었던 반짝이는 다이아몬드 반지를 꼈던 손가락을.

'난 왜 언젠가 시들어버릴 화초로 태어났을까. 영원히 아름다운 보석으로 태어났으면 얼마나 행복하게 살았을까.'

동공이 풀린 눈에서 눈물이 주르르 흘러내렸다.

조촐하게 장례를 치르고서 미령과 태호는 집으로 돌아왔다. 남매의 뒤로 엄마의 하나뿐인 혈육인 삼촌 김씨가 뒤따라왔다. 태호는 주황색 대문 앞에서 또 눈시울을 붉혔지만 미령은 입을 꾹 다물고 땅만 바라보았다. 삼촌 김씨의 몸에서 풍기는 역한 땀내 탓인지 아니면 종일 굶어서인지 미령은 자꾸 속이 울렁거렸다. 키가 작고 아랫배가 툭 튀어나온 김씨는 돈이 필요할 때만 여동생에게 전화를 걸어 살랑거렸다. 김씨는 두 아이에게 말도 걸지 않고 수염이 지저분하게 자란 턱을 치켜들어 대문을 가리켰다.

　미령은 호주머니에서 열쇠를 꺼내 잠긴 대문을 열었다. 좁은 마당에 발을 디디자마자 태호는 다시 큰 소리로 울음을 터뜨렸다. 미령은 오빠를 내버려두고 먼저 계단을 올라갔다. 뒤따라 올라온 태호가 미령의 말총머리를 힘껏 잡아당겼다. 태호는 쌍꺼풀 진 큰 눈으로 여동생을 째려보았다. 선옥을 닮은 긴 속눈썹이 눈물에 젖어 촉촉했다.

　"넌 장례식장에서 울지도 않더라. 엄마가 돌아가신 게 슬프지도 않아?"

　미령은 입을 꾹 다물고 아무 대답도 하지 않았다. 미령의 마음은 슬프다기보다 아직까지 새파랗게 질려 얼어붙어 있었다.

　"솔직히 말해봐. 엄마가 죽는 거 그냥 보고만 있던 거지?"

　"계속 말했잖아. 병원에 전화했는데……"

　선옥이 죽어가던 끔찍한 모습이 떠오르자 미령은 말을 잇지 못했다.

"말해. 왜 말을 못해?"

미령은 동생의 마음도 모르는 야박한 오빠를 쨰려보다 먼저 집 안으로 들어가버렸다.

"너희 엄마 통장이나 집문서는 어디에 두냐?"

성큼성큼 구둣발로 안방에 들어온 김씨가 물었다.

두 아이는 입을 다물고 고개를 저었다.

"편지 같은 것도 안 남겼어?"

아이들이 여전히 대답이 없자 김씨는 양손으로 지저분한 곱슬 머리를 마구 헝클어뜨렸다. 그는 화장대 서랍을 꺼내 바닥에 내동댕이쳤다. 립스틱과 콤팩트 머리핀 따위가 방바닥으로 쏟아져 내렸다. 그 틈바구니에서 흰 봉투 몇 개를 발견하고는 신이 나서 내용물을 꺼내보았지만 최씨가 보낸 짤막한 연애편지임이 밝혀지자 화를 내며 갈기갈기 찢어발겼다. 그는 옷장을 열고 손에 잡히는 대로 선옥의 옷들을 바닥에 패대기쳤다. 원색의 투피스 정장과 화려한 무늬의 주름치마에 붙은 사랑스러운 리본 장식들이 허공에서 잠시 나풀거렸다.

미령은 방바닥에 널브러진 아름다운 옷과 화장품들을 보고 나서야 엄마의 죽음이 서럽게 다가왔다. 그제야 끔찍한 얼굴은 희미해지고 요리도 잘하고 마음씨 여린 엄마 선옥이 화장대 앞에 앉아 아빠를 기다리던 쓸쓸한 모습이 가물거렸다.

"이런, 빌어먹을. 사내새끼 하나만 믿고 돈은 한 푼도 안 모은 거 아니야?"

김씨가 이마에 흐르는 땀을 주먹 쥔 손으로 닦아내며 씩씩거
렸다. 그러더니 아이들이 듣지 말아야 할 욕지거리를 입에서 나
오는 대로 지껄였다.

"불쌍한 우리 엄마 욕하지 말아요."

양손을 움켜쥐고서 미령이 버럭 소리를 질렀다.

"왜 못 해? 더 할까? 이것들아, 똑똑히 들어. 네 엄마가 어떻
게 집안 망신을 시켰는데."

미령은 김씨에게 달려들어 팔목을 물어뜯었다. 김씨는 조카의
뺨을 손바닥으로 후려갈기려고 팔을 치켜들었다.

그 순간 조심스럽게 현관문을 두드리는 소리가 들려왔다. 꽃
무늬가 자잘하게 새겨진 현관유리에는 사람 그림자가 어른거렸
다. 미령은 김씨가 팔을 치켜든 채로 잠시 머뭇거리자 재빠르게
안방에서 뛰쳐나가다 문지방에 걸려 고꾸라졌다. 한 번 더 노크
소리가 들리더니 잠겨 있지 않았던 현관문이 활짝 열렸다.

"여기가 김선옥씨 집인가요?"

미령은 자리에서 일어나 눈앞에 나타난 에메랄드빛 정장 차림
의 낯선 여인을 올려다보았다. 여인은 미령에게 살짝 미소를 건
네며 옆구리에 낀 악어가죽 핸드백을 오른손에 옮겨 쥐었다. 그
여인은 스프레이를 잔뜩 뿌려 둥글게 만 앞머리에 목이 가늘고
얼굴은 야위었으나 야물어 보이는 얇은 입술 때문인지 나약한
인상은 아니었다.

김씨는 위아래로 상대방을 훑어보다 고개를 끄덕였다.

　"아하, 이제야 알겠네. 사내놈은 장례식장에 코빼기도 안 보이고 마나님이 납시셨다? 그 집 사내 거시기는 뜨듯한 이불 속에서만 발딱 고개를 쳐드는가?"

　"사업 때문에 원체 바쁘신 분이에요. 일일이 사소한 일에 신경쓸 여력이 어디 있나요."

　긴 목을 감싸는 진주목걸이를 손으로 만지작거리며 그녀는 천천히 읊조리듯 말했다.

　"꽃 같은 내 동생 인생을 평생 짓밟아놓고 사소한 일이시다?"

　"그 문제는 쌍방과실이니 시끄럽게 왈가왈부하고 싶지 않네요. 제가 온 건 아이들 문제를 해결하기 위해섭니다."

　김씨는 입을 다문 채 침만 꼴깍 삼켰다.

　"도의적인 책임을 외면할 수야 없지요. 죄 없이 태어난 아이들이 무슨 잘못인가요. 그래서 한 아이는 데려가기로 했어요. 죄송하지만 둘까지는 좀 버겁네요."

　미령은 무슨 말이 나올지 뻔히 알았지만 듣고 싶지 않았다. 아버지는 특별히 더 오빠를 예뻐하거나 편애하지 않았다. 그러잖아도 집안의 대를 이으려면 오빠를 데려가리란 사실을 눈치 빠른 미령은 알고 있었다. 미령은 험상궂은 표정을 짓고 서 있는 김씨를 곁눈질로 바라보았다.

　'삼촌하고 가는 건 죽기보다 싫어. 차라리 떠돌이개나 도둑고양이처럼 살아갈 거야.'

미령은 그 짧은 시간 동안에 자신이 부쩍 자랐다는 생각이 들었다. 이제는 겉모습뿐만 아니라 마음가짐도 열셋 아니 열다섯은 된 기분이었다.

"이 아이를 데려가지요."

낯선 여인이 미령의 어깨에 손을 올렸다. 길게 기른 손톱이 목덜미에 박혀 조금 아팠지만 미령은 움직이지 않고 가만히 서 있었다.

"데려가려면 둘 다 데려가죠."

"어쩔 수 없군요. 그러면 이 집 집문서도 다시 가져갈 수밖에 없겠네요."

"집문서?"

"이 집은 저희 남편 앞으로 되어 있습니다만 사내아이 양육에 대한 보답으로 넘겨 드리려고요. 합리적으로 그게 옳지 않겠어요? 하지만 정 맡아주실 수가 없다면……"

"사실 우리 쪽도 창피한 일이긴 하지. 내 여동생이 그리 잘한 건 아니니까. 그러니 무슨 면목으로 검은 짐승 두 마리를 다 떠넘기겠소."

낯선 여인은 입가에 살짝 미소를 지었는데 그 입매가 빤히 비웃는 눈치였다.

"자, 가서 오빠한테 작별인사라도 하고 오렴."

미령은 쭈뼛거리다 다가가서 태호의 손을 꼭 붙잡았다.

"오빠, 내가 가서 금방 전화할게. 나 삼촌네 전화번호 알아."

태호는 얼어붙은 듯 서 있다가 손을 뻗어 미령의 말총머리를 힘껏 잡아당겼다. 미령이 짤막하게 비명을 지르자 태호는 조그마한 목소리로 귓가에 속삭였다.

"거짓말쟁이. 넌 일부러 늦게 전화 안 한 거야. 너만 아니면 엄마는 안 죽었을 거야."

미령은 태호를 양손으로 떠밀고는 눈물 고인 눈으로 안방을 바라보았다. 늦은 밤 세 식구가 둘러앉아 찐 감자를 나눠먹던 방 안에는 도둑이 왔다간 듯 화사한 옷가지들과 화장품들만이 흩어져 있었다.

달고 깊은 잠의 끝이 텁텁하고 끈끈했다. 낯선 집의 어두운 방 안에 열살배기 소녀는 홀로 누워 있었다. 푹신한 베개에 얼굴을 묻고서 미령은 차 안에서의 일을 떠올리고 또 떠올려보았다.

'깜빡 잠들었나봐. 아주머니가 직접 운전하는 차를 탔어. 아빠가 산다는 성북동이 아니라 훨씬 멀리 간 것 같아.'

차에 오르자마자 미령은 자꾸 졸음이 쏟아졌다. 그 와중에도 곁눈질로 운전석에 앉은 여인의 옆모습을 훔쳐보았다. 어떻게 보면 황새를 또 어찌 보면 여우를 닮은 묘한 얼굴이었다. 하지만 선옥처럼 사랑스럽고 만만한 미인이 아니라 함부로 다가서기 어려운 스산한 기품이 감돌았다.

'이런 사람이 아빠의 진짜 아내구나.'

어떻게든 졸음을 참아보려 애썼지만 채 몇 분도 지나지 않아 미령은 까무룩 잠이 들고 말았다.

설핏 든 잠이 어쩌나 깊게 들었는지 미령은 차에서 내린 것도 기억이 나지 않았다. 누군가의 품에 안겨서 계단을 올라갔던 것 같은데 그게 꿈인지 생시인지 분간도 안 갔다.

문틈으로 고개를 내밀어 미령을 훔쳐보는 사람이 있었다. 미령이 화들짝 놀라 자리에서 일어나자 젊은 아가씨가 방으로 들어왔다.

"안녕, 난 근자라고 해. 이 집에서 일하는 사람이지."

근자가 형광등을 켜자 갑자기 쏟아지는 불빛에 미령은 눈이 부셔 계속 눈꺼풀을 떨었다.

"그래, 네 이름은 뭐니?"

옆에 바짝 다가앉은 근자가 속삭이듯 물었다. 근자의 얼굴은 관자놀이가 푹 꺼지고 턱은 둥글어서 하얀 조롱박을 닮았고, 눈썹은 숱이 없어 희미했다. 눈이 왕방울마냥 컸지만 툭 불거진데다 눈동자를 굴리는 버릇도 있어 조금 의뭉스러운 인상이었다.

"미령, 최미령이요."

"중학생이야?"

"아니에요, 초등학교 삼학년이에요."

"콩나물만 농약 먹고 자라는 게 아닌가보다. 스무 살인 나하고 키가 엇비슷한 걸 보면."

근자는 은근슬쩍 겁먹은 미령을 위아래로 훑어보더니 입을 가리고 픽 웃었다.

"그만 내려가자. 사모님이 아까부터 밑에서 기다리고 계셔."

미령은 근자의 손에 이끌려 문밖으로 나왔다.

좁다란 방과 다르게 이층은 한눈에 다 들어오지 않을 만큼 널찍했다. 나무틀로 짜 맞추어진 천장은 평평하지 않고 경사진 모양이라 고개를 들어 쳐다보는 미령은 자기도 모르게 고개를 모로 꺾었다. 그림자가 진 거실 한 귀퉁이에는 장미꽃으로 장식한 테이블과 천이 해진 낡은 소파도 놓여 있었다. 테이블 위로는 종 모양의 커다란 창문이 열려 있었는데 그 너머로 구름에 반쯤 가린 보름달이 희미하게 보였다.

"여긴 이제 자주 올라올 거니까 얼른 욕실로 가서 고양이세수라도 하자."

근자는 욕실로 미령을 데리고 들어가 세면대에 뜨거운 물을 받아주었다. 그리고 미령이 세수를 끝내자 수건으로 꼼꼼히 얼굴을 닦아주었다. 욕실 밖으로 나가기 전에 미령은 조심스럽게 근자의 옷소매를 붙잡았다.

"언니, 있잖아요. 전 앞으로 언니랑 함께 방을 쓰나요?"

"너와 방을 쓸 사람은 따로 있어. 자세한 건 사모님한테 듣도록 해."

욕실 밖으로 나온 미령은 잠시 낡은 소파 뒤쪽으로 길게 이어진 좁은 복도를 바라보았다. 복도 끝 깊숙한 곳에 방이 하나 있었다. 일층으로 내려가는 계단과 가장 멀리 떨어져 있는 방이었다.

"어서 내려가자. 네가 자꾸 꾸물거리면 내가 지청구 들어."

"저기 그런데 아주머니 성함은요?"

근자의 뒤를 따라가던 미령이 기죽은 목소리로 물었다.

"명옥, 이명옥. 되도록 호칭은 생략하고 은근슬쩍 넘겨도 괜찮을 거야. 하지만 절대 어머니라고는 부르지 말 것. 기름구덩이에 성냥불 던지는 취미는 없지?"

아이보리 빛깔의 블라우스를 입은 명옥은 석간신문을 훑어보느라 미령이 내려오는 것도 알아차리지 못했다. 그녀는 집으로 배달되는 조간과 석간신문을 하루도 거르지 않고 꼼꼼히 읽었다.

"아무래도 올림픽 붐을 믿는 게 좋겠지. 금융 건설 무역 이 트로이카 주식만 믿으면 경부고속도로 타는 거나 마찬가질 텐데. 하지만 자꾸 그 말이 마음에 걸려."

명옥은 검지손톱으로 아랫입술을 어루만지다 마호가니 테이블 앞에 머쓱하게 서 있는 미령을 곁눈질로 힐끔 쳐다보았다. 그녀는 신문에서 눈을 떼지 않고 그저 손짓으로만 맞은편 자리를 가리켰다. 미령이 엉덩이를 대고 앉자 명옥은 눈으로 신문을 보면서 유리 재떨이를 자기 앞쪽으로 끌어당겼다.

"그래, 잠은 잘 잤니?"

신문을 내려놓은 명옥은 담뱃갑에서 가늘고 기다란 장미 담배를 꺼내 불을 붙였다.

"죄송합니다."

"아니야, 어린애가 그 힘든 일을 치렀는데 정신이 말짱하면

22

사람도 아니지."

명옥은 소파 등받이에 몸을 기댄 채 소리없이 담배연기를 내뱉었다. 소파 너머로 불을 피우지 않은 싸늘한 벽난로가 보였다. 장작을 때는 벽난로는 아니었고 가스 연료를 쓰는 점화식이었다. 미령은 명옥과 눈을 마주치기가 무서워 계속해서 어둑한 벽난로만 쳐다보았다. 벽난로는 커다랗고 시커먼 구멍처럼 보였다.

"그래, 어쨌든 잘 지내보자꾸나. 난 너를 앙칼지게 물어뜯을 만치 교양 없는 여자는 아니야. 물론 너를 극진히 아껴주리란 기대도 말아야겠지만. 그건 너도 잘 알겠지?"

미령은 무릎 위에 가지런히 손을 얹은 채 고개를 끄덕였다.

"하지만 여기 있는 동안 불편할 일은 없을 거야. 사실 나는 바빠서 집안일에 신경쓰기도 힘들단다. 네 아버지야 나보다 더 바쁘시니까 많이 늦을 테고. 참, 아버지가 무슨 일을 하시는지 알고 있지?"

"엄마한테 들은 적이 있어요. 집장사를 하신다고."

"집장사라니, 참 천박한 말이구나. 네 아버지는 건축 일을 하셔. 대한민국에서 알아주는 지도층 인사들의 집만 도맡아 설계하고 있단다. 그리고 곧 정계로 나가실 거야. 포부가 큰 양반이지."

최씨는 턱이 각지고 입술은 두툼하고 코가 우뚝 솟은 대장부의 얼굴이었다. 엄마를 찾아왔다 돌아갈 때면 최씨는 늘 미령을 안아 올려 볼에 까끌까끌한 턱수염을 비볐다. 미령은 슬그머니 고개를 돌려 멀찌감치 떨어진 현관문을 바라보았다. 문득 아버지 최씨가 현관으로 들어와 한달음에 그녀를 덥석 껴안고서 껄껄껄 웃어주었으면 좋겠다고 생각했다.

"그리고 이제 네 오빠와 너는 남남이야. 호적을 정리할 생각이란다."

명옥은 아직 반절밖에 타지 않은 장미 담배를 재떨이에 비벼 껐다.

"대신 세 살 많은 언니가 한 명 생겼어. 이름은 신혜고 생일이 빨라서 지금 중학교에 다닌단다. 언니는 공부하느라 바쁘니까 귀찮게는 하지 말고."

이야기를 끝낸 명옥은 갑자기 손을 들어 근자를 불렀다.

주방에 있던 근자가 장미꽃이 그려진 찻잔받침에 얇게 썬 레몬 두 조각을 얹어서 들고 왔다. 명옥은 살짝 입맛을 다시더니 레몬으로 앞니를 가볍게 닦아냈다.

"미안, 하지만 니코틴 때문에 이가 누렇게 되면 안 되거든. 참, 네 방은 이층 끝에 있어. 그 방은 고모님 방인데 함께 쓰도록 해라."

"고모님이요?"

"그래, 네 아버지의 하나뿐인 누님이시란다. 할머니께서 돌아가신 뒤로는 지금은 이 집에서 가장 웃어른이시지. 몸이 좀 불편하셔서 네가 돌봐드려야 해. 그게 네가 이 집에서 할 일이지. 이제 겨우 쉰을 넘기셨는데……"

레몬 때문에 입안에 시큼한 침이 고였는지 명옥은 침을 넘기느라 잠시 말을 끊었다.

"노망이 드셨단다. 옛날부터 우리집 일을 봐주던 아주머니가 환갑 넘기고는 다시 고향으로 가는 바람에 마침 옆에서 시중들 사람이 필요했지. 노망이라고 해도 워낙 얌전하신 분이니까 넌 아침저녁으로 수발만 들면 돼."

명옥은 대수롭지 않게 말했지만 미령은 무슨 일이 닥쳤는지 알 것 같았다. 그녀의 외할머니 역시 말년에 노망이 들어 길거리로 뛰쳐나가곤 했다. 삼촌과 엄마는 서로 외할머니를 떠넘기려고 전화로 악다구니를 써댔었다. 그사이에도 외할머니는 언제나 뛰어다녔다. 안방에서도 마루에서도 집 밖으로 도망쳐서도.

"내가 할 말은 여기까지야. 더 물어볼 말은 없니?"

미령은 여전히 벽난로를 바라보며 고개를 끄덕였다.

"그럼 배고플 테니 저녁부터 먹어라."

명옥은 다시 주방 쪽으로 고개를 돌려 소리쳤다.

"근자야, 국은 다시 데워놓았지?"

소리를 높여 말하는데도 명옥의 목소리는 날카롭지 않고 부드럽게 퍼졌다.

옷매무새를 가다듬고 소파에서 일어나려던 명옥은 입가에 부드러운 미소를 짓고는 다시 입을 열었다.

"그리고 앞으로는 슬슬 피하지 말고 내 눈을 똑바로 쳐다볼 것. 나는 무언가 꿍꿍이가 있는 것처럼 자꾸 눈을 피하는 인간들을 가장 경멸한단다."

그 말을 남기고서 명옥은 신문을 들고 안방으로 들어갔다.

"이리 와서, 밥 먹어."

주방에서 고개를 내민 근자가 손짓으로 미령을 불렀다.

근자가 주방에 차려놓은 저녁식탁은 풍성했다. 살이 도톰하게 오른 굴비 한 마리에 배추김치는 물론 갓김치까지 올라왔다. 밑반찬도 멸치나 메추리알 조림은 물론이거니와 작은 접시에 깔끔하게 올린 나물이 서너 가지는 되었다. 하지만 미령은 재첩 미역국에 밥을 말아 조금씩 입에 넣기만 했다. 배가 고픈데도 뱃속에 돌덩이가 그득한 것처럼 밥이 잘 넘어가지 않았다.

근자는 행주로 가스레인지를 닦아내고는 식탁의자에 앉았다.

"원래 그리 입이 짧아?"

"아니요, 배가 고픈데 밥이 잘 안 먹혀요."

"나라도 그럴 거야. 난 그 방에 들어가려고만 해도 소름이 끼친다니까. 내가 마귀하고 한집에 살지 누가 알았겠니."

미령은 노망들린 노파의 얼굴과 닮았을 법한 퀭한 눈의 굴비를 빤히 바라보았다.

'좋아, 어쨌든 나한테 닥친 일이니까 무서워하면 안 돼.'

미령은 젓가락으로 굴비의 살점을 집어서 입에 넣고 오물오물 씹었다. 굴비 살이 혀끝에 뭉개지면서 구수하고 짭짤한 맛이 입안에 가득 퍼졌다. 빙그르르 군침이 입안에 돌자 갑자기 식욕이 솟았다. 미령은 밥 한 숟가락을 큼직하게 떠서 제대로 씹지도 않고 꿀꺽 삼켰다.

"얘, 천천히 먹어."

목이 메어 미령이 기침을 하자 근자가 컵에 시원한 보리차를 따라주었다. 미령은 물을 마시고는 다시 칼칼한 매운 맛이 도는 김치를 얹어 밥을 먹었다.

어느새 미령은 밥 한 공기를 뚝딱 비워냈다. 배가 두둑해지자 뱃심이 생겨서인지 궁금한 것들을 더 물어보고 싶은 마음이 들었다.

"언니, 언니는 이 집에 오래 계셨어요?"

"딱 너만 한 꼬맹이였을 때 라일락나무 집에 들어왔지. 그러니까 벌써 십 년이 다됐네."

"그런데 여기 성북동 아니죠?"

미령은 차를 타고 너무 오래 온 일이 자꾸 마음에 걸렸다.

"성북동은 무슨, 여긴 세곡동이야. 서울에서도 남쪽 끄트머리지. 원래 밭으로 쓰던 땅인데 사장님이 사서 직접 집을 지었다나봐."

근자는 호주머니에서 박하사탕 하나를 꺼내 입안에 쏙 집어넣었다.

미령이 밥그릇을 정리하려는데 이어폰을 귀에 꽂고 미니카세트를 손에 쥔 작은 소녀가 주방으로 들어왔다. 밤색 머리카락에 조그마한 얼굴의 소녀는 얼굴의 반을 가리는 커다란 잠자리안경을 쓰고 있었다. 소녀는 냉장고에서 델몬트주스 유리병에 넣은 보리차를 꺼내 입에 대고 꿀꺽꿀꺽 마셨다. 유리병이 무겁게 보일 만큼 손과 팔뚝이 앙상했다.

"신혜야, 인사해. 누군지 알겠지?"

근자가 말을 건네자 신혜는 물병을 내려놓고 귀에 꽂고 있던 이어폰을 빼냈다. 나지막한 영어회화 소리가 미령의 귀에 들렸다.

"안, 녕."

신혜는 무미건조한 억양으로 흘리듯이 짧게 인사했다.

미령이 자리에서 일어나 꾸부정하고 어색하게 고개를 숙였다. 신혜는 자기보다 머리 하나가 더 큰 배다른 여동생을 올려다보다 뒤로 가서는 말총머리를 손으로 만지작거렸다.

"신기하다. 머리 모양이 정말 말갈기 같네."

놀리는 말투도 비아냥거리는 말투도 아닌 그저 담담한 목소리였다.

신혜는 다시 이어폰을 귀에 꽂고 주방 밖으로 나가려다 뒤돌아섰다.

"넌 말처럼 잘 뛰니?"

미령은 고개를 끄덕였다.

"잘됐네. 우리집 마당은 넓어. 그러니까 마음대로 뛰어도 돼."

신혜가 주방을 나와 방으로 들어가자 근자는 나지막한 목소리로 속삭였다.

"쟤 좀 이상하지? 식구들 아무한테도 별로 관심이 없고. 보면 마땅한 친구도 없는 것 같아. 하지만 공부 하나는 기막히게 잘하지. 한 번 본 건 모든지 다 외워버린다니까. 과외 선생들이 혀를 내두를 정도야. 한 번 눈으로 훑은 수학 문제를 풀이과정까지 그대로 외운다지 뭐니."

"과외 선생이요? 과외 받다 걸리면 퇴학이라던데……"

"키만 크지 아직 어린애구나. 돈만 두둑하게 있으면 못 하는 게 어디 있니."

근자는 미령의 머리를 쓰다듬고는 식탁의자에 앉았다.

80년대 초반 정부에서는 중고생 과외를 전면금지했다. 하지만 암암리에 형편이 되는 집에서 다들 과외 선생을 편법으로 불러들였다. 007작전과 비슷한 편법은 꽤나 다채로워서 하숙생으로 위장시키는 일이 다반사였고 운전기사나 가정부로 위장한 과외 선생들도 여럿이었다. 신혜의 과외 선생도 최씨의 비서 행세를 하며 라일락나무 집을 들락거렸다.

"내가 보기엔 신혜 저것도 곧 마귀에 들릴지 몰라. 쟤도 정상은 아니지. 세 살 때 한글, 알파벳, 천자문을 다 외웠대. 그게 어디 사람이니? 괴물이지."

근자는 미령의 눈을 바라보며 속삭이듯 말했다.

"잘 알아둬. 이 집 사람들은 좀 이상해. 오래도록 마귀의 피가 유전되어 오는 것 같아. 늙은 호랑이가 살아 있을 때도 종종 그런 이야기를 했지. 하긴 부자들의 반은 다 마귀 아니겠니. 그러니 천국에 들어가기가 바늘구멍 통과하기만큼 힘든 거야."

약한 불에 살살 데우듯 뭉근한 이야기를 끝낸 근자는 찬장에서 둥근 놋그릇을 꺼내들고 왔다. 놋그릇 안에는 부서지지 않도록 조심조심 통째로 긁어낸 누룽지가 담겨 있었다. 둥그스름한 누룽지는 먹음직스럽기보다 그을린 짐승의 가죽과 엇비슷했다.

"고맙지만, 저 배불러요. 더 못 먹겠어요."

"아니, 너 먹으라는 게 아니고. 이제 이 일은 네 몫이란다."

"이건 고모님 드실 거예요?"

"글쎄, 직접 들어가보면 알겠지."

미령은 누룽지가 담긴 놋그릇을 들고서 이층으로 올라가 어둡고 좁은 복도를 지나 문 앞에 섰다. 두 번이나 문을 두드렸지만 안에서는 아무런 대답이 없었다. 다만 방문 밖으로 희미하지만 선뜩한 웃음소리가 조그맣게 흘러나왔다.

마음을 굳게 먹고서 미령은 문고리를 돌리고 방 안으로 들어갔다. 무언가 까끌까끌하고 오돌토돌한 것이 발에 닿았다. 벌레인 줄 알고 화들짝 놀란 미령은 뒤로 물러났다. 하지만 발밑에 떨어져 있는 것은 하얗고 고소한 냄새를 풍기는 생쌀이었다. 미령은 눈앞에 펼쳐진 광경을 넋을 잃고 바라보았다.

방 안에는 하얀 생쌀들이 수북하게 쌓여 있었다. 생쌀 사이로 형광등 불빛에 반짝이는 하얀 결정들도 보였는데 짠맛에 단맛은 물론 오묘한 풍미를 돋우는 천일염이었다. 쌀과 소금 더미 속에 한 여인이 머리를 풀어헤치고 드러누워 미령을 빤히 쳐다보았다.

여인의 머리카락은 생쌀과 거의 똑같은 빛깔의 조금 누리끼리한 백발이었다. 푸짐하게 살이 오른 그녀는 명주로 만든 흰 속치마만 걸치고서는 뭐가 그리 신나는지 연신 킬킬거렸다. 백발의 여인은 쌀 한 줌을 손에 쥐더니 미령에게 휙 내뿌렸다.

갑작스레 쌀알에 얻어맞은 미령은 화들짝 놀라 비명을 질렀다. 그 모양새를 보고 또 혼자서 깔깔대던 백발의 여인은 쌀 한 줌을 두 손으로 가득 움켜쥐었다가 몸에 들이부었다.

"왜 그러고 있어? 이리 가까이 와."

백발의 여인은 가까이 다가오라며 손짓했다.

미령은 놋그릇을 들고 머뭇머뭇 쌀더미 속을 걸었다. 발걸음을 옮길 때마다 쌀과 소금이 발을 간질였다.

"여기, 누룽지 가져왔어요."

미령에게 놋그릇을 받아든 백발의 여인은 누룽지를 꺼내 이리저리 살펴보았다.

"너무 연하게 그을렸어. 내일은 큰 돈 안 들어와. 남쪽에서 조금, 동쪽에서 더 조금. 북서쪽에서는 돈이 왕창 빠져나가겠는데. 그런데 누룽지가 요 며칠 계속 엉망이야. 이 집 사람들 여름 지날 때까지 큰 욕심 부리면 안 돼."

한참을 말하던 늙은 여인이 미령을 빤히 바라보았다.

"언니, 글 쓸 줄 몰라?"

"네?"

"언니, 나 두 번 말 안 해. 나 내가 무슨 말 했는지 하고 나면 다 까먹어."

"저기…… 고모님."

"난 바구미야. 시커먼 바구미가 아니고 새하얗고 꼬물거리는 애벌레 바구미."

그녀는 쌀 위에 벌렁 드러눕더니 깔깔대다가 팽 돌아누웠다. 흰 속치마가 말려 올라가 살이 트고 축 늘어진 허연 허벅지가 드러났다.

"좋아요, 고모…… 아니 바구미여사님. 제가 다른 건 다 기억하는데요. 남쪽보다 동쪽에서 돈이 더 많이 들어온다고 하셨죠?"

바구미여사는 다시 일어나 앉아 양반다리를 하더니 하얀 이를 드러내고 웃었다. 그러더니 재빠르게 고개를 끄덕였다.

"고마워, 나 언니가 마음에 든다. 그런데 내가 무슨 말 하는지 하고 나면 다 까먹는다니까. 대신에 내가 얼마나 쌀 속에서 잘 노는지 보여줄까?"

바구미여사는 쌀 속에 얼굴을 묻고 체머리를 흔들었다. 그녀가 고개를 치켜들고 콧바람을 불자 콧구멍에서 쌀알들이 투두둑 떨어졌다. 미령은 그만 웃음을 터뜨리고 말았다.

바구미여사는 쌀 속에 폭 파묻혀 애기처럼 옹알이를 하면서 동시에 코까지 골았다. 하지만 초저녁에 한숨 자서 그런지 미령은 쉬이 눈이 감기지 않았다. 미령은 눈을 말똥말똥 뜬 채로 쌀한 줌을 주먹에 쥐었다가 손을 벌려 다시 흘려보냈다. 트드득 트드드듯. 쌀이 들려주는 소리는 빗소리처럼 정겹고 편안했다.

계속해서 쌀을 바닥에 떨어뜨리던 조막손이 쌀더미 위에 사뿐히 얹어졌다.

툭, 투툭.

까무룩 잠이 들었던 미령은 뭔가가 자꾸 이마를 때려 잠에서 깼다. 눈을 떠보니 흑단 같은 머리를 풀어헤친 여인이 웅크린 자세로 쌀더미 위에 앉아 있었다. 여인의 입가는 붉은 피로 얼룩져 있었고 흰자위는 핏줄이 터져 새빨갰다.

"엄마?"

하지만 선옥은 멍하니 풀린 눈으로 입을 벌리고 계속 딸에게 무언가를 내뱉어 얼굴에 맞추기만 했다. 미령은 자신의 이마에 맞고 코앞에 떨어진 물건이 무엇인지 살펴보았다. 피가 묻어 붉게 변한 앞니였다.

"엄마, 왜 그래. 왜 나한테 그래?"

하지만 선옥은 아무 대답이 없었다. 그저 자꾸자꾸 피 묻은 이만 내뱉었다.

툭, 투툭.

꿈속에 나타나서도 안아주지 않고 빤히 쳐다보며 피 묻은 이나 툭툭 뱉어내는 엄마라니. 미령은 그런 엄마가 너무 야속해서 결국 울음을 터뜨리고 말았다.

울다 지쳐 꿈에서 깼을 때 방 안은 캄캄하고 고요했다. 꿈은 꿈이었지만 서러움은 아직 그대로 가슴에 남아 미령은 계속해서 훌쩍였다. 어둠 속에서 바구미여사가 손을 뻗어 미령의 눈물을 닦아주었다.

"울지 마, 귀신 돌아갔어. 바구미가 무서워서 입도 뻥긋 못 하고 그냥 가버렸어. 내가 언니한테만 말해줄게. 실은 내가 귀신 잡는 바구미잖아."

미령이 겨우 울음을 그치자 바구미여사가 어느새 손에 쥔 빈 주전자를 흔들어댔다.

"있잖아, 귀신 쫓느라 너무 용썼더니 목마르다. 내려가서 물 좀 떠다줘."

미령은 바구미여사가 건네준 주전자를 들고 아래층으로 내려갔다.

응접실 소파에는 한 사내가 깊숙이 몸을 파묻고 욕설 섞인 혼잣말을 툭툭 내뱉었다. 캄캄한 어둠 속에서 혼자 앉아 있는 사내는 오른손에 쥔 지포라이터를 자꾸만 켰다가 다시 껐다. 혀 꼬인 목소리만 아니라면 각진 턱과 날렵한 콧날이 돋보이는 옆모습은 멋져보였다.

"아빠."

셔츠 단추를 거의 다 풀어헤친 최씨가 게슴츠레한 눈으로 작은 주전자를 들고 서 있는 딸을 바라보았다.

"이게 누구야? 불쌍한 우리 딸. 그래, 이리 와서 아빠 옆에 앉아라."

최씨는 딸의 얼굴에 뺨을 비비고는 이런저런 이야기들을 두서없이 늘어놓았다. 태호의 안부를 묻고는 넓은 어깨를 들썩이면서 훌쩍이기까지 했다. 하지만 엄마 선옥의 죽음에 대해서는 한 마디도 하지 않았다. 최씨는 몇 번 더 쓸모없는 소리를 내뱉고는 고개를 모로 꺾은 채 코를 골기 시작했다.

미령은 최씨가 잠든 후에도 오랫동안 자리에서 일어나지 않았다. 미령은 최씨의 어깨에 기대어 아빠의 얼굴을 빤히 바라보았다.

미령은 술에 취해 잠든 사람이 무동 태우던 다정한 아빠가 아닌 생판 처음 본 낯선 남자 어른 같았다. 그의 몸에서 술냄새와는 다른 뭔가 퀴퀴하면서도 쓸쓸한 냄새가 풍겼다.

1988년은 너무 많은 일들이 일어난 해였다. 전직 대통령의 수많은 비리들이 언론과 사람들 입에 오르내렸고, 미용실 뒷방 고스톱판에서는 영부인 고스톱이 유행했다. 가을에는 서울올림픽이 열렸는데 유도스타 김재엽이 한가위에 금메달을 따내고 한복 차림으로 단상에 올라 국민들의 후끈후끈한 박수를 받았다. 신사동의 밤거리를 환히 밝힌 카바레에서는 '아아 그날 밤 만났던 사람' 〈신사동 그 사람〉이 스테이지를 흠뻑 적셨다. 노망든 시누이의 누룽지 점괘를 믿고 투자하던 명옥은 종합주가지수가 800선을 돌파할 때 쾌재를 불렀다. 부티 나고 위압감 있는 집들을 설계하던 최씨는 건축물 대신 자신의 명예를 드높일 금배지를 달아보려 굽실굽실 돌아다녔다. 공부벌레 신혜는 또래 친구들이 롤러스케이트장에서 롤팅을 하며 연애의 감성을 익히는 동안 붉은 노트에 낯선 그림들을 그리기 시작했다. 그리고 꼬마아가씨 미령은 상봉동 집을 떠나 어른들의 기괴한 동화 속 세상에 처음 발을 디뎠다.

1992

모두들 쌀을 씻는 동안 시간은 정신없이 흘러간다고 말한다. 하지만 시간은 단거리 육상선수처럼 결승선을 향해 똑바로 달리지 않는다. 시간은 취객의 걸음걸이와 비슷하게 흘러간다. 사람들은 비틀거리다 누군가를 욕하고 벽에 기대어 울고, 그대로 바닥에 털썩 주저앉아 신발을 어둠 속으로 벗어던진다. 그러다 어깨에 쏟아지는 달빛을 바라보곤 일어나 다시 맨발로 비틀비틀 걷는다. 술이 깬 다음날이면 전날의 일은 까맣게 잊고 다시 무표정한 얼굴로 새로운 하루를 맞이한다.

주먹을 움켜쥔 소녀가 긴 다리로 마당 끝에서 끝으로 달렸다. 비틀거리지 않으려고, 잊기 위해 더 빨리 달렸다. 미령은 라일락나무 집에 온 뒤로 조금이라도 울적한 마음이 들 때면 몇 바퀴씩 마당을 돌았다. 신혜의 말대로 라일락나무 집의 마당은 워낙 넓어서 서너 바퀴만 달려도 숨이 헉헉 턱에 닿았다. 달리면 달릴수록 끔찍한 엄마의 얼굴은 점점 희미해졌다.

미령은 허벅지에 손을 얹은 채 숨을 헐떡이다 잔디밭으로 들어가 드러누웠다. 넓은 잔디밭 한쪽에 흐드러지게 꽃이 핀 라일락나무 네 그루가 서 있었다. 미령이 숨을 쉴 때마다 마치 흐느끼는 듯한 라일락향이 온몸을 감쌌다.

라일락나무 집에서의 사 년은 그리 나쁘지 않았다. 생각했던 것과는 달리 라일락나무 집은 너무 괴상해서 오히려 편안하게 여겨졌다.

이 집의 외동딸 신혜는 배다른 언니 노릇에 별 관심이 없는 눈치였다. 그녀는 자기 세계에 빠져 멍하니 있거나 붉은 노트에 늘 무언가를 긁적였다. 미령이 마당을 달리고 있으면 돌계단에 걸터앉아 그 광경을 멀뚱히 바라보면서 스케치를 할 때도 있었다.

노망든 바구미여사 역시 미령을 언니라고 부르며 친동생처럼 살갑게 따랐다. 늘 여동생이 하나 있었으면 좋겠다고 생각했지만 환갑이 다 된 여동생이라니 조금 우스웠다.

이제 막 열네 살이 된 미령이 보기에도 신혜나 바구미여사가 평범하지는 않았다. 근자의 말처럼 라일락나무 집 최씨 집안 여인들의 핏속에는 마귀의 피처럼 무시무시한 것이 정말 흐르는지도 몰랐다.

"미령."

자신의 이름을 부르는 나지막한 목소리에 미령은 눈을 떴다.

작은 스프링노트를 손에 든 신혜가 옆으로 다가왔다. 외국어고
등학교에 입학한 신혜는 열일곱이었지만 아직 어린아이처럼 체
구가 작고 가냘팠다. 워낙에 어깨가 좁고 몸집이 야윈 편이라
조그마한 얼굴인데도 두상이 조금 크게 보일 정도였다.

"무슨 고민이라도 있니?"

"있잖아, 근자 언니가 그러는데 고모님 몸속에는 마귀의 피가
흐르고 있대."

신혜는 몸을 웅크리고 앉아 턱을 괸 채 하늘에 떠가는 구름을
바라보았다.

"맞아, 나한테도 그랬어. 고모님뿐만 아니라 내 몸에도 마귀
의 피가 흐를지도 모른다고."

며칠 후 자기 방으로 미령을 데려간 신혜는 조심스럽게 붉은
노트를 보여주었다. 신혜가 펼쳐보인 페이지에는 여러 가지 모
양의 새빨간 소용돌이가 그려져 있었다. 그것은 이리저리 뒤엉
킨 리본뭉치 같기도 했고 우글거리는 실뱀들과 닮아 보였다.

"마귀의 피란, 이렇지 않을까?"

"뭐, 색깔이 빨갛긴 하네."

"넌 이 소용돌이에서 어떤 걸 느끼니?"

신혜는 새빨간 소용돌이를 손가락 끝으로 어루만지며 물었다.

"잘 모르겠어. 그냥 좀 어지럽다?"

"그러니까 두렵거나 이상하거나 그런 건 못 느끼는 건가. 그

럼 소용이 없네."

그녀는 미령이 보고 있던 노트를 빼앗아 소용돌이가 그려진 페이지를 뜯어내 찢어버렸다. 신혜는 붉은 노트를 침대에 던져놓고는 의자로 옮겨 앉았다. 그녀는 고개를 푹 숙였다. 그러더니 양손을 깍지 낀 채로 발을 앞뒤로 움직였다.

"언니도 참. 그게 마귀의 피건 아니건 무슨 상관이야?"

"내 몸에 마귀의 피가 흐른다면 난 그게 어떤 건지 눈으로 보고 싶어."

"그걸 꼭 봐야 해?"

"난 눈에 보이는 모든 걸 외워. 눈에 보이지 않거나 잠깐 머릿속을 스쳐가는 어떤 느낌 같은 것도 놓치지 않고 외우고 싶어. 안 그러면 불안해. 외우는 게 힘들다면 눈에 보이게 만들었으면 좋겠어. 내 안에 있는 걸 왜 내가 볼 수가 없어? 이상하잖아."

미령은 신혜의 좁고 가녀린 어깨 위에 손을 얹었다.

"아, 정말 머리 좋으면 참 이것저것 피곤하게 산다."

"나가줘. 나 혼자 있을래."

미령은 한번 기분이 토라진 신혜를 대하기란 쉽지 않다는 걸 알기에 입을 다물고 서둘러 자리를 비켜주었다.

문밖에는 쟁반을 든 근자가 벽에 붙어 서 있었다. 장미꽃이 그려진 쟁반에는 우유 한 컵과 토끼 모양으로 깎은 사과가 담긴 접시가 놓여 있었다. 근자는 무뚝뚝한 얼굴 표정을 짓고서 가느다란 목을 흔들었다. 여대생들 사이에서 유행하는 나이아가라

파마를 한 연한 갈색 머리카락이 가볍게 찰랑거렸다.

"그거 안 먹을 거예요. 언니가 지금 기분이 영 엉망이에요."

미령은 사과 한 조각을 손으로 집어 한입 깨물어 먹었다.

근자는 큰 눈을 굴리며 골똘히 생각하는 눈치더니 손등으로 가볍게 문을 두들겼다.

라일락나무 집에서 미령이 껄끄럽게 여기는 사람이 있다면 명옥이나 신혜가 아닌 바로 근자였다. 미령과 근자는 언젠가부터 서로 서걱거렸다.

사실 근자는 미령과 속마음을 터놓고 이야기하길 바랐다. 근자는 처음에 미령이 자기와 비슷한 성격일 거라고 지레짐작했다. 미령은 씩씩했고 할 말은 다 했고 사소한 일로 기죽지 않았다. 근자 역시 마찬가지였지만 미령과는 조금 달랐다. 미령이 뒤끝이 없는 편이라면 근자는 약간의 꼬투리를 남겨두고 마음 깊숙한 곳에 심어두는 편이었다. 그러니 둘은 비슷하면서도 달랐고, 서로 말이 통해도 호감을 가질 수가 없었다. 마치 한데 섞이면 미지근해지는 찬물과 뜨거운 물의 관계처럼. 반면에 물과 기름처럼 완전히 다른 성격은 서로 절대 섞이지 않으려는 안전한 막을 이루기 마련이었다. 근자가 물이라면 명옥은 기름이었다. 근자는 명옥을 뒤에서 욕했고 명옥은 근자를 못마땅해했지만 둘 사이에 부딪치는 일은 별로 없었다. 둘은 서로가 완전히 다르다는 걸 첫눈에 보자마자 눈치채고는 곁을 주지 않은 채 조심스럽게 대했다. 미령과 신혜 사이 역시 또다른 물과 기름이었고 둘은 배다른 자매면서도 부딪치거나 날카롭게 충돌하지 않았다.

"신혜야, 언니 들어간다. 괜찮지?"

신혜의 방으로 들어가기 전 근자는 쟁반을 한 손에 든 채 고개를 돌려 미령을 한 번 더 바라보았다.

낮잠이 스멀스멀 밀려오는 한가한 일요일 오후였다. 바구미여사는 양손으로 쌀을 뿌려 탑을 쌓았다. 하지만 쌀로 쌓은 탑은 금세 무너지고 또 무너졌다.

"바구미여사. 지금 뭐하고 계시나요?"

쌀 속에 폭 빠져 열대과일맛 아세로라껌을 질겅대던 미령이 물었다.

"나 돈 놀이 하잖아."

"아이고 이게 돈입니까?"

미령은 쌀 한 줌을 집어서 바구미여사의 어깨에 집어던졌다. 바구미여사가 몸을 움츠리며 깔깔대고 웃다가 손바닥에 떨어진 쌀 몇 톨을 입에 물고 오물거렸다.

"언니, 있잖아요. 옛날에는 쌀이 돈이었어. 그러니까 먹을 수가 있었잖우. 근데 요즘 돈은 종이라서 통 먹지를 못하네. 난 바구미지 좀벌레가 아니걸랑. 사실 난 좀벌레들이 무서워서 밖에 나가지 못해."

"어이구, 그러셨어요."

바구미여사와 미령이 한방을 쓴 지도 벌써 사 년의 세월이 지

42

났다. 어린 나이였지만 미령은 능숙하게 바구미여사를 돌보아주었다. 저녁마다 뜨끈한 물로 긴 백발머리를 감겨주었고, 머리를 말린 뒤에는 뒷머리를 올려 금비녀를 꽂아주었다.

미령은 바구미여사가 더이상 두렵지 않았다. 어린 나이였지만 측은한 마음 반, 묵은 정 반, 그런 마음으로 함께 지냈다. 게다가 명옥에게 바구미여사가 어쩌다 이렇게 되었는지 들은 뒤로는 더욱 그러했다. 조용하고 말수가 적던 성격의 바구미여사가 완전히 정신을 놓게 된 사건은 그 계기가 너무나 사소해서 평범한 사람들이 들으면 코웃음을 칠 일이었다.

어느 사주쟁이든지 남편 잡아먹는 사주를 타고났다고 말하는 바람에 바구미여사의 혼담은 매번 박살났다. 그리 뛰어난 미색도 아니었고, 통통한 몸집에 서른을 넘기고부터는 머리가 새하얗게 세어서 바구미여사는 세월 따라 노처녀로 늙어갔다. 물론 그녀의 어머니가 마음만 굳게 먹었다면 어떻게든 짝을 맺어줄 수 있었을 것이다. 알부자로 소문난 돈 많은 과부가 땅 몇 평 덥석 떼어 던져주고 과년한 딸을 덤으로 보내면 옳다구나 덥석 물 뺀질뺀질한 서울 놈팡이는 줄줄이 줄을 서고도 남았다. 그러나 깡마른 암호랑이로 불리던 바구미여사의 어머니는 보물단지 같은 딸을 시집보내기가 내심 아쉬웠는지도 몰랐다.

쌀장사로 한몫 벌어 두둑한 돈주머니를 안겨주던 그녀의 남편은 한국전쟁이 일어나자 며칠 만에 송장이 되었다. 결국 혼자 두 아이를 데리고 피난길을 떠나야 했는데, 서울로 돌아와보니 쌀가게의 쌀은 모조리 텅 비어 있었다. 한국전쟁이 끝나자 그녀에게 남은 건 세간이 모두 털린 대궐 같은 집 한 채와 어미만 보고 손가락을 빠는 남매밖에 없었다.

깡마른 암호랑이는 방을 늘려 세를 놓았다. 그리고 서울로 들어온 뜨내기들에게 방을 빌려주고 악착같이 세를 받았다. 이런저런 사나운 별명들이 붙은 게 그때였다.

세를 받아 모은 돈으로 서울 근교의 땅이나 집들을 보러 다녔다. 땅을 보러 가던 어느 날, 이제 처녀티가 나기 시작한 딸아이가 깡마른 암호랑이의 치맛자락을 붙잡더니 그 땅은 사지 말라고 간절하게 말했다. 치맛자락을 붙잡지 않은 나머지 한 손에는 부서지지 않게 잘 긁어낸 누룽지 한 조각이 들려 있었다.

깡마른 암호랑이는 딸의 말을 허투루 들을 수가 없었다. 최씨집안의 딸들에게는 유달리 특이한 내림이 있었다. 바로 남들이 보지 못하는 기괴한 것을 본다거나, 듣기도 했고, 감쪽같이 냄새를 맡는 재주를 지닌 여자애들이 툭툭 태어난다는 것이었다. 깡마른 암호랑이는 딸아이의 말을 듣고 결국 점찍어두었던 땅을 과감히 포기했다. 그뒤로도 땅이나 집을 보러갈 기회가 생기면 아침밥을 지은 뒤, 누룽지를 긁어 딸에게 보여주었다. 딸아이는 누룽지를 오래 들여다보고 있으면 노릇노릇한 누룽지가 흙덩어리처럼 보였다. 그 흙덩어리에서 살아 있는 듯 좋은 냄새가 나면 그곳은 좋은 땅이나 집이요, 썩는 냄새나 텁텁한 묵은 냄새가 나면 쓸모없는 곳이었다. 그저 별볼일 없어 보이던 곳도 딸의 말만 듣고 살지 말지 결정하면 채 몇 년이 지나지 않아 땅값이 쑥쑥 올랐다.

깡마른 암호랑이를 두둑한 알부자로 만들어주었던 딸내미 바구미여사는 돈에 그다지 관심이 없었다. 그녀가 좋아했던 것은 서산 너머로 지는 노을이라든가 먼 곳으로 기럭기럭 날아가는 기러기들 같은 것이었다. 라일락나무 집으로 이사 온 뒤부터는 정원에 숨어드는 도둑고양이에 정을 붙이고 살았다. 바구미여사는 도둑고양이에게 북어대가리나 마른 오징어 같은 먹잇감들을 던져주며 정겹게 굴었다. 그런 소문이 고양이들 사이에서도 퍼졌는지 날이 갈수록 정원과 마당은 고양이들로 바글거렸다.

바구미여사는 담을 넘어 들어온 침입자들에게 일일이 이름까지 붙여주었다. 나비나 야옹이 같은 이름을 붙이기엔 고양이들의 수가 너무 많았지만 바구미여사는 별 고민 없이 애완동물의 이름에 어울리지 않는 평범한 단어들로 이름을 정했다. 그녀의 작명법은 깔때기, 경첩, 흑설탕 같은 명사에서 하롱하롱, 얼기설기 같은 부사를 지나 돌고, 날아가니 같은 동사에까지 이르렀다. 신기한 점은 바구미여사가 붙인 이름과 도둑고양이들이 얼추 비슷해 보인다는 사실이었다. 어떤 놈은 정말 깔때기처럼 주둥이가 뾰족했고, 어떤 놈은 하롱하롱에 어울리는 걸음걸이를 지녔다. 경첩이란 이름의 짙은 빛깔 고동색 고양이는 앞발이 직각으로 굽어 있었다.

라일락나무 집의 다른 여인들은 정원에서 어슬렁대는 도둑고양이들을 찌푸린 눈으로 쳐다보곤 했다. 고양이들이 어찌나 울어대는지 나중에는 야옹거리는 울음소리가 알거지의 각설이 타령처럼 들릴 지경이었다. 그렇다고 은근슬쩍 뻘건 쥐약을 뿌린 찬밥을 정원에 갖다 놓아봤자 아무 소용이 없었다. 종일 정원에 나와 있는 바구미여사가 보는 족족 치워버렸으니 말이다.

볕이 좋은 어느 날이었다. 최씨가 창경원 구경을 시켜준다며 일찌감치 바구미여사를 데리고 집을 나섰다. 물론 명옥과 시어머니가 바구미여사를 집 밖으로 내보내기 위해 꾸민 나들이였다.

바구미여사가 코끼리와 원숭이를 넋 놓고 보고 있을 그 시간, 명옥이 고용한 일꾼들은 어슬렁대는 도둑고양이를 모두 붙잡아 쌀자루에 집어넣었다. 그날처럼 고부의 손발이 척척 맞았던 날은 평생 처음이자 마지막이었다. 몇 시간 만에 라일락나무 집에서는 고양이들이 담긴 쌀자루 열 개가 트럭 짐칸에 실려 사라졌다. 하지만 어수선한 틈을 타 '실타래'라는 이름의 흰 고양이가 벽을 타고 올라가 열려진 이층 창문을 넘어 방으로 들어갔다. 명옥은 집 안으로 들어간 고양이를 잡으러 서둘러 이층으로 올라갔지만 새하얀 고놈은 어디에서도 보이지 않았다.

아끼는 도둑고양이들이 끔찍한 변을 당했다는 사실을 알게 된 바구미여사는 정원에 앉아 밤낮을 훌쩍이며 울었다. 바구미여사는 울다 지치면 사라진 도둑고양이 대신 라일락나무와 대화를 나누며 슬픔을 달랬다. 그러던 어느 날인가 자기 방으로 들어가 문을 걸어잠그고 식음을 전폐하며 아예 바깥으로 나오지 않았다.

명옥도 시어머니도 순둥이 같은 바구미여사가 그렇게 사소한 일로 화를 내리라곤 짐작도 하지 못했다. 그깟 도둑고양이들을 잡아다 내버린 일로 머리를 싸맨다는 게 말이나 되는 소리인가? 결국 참다 못한 깡마른 암호랑이와 명옥은 열쇠로 문을 따고 바구미여사의 방으로 들어갔다. 하얀 속치마 차림의 바구미여사는 바닥에 엎드린 채 고개를 갸웃거리며 두 여인을 바라보았다.

난 최씨 쌀집의 사십 년 넘게 묵은 업바구미야. 그러니까 내 집을 만들어줘. 맛좋은 쌀을 줘. 보석 같은 소금을 줘. 하얀 속치마만 입은 바구미여사는 갓난아기처럼 칭얼거리며 떼를 썼다.

바구미여사는 그뒤로 방 안을 가득 채운 생쌀만 가지고 놀 뿐 누룽지 따위는 쳐다보지도 않았다. 물론 어느 땅이 좋은지 나쁜지는 입도 뻥긋하지 않았다. 바구미여사가 자기 말대로 업바구미로 변한 이후 최씨 집안은 되는 일이 없었다. 집안의 가장인 최씨는 조강지처를 버리고 상봉동에 작은 살림을 차렸다. 깡마른 암호랑이는 바구미여사의 도움 없이 혼자 땅을 보러 다니다 몇 번이나 사기를 당했다. 게다가 아예 전문적인 땅문서 사기꾼이 그녀에게 접근해왔다가 인감을 훔치고 문서를 위조해 말죽거리의 금싸라기 같은 땅을 고스란히 날리기까지 했다.

가뜩이나 다혈질이라 혈압이 높던 깡마른 암호랑이는 화를 이기지 못하고 그 자리에 드러눕고 말았다. 십 년 가까이 썩는 냄새를 풍기다 암호랑이는 허무하게 세상을 떴다. 하지만 바구미여사는 어미의 장례식장에서도 생쌀만 가지고 놀며 히죽히죽 웃었다.

시어머니를 그렇게 보내고 나자 명옥은 군식구인 시누이가 그리 어여뻐 보이지 않았다. 하지만 그럼에도 시누이가 아직 특유의 능력을 가지고 있는지 궁금했다. 때마침 증권시장에는 장바구니를 든 핸드백 부대의 바람이 불었고, 명옥 역시 그 길에 동참했다. 명옥은 시험 삼아 아주 오랜만에 바구미여사에게 누룽지를 내밀었다.

"고모님, 나는 땅으로 돈 안 벌어요. 고양이 내버리는 일도 나는 얼마나 말렸게요. 그 고양이들을 고모님이 얼마나 귀여워했어요. 그래, 하롱하롱. 하롱하롱이 참 예뻤지요?"

"하롱하롱…… 그게 뭐야?"

어느덧 바구미여사는 자기가 아끼던 도둑고양이들 모두를 잊은 듯했다.

"아무것도 아니에요. 그나저나 제가 쌀도 늘 좋은 걸로 깔아주었잖아요. 그러니까 부탁 하나만 들어주세요. 돈이 어느 쪽에서 흘러들까요?"

명옥은 양재기에 담은 누룽지를 바구미여사의 코앞에 살포시 들이밀었다.

"한강에서 제일 큰 섬, 거기서 제일 시끄러운 곳을 딱 가운데로 잡아."

48

바구미여사는 이 한마디를 시작으로 주절주절 돈이 얼마나 어느 방향에서 들어올지 읊어댔다. 주로 누룽지의 그을린 부분을 보고서 동쪽이 어떻고 남쪽이 어떻고 이런 식이어서 명옥은 기업의 위치가 어느 방향에 있는지 미리 조사를 하느라 골머리를 잔뜩 썩었다. 하지만 한 번 지도를 만들어놓자 여의도 국회의사당을 중심으로 바구미여사가 예측한 방향에 있는 기업의 동향만 주의 깊게 살펴 주식을 사고팔면 아귀가 짝짝 맞아떨어졌다.

명옥은 바구미여사를 돌보아주는 김노파에게 매번 누룽지를 가지고 올라가라 일렀다. 그리고 수첩에 무슨 말을 하는지 적어서 가지고 내려오라고 했다. 바구미여사 덕에 명옥은 손해 보지 않고 적잖이 투자에서 재미를 보았다.

미령과 마주 앉아서 쌀로 장난치던 바구미여사가 갑자기 콧구멍을 벌름거리며 허공의 냄새를 맡았다. 그러더니 갑자기 얼굴이 겁에 질려 있었다.

"언니, 냄새가 나."

"무슨 냄새?"

"불났어. 불 질렀어."

바구미여사는 서둘러 수북한 쌀더미 속으로 몸을 숨기려 했지만 어림없는 짓이었다.

갑자기 방문이 벌컥 열리더니 명옥이 들어왔다. 얼굴이 달아오르고 흰자위에는 핏줄이 잔뜩 서 있었다.

"내 돈, 내 도온. 그 돈이 날아갈 거라고 왜 못 맞춰요? 원, 사람이 자기 할 일을 다해야 사람이지. 아니면 짐승하고 뭐가 달라."

명옥은 치맛자락을 싸늘하게 움켜쥔 채 밖으로 나가려다 멍하니 서 있는 미령과 눈이 마주쳤다. 명옥의 붉게 달아오른 얼굴은 일순간에 기괴하게 일그러졌다.

바구미여사는 명옥이 사라진 뒤 겁에 질려 울면서 자기 몸에 쌀을 들이붓고 또 들이부었다. 미령은 하나 남은 열대과일맛 아세로라껌을 손에 쥐어주며 겨우 바구미여사를 달래 놓고 일층으로 내려갔다.

소파에 앉은 명옥은 떨리는 손으로 담뱃불을 붙이고 있었다. 미령은 슬그머니 맞은편 자리에 앉아서 명옥을 빤히 바라보았다. 명옥은 허공의 어딘가를 지그시 바라보면서 담배연기를 내뱉었다. 좀 전과는 달리 명옥은 너무나 차분하고 우아한 목소리로 혼잣말하듯 이야기를 시작했다.

"고모님은 괜찮으시니? 돈이 참 사람을 유치하게 만들어. 아무리 속에서 치밀어도 그런 말은 하는 게 아니지. 그래, 주식시세도 아닌데 애초에 맞춰달라고 물은 게 잘못일 수도 있다. 뭐, 이렇게 황당한 일이 다 있니?"

젊은 여성들이 80년대와는 다르게 점점 가늘게 눈썹을 그리던 그해 봄, 패션회사에 부도의 바람이 불었다. 국내 여성정장브랜드의 고유명사로 손꼽히던 논노패션과 청담동에 위치한 유명 부티크들이 요란스러운 뒷소문과 함께 사라질 위기에 처했다.

논노패션은 무리하게 기업의 크기를 늘린 것이 문제였다. 새로 런칭한 브랜드가 인기를 끌지 못하자 대대적으로 할인판매와 세일쿠폰을 남발했다. 하지만 처음에는 훌륭한 마케팅으로 느껴지던 세일 전략이 점차 논노에게 독으로 되돌아왔다. 논노만이 가지고 있던 고급 여성브랜드라는 기업 이미지에 흠집이 나고 말았다. 한창 콧대를 높이던 젊은 여성들은 고급 정장으로 여기던 옷들을 저렴한 시장옷과 똑같이 여겨 지갑을 열지 않았다.

고급 의류시장은 정부에서 내건 과소비 억제운동 탓에 불경기를 맞았다. 심지어 부티크를 들락거리는 사모님들을 감시하려고 근처에 몰래카메라를 설치했다는 흉흉한 소문까지 돌았다. 명옥은 부티크 사장들에게 돈을 빌려줄 만큼 친분을 가지고 있었다. 하지만 고급 부티크의 속내가 그렇게 깊숙이 곪았는지는 미처 눈치채지 못했다.

"지금 속 뒤집힌 사람 한둘이 아니야. 사람들이 다들 눈에 쌍심지 켜고 찾아내서 빚 받겠다고 난리들이지."

명옥은 장미 담배를 재떨이에 비벼 끄고는 길게 한숨을 쉬었다.

그날 밤 라일락나무 집의 여인들은 다들 잠을 이루지 못하고 뒤척였다.

신혜는 며칠째 영어문제집을 덮고 붉은 노트의 빈 페이지를 펼쳐놓고 'angel'과 'devil'이란 단어만 반복해서 다른 필체로 써나갔다. 근자는 어두침침한 방 안에서 성경책 위에 손을 올려놓고 눈을 감았다. 눈을 뜨고 여린 목소리로 찬송가를 부르던 근자는 손때 묻은 벽에 볼을 대고 작은 소리로 숨죽여 웃기 시작했다. 바구미여사는 미령이 달래주었는데도 밤새도록 이불을 부여잡고 간간이 울음을 토해냈다. 명옥은 침대에 걸터앉아 화장대 거울을 바라보았다. 그녀는 거울을 빤히 바라보고 있으면 어느 순간 안구건조증이 있는 눈에서 눈물이 흐를 거라 생각했다. 하지만 거울 속의 여자는 눈과 입술을 잔뜩 일그러뜨렸을 뿐 정작 눈물은 별로 흘리지 않았다. 오히려 침대에 걸터앉아 나약하게 울먹이는 명옥을 꾸짖는 듯 날카로운 눈초리로 노려보기만 했다.

그해 여름 미령은 오래된 수박을 잘못 먹었다가 배탈이 나고 말았다. 며칠 화장실을 들락거리다보니 얼굴 살이 빠지고 눈 밑은 검게 변했다. 병원에서는 약을 먹고 잘 쉬기만 하면 금방 나을 거라는 말뿐 의사는 별로 신경쓰지 않는 눈치였다. 바구미여사는 똥냄새가 은은하게 퍼지고 있다며 미령과 멀찌감치 떨어져 잠을 청했다.
"못된 할망구. 내가 그렇게 잘해줬는데."
미령은 긴 다리로 바구미여사의 엉덩이를 걷어찼다. 바구미여사는 큼직한 엉덩이를 벅벅 긁다가 뒤돌아누울 뿐 아무 말도 하지 않았다. 명옥 때문에 크게 놀란 이후 바구미여사는 점점 말이 줄었다. 잘 웃지도 않고 가끔씩 누룽지를 가져다줘도 빤히 바라보다 다시 내던지고는 심통만 부렸다.

"몰라, 몰라, 몰라."

그해 여름 말이 없어진 사람은 바구미여사만이 아니었다. 미령은 골골대며 앓는 소리라도 냈지만 라일락나무 집의 여인들은 모두들 입을 꾹 다물었다. 결국 빌린 돈을 받지 못한 명옥은 객장에 나가 마음을 달랬다. 하지만 1989년에 종합주가지수 1000을 넘겼던 주가지수가 점점 바닥으로 곤두박질쳤다. 바구미여사의 점괘에 의지해 큰 손해는 면하고 있었지만 불안한 마음이야 어쩔 수가 없었다. 신혜는 아예 방 안에 틀어박혀 바깥으로 나갈 생각도 하지 않았다. 근자는 일요일이면 집을 비웠고 평소에는 빨래집게를 입에 물린 양 묵묵하게 걸레질만 계속했다.

라일락나무 집의 가장인 최씨는 식구들이 입을 다물고 있는지 어쨌는지 별로 관심이 없었다. 그저 밤늦게 집에 들어와 다음날 일찍 집을 떠났다. 심지어 미령이 상한 수박 때문에 식중독에 걸린 사실조차 잘 몰랐다. 일요일 오후 오랜만에 미령을 보고서 얼굴을 찌푸릴 뿐이었다.

"얼굴이 왜 이렇게 홀쭉해졌어. 너도 다른 계집애들처럼 벌써부터 살 빼느라 밥을 굶는 거냐?"

여름이 지나기 전에 다행히 미령의 병은 나았다. 하지만 오랜 기간 앓고 나자 마음속 깊은 곳에 구멍이 뻥 뚫린 기분이었다. 그 구멍으로 사춘기의 바람이 들어와 미령은 하루에도 몇 번씩 좋아졌다 슬퍼졌다 기분이 팔랑거렸다. 처음에는 늦은 밤이면 은근히 서러웠지만 아침이면 다시 예전처럼 명랑해지곤 했다. 하지만 나중에는 하루에도 수백 번씩 마음의 물결이 들썩거려 어지러웠다. 그러자 라일락나무 집 사람들이 짜증스럽게 여겨지기 시작했다. 명옥의 차분한 태도가 가증스럽게 여겨졌고 신혜의 말없음이 거만함과 다름없어 보였다. 바구미여사의 칭얼거리는 목소리를 들으면 온몸에 소름이 돋아 밖으로 달려나가고 싶어졌다.

그해 가을 라일락나무 집에서는 두 여자가 사라졌다. 첫번째로 사라진 사람은 신혜였다. 명옥은 객장에 나가는 일도 제쳐두고 외동딸을 찾아다니느라 정신이 없었다. 학교까지 찾아가 같은 반 친구들에게도 물어보았지만 아무도 신혜가 간 곳을 짐작조차 하지 못했다. 더구나 대부분의 아이들이 신혜와는 일절 말도 섞지 않는 상황이었다. 명옥은 그제야 신혜가 어떻게 학교생활을 하고 있는지 알게 되었다.

학교에서 만난 신혜의 담임은 얼굴에 기름기라곤 하나도 없어 보이는 오십대의 앙상한 남자였다. 이마에는 깊은 주름이 가득했고 볼은 푹 패여 가뜩이나 볼품없는 턱이 더 길어 보였다.

"신혜의 가출이 놀랄 일이긴 합니다. 하지만 그리 특별한 일만은 아니죠. 우등생일수록 성적 스트레스에 더 많이 노출되는 게 사실이니까요."

"선생님, 전 이유를 알겠더군요. 아이들이 모두 신혜를 따돌

리는 느낌을 받았어요. 공부 잘하는 애들은 무조건 질투의 대상
이라더니. 그럴수록 선생님이 더 신경을 써주셨어야죠."

담임 선생은 손을 들어 잠시 명옥의 말을 끊었다.

"아닙니다. 아이들을 따돌린 건 신혜예요. 점심시간에도 혼자
밥을 먹고, 아이들과 깔깔대며 웃는 걸 못 본 것 같습니다. 저도
이상하게 여겨서 몇 번 상담을 했어요. 신혜가 참 이상한 말을
했습니다. 공부할 때는 아이들이 눈에 안 들어온답니다. 쉬는 시
간이건 밥을 먹을 때건 머릿속으로 무언가를 외우거나 분석하고
있다더군요. 신혜가 자기 머릿속에 어마어마한 노트가 들어 있
는 것 같다고 말한 적도 있습니다. 아직도 그 담담하면서도 읊
조리는 듯 나직한 목소리가 생생합니다."

"공부할 때 워낙 집중을 잘하는 아이예요."

담임 선생은 깍지 긴 야윈 두 손을 앙상한 턱밑에 가져다대
었다.

"사실, 저도 어머니를 한번 뵙고 싶었습니다. 신혜는 집에서
어떤 아이인가요?"

명옥은 입을 다문 채 아무 말도 하지 못했다. 차라리 담임 선
생이 불경기 속에서 손해 보지 않고 손절매 하는 법을 물어보았
다면 더 확실하게 대답할 수 있었을 터였다. 명옥은 상대에게
들리지 않을 만큼 짧은 한숨을 내쉬고는 나지막한 목소리로 겨
우 대답했다.

"착한 아이예요. 얼굴도 예쁘고 똑똑하고 그래요."

담임 선생은 기운 없는 눈빛으로 명옥을 빤히 바라보다 짧게 헛기침만 내뱉었다.

집으로 돌아오는 내내 명옥의 마음은 착잡하고 눅눅했다. 아무리 생각해도 자신의 딸이 어떤 아이인지 다른 말로 설명할 수가 없었다. 만일 누군가 미령에 대해 물어보았다면 미령이 듣지 않는 곳에서 이렇게 대답했을 것이다. 제멋대로 뛰어다니는 망아지 같은 아이죠. 건방지고 겁도 없고, 하지만 음흉한 구석이 없으니 그리 나쁜 애는 아닙니다. 반면에 신혜는 조금 내성적인 성격이었지만 언제나 전교에서 다섯 손가락 안에 들었다. 대한민국에서 모든 부모들이 부러워할 그런 아이에게 무슨 문제랄 것이 있겠는가? 하지만 담임 선생의 누룩같이 침침한 표정을 계속 곱씹을수록 명옥은 자기 딸에게 큰 문제라도 있지 않은가 자꾸 의심이 갔다.

명옥은 현관문을 열자마자 목이 타서 참을 수가 없었다.

"근자야, 물 좀 다오. 어디 있니?"

근자는 집에 없었다. 저녁식사 때가 지나도 돌아오지 않았다. 명옥은 관자놀이가 지끈대더니 이내 가슴이 점점 답답해졌다. 그 찜찜한 느낌을 표현할 말이 떠오르지 않아 견딜 수가 없었다. 냉수를 두 잔째 마시던 명옥은 그제야 머릿속이 맑아지면서 종일 그녀를 답답하게 만들었던 질문에 대한 짧막한 해답이 떠올랐다.

'맞아, 내 딸은 불길해.'

명옥은 식탁에 유리컵을 내려놓고 손부채질을 했다.

"내가 제정신이 아니지. 내 자식이 불길하다고 생각하다니."

그러면서도 명옥의 발걸음은 어느새 신혜의 방으로 향했다.

신혜의 방은 지나칠 정도로 단조로웠다. 그 방에서 여자아이 특유의 소란스러운 화사함이나 정신없는 풍경은 눈 씻고 찾기 힘들었다. 그렇다고 사내아이들의 방처럼 난장판인 것도 아니었다. 모든 것은 정갈하게 제자리에 있었고 책상 위도 깔끔했다. 모범생의 방이라고 볼 수도 있지만 어딘지 모르게 싸늘한 느낌을 주는 방이었다. 물론 그 싸늘함을 꼭 불길함이라고 말하기는 힘들었다.

명옥은 꼼꼼하게 신경써서 신혜의 책상을 뒤졌다. 처음 방을 뒤졌을 때는 전화번호가 적힌 수첩이나 남자친구와 함께 찍은 사진 따위를 찾아보려 했다. 어떻게든 신혜가 가출한 이유를 찾아내고 어디로 갔는지 알고 싶었으니까. 하지만 이번에는 신혜가 주는 불길함의 이유가 무엇인지 그것을 밝혀내고 싶었다. 아니, 사실 그녀가 진정으로 찾길 바란 것은 자기 딸의 불길한 느낌이 착각에 불과하다는 확실한 믿음이었다.

신혜의 노트 몇 권을 펼쳐보다 바닥으로 내던지던 명옥은 드디어 붉은 노트를 발견했다.

붉은 노트 안은 수많은 글들과 낙서들로 가득 채워져 있었다. 소녀들이 그려져 있었지만 순정만화풍의 그림들은 아니었다. 소녀들의 표정은 넋이 나가거나 기분 나쁜 미소를 지은 채 웃고 있었다. 모두들 벌레처럼 앙상하거나 아니면 퉁퉁 부은 반죽 같은 몸집이었다. 그도 아니면 몸의 관절 중 한 곳이 비틀린 기괴한 포즈였다. 명옥은 침을 삼키면서 계속 페이지를 넘겼다. 어떤 소녀는 어깨에서 벌레들이 빠져나가고 커다란 뿔에 옆구리를 찔린 채 피를 뚝뚝 흘리며 앞으로 걸어갔다. 어떤 소녀는 머리를 빡빡 밀었지만 길게 이어진 그림자는 치렁치렁한 삼단 머리 타래였다. 어쨌든 명옥의 눈에 들어온 붉은 노트 속 소녀들은 모두 끔찍한 지옥 속에 살고 있었다.

명옥은 낙서와 함께 씌인 글들도 읽어보았다.

마귀, 피, 운명, 손바닥 등등 단어들은 모두 이해할 수 있었지만 정작 그 문장의 내용은 이해할 수 없는 글들이었다. 다만 낙서나 글이나 모두 뭉뚱그려 불길함이 가득 풍기는 것만은 분명했다.

명옥이 자신의 외동딸을 기다리는 동안 신혜는 어마어마한 것을 기다렸다. 신혜는 교복 대신에 새하얀 마대 자루를 닮은 옷을 입고서 증발을 기다렸다. 근자 역시 마대 자루를 입고 찬송가를 따라 불렀다. 신도들이 예배당이라고 부르는 넓은 강당에서는 귀가 먹먹할 정도로 며칠 동안 찬송가가 흘러나왔다. 하지만 신혜의 귀에 찬송가 멜로디는 제대로 들리지도 않았다.

"언니, 정말 사람들이 한순간에 하늘로 올라가서 사라지는 거야?"

"믿어. 믿으면 돼. 이제 딱 일주일 남았어."

바닥에 앉아 있는 많은 사람들이 간절히 두 손을 맞잡고 울부짖으며 기도했다. 백발이 허연 노인부터 신혜 또래의 여고생까지 휴거를 기다리는 사람들의 연령은 무척이나 다양했다.

"언니, 목사님은 아무것도 알려주지 않았어."

신혜가 나직한 목소리로 근자의 귀에 대고 말했다. 하지만 기도에 열중한 근자는 신혜의 목소리를 알아듣지 못했다.

신혜는 목사에게 머릿속 노트에 대해 털어놓았다. 학교에 들어가기 전부터 신혜는 머릿속에 한 권의 노트가 펼쳐져 있다는 강박에서 헤어나올 수가 없었다. 신혜가 느끼거나 바라본 모든 것들 혹은 숨 쉬는 공기의 냄새까지도 노트에 일일이 기록되었다. 무언가를 떠올리는 일이 신혜에게는 노트를 펼쳐보는 일인 셈이었다. 하지만 너무나 많은 생각들이 뒤엉키는 일이 다반사라서 노트의 하얀 여백은 언제나 얼룩덜룩하게 변하기 일쑤였다. 신혜는 어쩔 수 없이 노트 한 권을 구해서 몽롱하고 뒤죽박죽인 생각들을 토해내듯 끼적거렸다. 그러자 신기하게도 머릿속 노트에는 공부를 위한 모든 것들을 고스란히 적을 수가 있었다. 남들이 보기엔 혀를 내두를 만한 암기실력이었지만 그녀에게는 머릿속에 적어두는 독특한 필기였을 따름이었다.

사춘기가 오기 전까지 신혜는 그 두 세계를 당연하게 넘나들며 살아왔다. 하지만 근자에게 마귀의 피에 대해 들은 뒤로는 머릿속 노트와 붉은 노트 둘 다 모두 수상스럽게 여겨졌다. 어쩌면 최씨 집안 어딘가에 숨어 내려오는 마귀의 피가 자신을 뒤흔들고 있는 건 아닌지 의심이 들었다.

"언니, 목사님은 마귀의 피에 대해 알려주지 않았어. 내가 정말 알고 싶었던 건 그거야. 내 몸에 이상한 피가 흐르는지. 정말 이 세상에 사악한 것이 존재하는지."

신혜가 조금 더 큰 목소리로 근자의 귀에 대고 말했다.

"알려고 하지 마. 모든 게 사라질 텐데. 너는 왜 계속 알려고만 하니?"

"난 알아야겠어. 알지 못하는 걸 난 참을 수가 없어."

근자는 갑자기 신혜의 어깨를 꼭 붙잡고서 쏘아보듯 쳐다보았다.

"잘 들어. 하늘에 계신 우리의 사랑께서 일부러 인간을 어리석게 만드셨어. 인간은 자신이 어리석다는 사실만 알고 있으면 돼. 그래야 그분을 믿고 따라갈 수 있는 거야. 자꾸 선악과를 따먹은 탕녀처럼 굴지 마."

근자는 부드럽게 신혜의 머리를 한 번 쓰다듬어주고는 다시 기도에 몰입했다.

신혜는 너무 오랫동안 앉아 있었더니 허리가 욱신거렸다. 그녀는 바닥에 드러누운 채 가슴에 손을 얹고 천장을 바라보았다.

신혜는 여러 번 눈을 떴다 감았다 깜빡거렸다. 천장에 매달린 형광등 불빛이 춤추듯 일렁거렸다. 그러더니 어느 순간 기다란 실타래처럼 불빛이 늘어졌다. 불빛은 한 마리 새하얀 도둑고양이로 변해서 천장 위를 거꾸로 걸었다.

신혜는 쓰고 있던 안경을 벗어 손에 쥐었다. 눈앞에 모든 것이 흐릿해졌지만 천장에 매달린 하얀 도둑고양이는 더욱 또렷하게 보였다. 거대한 파도에 몸을 실은 듯 신혜는 편안함과 불안함을 동시에 느꼈다. 어느새 도둑고양이는 그녀에게서 그리 멀지 않은 곳에 뛰어내려 천천히 다가왔다.

도둑고양이의 눈은 하얀색 투명한 막으로 덮여 있을 뿐 눈동자는 보이지 않았다. 범상한 녀석 같지도 않았고 무섭지도 않았다. 날름거리는 혓바닥은 가당찮게도 노랑과 초록이 엇갈린 스프라이프 무늬여서 조금 우스꽝스럽기까지 했다.

신혜는 장난스럽게 도둑고양이에게 속삭였다.

"이리 온, 넌 도대체 뭐야? 고양이 같지만 고양이라고 하기엔 어딘가 이상하고. 무서워 보이지만 어딘가 귀엽고. 하지만 뭐든지 이유 없이 찾아오는 건 없지. 좋아, 나한테 어마어마한 걸 보여줘. 그러면 널 귀여운 마귀라고 인정해줄게."

근자가 어깨를 내리치는 바람에 하얀 도둑고양이는 사라져버렸다. 신혜는 초점이 풀린 멍한 눈으로 근자를 바라보았다.

"애, 얘가 왜 혼자 누워서 실실대며 웃고 그래? 정신 차려. 열심히 기도하지 않으면 너는 하늘나라 못 올라가. 천국에 가는 대신 이렇게 더러운 세상에 남고 싶니?"

근자는 신혜의 어깨를 양손으로 한 번 더 움켜쥐려 했지만 쉽지 않았다. 근자는 몇 번이고 양손을 벌벌 떨더니 자기도 모르게 번쩍 손을 치켜들어 허공으로 둥둥 날아올랐다.

신혜는 벌떡 일어나 놀란 눈으로 천장을 올려다보았다. 하지만 기도에 열중하던 사람들은 허공에 둥둥 떠 있는 여인에게 눈길조차 주지 않았다. 그도 그럴 것이 이미 바닥에서 하늘로 올라간 이들은 근자 혼자만이 아니었다. 기도에 열중하던 사람들 하나둘씩 더 높은 곳으로 날아올랐다. 누군가는 양손을 모은 공중부양 자세로, 어떤 이는 수영선수처럼 양팔을 휘적대며, 우락부락한 한 남자는 놀란 나머지 온몸을 버둥거리면서.

'세상에, 정말 저렇게들 증발해버리는 거야?'

신혜는 바닥에 앉아서 허공을 수북하게 메운 신도들을 바라보았다. 허공에서 울음과 웃음이 뒤섞인 감탄의 목소리가 계속해서 들려왔다.

목사의 말에 따르면 휴거 이후에는 '7년 대환란'이 이어진다고 했다. 선택받은 사람들이 아닌 지상의 죄인들은 칠 년 동안 먹고 마시면서 환락의 세월을 보낼 것이다. 하지만 고작해야 썩어빠진 음식으로 채워진 만찬일 뿐 칠 년 후엔 진짜 최후의 날이 다가온다. 그때가 되면 마음은 비단결인, 이 세상에서 가난하고 더없이 불행했던 이들이 하늘나라에서 되돌아올 터였다. 그것도 그분이 내어주신 천상의 음식으로 맑은 영혼을 더욱 정갈하게 씻어낸 심판관의 자격으로.

공중에 떠 있던 사람들은 그러나 더는 하늘로 올라가지 못했다. 그들은 모두 천장에 들러붙어 꼼짝도 하지 못했다. 그러자

62

입고 있던 마대 자루들이 한순간에 스르르 녹아 사라졌다. 신혜는 양손으로 눈을 가린 채 손가락 사이로 어마어마한 광경을 지켜보았다. 벌거벗은 이들이 거꾸로 천장에 매달린 채 버둥대느라 서로의 몸이 나무뿌리처럼 뒤엉켰다.

힘깨나 쓰던 시절을 훌쩍 지나 음모가 허옇게 센 노인의 초라한 물건이 겁먹은 듯 덜렁거렸다. 세월의 더께가 무거워 울화병이 치민 중년 여인의 묵직한 가슴이 자꾸만 쿨럭였다. 소심증이 폭식증으로 전이된 젊은 아가씨는 출렁이는 복부를 양손으로 가렸다. 얻어터지는 일이 죽는 일보다 끔찍했던 말라깽이 고교생의 정강이가 바들거렸다. 자상한 인상의 중년 남자는 칼자국으로 뒤덮인 온몸을 드러냈다.

근자 또한 두 다리를 오들오들 떨고 있었는데 어느새 그녀의 다리 사이에서 갓난아기가 태어났다. 비눗방울로 만든 것처럼 투명하고 영롱한 아기였다. 아기는 응애응애 우는 대신 맑고 고운 천상의 소리로 까르르 웃어댔다. 천장에 들러붙은 사람들은 어느 순간 벌거벗었다는 수치심도 모두 날리고 투명한 아이를 보며 감격의 미소를 지었다. 근자는 몸을 움직여 자기가 낳은 사랑스러운 비눗방울 아기를 품에 안아보려고 팔을 뻗었다. 하지만 근자의 손이 닿기도 전에 비눗방울 아기는 툭 터져 사라졌다.

짧지만 긴 침묵이 예배당 안을 맴돌았다. 곧이어 공중에 떠올랐던 사람들의 살갗이 모두 깨지더니 바닥으로 툭툭 떨어져내렸다. 남아 있던 근육과 핏덩이 역시 붉은 곤죽으로 변해 주르르 흘러내렸다. 허공에 남아 있던 뼈들 역시 더이상 버티지 못하고 요란한 소리를 내며 바닥으로 떨어졌다.

신혜는 악취가 풍기는 살과 피 그리고 뼈무더기 속에서 허우적대다가 서둘러 예배당 밖으로 빠져나왔다. 신혜는 문 앞에 이르자 놀란 가슴을 진정시키고 다시 뒤돌아보았다.

예배당 안 사람들은 조금 전과 다름없이 바닥에 앉은 채로 울부짖으며 큰 목소리로 기도하고 있었다. 근자 역시 바닥에 엎드린 채 그녀를 하늘나라로 데려갈 손길을 기다리고 있었다.

'그래, 정말 귀여운 마귀가 맞네.'

신혜는 눈을 가늘게 뜨고 기도하는 사람들을 바라보았다.

'저건, 뭐지?'

신혜는 몇 번이고 눈을 비벼대다 잠자리안경까지 써보았다. 사람들 모습은 그대로였지만 모두들 정수리 위로 길쭉한 것이 불쑥 자라 있었다. 흐릿한 연기 같기도 하고 길쭉한 그림자처럼 엇비슷했지만 사람들마다 색깔이나 모양새가 달랐다. 사람들은 정수리 위로 엉뚱한 게 길쭉이 자란 줄도 모르고 모두들 기도에만 열중했다.

무지개가 사라지듯 길쭉한 것은 뿌옇게 변하더니 사람들의 머리 위에서 사라져버렸다. 신혜는 한참을 멍하니 예배당 앞에 서 있었다. 그러고는 때에 찌든 마대 자루를 걸친 채 느릿느릿 야산의 언덕을 내려왔다. 길가에 도착했을 때쯤 신혜의 머릿속에 어떤 생각이 휙 스쳤다.

'그건 인간의 꼬리야. 그럴 수도 있지. 인간의 꼬리는 사라진 게 아니라 인간의 눈에 보이지 않을 뿐이야.'

그날 밤 이후로 신혜는 인간의 정수리에서 나부끼는 특별한 꼬리를 보는 능력을 얻었다. 물론 1992년 10월 말에 예정되었던 휴거의 날에는 아무런 사건도 일어나지 않았다.

몰골이 거지꼴로 변해 돌아온 딸을 보고 명옥은 주저앉아 울고 말았다. 하지만 영롱한 미소를 띤 신혜는 양손을 가슴에 얹고 방으로 들어갔다. 서둘러 붉은 노트를 펼쳐 자기가 봤던 광경들을 그리려고 연필을 들었다. 하얀 도둑고양이에서부터 천장에 들러붙은 사람들은 물론 정수리 위로 자라는 꼬리까지 그리고 싶은 것은 너무 많았다.

"어떻게 된 거니?"

서둘러 뒤따라 들어온 명옥이 물었다.

"십 분만 딱 십 분만 시간을 줘요."

"그래, 알았다. 한 달을 넘게 기다렸는데 십 분을 못 기다리겠니."

십 분 후 신혜는 노트에 그린 그림을 명옥에게 보여주었다. 명옥은 길게 한숨을 내쉬더니 입가에 평온한 미소를 지었다.

"너 엄마가 그렇게 꽉 막힌 사람인 줄 아니. 예체능계로 진로를 바꾸고 싶다면 엄마한테 먼저 이야기를 해줬어야지. 난 네가 이렇게 그림을 잘 그리는 줄 몰랐잖니."

"난 어마어마한 걸 봤어요."

"우선 엄마 말 좀 들어봐. 미술, 그래 그런 거 나쁘지 않지. 하지만 넌 지금까지 줄곧 일등을 지켰어. 네가 아무리 그림이 좋다고 해도 다른 아이들이 뭐라고 생각하겠니? 지금껏 잘해왔잖아. 엄마 말 무슨 말인지 잘 알지? 우리 딸은 영리하니까."

신혜는 고개를 끄덕였다. 신혜는 명옥에게 어떤 설명을 하든지 소용이 없다는 걸 충분히 이해했다. 지금은 그저 빨리 명옥을 내보내고 붉은 노트에 눈으로 본 것을 옮기고 싶을 따름이었다.

사흘 뒤, 신혜는 다시 학교로 돌아갔다. 명옥은 담임 선생에게 진로에 대한 고민 때문에 아이가 가출을 했다고 설명했다. 모든 것이 다 잘 해결되었다는 말도 덧붙였다. 하지만 신혜의 학교생활은 예전과 같아질 수 없었다.

수업시간에 턱을 괴고는 의자에 앉아 있는 아이들을 바라보았다. 아이들의 정수리에서 꼬물꼬물 꼬리가 자라났다. 수업시간이 바뀔 때마다 교사들의 머리에서도 또 무언가가 자라났다.

인간의 꼬리란 참 보면 볼수록 신기했다. 모양도 엉뚱하고 짧은 시간 안에 슬그머니 변하고 꼬리와 꼬리끼리 엇갈려 다른 빛깔로 물들기까지 했다. 저리도 아름다운 꼬리를 가진 포유류라니. 어린 시절 보았던 만화경 속 광경이 떠오르며 인간은 참 신묘한 존재라고 신혜는 생각했다.

평소 말이 없었던 신혜가 가끔씩 쉬는 시간에 아이들 등을 두드리며 대뜸 말을 건넸다.

"네 꼬리는 돼지 꼬리랑 비슷해. 구불구불한 용수철 모양인데 그 사이에 초록색 이끼 같은 얼룩이 묻어 있어."

아이들은 점점 신혜를 따돌리거나 비웃기 시작했다. 어떤 아이들은 일등만 지키다보니 스트레스에 저렇게 무너질 수도 있구나 싶어 혀를 차기도 했다.

1992년 그룹 '서태지와 아이들'이 청소년들의 우상으로 떠올랐다. 서태지가 만든 노래 〈난 알아요〉는 청소년들의 머리부터 마음까지 구석구석 들쑤셔놓았다. 그 무렵 청소년들은 '난 알아요'라는 말을 쉽게 할 수 없었다. 어른들에게 '쪼그만 놈이 알긴 뭘 알아, 인마'라며 꿀밤을 맞거나 잘난 척은 미덕이 아니라며 선배들에게 으슥한 곳으로 끌려가기 일쑤였다. 또한 수많은 아이들은 자기가 안다고 말할 수 있는 게 거의 없었다. 교실에 앉아 교사들이 시키는 대로 답안을 외우고 문제를 풀었지만 꼭 안다고 말하기는 힘든 상황이었다. 하지만 자기 꿈을 찾아 고등학교를 중퇴하고 모든 학생들의 우상이 된 서태지는 '그 이유'를 '그 사실'을 '알 수가 있다'고 노래를 불렀다. 도대체 뭘 알 수 있단 말인가, 하지만 안다고 당당히 말하는 것이 중요했다. 그리고 1992년 가을에 신혜는 '인간의 꼬리가 정수리에서 자랄 뿐 사라지지 않았다는 사실'을 알았다. 하지만 서태지가 아닌 바에야 혼자 안다고 말하면 바보가 되는 것이 사회의 풍토인지라 신혜는 수학정석과 영어사전을 덮고 새로 산 붉은 노트에 인간의 꼬리가 나타나게 된 기원이 무엇인지 골똘히 생각해 적었다.

인간의 꼬리는 어떻게 태어났을까?

동물의 꼬리는 감각의 총체라고 말할 수 있다. 하지만 감각 세포라고 단정짓기에는 너무나 아쉽다. 꼬리는 세포인 동시에 시(詩)적인 무엇에 가깝다. 바람의 섬세한 떨림을 느끼고 다른 생명체의 희미한 파동도 한순간에 감지한다. 또한 야생에서 살아온 삶의 지혜도 그 길쭉한 것에 모여 있다. 꼬리는 몸의 일부이지만 마음이 형상화된 존재. 동물의 뇌가 작은 이유는 인간보다 지혜롭지 못해서가 아니다. 뇌가 처리해야 하는 수많은 역할을 꼬리가 대신한다. 심플하고 우아한 방식으로.

꼬리는 뇌처럼 복잡하게 생각하지 않는다. 동물들은 우스꽝스러운 얼굴 표정을 짓지 않고도 쉽게 감정을 전달한다. 긴 꼬리를 움직여 감정의 정수를 시적으로 흔들어 표현한다.

인간과 몇몇 영장류는 직립보행을 하고 손을 쓴다. 그런데 길고 지혜로운 꼬리는 영원히 잃고 말았다. 손은 자유롭고 얼굴 표정은 다양해졌지만 인간은 불안과 스트레스에 더 심각하게 노출되었다. 표정이란 너무 복잡해 오해를 불러일으킬 때가 많았다. 게다가 친숙한 꼬리를 잃은 상실감은 더할 수 없는 허무함을 인간의 무의식 속에 심어주었다. 하지만 무의식 깊숙한 곳에 숨겨진 꼬리의 기억은 새롭게 싹을 틔웠다. 꼬리의 존재감에 대한 기억은 대뇌를 활발히 움직이게 했고, 놀랍게도 인간의 정수리에서는 새로운 꼬리가 자라나기에 이르렀다.

물론 그 꼬리는 만질 수도 흔들 수도 없다. 살아 있는 실체가 아닌 관념으로 만들어진 꼬리이기에. 그러나 관념의 꼬리는 눈에 보이지 않지만 폭발적인 힘을 발휘했다. 인간의 지적능력과 상상력은 그 관념의 꼬리를 통해 풍요로워졌다. 꼬리는 그들의 머리 위에 있으나 보이지 않는 존재, 즉 수많은 신들의 모습으로 세상에 튀어나왔다. 꼬리는 곧 인류가 숭배해온 고대문명의 신의 원형이다.

　그리고 그 눈에 보이지 않는 꼬리를 볼 수 있는 이들을 사람들은 '악마'라고 불렀다.

　신혜는 꼬리에 대한 이론을 세우는 일을 포기했다. 아는 것을 말하기보다 차라리 입을 다무는 게 낫다는 결론에 이르렀기 때문이었다. 반에서 일, 이등을 다투던 신혜는 어느새 모든 급우들의 놀림감으로 전락했다.

　어느 쉬는 시간 한 아이가 신혜의 어깨를 툭 치더니 얼굴을 찌푸렸다.

　"야, 성적이 꼬리곰탕, 머리 좀 감고 다녀. 너한테서 꼬리 썩는 냄새나."

　그해 겨울 신혜는 점점 몸을 웅크렸다. 내가 알고 있는 것이 세상에서 아무런 의미도 얻지 못할 때의 대응 방법은 크게 두 가지 정도였다. 하나는 남들의 입맛에 맞춰 살아가는 것이고 다른 하나는 세계를 거부하고 내 몸과 마음을 단단한 고치로 두르

는 방법이었다. 신혜는 후자를 선택했다. 그녀는 대한민국의 고
등학생이 받아들여야 할 세계를 차분하게 거부했으며 학업성적
은 가을 낙엽처럼 우수수 떨어졌다.

외동딸이 자아의 고치에 숨어 인간의 꼬리를 바라보던 그해
겨울, 명옥은 종종 마당에서 쓰디쓴 블랙커피를 홀로 마셨다.
'올해는 참 되는 일이 없구나. 자식이건 주식이건 남편이건
인생이건.'
그해 늦가을에 한국의 주식시장은 500선 밑으로 떨어졌다. 그
녀의 귓가에 새파란 지폐가 낙엽으로 변해 바스락바스락 짓밟히
는 소리가 들리는 것 같았다. 게다가 바구미여사가 파업 아닌
파업을 선언한 탓에 명옥은 계속 손해가 이만저만이 아니었다.
명옥은 머리를 내젓고 다시 커피를 마셨다. 그러자 이번에는
남편 최씨의 일이 머릿속에 떠올랐다. 명옥은 남편을 더는 사랑
하지 않았기에 그저 쇠락하는 한 인간으로 최씨를 바라볼 뿐이
었다.
돈은 돈대로 들였지만 최씨의 원대한 꿈인 정치인의 포부는 아
무래도 허망하게 끝날 것 같았다. 명옥이 보기에도 최씨는 국회
로 갈 그릇이 아니었다. 정치판이란 모름지기 바늘에 참기름을
바른 능구렁이처럼 처세술이 뛰어난 사람에게 어울리는 장소였다.
독이 없는 순한 얼굴로 상대방의 목덜미를 조여 숨통을 끊고 슬
그머니 빠져나가는 기술이 절실했다. 비록 홀어머니 밑에서 자랐

으나 경제적 어려움 없이 순탄하게 큰 도련님에게 정치판은 너무
미끌미끌한 세계였다. 매너 좋은 도련님들이란 아가씨들의 마음
은 잘 후려도 대중의 귀를 붙들기엔 너무 나약한 사내들인지도
몰랐다. 타인을 살살 녹이는 부드러운 거짓말과 타인의 마음에
쇠코뚜레를 채워 끌고가는 거짓말이 어찌 똑같을 수가 있을까.

크리스마스가 얼마 남지 않은 1992년의 겨울이었다. 바구미
여사가 속치마 한 벌만 입고 있어 둘이 함께 쓰는 방은 다른 방
보다 더 뜨끈뜨끈하게 보일러를 틀었다. 가끔 방바닥의 쌀알이
노릇하게 그을려 구수한 냄새를 풍기는 건 그래서였다.
입을 꾹 다물고 누워 있는 바구미여사가 손짓으로 미령을 불
렀다.
"언니, 나 부탁 하나 들어줄래?"
"우리 바구미여사 오랜만에 입에 채운 자물쇠를 풀었네. 그래
무슨 부탁?"
"나 옷 좀 가져다줘. 안방 옷장에 가면 내가 입던 예쁜 색동옷
이 있을 거야."
"갑자기 새옷을 다 찾으시고 웬일이래."
"나 다시 숙녀가 되려나봐."
"기다려요, 금방 가져다줄게."
미령은 지긋지긋하게 페이지가 안 넘어가는 성문영어를 덮어
두고 일층으로 내려갔다.

노크를 했지만 안방에서는 아무 대답도 들려오지 않았다. 문 밖에서 잠시 머뭇거리던 미령은 방문을 열고 안으로 들어가보았다. 라일락나무 집에서 산 지 벌써 한참이었지만 최씨와 명옥이 함께 쓰는 안방에 들어온 건 처음이었다. 딱히 콕 집어 말할 수는 없지만 부부의 침실이 그리 포근한 인상은 아니었다. 화장대도 있고 넓은 침대에 향수 냄새가 은은히 풍겼지만 어딘지 모르게 싸늘했다. 오히려 이 방의 진짜 안방마님은 명옥이 아니라 벽 하나를 다 차지하고 있는 열두 자짜리 장롱이라는 생각이 들 정도였다. 특별한 장식 없이 나뭇결을 그대로 살린 암갈색 원목 장롱은 그 자체로 묵중하고 위엄 있어 보였다.

미령은 괜히 오래 있다 들키면 의심이라도 살 것 같아 서둘러 색동옷을 찾으려고 장롱 문을 열었다. 왼쪽 끝에 있는 문을 열어보니 유행이 지나 입지 않는 80년대풍의 화려하고 원색적인 어깨에 패드가 들어간 화려한 정장들이 걸려 있었다.

너무 알록달록해 촌스러워 보이는 그 정장들을 보고 있자니 문득 선옥이 떠올랐다. 두려움과 원망의 감정은 남아 있지 않았고 그리움만 마음속에 울컥 차올랐다. 하지만 옷장 앞에서 울먹이며 오랜 시간을 보낼 수는 없었다.

다행히 장롱 첫 번째 서랍 맨 위에 곱게 접어둔 색동옷이 보였다. 미령은 옷을 꺼내 눈대중으로 품을 살펴보았다. 넉넉한 품으로 봐서 바구미여사의 옷이 틀림없었다.

색동옷을 들고서 안방에서 나오던 미령은 현관으로 막 들어오는 명옥과 마주쳤다.

"그 옷은 뭐니?"

"그러니까, 고모님이 옷 좀 가져다 달라고 그래서요."

"그래, 그것 참 별일이네. 그 옷 사서 입혀보려고 애를 썼을 때는 그렇게 안 입더니."

명옥은 별다른 말없이 소파에 앉아 리모컨으로 텔레비전을 틀었다. 하지만 미령은 색동옷을 든 채 물끄러미 서서 명옥을 바라보았다.

"나한테 무슨 할 말이라도 있니?"

명옥이 냉랭한 목소리로 되물었다.

"혹시라도 의심하실까봐요. 저 방에 들어갔을 때 아무것도 손대지 않았어요."

"그래, 알았으니까 올라가. 나도 그 정도 사람 보는 눈은 있으니 널 이 집에 두는 거야."

명옥의 말을 들은 미령은 고개를 끄덕이고는 이층으로 올라갔다.

미령이 가져다준 색동옷을 건네받은 바구미여사는 숙녀처럼 차분히 옷을 갈아입었다. 색동옷을 갖춰 입은 바구미여사는 단아한 미소를 지으며 미령을 바라보았다.

"그동안 돌봐주어서 고맙구나. 이제 난 말짱한 바구미가 되었단다."

"그럼, 이젠 뭐라고 불러야 해요?"

"난 이제 애벌레가 아니라 변태한 어른 바구미야. 하지만 여전히 최씨 쌀집의 업바구니인 바구미여사란다."

바구미여사가 어른들만 보여줄 수 있는 주름 가득히 인자한 미소를 지으며 미령의 뺨을 쓰다듬었다. 미령은 그 손길이 너무 따스해 여동생 대신 인자한 아주머니랑 한방을 쓰는 것도 나쁘진 않겠구나 싶은 마음이 들었다.

그날 밤 새벽에 미령은 바구미여사가 부스럭대는 소리에 눈을 떴다. 희미한 스탠드 불빛 아래에서 바구미여사는 풀어헤친 젖은 머리를 참빗으로 빗고 있었다. 놀랍게도 불빛에 비친 머리카락의 빛깔은 새카맣게 돌아와 있었다.

"세상에 어른 바구미가 됐다더니 하얀 머리까지 검게 변했네요?"

"네가 잠들었을 때 화장실에서 양귀비로 염색했거든."

그 말을 들은 뒤에야 미령은 독한 염색약 냄새가 방 안에 가득하다는 사실을 깨달았다.

바구미여사는 입술에 곱게 치자색 립스틱까지 바르고는 잠자리에 들기 전 벗어둔 색동옷을 다시 몸에 걸쳤다.

"그런데 이 밤에 화장은 뭐며 왜 옷까지 챙겨 입어요?"

"난 더 넓은 세상으로 갈 거야. 어른 바구미한테 라일락 쌀통은 너무 좁단다."

그제야 미령은 바구미여사가 라일락나무 집에서 도망치려 한다는 사실을 깨달았다.

"있잖아요, 바구미여사님. 저도 데려가줘요. 저도 이 집이 지긋지긋해진 지 오래라고요."

"아직 안 돼. 널 데려갈 왕자님을 기다려야지."

"왕자님이 정말 있어요? 잘생겼어요? 멋진 차라도 타고 오나요?"

바구미여사는 옷고름을 만지작거리더니 다시 한번 인자한 미소를 지으며 미령의 볼을 쓰다듬었다.

"글쎄다. 확실한 건 너무너무 징한 인연이라는 거야."

"좀더 자세히 말해주세요."

"그러니까 어쩌면 지독한 사랑이고 아니면 또 업인 거지."

"모르겠어요. 어쨌든 이렇게 갑자기 헤어지는 건 싫다고요."

"네가 진심으로 원하면 다시 나를 볼 수 있단다. 하지만 지금 당장은 아니지."

"바구미여사님, 어른이 되더니 답답해 죽겠네. 왜 자꾸 말을 빙빙 돌려요?"

바구미여사는 한 번 더 인자한 미소를 짓더니 미령의 빰을 어루만졌다. 그 손길이 잘 묵힌 포도주마냥 알딸딸하게 따스해서 미령은 나른해지면서 실실 웃음까지 나왔다.

"이런, 너무 늦었다. 해가 뜨기 전에 빨리 떠나야 해."

바구미여사는 방문을 열고 나와 이층 응접실 한 귀퉁이에 있는 테이블 위로 올라갔다. 그녀는 창턱에 발을 디디기 전 뒤따라온 미령의 손에 작은 쌈지만 한 복주머니를 쥐어주었다. 미령이 복주머니를 풀어보니 그 안에는 다섯 개의 쌀알이 들어 있었다.

"정말 귀한 쌀알이야. 수만 개의 쌀알 중에 신통방통한 놈이 하나 태어날까 말까지. 밥이 되는 게 아니라 소원을 들어주는 쌀알이거든. 도무지 해답을 찾을 수가 없을 때 이 쌀알에 도움을 청하려무나. 단 이 쌀알이 종이돈을 물어다주진 못해. 부자가 되게 해달라고 빌어도 아무 소용이 없단다. 업바구미와 업좀은 천적이라 서로의 소원에 간섭을 안 해요. 업바구미는 쌀알로 세상사 이런저런 소원을 들어주고, 업좀은 낡은 종이돈으로 꿩 먹고 알 먹는 소원을 들어주지."

"아이고, 그럼 업좀을 모실 걸 그랬어요."

"고얀 소린 그만하고. 어쨌든 너무 힘이 들어 견딜 수 없을 때 나를 생각하고 이 쌀알을 하나 깨물려무나. 각기 다른 방법으로 신통하게 널 도와줄 테니."

갑자기 미령은 까르르 웃음을 터뜨리고 말았다.

"말도 안 돼, 요술램프도 아니고 소원을 들어주는 쌀알이 어디 있어요?"

"못 믿겠음 지금 당장 어금니로 깨물어보렴."

미령은 일단 바구미여사를 한번 믿어보기로 하고 복주머니를 호주머니에 집어넣었다.

"자, 진짜 믿을 수 없는 일은 이제부터란다."

색동옷을 입은 바구미여사는 창문을 열고 밤하늘을 향해 노래를 불렀다. 노랫말 없이 허밍으로만 부르는 노래는 산짐승의 울음 같기도 하고 낡은 스피커에서 흘러나오는 타령과도 엇비슷했다. 멀리멀리 노래가 울려퍼지자 어느새 밤하늘이 보내는 메아리처럼 하얀 눈이 쏟아져내렸다.

바구미여사는 노래를 그치고 고개를 돌려 미령을 향해 가볍게 윙크를 날렸다. 그러더니 창밖으로 풀쩍 몸을 던졌다. 깜짝 놀란 미령은 테이블로 올라가 종 모양의 창문 너머로 고개를 내밀었다. 바구미여사는 검은 밤하늘과 쏟아지는 하얀 눈 사이에서 덩실덩실 어깨춤을 추며 저 멀리 사라져갔다.

"잘 가요, 바구미여사."

미령은 점점 멀어지는 바구미여사를 더 오래도록 지켜보고 싶어 몸을 더 길게 뺐다. 그러다 어느 순간 중심을 잃고 그만 창문 밖으로 떨어지고 말았다.

미령은 눈을 꼭 감고 비명을 지르다 다시 눈을 떴다. 구수하게 쌀 익는 냄새가 코를 간질였다. 미령은 옆에 곤히 누워 잠들어 있는 바구미여사를 바라보았다. 어둠 속에서도 바구미여사의 이목구비는 제법 선명하게 눈에 들어왔다.

"정말 이상한 꿈도 다 있네."

바구미여사는 좋은 꿈이라도 꾸는지 복스러운 돼지머리마냥 상냥한 미소를 짓고 있었다. 미령은 손가락으로 바구미여사의 볼을 어루만졌다. 바구미여사의 살갗이 미령의 손가락에 닿았을 때 느낌이 여느 때와 달리 괴이쩍었다. 꼭 물에 젖은 벽지 같은 느낌이었다. 미령은 자리에서 일어나 서둘러 전등 스위치를 켰다.

"바구미여사, 바구미여사. 일어나요, 일어나봐요."

하지만 아무리 어깨를 흔들어봐도 바구미여사는 여전히 상냥한 미소만 짓고 있을 뿐 감은 눈을 다시 뜨지 않았다.

병원에서 밝힌 바구미여사의 사인은 심장마비였다. 담당의사가 심장마비로 인한 돌연사는 대한민국 장년층에서는 흔한 일이라고 소견을 덧붙였다. 담당의사의 얼굴은 창백할 정도로 하얗고 눈알이 튀어나온데다 눈가는 너무 거무튀튀했다. 얼굴만 보면 당장이라도 그 자리에서 픽 쓰러질 사람으로 보였다.

바구미여사의 장례식은 조촐하게 치러졌다. 찾아오는 문상객도 없었고 손이 귀한 집이라 북적거릴 친척도 없었다. 하지만 장례식장에 눈물만은 그득그득 넘쳤다. 이제 곧 열다섯이 될 미령은 서럽게 울고 또 울었다. 엄마 선옥이 세상을 떴을 때 겁에 질려 울지 못했던 몫까지 다해서 눈물이 쏟아져나오는 것 같았다. 눈물이 뚝 그칠 것 같다가도 어느 순간 다시 또 폭포처럼 터져 볼을 적시고 입술을 적시며 바닥으로 뚝뚝 떨어졌다.

장례식이 끝나자 미령은 바구미여사의 짐을 정리하려고 방을 치웠다. 방에 수북하게 깔아둔 쌀을 삽으로 퍼서 다시 마대 자루에 담았다. 명옥은 그 쌀이 불길하다며 밥을 해먹을 수는 없고 절에 공양미나 올려야겠다고 투덜거렸다.

그날 청소를 하다 미령은 서랍장 위에 놓인 작은 복주머니를

발견했다. 바구미여사가 세상을 뜨던 날 꿈에서 본 복주머니와
똑같았다. 조심스럽게 열어보니 그 안에 생쌀 다섯 알이 들어
있었다. 미령은 소원을 빌고 한 알을 깨물어볼까 하다 아까워
다시 집어넣었다.

1995

쌀을 씻는 동안 사람들은 배고픔을 잊었다. 갓난쟁이는 배가 고프면 울었고, 어른들은 배가 고프면 서러웠다. 살날이 실낱만큼 남은 사람들은 배고픔에서 삶의 의지를 느낀다. 삶의 강렬한 의지는 배고픔이 채워지면 쉽게 사라지고 어느덧 사람들은 맛에 탐닉하기 시작한다.

배고픔과 맛은 똑같이 음식을 통해 채워지지만 혀와 뇌를 자극하는 맛은 언제나 미련을 남긴다. 혀와 뇌의 감각을 미려하게 감싸는 더 달콤한 맛이 있을 거야, 그 맛을 보지 않고 배만 채우는 건 정말 미련한 일이지.

배고픔이 원초적 욕정이라면 맛은 체계적 사랑의 속성이다. 90년대 중반 서울 사람들은 욕정을 암시하는 상징에 미간을 찌푸렸고, 그 대신 사랑을 원했다. 욕정은 시골의 티켓다방을 떠올

리게 했으며 촌스러워서 금지된 사어(死語)였다. 욕정의 색깔이
붉게 달아오른 살색이라면 사랑의 빛깔은 빛바랜 파스텔 톤의
아스라한 블루. 욕정의 상징이 불타는 모닥불과 바람에 흔들리
는 떡갈나무라면, 사랑의 상징은 귀와 심장으로 계속해서 흘러
내리는 지적이고 달콤한 언어. 80년대의 섹스심벌이 구릿빛의
'이대근'이었다면, 90년대의 섹스심벌은 창백한 '문성근'이었
던 것처럼.

　하지만 아무리 서로를 안고 있어도 체계적 사랑에는 늘 채워
지지 않는 빈자리가 있었다. 사랑의 체계는 언제나 불완전했고
그러다보니 서로의 욕정마저 의심스러웠다. 나는 너를 원하는
가? 나는 당신을 사랑하는가? 사람들은 그럼에도 불구하고 끝
없이 체계적 사랑을 원했다.

　체계적 사랑을 위해 우선 과거의 촌티는 모두 벗어야 했다.
특히 검정머리는 따분한 것이라서 어느새 벙벙한 흰색 속옷과
비슷하게 여겨지고 말았다. 거리의 수많은 젊은 남녀는 오렌지
나 와인색 등 여러 가지 빛깔로 머리카락을 물들였고 컬러무스
나 컬러젤처럼 머리색을 쉽게 바꾸는 헤어제품도 편의점에 진열
되었다. 아예 칼라렌즈를 통해 갈색 눈을 보라색이나 회색으로
바꾸기도 했다.

　달콤한 몽상에 젖어들던 그 시절 거리에는 밤마다 파스텔 톤
의 네온간판이 깜빡였다. 서울의 거리에서는 재즈바가 성행했
고, 자유로운 재즈를 소재로 삼은 소설이나 드라마가 만들어지

기도 했다. 청춘들은 칵테일이나 작은 병맥주를 앞에 두고 존재
의 고독이나 연애의 본질 같은 체계적 사랑을 위한 아스라한 술
주정을 하다 자주 혀가 꼬였다.

꽃들이 화사한 4월의 봄날, 아파트단지 놀이터에 한 여고생이
교복 스커트를 살짝 끌어올려 미령에게 멍든 허벅지를 보여주었
다.

"그냥 파란 게 아니야. 우윳빛 살결하고도 잘 어울리잖아. 꽃
으로 새긴 문신 같지 않니?"

"난 네가 더 신기하다."

호주머니에 양손을 넣고서 미령은 투덜대는 말투로 맞받아
쳤다.

"아무한테나 보여주진 않아. 엄마한테 맞는다는 걸 자랑하고
싶은 사람은 없지."

그녀 앞에 앉은 소녀는 작고 가녀리지만 또박또박한 말투로
말했다.

소녀의 이름은 민구, 남자 같은 이름만 빼고는 세상에 태어날
때부터 여성스러움이 배어 있는 분위기였다. 살짝 통통한 젖살
의 얼굴은 귀여웠고 뽀얀 우윳빛 살결에 작은 체구와 속삭이는
목소리가 잘 어울렸다. 게다가 동그랗고 큰 눈은 반짝이는 총기
가 없는데도 공허하고 희뿌연 아름다움을 풍겼다. 민구의 여성
스러움은 꾸민 것이 아니라 너무나 자연스러워 같은 반 친구들

조차 살짝 안아보고 싶게 만들었다.

"그런데 왜 나한테는 보여주는 건데?"

미령은 여전히 딱딱거리는 말투로 민구에게 되물었다.

미령은 고등학교에 올라와서도 큰 키 때문에 언제나 뒷자리에 앉아 있었다. 최씨를 닮은 오뚝한 콧날 덕에 인상이 강렬했고, 큰 키와 약간 긴 얼굴은 어딘지 모르게 단단한 분위기를 풍겼다. 그녀는 딱히 공부에 관심이 없었지만 그렇다고 특별한 말썽도 없이 제법 조용한 고교생활을 시작했다. 물론 소문에 민감한 아이들은 삼삼오오 모여서 미령이 여중 시절에 신발 뒤축으로 애들을 잡았던 무서운 아이라고 수군거렸다.

"있잖아, 너도 어딘가 멍든 곳이 있지 않니?"

민구가 큰 눈으로 미령을 빤히 쳐다보며 물었다.

"나는 멍청하게 맞고는 안 다녀."

미령은 과장되게 양손을 탁탁 털고 일어났다. 민구가 놀이터 벤치에 앉은 채 호기심 가득 순진한 눈으로 미령을 올려보았다.

"계모와 사는 건 어떤 기분이야? 어떤 식으로 괴롭힘을 당해?"

미령은 거칠게 미간을 찌푸렸지만 민구는 여전히 호기심 어린 눈으로 상대를 바라볼 뿐이었다.

"애들끼리 학기 초부터 수군대는 거 못 들었니? 너 계모 집에 얹혀살고. 그래서 중학교 때부터 막 나갔다고."

"드라마들을 쓰시는군. 좋아, 말이 말 같지 않지만 말해줄게.

그냥 함께 사는 아줌마야. 그리고 그 아줌마하고 나하고는 그러
니까 뭐랄까 그냥 쿨한 관계라고 할 수 있지."

"그렇구나, 부럽네. 난 차라리 우리 엄마가 계모였으면 좋겠
어. 그러면 미움 받는 이유가 좀 타당하게 여겨지잖아."

벤치에서 일어난 민구는 조심스러운 손길로 스커트에 묻은 먼
지를 털어냈다.

"옷에 먼지가 묻으면 또 뭐라고 몰아붙일지도 모르거든. 우리
엄마하고 난 그런 사이야."

민구는 팔짱을 끼고 발로 놀이터의 흙을 툭툭 차면서 눈앞에
있는 아파트단지를 바라보며 말했다.

"저 안에 사는 아이들 중 얼마나 많은 아이들이 얻어맞을까?
밖에 나가면 다들 천사처럼 웃지만 집에서 무슨 취급을 받는지
모르는 일이잖아."

너무나 밝은 목소리였지만 그 안에는 수많은 어두운 감정들이
동시에 터져나왔다. 타고난 여성스러움을 갖춘 소녀들의 화법,
밝음을 가장해 어두운 감정들을 남모르게 빤히 드러내는 방식.

"어쨌든 여기까지 같이 와줘서 고마워. 사실 네가 어떤 앤지
많이 궁금했거든. 맞다, 우리 다음 주말에 같이 공연 보러 안 갈
래? 내가 만나는 오빠가 밴드에서 기타 치거든."

민구는 잠시 미간을 찌푸리다 고개를 끄덕였다.

"좋아."

두 소녀는 그렇게 잠시 서로를 바라보다 싱긋 미소를 지었다.

민구와 헤어지고 라일락나무 집으로 돌아오면서 미령은 잠시 중학교 시절을 떠올렸다.

바구미여사가 세상을 뜬 뒤 이 년 동안 미령은 방황에 방황을 거듭했다. 아주 얇고 투명한 셀로판지와 같은 십대 중반의 아이들은 작은 바람이나 상처에도 소란스레 나풀거렸다. 그러다 아예 훌쩍 날아가서 정신을 차려보면 전혀 엉뚱한 짓을 하고 있기도 했다. 명옥은 미령의 문제로 학교에 불려왔고 담임 선생에게 훈시 아닌 훈시도 들어야했다. 하지만 명옥은 한창 제멋대로인 미령에게 신경질을 내지도 않았고 다그치지도 않았다. 평생 이렇게 철부지로 살고 싶은 건 아니겠지? 그건 창피한 거란다. 그저 팔짱을 낀 채 나직한 목소리로 기품 있고 싸늘하게 한두 마디 던지고는 안방으로 유유히 사라졌다.

마지막 황사로 하늘이 뿌연 봄날의 하교시간이었다. 교문 앞에서 여자아이들은 곁눈질을 하며 지나가고 사내아이들은 벌레라도 한 움큼 씹은 얼굴로 지나갔다. 교문 앞에 서 있는 불량스러운 청바지 차림의 사내아이는 키는 별로 크지 않았지만 선이 얇은 얼굴에 쌍꺼풀 진 눈이 커다랗다. 게다가 살짝 기른 앞머리를 가끔 손으로 부드럽게 넘겼다.

한 여학생을 보더니 석고상처럼 무표정한 얼굴에 어느새 의미심장한 미소가 감돌았다. 미령은 자기를 향해 다가오는 남자를 빤히 바라보았다.

"오빠, 태호 오빠? 세상에 나 이 학교 다니는 줄 어떻게 알았어?"

미소짓는 태호의 입매는 엄마 선옥과 딱 판박이였다.

"내가 여동생 학교 하나 못 찾겠냐?"

"찾으려면 진작 좀 찾지."

칠 년이란 세월이 지났지만 남매는 바로 어제 헤어진 사람처럼 다정하게 분식집 즉석떡볶이를 사이에 두고 마주 앉았다. 뜨거운 김이 모락모락 올라와서인지 미령의 얼굴은 자꾸 화끈거렸고 금방 눈물이 고일 것만 같았다.

"근데, 정말 어떻게 알았어?"

"내 친구 녀석 여자친구가 너랑 같은 반이야."

"우리 반 누구?"

"이름이 웃기더라. 남자 이름이던데?"

"그래, 누군지 알 것 같다."

미령은 고개를 끄덕이고는 잠시 미간을 찌푸렸다. 새침한 얼굴로 계모 이야기를 운운하던 민구의 얼굴 속에 더 수상한 감정들이 숨어 있을 것만 같았다.

"그건 그렇고. 너 이렇게 잘 있는 거 보니까 잘됐다. 그땐 너 무척 원망했거든."

"삼촌은 잘 있어?"

"내가 그 집에서 어떻게 살았는지 알아? 밥통 속의 찬밥도 나보단 나을 거다."

태호는 점심을 걸렀는지 아직 채 익지도 않은 라면을 접시에 덜어 후루룩 먹어치웠다.

"넌 그 집에서 잘 지낸 거지. 아무렴 나보단 낫겠지?"

"그럭저럭…… 그렇게 편하진 않았어. 그 집엔 노망든 할머니가 있었어. 사 년 넘게 내가 혼자 돌봤거든."

미령은 바구미여사를 돌보았을 때가 나쁘지 않았다고 말하면 태호의 마음이 언짢을까봐 일부러 한숨까지 내쉬었다.

"우리 남매는 왜 이렇게 불쌍하냐. 실은 나 삼촌 집에서 나왔어."

태호는 더이상 삼촌의 주먹질에 참을 수가 없다고 했다. 그래서 벼르고 벼르다 그를 주먹으로 때려눕히고는 뛰쳐나왔다고 했다.

"그럼, 이젠 어떡하려고?"

"그래서 말인데 며칠만 신세 좀 지자. 나 아버지 본 지도 오래됐어. 삼촌 집에 있을 땐 명절 때마다 몰래몰래 선물도 들고 찾아오시고 그랬거든. 그런데 삼촌하고 무슨 다툼이 있었는지 지금은 연락도 없어."

미령은 잠시 고민에 빠졌다. 명옥이 어떻게 나올지 뻔히 짐작이 갔지만 그렇다고 오빠의 부탁을 거절하기도 힘들었다. 명옥이 비록 냉정하긴 했지만 그렇게 마음이 나쁜 사람이 아니란 걸 미령도 알기에 어찌 보면 설득할 수 있을 것도 같았다.

"오빠, 요 앞 만화방에서 기다려. 내가 먼저 가서 이야기해볼

게. 걱정하지 말고."

태호는 분홍색 잇몸이 환히 보일 만큼 웃더니 미령의 손을 붙잡았다. 태호의 손은 그리 따뜻하지는 않았지만 미령은 마음 깊숙한 곳에서 어떤 물큰한 감정이 코를 타고 찡하게 올라오는 걸 느꼈다. 바구미여사가 세상을 뜬 후 오랜만에 느껴보는 친밀한 감정이었다.

미령은 집으로 가는 마을버스 안에서 명옥을 설득할 말을 몇 번이고 되뇌었다. 현관문을 열고 들어갈 때까지도 계속 연습을 거듭했다.

"그러니까요, 오빠가 너무 안됐어요. 삼촌이 너무 무섭게 군대요. 어쩔 수 없이 쫓겨났는데 이층에 빈 방 있잖아요. 딱 며칠만 머물게 해주세요. 제가 이렇게 부탁드릴게요."

소소한 문체가 주를 이루는 여성수필 모음집을 읽고 있던 명옥은 느리게 책을 덮었다. 그리고 쓰고 있던 돋보기안경을 벗고는 미령을 바라보더니 코웃음을 쳤다.

"너 내가 그 말을 들어줄 거라고 생각하니?"

미령이 수많은 사고를 쳤던 시절에 내뱉던 말투보다 훨씬 더 싸늘하기 짝이 없었다.

"네 오빠를 대문 앞까지 데려만 와봐. 그길로 너까지 내쫓을 테니."

"아빠한테 당장 전화할 거예요."

미령이 주먹에 힘을 주고 낮은 목소리로 말했다.

"그렇다고 달라질 건 없을걸. 네 아버지도 자기가 밖에서 얻은 자식이 얼마나 형편없는지 이미 다 알 거다. 자기 배 아파서 낳은 어미나 자식이 못나거나 예쁘거나 어여쁘지. 사내들이란 아무리 정이 헤퍼도 천덕꾸러기한테 나눠줄 정이라고는 손톱만큼도 없는 인간들이야."

미령은 고개를 빳빳이 들고 명옥을 바라보며 더 건방진 말투로 말했다.

"그럼, 아주머니한테는 제가 천덕꾸러기겠네요."

명옥은 매니큐어를 발라 길게 기른 손톱으로 코를 만지작거리며 고개를 살짝 숙이고는 코웃음을 쳤다.

"알아서 생각하렴."

"원망 같은 것 안 해요. 감사한 마음도 있고요. 하지만 전 당장 이 집에서 나갈래요."

"네가 나가든 말든 난 붙잡을 생각은 없어. 하지만 고등학교도 졸업 못 하고 가출한 여자애들의 말로야 빤한 것 아니겠니? 신사동 밤거리에 나가봐. 얼굴에 화장을 떡칠한 불쌍한 여자애들 천지일 테니. 제발 그럴 때 나를 원망하지는 말았으면 좋겠구나. 난 남한테 싫은 소리 듣는 거 딱 질색인 사람이니까."

미령은 가방을 왼쪽 어깨에 둘러메고는 현관문을 열고 나가버렸다. 명옥은 요란스레 닫히는 현관문을 잠시 바라보다 다시 수필집을 펼쳐 페이지를 넘겼다. 하지만 자기도 모르게 읽었던 부분을 몇 번이나 되풀이해 읽다가 무겁게 한숨을 쉬었다.

마을버스에 올라탄 미령은 차창 밖으로 스쳐가는 밤거리를 바라보며 손톱을 깨물었다. 이대로 라일락나무 집을 빠져나오고 싶었지만 그래봤자 아무것도 나아지는 게 없다는 사실이 빤했다. 아무리 머리를 굴려도 복잡한 문제의 엉킨 부분을 풀기란 그리 쉽지 않았다. 머릿속 문제를 단번에 잘라주는 가위가 있다면 얼마나 좋을까? 그러잖아도 라일락나무 집에서 명옥과 얼굴을 마주하며 지내고 싶지 않은 마음이 점점 단단해져 갔다.

미령은 음악을 들으면 조금 마음이 편해질 것 같아 미니카세트를 꺼내려고 가방을 열었다. 그런데 카세트보다도 가방 깊숙한 곳에 늘 넣어두는 복주머니가 유달리 더 눈에 띄었다. 이번에야말로 특별한 쌀이 소원을 들어주는지 아닌지 시험해볼 수 있는 기회이겠거니 싶었다.

복주머니를 열고 쌀 한 톨을 조심스럽게 꺼내서 입안에 집어넣었다. 눈을 감고서 어금니로 조심스럽게 깨물면서 여러 번 되풀이하며 소원을 빌어보았다.

'라일락나무 집을 나와서도 잘 살 수 있도록 도와줘요.'

고소한 쌀의 향기가 입안에서 넘실거렸다. 미령은 살포시 눈을 뜨고 주위를 둘러보았다.

버스는 여전히 달리고 있었고 승객들은 졸면서 차창에 머리를 박았다. 달라진 건 아무것도 없었다. 하지만 태호가 있는 만화방 앞에 마을버스가 도착했을 때 버스에서 내린 미령의 얼굴은 차분하게 보였다.

여동생이 만화방으로 들어오자 태호는 읽고 있던 〈슬램덩크〉
를 테이블에 올려놓고 벌떡 일어섰다. 미령은 이마에 들러붙은
머리카락을 손으로 쓸어 넘기고는 태호 옆에 앉았다.

"오빠, 우선 오늘은 삼촌 집에 가는 게 어때?"

미령을 바라보던 태호는 실망을 감추지 못하고 쓸쓸한 표정을
짓다가 붉으락푸르락 분노가 가득한 얼굴로 돌변했다. 미령에게
는 낯익은 표정이었다. 최씨와 다툰 밤이면 선옥 역시 처연한
얼굴로 방바닥에 눈물을 뚝뚝 흘리다 옷장에서 남편의 와이셔츠
를 꺼내 손으로 찢어버리곤 했다.

"너 내가 우습지?"

태호는 미령의 어깨를 양손으로 힘껏 움켜잡고는 노려보았다.

"그게 아니라, 우선 지금은 아무래도 안 될 것 같아."

"안 되도 되게 하는 거, 그게 가족끼리의 사랑이잖아. 엄마가
살아 있었으면 어떻게든 날 도와줬을 거야."

"몰라, 그건 모르겠어. 어떤 게 가족끼리의 사랑인지. 하지만
지금은 안 돼. 이렇게 화만 내지 말고 나한테 며칠 더 시간을 주
든가."

태호는 갑자기 요란스레 손사래를 치더니 곧장 출입문 쪽으로
걸어갔다.

"됐어, 이제 다시는 너 안 봐."

소리를 빽 지르자 태호는 변성기 소년처럼 목소리가 탁하게
갈라졌다.

그날 밤 미령은 마을버스 막차를 타고 라일락나무 집으로 다시 되돌아왔다. 컴컴한 현관을 지나 계단을 오르는 미령의 발걸음은 무척이나 무거웠다. 그리고 다음날 학교에 갈 때도 수업을 들을 때도 그 콘크리트처럼 온몸에 덕지덕지 붙은 무거움은 떨어지지 않았다. 미령은 수업시간에도 그저 의자에 몸을 기대고 돌부처마냥 넋을 놓고 있었다. 쉬는 시간에 민구가 조심스러운 걸음으로 다가와 살며시 어깨를 두드리기 전까지는.

"우리, 약속한 거. 설마 잊은 건 아니겠지?"

대한민국의 모든 놀이공원이 어린이들로 와글거리고 그만큼 미아가 되는 아이들도 많은 5월 5일 어린이날이었다. 하지만 길거리에서 벌어지는 어린이날 행사를 노파들처럼 물끄러미 지켜보던 열일곱의 두 소녀는 이른 저녁 홍대입구 지하철역에 내려 화장실로 향했다.

점잖은 스커트 정장 차림의 민구는 화장실 거울을 보며 조심스럽게 화장을 고쳤다.

"오빠가 고등학생이라도 상관은 없다고 말했는데. 혹시 또 몰라. 내가 좀 어려 보이니까 중학생으로 보는 사람도 있고 그래."

민구는 작은 아이브러시를 들고 미령을 바라보며 특유의 싱그러운 미소를 지었다.

"좋겠다, 넌. 그냥 청바지만 입어도 대학생처럼 어른스러워 보이잖아."

민구는 옆으로 다가와 미령의 머리카락을 만지작거렸다.

"머리만 더 길러서 컬을 줬으면 정말 멋졌을 텐데. 그리고 눈 밑에 아이라인 그려주고. 넌 키가 커서 모델 같을걸."

"중학교 때만 해도 눈썹도 그렸어."

미령은 청바지 주머니에 손을 넣은 채 민구의 얼굴을 바라보았다. 살짝 화장만 고쳤을 뿐인데도 학교에서 본 모습과는 전혀 달라 보였다.

"그건 불량해 보이고 싶어 얼굴에 힘주는 거지. 립스틱을 바르고 볼터치를 한다고 천사처럼 예뻐지는 거 아니잖아. 어떻게 변신하고 싶은지 늘 머릿속에 그려봐야지. 넌 아직 어떻게 여자가 되는지 잘 모르는구나. 걱정 마, 내가 잘 챙겨줄게."

지하철역에서 나온 두 소녀는 공연이 있는 클럽까지 한참을 걸었다. 노란 건물 지하에 있는 클럽 입구에 다다르자 이제 막 생각이 났다는 듯 민구가 고개를 살짝 끄덕였다.

"너희 오빠 삼촌 집에 돌아갔대. 내 남자친구가 그러더라. 내가 물어봤지, 아무래도 궁금해할 것 같아서."

민구는 그 말을 남기고 먼저 계단을 내려갔다.

좁은 계단을 내려가는데 한창 쿵쿵대는 드럼 소리가 귀를 때렸다. 문을 열고 클럽 안으로 들어선 두 소녀는 담배연기에 콜록대며 거푸 기침을 했다. 사방 벽은 캄캄하고 시끄러운 드럼과 기타 소리가 너무 시끄럽게 달려들어 귀가 먹먹할 지경이었다. 밴드 멤버들은 노랗게 탈색한 머리카락을 뾰족하게 세우고는 달라붙는 찢어진 청바지에 끈 풀린 워커를 신고 괴성을 질러댔다. 밴드가 연주하는 음악은 두 소녀의 감성을 자극하기는커녕 전혀 다른 방식으로 둘을 뒤흔들었다. 드럼 소리는 머리를 후려갈기는 듯했고 기타 소리는 목을 조르는 것 같았으며 보컬의 목소리는 고막을 찢을 것만 같았다.

1995년 서울의 작은 클럽에서 처음으로 펑크밴드들이 무대에 올랐다. 섹스피스톨즈 같은 유명한 펑크밴드의 카피곡을 연주할 때도 있었고, 무슨 곡인지는 모르겠으나 악에서 악으로 끝나는 곡들도 부지기수였다. 시끄럽고 불경해 보이기 짝이 없는 펑크를 처음 들은 사람들은 음악의 아황산가스 냄새를 맡은 듯한 표정들을 짓곤 했다. 동방예의지국에서 버릇없이 소리를 지르다니, 그건 술에 취해 잠깐 정신을 놓았을 때나 허용되는 것 아닌가. 클럽 근처에 있는 주택가에서 최영 장군을 모시는 유명한 장군보살은 난지도 쓰레기매립장을 없애면서부터 신촌 일대가 온갖 악귀의 기운이 창궐한다며 투덜거렸다.

미령과 민구는 둘 다 귀를 막고 있었지만 어느새 미령의 발걸음은 무대 쪽으로 점점 가까워졌다. 미령은 시끄러운 음악의 리듬에 맞춰 옆에 있는 몇몇 사람들을 따라 쑥스럽게 머리를 흔들었다. 그녀를 둘러싼 답답한 환경을 화병 속에 집어넣고 다시 그 화병을 옥상에서 멀리 집어던지는 것처럼 미령의 온몸이 찌릿했다.

공연이 끝나고 클럽 밖으로 나오면서 민구는 절레절레 고개를

94

저었다.

"난 본 조비처럼 멋진 밴드인 줄 알았지. 나 아까 너무 시끄러워서 토할 뻔했잖아."

"난 좋아. 신나면 그만. 어쨌든 데려와줘서 고마워. 정말 기분이 좋아졌으니까."

머리카락에서 담배 냄새를 풀풀 풍기며 미령은 혼자서 킬킬거렸다.

민구는 펑크라면 진절머리를 쳤지만 미령은 종종 작은 클럽을 찾아가 음악이 그녀를 쥐고 흔드는 걸 즐겼다. 미령은 헤드뱅잉에도 맛을 들였지만 머리길이 규정에 따른 단발머리라서 아무래도 미진했다. 더욱 서글픈 것은 머리가 빙글빙글 도는데 콘크리트 바닥은 단단해서 영 싱겁기 짝이 없다는 사실이었다.

어느 날 미령은 라일락나무 집 신발장 구석에서 빨간 하이힐을 찾아냈다. 굽이 높고 앞이 뾰족한 그 신발은 명옥이 샀다가 신고 나가기가 너무 부담스러웠는지 한쪽 구석에 숨겨둔 신발이었다. 그 신발을 몰래 들고 방으로 들어가 신어보니 발에 꼭 맞는 것이 마음에 들었다.

미령은 빨간 구두를 신고 양팔을 흔들며 가파르고 좁은 계단을 내려갔다. 가끔은 앞으로 넘어질 것처럼 몸이 쏠리기도 했는데 그럴 때마다 슬며시 웃음이 터졌다. 클럽의 문 앞에 서면 이미 답답한 세계 속에 사는 열일곱의 미령은 사라지고 없었다.

그저 빨간 구두를 신은 긴 다리의 조랑말 소녀만 존재할 뿐이었다. 라일락나무 집이라는 답답한 목장을 빠져나와 맘대로 박차고 달릴 수 있는 힘과 용기를 가진 그런.

클럽의 문을 열고 들어가면 매캐한 담배연기와 펑크밴드의 귀를 찢는 음악이 면도날처럼 마음을 북 찢고 그녀가 딛고 서 있는 답답한 세상 역시 눈 깜짝할 사이에 시원하게 찢어질 것만 같았다.

우아한 명옥이야 빨간 구두를 사놓고 신지도 못했지만 조랑말 소녀로 변신한 미령은 달랐다. 그녀는 고삐 풀린 조랑말마냥 신이 나서 펑크음악에 맞추어 팔과 머리를 제멋대로 흔들었다. 가끔 발목이 겹질리면 고꾸라질 듯 위태로웠으나 비틀대지 않으면 그건 진정한 춤이 아니었다.

클럽을 자주 들락거리면서 미령은 밴드 멤버들과 자연스럽게 말을 텄다. 거칠고 귀여운 남자들을 흉내내 길거리에 침을 뱉는 버릇도 배웠다. 온몸이 가시투성이인 고슴도치처럼 마음껏 길바닥을 휘저으며 퉤퉤거리면 그 순간만은 슬며시 세상이 우스워졌다. 하지만 늦은 밤 혼자서 지하철 2호선을 기다리노라면 많은 것들이 무서워졌다. 지하철이 들어오지 않은 컴컴한 선로의 끝자락이나 그녀 인생의 앞날이나 별로 다르지 않을 것만 같았다.

엄마는 세상에 없고 오빠는 저주의 말만 남기고 떠난 혈혈단신 열일곱. 가장 친했던 바구미여사가 남긴 것이라고는 고작해야 영특한 건지 아닌지 어쩐지 의심스러운 쌀 몇 알이 전부. 라일락나무 집의 유일한 혈육인 최씨 또한 새로 시작한 사업이 바빠 그 잘난 코빼기도 보이지 않았다. 결국 열일곱에 어떻게 살아야 하는지 알려줄 수 있는 사람은 그녀 옆에 아무도 없었다.

기말고사가 가까워 오는 계절, 미령은 지하철을 기다리며 나무벤치에 올라앉아 빨간 구두만 물끄러미 바라보았다. 지금 이 순간 유일하게 위로가 되는 것이 끝이 뾰족한 신발뿐이라니, 삶은 참 답답한 일이었다.

"그 구두, 네가 샀니?"

겨우 목구멍에서 튀어나온 듯 나지막한 목소리가 옆에서 들려왔다. 너무 작은 목소리라서 빨간 구두가 붉은 입술로 말을 한다면 아마 그렇게 웅얼대리라 여겨졌다.

헐렁한 검정 박스티에 품이 넓은 청바지만 입은 여자가 미령 앞에 서 있었다. 몇 달 만에 본 신혜였다.

"언니, 머린 왜 그렇게 짧게 깎았어? 그리고 이제 안경 안 써?"

둥그스름하게 튀어나온 이마가 훤히 드러날 만큼 짧게 머리를 올려 친 신혜는 안경을 쓰지 않아 눈매는 훨씬 시원해 보였다. 아름답고 큰 눈이었지만 무언가를 바라보는 시선은 여전히 불안하게 보였다.

신혜는 재수까지 해서 서울에 있는 한 대학의 서양화과에 입학했다. 신혜가 특별히 예체능을 원한 것은 아니었다. 다만 성적이 점점 곤두박질치면서 담임과 명옥은 신혜를 서울에 있는 대학에 집어넣기 위한 대책을 세워야 했다.

명옥은 성적을 바닥으로 죽죽 끌어내릴 만큼 그토록 화가가 되고 싶은 것이냐고 신혜를 몰아붙였다. 하지만 신혜는 아무 대답도 하지 않았다. 신혜는 화가를 꿈꾼 적도 없을뿐더러 어린 시절부터 어떤 직업을 가지고 싶은 꿈이라고는 가진 적이 없었다. 물론 어른들이나 선생님, 부모님이 물었을 때도 똑같이 대답했다. 넌 크면 뭐가 되고 싶니? 난 꿈이 없어요. 어른들은 신혜의 질문을 대수롭지 않게 여겼다. 성적이 워낙 좋은 아이였으니 꿈이 있건 말건 무슨 상관이랴 싶었다. 더구나 남몰래 명옥을 시기하던 육성회 회장 김 여사는 신혜 고것이 벌써부터 거만하기 짝이 없다고 생각했다. 남보다 워낙 뛰어나게 공부를 잘하니 나중에 의사나 검사나 아무거나 골라 먹겠다는 심보라니, 인생이 잔치뷔페도 아니고, 앙큼한 년. 하지만 신혜의 성적이 점점 바닥으로 떨어지자 꿈이 있건 말건 이제는 대학에 가는 일이 더 중요해졌다. 명옥은 어떻게든 딸을 대학에 보내야겠다고 생각했고 결국 예체능으로 밀어붙였다. 신혜는 고3 때부터 입시 미술 준비와 대입시험 공부를 같이 해야 했다. 피곤한 일정이었지만 그런대로 소화했고, 미술에 재능이 있는 편이라 석고상 데생 정도는 금방 능숙해졌다. 하지만 무슨 생각에서인지 실기시험에서 석고상 데생 위에 꼬리를 그려넣는 바람에 재수까지 해야 했다.

대학에 들어와서도 신혜는 공부에 아무런 흥미를 느낄 수 없었다. 다만 집중해서 바라보면 그녀 앞의 세상은 전혀 다르게 비틀어졌다. 신혜는 그걸 '깜빡깜빡'이라고 불렀다. 집중해서 두 눈을 깜빡이면 거리의 수많은 사람들이 정수리 위로 찬란한 꼬리를 드러냈다. 그 누구도 보지 못하는 관념의 꼬리가 그녀 앞에서 공작의 꼬리마냥 활짝 피어났다. 사람의 꼬리란 짐승과 달라서 종속과목과는 상관없이 모두들 제각각이었다. 아르마딜로의 꼬리나 여우의 꼬리처럼 동물 꼬리와 비슷한 것도 있는 반면, 아예 종잡을 수 없는 액체나 젤리 상태도 있었고, 독특한 조각 형태도 있는 등 각양각색이었다. 어떤 남자들은 회색 블록처럼 층층이 쌓인 미니어처를 머리에 이고 다녔고, 누군가는 암모나이트를 네온사인으로 장식한 형태의 꼬리를 얹고 있기도 했다. 알고 보면 사람들의 매일매일이 카니발 분장처럼 화려한 모습이었다.

신혜는 깜빡깜빡 두 눈으로 미령의 얼굴을 빤히 바라보았다.

"아주 엷고 밝은 노란 꼬리인데, 조그맣게 살랑거리는 게 보여. 작은 붓 같기도 하고 어쩌면 조랑말 꼬리하고도 닮았어."

미령은 오랜 기간 바구미여사를 돌보았기에 신혜가 무슨 말을 하든 괴이쩍게 여기지 않았다. 하지만 알아듣기 쉽게 떠들어대는 바구미여사와 다르게 신혜의 말은 속삭이는 듯 나직해도 어딘지 모르게 복잡해서 무슨 소린지 알아듣기가 힘들었다.

"그 꼬리가 나에 대해 뭘 말해줘? 그런 거 말고, 혹시 언니도 고모님처럼 앞날을 알 수 있어? 혹시 내가 불행해지지는 않겠지?"

신혜는 성모상처럼 약간은 울적한 얼굴로 앉아 있을 뿐 아무 대답도 하지 않았다. 곧 열차도착안내판에 표시등이 들어왔고 미령은 빨간 구두를 가방 안에 집어넣었다.

"됐다, 지하철 오니까 얼른 타자. 참, 그리고 이 빨간 구두는 내 꺼야. 나 아니면 다른 사람은 아무도 못 신어."

어느새 지하철이 도착하고 자동문이 열렸다. 신혜와 미령은 함께 지하철에 올라탔다.

두 눈을 깜빡이자 그녀가 올라탄 객차 안은 한순간에 도살장으로 변하고 말았다. 사람들의 살갗이 스르르 벗겨지더니 어느새 붉은 살점이 드러나 피가 낭자하고 뼈가 우르르 쏟아져 바닥에 나뒹굴었다. 사방 벽에는 피와 살점이 여기저기 튀어 오소소 소름이 돋을 지경이었다. 그저 신혜의 눈에만 보이는 환영이었지만 피비린내까지 진동하니 그야말로 지옥 같은 풍경의 지옥철이 따로 없었다. 하지만 한 번 더 눈을 깜빡이자 이번에는 지하철 안이 그야말로 천상의 풍경으로 바뀌었다. 사람들의 머리 위로 오색찬란하고 가지각색인 꼬리들이 요란스럽고도 즐겁게 나부꼈다.

신혜는 좌석에 앉은 채 마주 보고 앉아 있는 두 남녀를 힐끔거렸다. 남자는 신문을 보고 있고 여자는 이어폰을 꽂은 채 눈을 감고 있었지만 머리 위로 자란 둘의 꼬리는 서로에게 다가갔다. 허공에서 만난 꼬리는 전혀 다른 빛깔로 서로를 물들여 갔다. 신혜는 꼬리라는 인간만의 무지개가 서서히 사라질 때까지 그렇게 넋을 잃고 빠져들었다.

"웬일이니, 둘이 함께 다 올 때가 있고?"

신문을 읽던 명옥이 돋보기안경을 벗고 현관에 들어선 미령과 신혜를 동시에 바라보았다. 하지만 둘 모두 짧게 인사만 하고는 각자 자기 방으로 들어갔다.

명옥은 테이블 위에 놓인 신문을 다시 펼치려다 눈을 감고 여러 번 눈을 깜빡였다. 눈이 아리면서 눈물이 질금거렸다. 어느덧 명옥은 신문을 오래 들여다보면 눈이 뻐근했고 관자놀이가 욱신거렸다. 늘 메모를 꼼꼼히 해두는데도 사소한 전화번호나 사람 이름이 기억나지 않아 어이없을 때가 한두 번이 아니었다. 이제 겨우 사십대 중반이었지만 무언가 무너진다는 불안감이 밀려와 가슴이 허망한 연기처럼 변하는 기분도 들었다. 그나마 위안거리라곤 올해 들어 명옥이 쥐고 있는 주식들이 활활 불이 붙었다는 것뿐이었다.

명옥은 누룽지나 훑어보며 이러니저러니 읊어대는 시누이가 아닌 능력 있는 투자상담사의 도움을 받는 중이었다. 삼십대 중반의 활기찬 남자는 월요일에는 푸른 셔츠를, 금요일에는 하늘색이나 연한 핑크를 골라 입었다. 바쁜 와중에도 운동을 게을리하지 않아 가슴팍은 단단했고, 숱 많은 머리에 젤을 듬뿍 발라 가르마를 타 빗어 넘겼다. 명옥은 점점 숱이 줄어 훵한 최씨의 정수리를 떠올리고는 은근히 즐거워했다. 젊고 스마트한 남자의 조언을 듣는다는 이유만으로 그녀의 마음에 윤기가 돌았다. 더구나 경제에 박식한 사람답게 세계경제의 흐름을 논하는 자신감 넘치는 목소리를 듣다보면 겨우 시누이의 누룽지점을 믿고 투자한 지난 시절이 부끄럽기 짝이 없었다.

자정을 한참 넘기고서야 얼큰하게 취한 최씨는 집으로 돌아왔다. 명옥은 남편의 뒤를 따라 안방으로 들어가서는 말없이 그의 웃옷을 받아주었다. 담배 냄새와 술냄새로도 감출 수 없는 화류의 냄새가 쥐색 양복에서 물씬 풍겨왔다.

"어이, 돈 좀 마련해봐."

최씨가 양발을 벗어 둘둘 말아 바닥에 던지면서 말했다.

"또 돈이요? 지금 상황에서 팔 땅도 없어요."

"아니면 당신 주머니에서 좀 꺼내보라고."

명옥은 아무 말도 하지 않고 벗어던진 양말을 주워 거실로 나가려고 했다.

"그러지 말고 좀 도와줘. 그냥 달라는 것도 아니잖아. 우선 빌려주면 몇 달 안에 이자까지 쳐서 내가 갚는다."

정치판에서 발을 뺀 최씨는 결국 건축사업까지 말아먹었다. 하지만 재기의 발판을 마련하겠다며 미국 유학을 마치고 돌아온 후배와 동업으로 인테리어 회사를 크게 차렸다. 그 때문에 들이부은 돈 역시 상상을 초월할 정도였다. 돈을 빵빵하게 처발라야 돈이 들어온다는 게 원래 최씨의 기본 경영마인드이기도 했다.

하지만 큰소리만 뻥뻥 쳐놓았을 뿐 생각보다 일이 잘 풀리지 않아 날이 갈수록 낯빛이 거무튀튀해졌다.

"적당히 좀 해요. 도대체 얼마나 까먹으려고 그래? 돈에 걸신 들린 조상귀신이 들러붙었나. 당신 혼자서 얼마나 더 말아 먹어야 정신 차릴 건데요?"

명옥은 목소리를 높이지 않고 나직하게 할 말을 다 하고는 최씨의 와이셔츠를 주워들고 나가려고 했다.

"이런 젠장, 암탉이 사나우니까 되는 일이 없지."

"말 한번 곱게 하시네. 더러운 년들하고 매일 밤 놀아나니 그런가? 우리 추하게 늙지 말고 좀 아름답게 늙읍시다."

최씨는 벌떡 일어나서는 명옥의 팔을 끌어당겨 침대에 내던지듯 밀쳤다. 그러더니 침대 위로 올라가 금방이라도 목을 조를 것 마냥 사납게 노려보았다. 명옥은 있는 힘껏 발로 출렁이는 배를 걷어차고는 침대 밑으로 뛰어내려왔다. 침대에 드러누워 나뒹굴던 최씨는 무릎을 꿇고 고개를 까닥이며 요란한 소리와 함께 이불 위에 그대로 속엣것을 토해냈다. 바깥으로 나가려던 명옥은 다시 침대로 올라와 최씨를 잡아끌었다.

"이 양반이, 이게 얼마짜리 이불인데."

다음날 오후 명옥은 최씨 통장으로 필요한 돈을 입금했다. 그날 밤 일찌감치 집에 들어온 최씨는 입가에 부드러운 미소를 짓고는 명옥을 껴안았다.

"기다려봐. 여기서 주저앉으면 이도저도 아니라고. 인생 한

방 아니겠어."

명옥은 부드럽지만 냉정하게 두 팔로 최씨의 가슴팍을 떠민 다음 화장대 의자에 걸터앉았다.

"도통 난 모르겠어요. 왜 그렇게 다들 평생 헛발질들만 하는지."

최씨는 명옥이 입술을 깨문 채 조곤조곤 내뱉은 말을 못 들었는지 그저 웃기만 했다. 명옥은 화장대 거울에 비친 남편을 빤히 바라보았다. 저렇게 씩씩하게 웃는 모습을 보고 있으면 듬직하고 믿음직한 백점짜리 남편이었다. 하지만 이미 명옥의 마음속에서 최씨는 장롱이나 냉장고와 별반 다를 바 없는 존재로 변한 지 오래였다. 아무런 감흥도 불러일으키지 않았지만 언제나 그 자리에 있어야 하는, 사라지는 것조차 상상할 수 없는 그 무엇이었다.

'악으로 남을지 옥으로 남을지 모르겠지만 부부라는 게 참 무섭긴 무섭구나.'

명옥은 거울 속 남편을 향해 씁쓸한 미소를 지어 보였다.

"저기, 나 거기서 자주 봤는데."

늦은 시간 홍대 전철역 방향으로 혼자 걷던 미령은 다소 아니꼬운 눈초리로 눈앞에 서 있는 낯선 남자를 바라보았다.

"그러니까 정말 웃기더라. 내 말은 꽤 괜찮다는 말인데……"

머리를 단발로 기른 하얀 얼굴의 남자가 미령의 뒤를 쫓아왔다. 무테안경 너머로 보이는 눈은 길지만 눈초리가 부드럽게 아래로 흘러내렸다. 사실 미령도 클럽에서 병맥주를 들고 선하게 웃는 남자의 얼굴을 본 적이 몇 번 있었다. 친절한 교회 오빠 같은 모습으로 시끄러운 음악에 맞추어 머리를 흔들어대는 모양새가 은근히 웃기기도 했다.

"어쨌든 내 말은 예전부터 한번 말을 걸어보고 싶었어. 뭐, 그렇다고."

일부러 건방진 목소리로 껄렁하게 말을 걸어왔지만 말꼬리의 톤이 어색한 게 미령의 눈에 빤히 들어왔다.

"그러니까 말이지, 어느 대학 다녀?"

남자는 어깨에 잔뜩 힘을 준 채 몰아붙이듯 물었다.

"난 고등학생."

미령의 대답에 잔뜩 긴장했던 남자의 얼굴은 맥없이 풀어졌다.

"그럼 심하게 동생이네. 아니, 네 살 차이면 그렇게 나쁜 것도 아니지만."

"그럼, 이제 갈게요."

"잠깐, 내 소개가 늦었지. 그러니까 난 민구라고 해. 강민구."

미령의 앞을 가로막으며 남자가 말했다. 미령은 풋, 웃고 말았다.

"내 이름이 좀 촌스럽긴 하지. 근데, 사람은 정말 세련됐거든."

"그게 아니고 제일 친한 친구 이름도 민구라서. 걘 여자애라서 그 이름 정말 이상하게 생각해."

"어, 뭐야? 막 대놓고 반말이네."

삼십 분 후 둘은 홍대 놀이터 나무벤치에 앉아 탄산음료를 마셨다. 초여름의 저녁은 땀이 살짝 밸 만큼 따사로워 이런저런 이야기를 늘어놓기에 딱 좋았다. 솔직히 시원한 맥주 한 캔 정도는 음료수처럼 마시는 미령이었지만 옆에 앉은 해사한 남자에게 대놓고 먼저 말을 하기가 쑥스러웠다.

막상 둘이 앉자 별로 할 이야기는 딱히 없어서 민구는 계속 자기가 좋아하는 록밴드 이야기만 했다.

민구는 종이팩에 담긴 흰 우유 같은 대학생 남자애였다. 초등학교 때부터 학생들에게 급식되던 플라스틱 상자에 차곡차곡 담긴 우유들 같은 무난한 서울내기 남자애들. 서울 토박이로 태어나 초등학교부터 고등학교까지 성적은 적당히 상위권이었으며 선생들 말도 적당히 안 들었다. 성격도 까칠하지 않았고 외모역시 연애편지를 다발로 받을 만큼은 아니었지만 밸런타인데이 때마다 초콜릿 하나는 건질 정도의 수준이었다. 민구의 아버지는 담배인삼공사에서 일했으며 어머니는 초등학교 교사를 하다 임신과 함께 일을 그만두었다. 부부는 세 아이를 두었는데 자식이란 모름지기 엄하게 키워야 한다는 교육철학이 뚜렷한 편이었다. 첫아이는 사내인데다 드세서 종아리에 회초리가 떠날 날이 없었다. 둘째는 여자아이인데 혹시나 잘못될까 싶어 대학졸업 때까지 통금시간을 지키지 않으면 무릎을 꿇렸다. 두 아이를 그리 엄하게 키우다보니 진이 빠질 대로 빠졌는지 막내 민구는 제멋대로 자라도록 내버려두었다. 얌전히 자라던 민구가 고등학교에 입학하면서 기타와 록음악에 미쳤을 때도 부모는 대학을 간다고 약속하면 내버려둔다고 다짐만 받아두었을 정도였다.

다행히 타고난 머리가 좋았는지 성적이 곤두박질치지 않았고 민구는 재수도 하지 않고 컴퓨터공학과에 입학했다. 하지만 민구가 부모 몰래 꿈꾸는 미래는 바로 밴드의 기타리스트였다.

90년대 초반 많은 금지곡들이 풀리면서 알음알음 빽판으로 듣던 록의 고전들을 마니아들은 정식으로 들을 수 있었다. 더불어 이야기 프로그램을 통해 컴퓨터 PC통신에만 접속하면 푸른 화면 속에서 좋아하는 록음악에 대해 여러 사람들과 채팅으로 대화를 나눌 수도 있었다. 영화 연애 고민 성적담론 정치에 이르기까지 컴퓨터의 푸른 화면을 바라보며 사람들은 마음껏 대화를 나누었다. 꿈같은 일이었지만 이미 혜은이란 여가수는 80년대 후반에 꾀꼬리 같은 목소리로 미래의 풍경을 예언하기도 했다.

파란 나라를 보았니? 꿈과 사랑이 가득한. 파란 나라를 보았니? 천사들이 사는 나라. 파란 나라를 보았니? 맑은 강물이 흐르는. 파란 나라를 보았니? 울타리가 없는 나라. 난……

PC통신에 접속한 청춘들은 꿈과 노래 그리고 밝은 미래에 대해 즐겁게 이야기할 시간이 언제까지나 이어지리라 믿어 의심치 않았다.

"그러니까, 이제는 프레디 머큐리 이야긴데……"

채팅을 할 때에 비하면 너무나 경직된 자세로 민구는 벤치에 앉아 자기가 좋아하는 밴드의 역사를 줄줄 읊었다.

미령은 얌전히 앉아 민구의 이야기를 들었지만 모르는 것들이 태반이었다. 더구나 미령에게 있어 음악은 몸으로 즐기는 것이지 달달 외우는 암기과목이 아니었다. 하지만 미령은 민구의 떠드는 말보다 중간 중간 자기가 잘난 척하지 않는지 쑥스러워하는 얼굴을 보는 일이 더 즐거웠다. 수줍음이 감도는 얼굴은 미지근하게 다가와 방어벽을 툭 무너뜨리는 사랑의 무기 중에서도 가장 기묘한 무기였다.

"너무 떠들었더니 목이 칼칼한데. 나 맥주 마셔도 괜찮지? 그런데 놀이터에서 맥주 혼자 마시면 진짜 청승맞은데."

민구는 슬그머니 미령의 눈치를 보았다.

"우리 아빠가 그랬어. 술은 어른한테 배워야 한다고. 어른한테 한번 배워보지 뭐. 하지만 오늘은 너무 늦어서 안 되겠다. 다음번에 또 만나면 또 모르겠지만."

"어라, 그러면 삐삐 번호 정도는 알아둬야겠는걸."

서로에게 호출기 번호를 알려주긴 했지만 놀이터에서 내려와 지하철역까지 걸어가는 내내 두 사람은 다시금 어색해져서 아무 말도 나누지 못했다. 늦은 시간이었지만 사랑의 잔뼈가 굵은 연인들은 팔짱을 끼고 행복한 얼굴로 거리를 거닐었다. 하지만 이제 처음 서로를 알아가는 젊은 커플은 한 발 한 발 내딛을 때마다 자꾸만 서먹서먹함이 살얼음처럼 발에 밟히는 기분이 들었다.

초여름의 밤바람은 부드러웠지만 최루탄 냄새가 희미하게 섞여 있어 코끝이 간질거렸다. 지하철역에 다다랐을 때쯤 민구는 몇 번이고 얼굴을 찌푸리다 시원스레 재채기를 터뜨렸다.

늦여름의 기분 좋은 바람이 사랑에 빠진 연인들의 뺨을 스치고 지나갔다. 놀이터 나무벤치에 앉아 민구는 처음으로 미령과 함께 만든 노래를 들려주었다. 스트레이트펌이 풀린 지 제법 오래라서 그의 단발머리는 이제 빗자루와 엇비슷하게 부스스했다.

하드록이나 헤비메탈을 좋아하던 민구는—머리카락이 구불대는 편이라 어깨까지 치렁치렁한 헤어스타일을 쉽게 만들 수 없어 한때 좌절하기도 했다—최근에는 말랑말랑한 영국식 록 음악들을 흥얼거리곤 했다. 하지만 처음 만들어본 노래는 미령이 좋아하는 펑크록 스타일의 노래였다. 가사는 민구와 미령이 함께 썼는데 그들은 나름대로 록스피릿에 충실하고자 유치한 사랑 노래는 쓰지 말자고 약속했다. 그들이 만든 노래 제목은 〈빨간〉이었고 가사는 '빨간, 빨개, 빨개서' 등등의 어미 활용으로 이런저런 재주를 부려보았다. 빨간 수박이나 빨간 토마토 정도는 귀여웠지만 후렴구로 가면 '빨간 속살', '빨갛게 그은 손목'이라든가 '빨갛게 변한 히프' 등등의 가사가 튀어나왔다.

펑크록의 특성상 내질러야 하는 부분을 소심한 민구는 속삭이듯 작게 불렀다. 멀리 어디선가 들려오는 과일장수의 목소리가 더 크게 들릴 지경이었다.

어쨌든 민구와 미령은 함께 만든 첫 노래에 기분이 으쓱해져서 두 뺨이 빨개지도록 키득거렸다. 그러다 문득 서로의 얼굴을 빤히 쳐다보게 되었다.

"우리 결혼할래?"

민구가 기타를 품에 안고서 내뱉은 말에 미령은 어이가 없어 트림이 올라올 뻔했다.

"괜히 분위기 잡으려고 그러는 거지? 나 아직 열일곱이야."

"누가 지금 당장이래. 그건 아니고. 그러니까 이건 정식 프러 포즈는 아니지만, 그래, 프러포즈의 약혼식 정도? 어쨌든 약속 받고 싶어. 그러니까 난 네가 너무 좋다고 확신해. 영혼의 알파 파와 베타파의 교류를 느낀다고나 할까."

영혼 어쩌고 이야기가 나왔을 때 미령은 조금 우습긴 했지만 어쩌면 바구미여사가 말한 그 징한 인연이 민구일지도 모른다는 생각이 들었다. 둘이 사귄 지 거의 백일도 되지 않았지만 기댈 사람이 아무도 없는 그녀에게 민구는 오래된 쿠션 같은 느낌을 주는 유일한 사람이었다.

"우린 존 레논과 오노 요코 같을 거야. 아니면 커트 코베인과 와 코트니 러브 같거나."

"그 말은 내가 오빠를 잡아먹을 거란 거잖아."

"뭐, 어때. 난 잡아먹혀도 괜찮습니다."

잔뜩 긴장한 표정으로 민구는 미령을 바라보았다. 반듯하게 도톰한 이마에 땀이 맺혔는지 부스스한 앞머리가 들러붙어 있었 다. 미령은 손을 뻗어 앞머리를 살짝 옆으로 넘겨주고는 이마에 조그맣게 동그라미를 그렸다.

"프러포즈 약혼식만이야. 정식 프러포즈는 나중에 따로 받을 거라고. 그럼, 우린 언제쯤 결혼하게 될까?"

"넌 아직 고등학생이잖아. 그리고 난 곧 군대 가야 되고."

"뭐야, 그런 말 안 했잖아."

"건강한 남자니까 어쩔 수 없는 거라고."

"언덕길도 헉헉대고 오르는데 건강해? 이제 겨우 스물한 살인데 치질도 있다면서."

민구는 한숨을 길게 내쉬고는 담배 한 대를 호주머니에서 꺼내 피워 물었다. 미령은 자기도 모르게 서러움이 울컥 밀려들더니 금방 눈물이 쏟아지고 말았다.

"왜 울고 그러냐. 내가 죽는 것도 아니고?"

"이해가 안 가. 작년에 김일성이 죽었잖아. 그런데 왜 올해 통일이 안 돼?"

"바보야, 그게 권력의 세계야. 우두머리가 죽어봤자 달라지는 건 없어. 새로운 우두머리가 금방 자리를 채우는 거야. 우린 권력의 세계에 갇힌 불쌍한 젊은 연인들이고."

민구는 담배를 입에 문 채 미령의 어깨를 토닥여주었다. 하지만 한 번 터진 눈물은 쉽게 그칠 생각을 하지 않았다. 미령은 땀내 나는 민구의 셔츠 끝을 잡아당겨 눈물을 닦았다.

"오빠 머리 짧게 치면 정말 끔찍할 거야. 얼굴도 넓적하고."

"왜 그래? 짧게 깎으면 나름 남자답고 씩씩해 보인다고."

늦가을의 쌀쌀한 어느 날 미령은 지하철 2호선 신촌역 벤치에 앉아 하염없이 눈물을 쏟았다. 몇몇 연인들이 힐끔대며 그녀를 쳐다보고 수군거리며 지나갈 뿐 곁에 다가와 위로해주는 사람은 아무도 없었다. 하지만 외로워지지 않기 위해 큰 소리로 우는 것도 그리 나쁜 방법은 아니었다.

지금쯤 민구는 훈련소에 들어가 호되게 뒹굴고 있을 터였다. 하지만 자꾸만 눈물이 줄줄 흐르는 게 짧은 이별 탓에 서글픈 감정에 복받쳐서만은 아니었다. 매일 전화하고 만나서 즐겁게 떠들었던 사람이 어딘가로 떠나고 다시금 서울 한복판에 홀로 남겨졌다는 그 사실을 참기가 힘들었다.

'미치겠네. 진짜 눈물이 안 멈춘다.'

이제 외로움은 진즉에 사라지고 그저 창피할 뿐인데도 눈물은 자꾸 터져나왔다. 입을 꾹 다문 채 숨을 참거나 우스운 코미디 프로그램을 떠올려도 소용없었다. 이제는 울음만 멈출 수 있으면 무슨 일이든 다 괜찮을 것 같았다.

미령은 속는 셈치고 복주머니에서 쌀알을 꺼내 입에 물었다. 하지만 입안에 고소한 향내만 맴돌 뿐 울음은 멈추지 않았다. 두번째 쌀알은 그렇게 사라졌다.

그때였다. 누군가 미령의 어깨에 손을 얹었다. 퉁퉁 부은 눈으로 올려다보니 살짝 귀를 덮을 정도로 머리카락을 기른 신혜가 서 있었다. 그 옆에는 카키색 군용바지에 짙은 밤색 티셔츠를 입은 키 큰 남자가 함께 있었다. 뼈대가 굵어 덩치가 커 보이는 남자는 수염 자국이 거뭇했고 고수머리를 짧게 깎았다. 광대뼈가 옆으로 도드라져 인상이 강해 보일 법한데도 쌍꺼풀 없는 서글서글한 눈매 덕분에 조금 우스꽝스러워 보이기도 했다. 어쨌든 울고 있는 자신을 내려다보는 낯선 남자가 있어서인지 미령의 울음은 쉽게 잦아들었다. 게다가 그 남자는 투박해 보이는 두툼한 입술 끝을 살짝 치켜올린 모양이 꼭 비웃는 것처럼 보였다. 미령은 남자의 인상이 꼭 진흙 덩어리를 제멋대로 뭉쳐서 만든 인간 같다고 생각했다.

열쇠로 대문을 열고 들어오는 소리가 들려 명옥은 고개를 돌려 현관 쪽을 바라보았다. 최씨가 들어오든 딸 신혜가 들어오든 아니면 미령이 들어오든 아마 아무도 반갑게 굴지는 않을 것이다. 하지만 오늘 명옥은 이른 초저녁부터 세 사람 모두를 기다렸다. 그들 각자에게 각기 다른 중요한 할 말이 있었다.

최씨에게는 동업자인 후배에 대한 풍문을 들려줄 생각이었다. 이틀 전 만난 계모임 멤버 중 한 명이 그 남자를 두 다리쯤 건너 아는데 사기꾼 기질이 다분한 인간이라며 넌지시 명옥에게 뒷말을 흘려주었다. 강남에서 샵을 운영하는 여사장 몇 명이 돈을 떼였다는 소문은 물론이요 해외에서 받은 학위도 가짜라는 말이 파다했다.

만일 신혜가 들어온다면 왜 이렇게 집에 들어오는 시간이 늦어지냐며 따져 물을 생각이었다. 신혜가 재수를 하면서부터 그러잖아도 깨진 유리 같던 모녀관계는 아예 데면데면하게 변해 버렸다. 차라리 미령처럼 속 시원하게 대거리라도 하면 마음이 편하련만 그저 눈을 아래로 내리깔고 묵묵하게 무시하니 더 부아가 치밀었다.

미령에게 들려줄 이야기는 몇 달 전부터 꺼낼까 말까 망설이던 이야기였다. 입을 꾹 다물고 있을 생각도 했지만 지금이 아니면 또 어찌될지 모른다는 생각도 들었다.

현관문을 열고 들어온 사람은 미령이었다. 지하철역에서 어찌나 울어댔던지 미령의 눈은 아직도 퉁퉁 부어 있었다.

"너 얼굴이 왜 그러니?"

"아니, 별일 아니에요. 먼저 올라갈게요."

"잠깐, 올라가서 옷 갈아입고 세수 좀 하고 다시 내려오렴. 너한테 할 말이 있으니까."

미령은 잠시 명옥을 바라보다 고개를 끄덕이고는 이층으로 올라갔다.

명옥은 드라마의 주인공들이 울고불고 간에 상관없이 안방으로 들어갔다. 그리고 침대 옆 화장대 서랍을 열기 전에 멀뚱히 서서 자신의 오른손을 왼손으로 포개듯이 쓰다듬었다.

"나도 참 속없는 인간이야. 내치려면 고모님 돌아가시고 진즉 내쳤어야지."

서랍에서 적금통장을 꺼내 손에 쥔 명옥은 다시 응접실로 나와 소파에 앉았다.

아무 생각 없이 드라마를 보고 있자니 얼마 지나지 않아 미령이 내려왔다. 미령이 테이블 맞은편에 앉자 가벼운 베이비로션 냄새가 풍겨왔다. 하지만 얼굴이나 맵시는 이제 제법 어른스러운 테가 났다. 칠 년 전 똑같은 자리에 앉아 눈도 못 마주치던 아이가 이제 명옥의 얼굴을 빤히 바라보았다.

"왜요?"

미령은 그 나이 또래의 여자애들이 대개 그렇듯 불만이 많은 건방진 목소리로 물었다. 명옥도 고등학생 때는 세상을 갈기갈기 찢고 싶을 지경이었다. 오빠들은 대학 공부까지 하는데 어린 시절부터 영특하기로 소문이 났으면서도 겨우 상고에서 학교를 끝내야 하는 점이 억울하고 서러웠다. 그녀는 케케묵은 시골이 죽도록 싫었다. 어떻게든 서울로 올라가 성공해서 궁상맞지 않게 살고 싶었다. 아마도 그때의 절박한 심정이 지금까지 마음 한구석에 깊이 박혀 있어 이런 결심을 굳혔는지도 모르는 일이었다.

"이거 가져가라. 어차피 내가 갖고 있으니 지금 주는 게 나을 것 같아서."

명옥이 내민 적금통장을 받아든 미령은 잠시 멈칫하다 통장을 펼쳐보았다. 그 안에는 고등학생이 보기에 꽤 놀랄 만한 액수의 금액이 최미령이란 예금주 앞으로 되어 있었다.

"이게 무슨 돈이에요?"

명옥은 텔레비전 드라마를 보면서 미령과 눈을 마주치지 않고 흘리듯이 말했다.

"난 도리에 맞지 않는 짓은 하지 않아. 사람을 날로 부려먹진 않지. 네가 고모님을 돌봐준 시간을 일당으로 비싸게 쳐서 목돈으로 통장에 넣어두었단다. 네가 고등학교를 졸업하면 찾을 수 있도록 해놓았지만 지금 쓰고 싶다면 당장 찾아 써도 돼. 허투루 쓰든 바로 쓰든 그건 네 돈이니까."

미령은 잠시 아무 대답 없이 통장의 숫자를 손끝으로 만져보았다. 그저 숫자에 불과한데도 기댈 만한 언덕이 생긴 듯 마음이 든든해졌다.

"감사합니다."

명옥은 미령이 순진한 얼굴로 기뻐하는 모습을 보자 마음 한편이 짠하면서도 동시에 부아가 치밀었다. 저 아이가 어떻게 세상에 태어났는데.

"그래, 돈이 좋은 걸 이럴 때 알게 되네. 버릇없는 사람 공손하게도 만들고."

리모컨으로 텔레비전을 끈 명옥이 소파에서 일어나려다 다시 앉았다.

"어차피 대학 등록금이야 네 아버지가 해결해줄 테니 넌 좋겠구나. 이렇게 공돈도 생기고. 그러니 그 돈은 대학졸업 때까지 묵혀도 좋을 거 같은데?"

"전요, 대학 안 가요."

통장을 손에 쥔 채 미령이 다부지게 대답했다.

116

명옥은 어이가 없는 표정을 지었다.

"요즘 세상에 대학 안 가도 사람대접 받을 수 있니?"

"어차피 공부에 관심도 없는 걸요. 운전면허 따는 거나 대학 가는 거나 저한테는 별 차이 없어요. 공부야 나중에 하고 싶으면 해도 되죠. 전 장사할 거예요."

"아무래도 내가 헛바람만 들게 했나보다. 허튼 생각은 꿈에서나 하고 올라가서 잠이나 자렴."

명옥은 문득 머릿속으로 신혜를 떠올렸다.

신혜도 재수를 하지 않겠다고 명옥에게 말했었다. 그때는 지금처럼 어이가 없는 게 아니라 세상이 무너지는 것만 같아 숨이 막힐 지경이었다.

"혹시 네 언니하고 요즘 이야기한 적 없니? 왜 이렇게 연락도 없이 자주 늦는 거니?"

안방 문을 열기 전에 명옥이 고개를 돌려 물었다.

"모르겠어요. 대학생들이야 워낙 바쁘잖아요."

"바쁘긴 공부하느라 퍽이나 바쁘겠다. 신세대니 엑스세대니 다들 헛바람만 들었지."

명옥은 안방 문을 열고 방 안에 들어서면서 속에 치미는 불안한 예감을 숨길 수가 없었다. 자식들은 부모 모르게 불쑥 어른으로 자란다. 비밀스러운 방식으로 자기들만의 세계에 꽁꽁 숨은 채 은밀한 표정과 달콤함으로 키득거리면서.

도로변 상가건물 삼층에 위치한 제철의 작업실에는 소음이 끊이지 않고 들려왔다. 하지만 신혜는 그리 시끄럽다는 생각이 들지 않았다. 설핏 잠이 들었다 무심결에 눈을 뜬 신혜는 매트리스에 누워 천장을 바라보았다. 도로를 질주하는 자동차들의 소리나 취객들의 요란스러운 웃음소리는 연극의 효과음처럼 아련하게 귀를 간질였다.

신혜는 눈을 다시 감고서 몸을 비비적대다 숨을 깊게 들이마셨다. 코끝에 닿은 제철의 맨살에서 따스하고 약간은 누릿한 포유동물의 냄새가 났다. 잠결에도 제철은 묵직한 팔을 뻗어 신혜를 힘껏 껴안았다. 신혜는 몸을 비틀어 그의 품을 빠져나와 매트리스 한쪽 모서리에 걸터앉았다.

플라스틱 종이컵에 나눠 마신 소주 탓인지 아직도 머리는 지끈거렸다. 신혜는 잠시 투레질을 하고는 이마에 손을 얹었다가 일어섰다. 그녀는 슬리퍼를 신으려다 맨발로 바닥에 내려섰다. 전면이 통유리인데다 밤에도 네온사인을 밝힌 건물들이 많아서인지 블라인드를 올려놓으면 실내는 그리 어둡지 않았다.

신혜는 자기도 모르게 긴장감에 발을 오므렸다. 바닥에는 작지만 날카로운 유리 조각이 어딘가에 떨어져 있을지도 몰랐다. 제철과 신혜는 종종 매트리스에 앉아 벽에 술병을 집어던졌다. 벽에는 커다랗게 과녁을 그려놓았는데 10점짜리 동그라미가 어찌나 큰지 눈을 감고 던져도 대부분 10점 만점에 10점이었다. 빈 병 던지기 놀이가 끝나면 제철이 빗자루로 쓰레받기에 담아

내버리긴 했지만 가끔 자잘한 유리 조각이 바닥에 남아 있을 때도 많았다. 언젠가 신혜는 맨발로 돌아다니다 유리 조각에 발바닥이 찔려 그 자리에 주저앉기도 했다. 하지만 그러고서도 신혜는 웬만해서는 슬리퍼를 신지 않았다.

사실 깨진 유리 조각뿐만 아니라 작업실 안은 너저분하기 짝이 없었다. 구겨진 신문지나 음식물 포장지들이 발에 차이는 건 일도 아니었다. 게다가 눈에 띄는 물건을 주워오거나 찢어오는 게 취미라면 취미인 제철이어서 괴상한 물건들이 작업실 여기저기에 수북하게 쌓여 있었다. 목이 잘린 인형, 핀업걸이 실린 70년대 미국 포르노 잡지들, 넝마 같은 오래된 옷들, 반짝거리는 요상한 잡동사니, 이가 나가 엉망이 된 그릇이나 다리가 부서진 가구들, 기괴한 인상의 사람들이나 허름한 건물들을 찍은 흑백 사진 등등.

제철은 그 물건들을 '감정의 고물단지'라고 불렀으며 가끔은 그녀를 '뜨거운 용광로'라고 불렀다. 어떤 날은 벌거벗고서 양팔을 벌린 채 자기 스스로를 화단의 '포항제철'이라 부르며 담배연기를 코로 내뿜었다.

신혜는 틈만 나면 헛소리를 늘어놓는 남자와 이토록 깊게 사귀리라곤 생각도 하지 못했다. 하지만 어느새 그녀는 마음의 창문을 열고 팔을 뻗어 이 남자의 세계를 조심스럽게 건드렸다.

제철의 세계는 그의 작업실과 마찬가지로 어수선하고 때론 꼴사나웠으며 까마득한 공포마저 느껴졌다. 하지만 동시에 그 세계에 발을 디디면 그녀의 움츠린 감정의 어떤 부분이 자꾸 미묘하게 떨렸다.

통유리에 몸을 기댄 신혜는 길거리를 걷는 행인들을 바라보았다. 신혜는 아직까지도 제철의 꼬리를 보지 못했다. 몇 번을 노력해도 불가능했으니 그런 적은 처음이었다. 제철은 이미 졸업생 신분이었지만 학교 주위를 자주 어슬렁거렸다. 선배들 말에 따르면 졸업 전에 개인전까지 열고 극찬까지 받을 만큼 능력 있는 동양화 화가였다. 하지만 누군가는 신문사 문화부 국장인 아버지를 둔 덕에 남들과 태생적으로 다른 황금인맥을 지닌 놈이라고 비아냥대기도 했다.

제철은 먹물을 가지고 아름다운 풍경을 그리는 대신 마음껏 잔혹하게 붓질하는 남자였다. 머리가 깨져 뇌가 드러나고 눈알이 빠져나온 개. 고도비만의 몸으로 통유리 안쪽에 앉아 손님을 기다리는 늙은 창녀. 볼이 움푹 파인 지하철 노숙자나 창신동 언덕 꼭대기에 자리한 음산한 낙산 아파트단지들이 그가 그리는 그림의 모델이었다. 다른 사람들이 오렌지색이나 블루에 빠져드는 시기에 그는 흑과 백의 세계만을 고집했다. 하지만 먹물의 농담만으로도 그의 그림에는 다양한 감정들이 너울거렸다. 그의 동양화는 힘에 넘치지만 역겨웠고 통속적으로 보이면서도 어딘지 모르게 선과 여백에서 우아한 멋이 풍겼다. 질척거리면서도 지적인 유머가 노골적으로 담겨 있어 사람들의 마음 깊은 곳을 시커먼 붓으로 자꾸 간질였다.

물론 신혜가 부러움이나 질시의 마음으로 제철을 자주 보았던 것은 아니었다. 그녀가 제철을 눈여겨본 이유는 아무리 봐도 정수리 위로 꼬리가 보이지 않아서였다. 상대방도 눈치를 챘는지 어느 날 담배를 입에 꼬나물고서 저벅저벅 그녀에게 다가와 자꾸 힐끔거리는 이유가 무어냐고 물었다. 신혜는 아무 대답도 하지 않았다. 그 무렵 그녀는 같은 과 친구들과도 대화를 거의 나누지 않았다. 말이 지나치게 많은 학생도 있는 반면 실어증 수준으로 입을 다물고 사는 학생들도 있어서 그나마 신혜는 눈에 띄지 않고 조용히 대학에 다닐 수 있었다.

이유가 있을 거 아니야. 혹시 너도 내 눈이 워낙 신기해서 그래? 제철은 물고 있던 담배를 벽에 비벼 끄고는 고개를 숙여 자신의 눈을 신혜에게 보여주었다.

눈동자에 대한 이야기도 어디선가 들은 기억이 있었다. 신기하게도 그의 홍채 무늬는 불규칙한 형태가 아닌 그물, 그러니까 거미줄과 비슷한 무늬였다. 깨진 눈동자. 그 독특한 무늬에 대한 일화도 학생들 사이에는 퍼져 있었는데 그저 괴담 수준의 이야기라 누군가 장난삼아 만들어냈을 게 빤해 보였다.

"죄송합니다. 그냥…… 그랬어요."

하지만 난처한 상황을 피해가려던 신혜를 제철은 가로막았다.

"그럼 안 되지. 난 이유가 없는 건 못 참거든. 그냥? 그냥은 세상에 없어. 그건 사람들이 둘러대는 가장 흔한 술책이지."

물론 신혜가 말한 그냥은 그의 생각과 조금 달랐다. 설명하기

어렵고 그저 느낄 수 있는 것들을 타인에게 설명해야 할 때 '그 냥'이란 말로 하얗게 칠해버렸다. 하지만 어차피 믿지도 않을 테니 신혜는 사실 그대로를 털어놓기로 했다.

"선배한테는 꼬리가 안 보여요. 저한테는 그게 신기한 일이거 든요.

"하, 꼬리가 보이는 사람도 있나?"

"난 사람들의 꼬리를 봐요. 사람들의 정수리에서 아름다운 꼬 리가 나타나요. 말로는 설명할 수 없는 그런 아름다움이죠. 하지 만 지금껏 아무것도 안 보인 사람은 선배밖에 없었어요. 자꾸 쳐 다본 건 그래서예요. 놀리는 것도 아니고 거짓말도 아니에요. 물 론 헛소리라고 생각한다면 어쩔 수 없지만…… 사실 난 대학에 와 있어야 할 게 아니라 정신병원에 들어가야 했는지도 모르죠."

제철은 길고 튼튼해 보이는 두 다리를 벌리고 서서 팔짱을 낀 채 신혜를 빤히 바라보았다. 하지만 웃지는 않았다.

"믿어줄게."

"그래 주시면 정말 다행이네요."

신혜는 짧게 인사를 하고는 다시 조심스레 걸음을 옮겼다. 그 녀의 뒤에서 제철이 큰 목소리로 말했다.

"그런데 그렇게 내 속이 보고 싶었다 이거지? 좋아, 못 보여 줄게 뭐가 있겠어."

일주일 뒤 제철은 신혜에게 둘둘 말은 캔버스를 내밀었다. 벌 거벗은 몸은 물론 살갗을 벗겨낸 근육과 뼈까지 따로 그린 스케치였다. 자기 몸을 하나하나 발라내서 살펴보고 그린 듯 섬세한 솜씨였다. 신혜는 꽤 오랫동안 그 그림을 훑어보았다.

"그러니까 이쪽에 있는 게 선배의 정강이뼈군요. 튼튼하네요."

신혜는 집에 가서도 몇 번이나 그 스케치를 훑어보았다. 물론 그후로 신혜는 제철의 꼬리를 보지는 못했지만 어느새 그를 사랑한다는 믿음만은 튼튼해져버렸다.

"일어났어?"

매트리스에서 내려온 제철이 창가로 성큼 걸어왔다. 그는 큼직한 손으로 신혜의 머리카락을 헝클어뜨리더니 뒤에서 가볍게 누르듯 그녀를 감싸안았다. 도자기처럼 하얗지만 늘 차갑기만 했던 그녀의 살갗은 어느새 타인의 체온으로 손쉽게 따스해졌다.

"이제 왜 그 머리 위로 아무것도 안 보이는지 알겠어."

"내가 누누이 말했잖아. 이 마귀의 눈을 한번 보라고."

그녀 앞에 꿇어앉은 제철이 장난스러운 표정을 지으며 말했다.

그리 어둡지 않은 어둠 속에 서 있는 커다란 남자는 무서운 마귀보다 아무 소원이나 들어주는 램프의 요정에 더 가까워 보였다.

"그냥 내가 사랑하는 사람이라 그런 거겠지. 하지만 꼭 그렇다고 확신은 못 하겠어. 나는 다른 사람의 꼬리는 잘도 보면서 정작 내가 어떤 사람인가는 도무지 모르겠어."

타인 앞에서는 거의 말이 없었던 신혜가 희한하게도 제철과 함께 있으면 점점 수다스러워졌다. 마음 깊은 곳에 꾹꾹 담아두고 말로 튀어나오지 못했던 말들이 꿀꺽꿀꺽 솟아오르곤 했다.

"물론 그건 알겠어. 내 몸에는 뜨거운 피와 차가운 피가 같이 있는 것 같아. 하지만 그 둘은 결코 섞이지 않아. 나는 늘 그렇게 살겠지. 차가운 얼굴로 뜨거운 불길에 발을 디디고 서서히 망가지는 나를 빤히 바라보겠지. 그래서 난 그 아이가 부러울 때가 있어. 요란하고 무조건 달리는 타입이니까."

"아까 그 퉁퉁 부은 눈?"

제철이 담뱃갑에서 담배 하나를 꺼내 신혜에게도 건네며 물었다. 그녀는 고개를 끄덕이고는 바닥에 떨어진 라이터를 주워 담배에 불을 붙였다.

"솔직히 고백하는데 말이야. 나도 그런 타입을 좋아해. 화끈하고 유쾌하고 잘 웃고 잘 울고. 폭죽 같잖아. 하지만 당신은 특별해. 당신은 내가 접해보지 못한 완전히 다른 세계거든."

"세계? 난 그냥 나야. 그러니까, 나로 말하면 한때 모든 학부모들이 꿈꾸던 자녀였으나 지금은 그냥 노트에 낙서나 하고 있는 쓸모없는 애야."

두 연인 사이에 매캐한 연기가 가득 피어올랐다.

"그러니까 좀 큰 노트를 만들어보면 어때?"

신혜는 아무 대답도 하지 않았다.

제철은 벽 쪽으로 달려가서 양팔을 쭉 벌렸다.

"자, 내일 이 벽에 페인트칠을 할 거야. 그러면 다시 새하얀 노트가 되겠지. 물론 그 노트 안에는 절대 꼬리가 보이지 않는 놈도 하나 그려져 있겠지만."

　신혜는 가늘게 눈을 뜨고 담배연기를 내뱉으며 제철이 찍은 사진과 낙서들로 뒤덮여 있는 벽들을 바라보았다. 어느새 그 벽은 거리와 지하철과 버스 안으로 뒤바뀌었고, 정수리 위로 아름다운 꼬리를 나부끼는 사람들이 유쾌하게 걸어다니며 신혜에게 손을 흔들었다.

1999

쌀을 씻는 동안 노스트라다무스가 예언한 종말의 해에 이르렀
지만 사람들은 두려움에 떨지 않았다. 대한민국은 1997년에 추
락했으며 많은 이들이 종말의 고통에 흔들거렸다. 외채를 감당
하지 못한 기업들은 휘청댔고 사업가들은 하루아침에 가족들과
함께 거리로 나앉았다. 부동산 경기는 얼어붙었고 주식시장은
폐업직장의 구내식당처럼 파리만 날렸다. 정리해고대상자가 된
직장인들은 손때 묻은 책상을 다독이며 몸 한쪽이 뜯겨나가는
고통에 시달리다 지독한 우울증에 빠져들었다. 어떻게든 일어나
려고 버둥대던 작은 기업들은 살인적인 금리에 짓눌려 그대로
주저앉고 말았다.

1999년 3월의 마지막 날 명옥은 증권사 객장에 나와 앉아 지
난 이 년간의 일들을 떠올렸다. 1997년은 새해 첫날부터 꿈자리

가 사나웠다. 꿈속에서 명옥은 풍성한 비단 치마를 입고서 거울을 보고 있었다. 치마의 빛깔이 어찌나 곱던지 그렇게 화사한 색감은 지금까지 본 적도 없었다. 얼굴에 화장도 곱게 먹었으니 저고리만 갖춰입으면 말 그대로 황진이 부럽지 않은 모습일 것 같았다. 그런데 아무리 찾아봐도 저고리를 어디에 두었는지 기억이 나지 않았다. 그때 저쪽 귀퉁이 캄캄한 어둠 속에서 시어머니인 깡마른 암호랑이가 나타났다. 그녀는 때에 찌든 흰 소복 차림에 허리는 구부정하게 굽어 있었다. 치매 걸린 신사임당이 따로 없는 몰골이었다. 시어머니는 양손을 휘저으며 다가오더니 순식간에 그녀의 치마를 벗겨버렸다. 치마를 품에 안은 시어머니는 치마를 이로 물어뜯으며 저 멀리 사라졌다. 한순간에 속치마 차림으로 변해버린 명옥은 자신의 몸에서 풍기는 퀴퀴한 냄새를 맡고 질겁했다. 자리보전하고 누운 시어머니에게서 풍기던 그 구역질나는 냄새였다.

꿈자리가 그리도 사납더니 그해에는 서럽고 무서운 일들이 연달아 일어났다. 여름에는 밤마다 얼굴이 화끈거리고 숨이 답답해 찬물이 자꾸 마시고 싶어졌다. 단풍이 붉게 물든 계절에는 폐경이 찾아왔고, 겨울에는 명옥이 투자한 주식은 똥값으로 변했다.

겨우 버텨가던 최씨의 사업체 역시 IMF를 피하지 못하고 무너지고 말았다. 동업자였던 후배는 모든 뒷수습을 최씨에게 떠넘기고 도망치듯 미국으로 떠났다. 빚쟁이들에게 둘러싸인 뒤에야 최씨는 후배란 놈이 자기 이름으로 돈 사고를 치고 다녔다는 사실을 알았다.

최씨 쌀집에 쌀 떨어지는 날은 있어도 돈 떨어지는 날은 없다던 집안은 그렇게 무너졌다. 남아 있는 것은 라일락나무 집과 언제 펄떡 뛰어오를지 알 수 없는 남쪽의 눅눅한 땅뿐이었다. 부부는 서로에 대한 경멸의 마음이 너무 깊어 집에서도 눈을 마주치지 않도록 조심했다. 서로를 위로하며 토닥이기엔 둘 사이에 쌓인 악감정이 이미 콘크리트처럼 견고했다.

"우리나라 코스닥 열풍은 얼마나 오래갈까요?"

명옥의 옆으로 한 남자가 다가와서 물었다. 남자의 면바지에는 오글오글한 주름이 잡혀 있었다. 아마 객장에 나와 앉아 있는 동안 손으로 몇 번이고 바지를 움켜잡은 모양이었다.

"글쎄요, 지금은 무어라 말할 상황이 아닌 것도 같네요."

"투자하지 마세요. 속지 마세요. 이것도 다 판 돌리자는 거지요. 제가 왜 여기 오는지 아십니까? 다시는 이 놀음에 농락당하지 않으려고 나를 꾸짖으러 오는 겁니다."

남자는 자기가 너무 어리석었노라고 자조 섞인 한숨을 내뱉으며 말했다. 주식시장이라는 게 어차피 나라에서 돌리는 노름판에 불과하다는 걸 이제야 깨달았다고 했다.

"90년대 초반에 올림픽 전후로 치솟던 주식시장이 완전히 바닥을 쳤잖아요. 그러다 갑자기 이유 없이 불붙었던 거, 그게 정부에서 투신사에 뒷돈 주고 불 지른 거 아닙니까? 그 돈이 하늘에서 뚝 떨어진 게 아니라 외국에서 빌린 돈이잖아요. 결국 그 빚은 저처럼 막차 탄 개미들이 털털 다 털어주고 마는 거죠."

"돈만 날렸나요. 꿈과 희망, 마음까지 날려먹은 사람이 한둘이 아니지 않겠어요."

명옥은 남자의 얼굴을 쳐다보았다. 그는 희망을 잃은 남자임에도 궁상이 온몸에서 뚝뚝 떨어지지 않았다. 그저 흉하지 않게 구김이 간 한지처럼 단아해 보였다. 그런 느낌의 남자는 정말이지 오랜만이었다.

"제가 한 수 배웠네요. 맞아요, 정말 무서운 건 희망이 없어졌다는 겁니다. 지난 일 년간 어떻게 살았는지 기억도 안 납니다. 전 평생 책만 파고 살았는데, 책은 저에게 교훈이라도 주지만 돈은 절망만 가르쳐주는군요."

"돈이란 게 자식이랑 똑같은 거 같아요. 공들일 때는 얼마나 마음이 뿌듯한데요. 하지만 한순간에 다 날아가죠. 그나마 돈은 어떻게든 다시 벌면 되니 자식보단 돈이 나을 수도 있겠네요."

명옥과 남자는 서로의 쓸쓸한 마음이 통했는저 그날 객장에서 나와 술 한잔을 걸쳤다. 한 잔이 두 병이요 두 병이 또 네 병이 되다보니 얼굴은 물론 마음까지 붉은 노을이 졌다. 남녀란 대개 모여서 마주 보고 이야기를 나누다보면 찬바람이 쌩쌩 불기 십상이었다. 계집년들은 어찌나 빙빙 말을 돌려대는지 인생에 요점이 없어. 사내들은 술 먹고 소리지르는 거 빼고 생각이나 할 줄 아는 짐승인가 모르겠네. 하지만 찬바람이 불고 먹구름이 모이다보면 어느 순간 번쩍하고 번개가 치듯 남녀 사이에 불이 붙는 짧고 뜨거운 순간이 다가온다. 쉰을 코앞에 둔 남녀에게는 그날 밤이 그런 밤이었다. 만우절을 하루 앞둔 밤, 거짓말 같은 밤, 세상의 모든 이들이 외롭고 쓸쓸한 이들의 관계를 눈감아줄 것처럼 믿고 싶은 밤.

모텔 방에 들어서자마자 남자는 다급하게 명옥의 입술을 훔쳤다. 하지만 남자의 바지 속 사정은 그리 유쾌하지 않았다. 그는 허리띠까지는 패기 있게 풀었지만 바닥에 주저앉아 나는 안 되는 놈이라며 자조했다. 하지만 명옥은 모든 것을 포기하고 칭얼대는 인간의 모습이 안쓰러우면서도 다정해 보여 대담하고 포근하게 그의 허벅지에 손을 올려놓았다. 하지만 어떻게든 잘해 보려다가도 남자는 쉽게 풀이 죽었다.

"이거 요놈이야 말로 한국의 주식시장이군. 섰다…… 죽었다, 다시 또 일어나고."

명옥은 남자의 손을 나긋하게 붙잡으며 귓가에 속삭이며 귓불을 깨물었다.

"이리 와요, 3000까지 올라갈 만큼 느끼게 해줄 테니까."

"좋아, 벌써 코스닥 상장된 기분인데?"

만우절 탓인지 술기운이 머리를 빙빙 돌게 만들어서인지 그날 밤 그들은 끔찍한 기억을 훌훌 벗어던지고 음탕한 말에 얼큰히 취해 잠이 들었다.

1999년 만우절의 늦은 아침, 명옥은 낯선 모텔 침대에서 눈을 떴다. 입안이 바짝 말라붙었지만 일어나서 물을 마시고 싶은 생각은 들지 않았다. 정말이지 거짓말 같은 하룻밤이었다. 명옥은 이마에 손을 얹고서 천장을 빤히 올려다보았다. 화려하고 천박한 조명이나 바라보기 민망할 정도로 알몸을 비춰주는 적나라한 전면거울 대신 모텔 천장은 벽화로 꾸며져 있었다. 아크릴 물감으로 미인도를 흉내낸 그림이었는데 은근히 젖무덤을 드러낸 속치마 차림의 트레머리 기생이 곰방대를 물고 있었다. 아마 어우동이나 황진이를 떠올리고 그렸을 법한 그림이었다. 천장에서 명옥을 바라보는 기생은 성형수술에 실패한 듯 얼굴이 좀 부자연스러웠지만—사실상 작업한 화가의 미숙한 솜씨 탓이겠지만—곰방대를 한 손에 쥐고 두 다리를 내놓은 자태는 꽤나 당당해 보였다.

잠결에 남자가 자연스럽게 명옥의 젖무덤으로 손을 뻗다 흠칫 놀라 잠에서 깼다. 남자는 약간 처진 눈매를 찡그린 채 상대의 얼굴을 바라보았다. 옆에 누운 여인이 이혼서류를 보낸 마누라가 아니라 소싯적엔 남자 열은 무심하게 울렸을 미인이라는 사실을 알고 남자는 얼떨떨했다. 꿈은 아닌 것 같은데 돌이켜보니 만우절이었다. 하지만 이 낯선 여자는 거짓말이 아닌 아름다운 여인이었다. 남자는 명옥이 누구인지 알아보고는 그제야 입가에 배시시한 웃음을 지었다.

"명옥씨, 잘 잤어요?"

명옥은 말없이 고개를 끄덕였다.

두 남녀는 어젯밤 음탕한 이야기를 나눈 것과는 다르게 알 수 없는 수줍음을 느꼈다. 그 수줍음은 그들이 검정 교복을 입은 채 등하굣길에 마주친 눈길 한 번에도 볼을 붉히던 시절의 로맨틱한 감정처럼 달콤한 풍미가 있었다.

갑자기 명옥의 핸드백에서 요란한 벨소리가 울리는 바람에 달콤한 공기는 순식간에 사라졌다. 남자는 헛기침을 한 번 하고는 화장실로 자리를 피해 주었다.

"여보세요?"

"나 집에 갈게."

거의 석 달 만에 들어보는 딸의 목소리였다. 지난해 연말 신혜는 훌쩍 강원도로 떠났다. 명옥이 그렇게 진저리나게 싫어하는 그림 그리는 괴물이 서울을 떠나 일 년 넘게 머물고 있는 곳이었다. 강원도로 가자마자 신혜는 전화를 걸어 거기서 당분간 머물 생각이라고 말했다. 명옥은 온갖 욕설이란 욕설은 다 퍼붓고는 전화를 끊어버렸다. 그후로 신혜는 안부전화조차 걸어오지 않았었다.

"그래, 몇 시에 올 거니?"

명옥은 담담한 목소리로 말했다. 가정의 달 5월이 오기 전까지 올라오지 않으면 명옥이 가서 머리채를 잡던 목줄을 꿰던 어떻게든 데려올 생각이었다.

"모르겠어. 하지만 내일 갈게."

"우린 지난달에 이사 갔으니 서울 오면 다시 전화해."

전화를 끊고서도 명옥은 한동안 휴대폰을 손에서 놓지 못했다. 잠시 후, 욕실 문이 열리면서 남자가 다시 나왔다. 그 짧은 시간에 찬물로 샤워라도 했는지 남자는 젖은 머리를 수건으로 말리면서 휘파람을 불었다.

"급한 전화였습니까?"

"아니에요, 신경쓰지 마세요."

명옥은 휴대폰을 핸드백에 집어넣고는 냉장고에서 생수를 꺼내 마셨다. 찬물이 목구멍으로 넘어가는데도 이상하게 속이 뜨거워지면서 울음이 터질 것만 같았다. 낯선 남자 앞에서 눈물을 보이지 않으려 서둘러 욕실로 향하는데 남자가 덥석 팔목을 붙잡았다.

"잘됐네요. 우리 투자계획 좀 함께 짜봅시다. 이제 내년이면 인터넷 세상 아닙니까? 이놈이 이렇게 불끈하게 씩씩한데 코스닥 고놈도 당분간 쭉쭉 오르겠지요."

명옥이 아무 말도 하지 않자 남자는 명옥의 허리에 팔을 둘렀다. 명옥은 잽싸게 그 팔을 뿌리치고는 쏘아붙였다.

"투자를 해도 상황을 봐가면서 하세요. 그렇게 눈치가 없으니 앞으로 몇백 번은 더 말아먹겠네요."

털털거리는 낡은 시골버스에 몸을 싣고 신혜는 창밖을 내다보았다. 힘차면서도 섬세한 맛을 풍기는 산세가 그녀의 눈에는 그저 답답하게만 여겨졌다. 신혜는 버스에서 내린 다음 혼자서 한

참이나 언덕길을 올랐다. 언덕을 넘은 다음에 십여 분은 더 걸어야 조그마한 오두막에 다다랐다. 강원도 산골짜기 오지 중에서도 오지라서 휴대폰도 잘 터지지 않고 라디오 방송도 쉽게 잡히지 않는 곳이었다. 가끔씩 고라니가 집 앞까지 내려와 신기한 동물이 다 있다는 듯 물끄러미 신혜를 쳐다보다 다시 산으로 돌아가기도 했다. 그 오지에서 사람이란 그저 굴러온 돌에 지나지 않았다.

언덕 꼭대기에는 낚시의자를 얼핏 닮은 바윗돌이 있었다. 제철은 그 바위에 웅크리고 앉아 신혜를 기다리다 반갑게 손을 흔들었다. 지난주 내내 심하게 앓은 몸살이 아직도 똑 떨어지지 않아 4월인데도 제철은 두툼한 겨울점퍼 차림이었다.

"고집부리긴 오토바이로 태워준다니까. 왜 그 먼 곳까지 혼자 갔다 오고 그래?"

제철이 머리에 쓰고 있던 야구모자를 벗고는 고수머리를 긁적이며 말했다.

"버스가 편해."

"저녁밥은 내가 해놨으니까 얼른 들어가자고."

신혜는 자신의 어깨에 팔을 두르고 희희낙락 웃는 제철의 옆모습을 바라보았다. 삼일절 무렵에 스님마냥 머리를 밀었는데도 벌써 덤불처럼 지저분한 머리카락이 귓바퀴를 덮었다. 며칠 전 제철은 집에 이발가위가 있으니 신혜가 조금 다듬어주면 어떻겠냐고 넌지시 물은 적이 있었다. 하지만 신혜는 가위를 들면 자신도 모르게 이 남자의 귀를 자르고 모든 상황을 끝내버릴지도 몰라 두려웠다. 짧은 겨울 동안이었지만 이 첩첩산중은 그녀를 불안하게 옥죄었다. 차라리 회색빌딩에 둘러싸인 우중충하고 퀴퀴한 냄새 풍기는 거리가 더 마음이 편했다. 서울에서 태어나 서울에서 자란 신혜에게 시골은 공기 좋은 곳이지 그녀의 고향은 아니었다.

"이야, 어떻게 이렇게 산세가 먹어주는지 몰라? 저 노을이랑 하늘하고 산의 빛깔이 이루는 조화를 좀 보라고."

"그 말 백 번은 더 들었겠다."

"하지만 정말 매일매일이 달라. 서울에선 이런 건 도저히 못 느껴. 멋대가리 없는 아파트들이 하늘을 다 가린다고."

제철 역시 신혜처럼 서울 토박이였지만 그에게 오지의 풍경은 어린 시절 덮었던 포근한 담요를 떠오르게 했다. 제철의 아버지 서기자는 문화부에 있을 때 전국의 산야를 두루 취재한 적이 있었다. 그는 막내아들인 제철을 데리고 전국 곳곳을 돌아다녔다. 제철은 앙증맞은 입으로 빨대를 꽂은 사슴피를 쭉쭉 빨아먹기도 하고 전국의 계곡이란 계곡에 전부 발을 담가보았다. 계곡물에 들어갔을 때 제철이 보았던 아버지 서기자의 알몸은 앙상했지만 대나무처럼 꼿꼿했다. 그는 찬물에 들어가서도 얼굴색 하나 변하지 않고 발밑에 흐르는 맑은 계곡물과 조약돌만 물끄러미 바라보았다.

제철의 아버지 서기자는 많은 사람들을 상대하는 기자란 직업을 가졌지만 언제나 말이 없는 남자였다. 꼭 필요할 때에만 입을 연다고 주변에서 '주둥이지퍼'라고 부를 정도였다. 60년대 초반부터 쥐꼬리 같은 월급을 받으며 신문사 기자생활을 시작한 그는 전형적인 '정장기자'의 길을 걸었다.

그 무렵 기자들은 정장기자와 잠바기자로 크게 나눌 수 있었다. 잠바기자는 말 그대로 형사처럼 돌진 또 돌진이었다. 기사거리가 있으면 어디든 모기처럼 파고들어 자기가 만족할 때까지 불도그처럼 물고 늘어졌다. 때로는 사실 여부와 상관없이 그럴듯한 추측기사를 써 갈기고도 배짱 좋게 이를 쑤시며 불벼락 같은 항의전화를 기다렸다. 반면 정장기자는 언론인으로서의 품위 유지에 신경쓰는 소위 하이칼라의 길을 걸었다. 그들은 취재원의 집무실을 방문할 때는 꼭 노크를 했으며 경박한 어휘를 경멸했고 흥분해도 정중한 말투를 잃지 않았다. 기자란 사회의 일거수일투족을 다루는 만큼 스스로 모범적 인간이어야 한다는 것이 그들의 신조였다. 그러면서도 취재원이 빈틈을 보이면 그 점을 지적해 상대방을 당황하게 만드는 솜씨가 능수능란했다. 예의를 철저하게 갖추고 그 예의로 상대방을 결박해 한 방울의 진실을 참기름처럼 쥐어짜 그걸 잉크 삼아 기사를 써내는 사람들이 정장기자였다.

서기자는 정장기자 중에서도 원칙에 충실한 사람으로 흔히들 말하는 피 한 방울 안 나오는 타입이었다. 작은 체격이었지만 정치부 기자 시절에는 정치깡패들도 서기자를 만만하게 보지 못했다. 큰 눈이 부드러워 보였지만 눈빛만은 날카로웠고 굳게 다문 입술은 상대를 가격하는 한마디를 던지기 전까지 쉽게 열리지 않았다. 기사는 흠잡을 데 없이 객관적인데다 비판적 시각이 은은하게 배어 있었다. 서기자는 설령 술을 마시고 시답잖은 헛소리를 내뱉거나 옆구리에 여자를 끼고 있어도 어딘가 진실하게 보였다.

그런 서기자도 기자생활 십 년 만에 바보처럼 넋을 잃고 웃은 적이 한 번 있었다. 지성과 미모를 갖춘 여인과 결혼식을 올렸을 때도 아니요, 떡두꺼비 같은 아들 셋을 차례로 얻었을 때도 아니었다. 단 한 번 신문사 화장실 세면대에 놓인 낡고 녹슨 철필을 보고 그는 넋을 잃었다.

철필은 겉보기에는 그저 기자들의 손때에 찌든 허름한 물건에 불과했다. 펜촉은 잔뜩 녹이 슬어서 누가 쓰라고 가져다줘도 늙은이 거시기처럼 매가리 없는 놈을 어따 들이밀고 있냐며 화를 낼 정도로 볼품없었다. 하지만 서기자는 젖은 손을 서둘러 바지에 문질러 닦고는 조심스레 그 철필을 손에 쥐어보았다. 온몸에 전기가 전해오듯 알 수 없는 뿌듯함이 그의 손을 가득 채웠다.

새마을운동이 일어나고 사라져야 할 구식문화의 잔재로 무당들이 쫓겨다니던 70년대 초반까지만 해도 서울에는 수많은 전설이 숨어 있었다. 아무리 서구식으로 삶을 바꾸려고 나라에서 주물러도 사람들의 뼛속 깊은 곳에 인이 박힌 묵은지 같은 믿음은 쉬이 사라지지 않았다.

안산자락 어딘가에는 이사 가는 사람마다 죽어 나가는 흉가가 있고 또 밤마다 한강변에서 택시를 잡는 처녀귀신도 있으며 아들을 점지해준다는 바위 곁에는 아낙네들의 발길이 끊이지 않았다. 그렇게 눈에 불을 켜고 잡아내는데도 어떻게든 무당을 불러 굿을 하는 집들이 부지기수였다.

기자들 사이에서도 귀신같은 철필에 대한 전설이 이어져왔다. 기자실 구석이나 신문사 화장실 세면대에 어마어마한 철필이 출몰한다는 소문이었다. 겉보기에는 낡고 볼품없어 보이지만 그 펜을 보는 순간 다들 본능적으로 숨이 턱 막히고 알 수 없는 두려움을 느낀다고 했다. 전설의 펜을 얻은 기자는 곧 명문으로 이름을 날리거나 아니면 모든 국민을 살 떨리게 만드는 특종을 잡는다는 말이 내려왔다. 하지만 공짜는 없는 것이 세상사 이치인지라 그 철필을 얻으면 소중한 것 하나를 잃는다는 말도 함께 전해져왔다. 공정한 사실만을 보도하는 기자들 사이에 내려오는 얼토당토아니한 풍문이었지만 그런 재미라도 있어야 심심찮게 높고 어두운 곳으로 끌려가 두들겨맞는 기자생활에도 윤기가 도는 법이었다.

서기자 역시 자기가 정말 바보 같다고 생각하면서도 그 철필을 호주머니에 넣고 집으로 돌아왔다. 그리고 오랜만에 한가한 일요일에 앉은뱅이책상 위에 철필을 내려놓고 이리 굴리고 저리 굴리고 뭐가 흥겨운지 코로 흥흥거리다가 설핏 잠이 들었다. 그가 잠에서 깬 건 자지러지는 아이의 울음소리를 들어서였다. 이제 막 두 발로 걸어 아무거나 주워 입에 가져다대는 막내아들 제철이 철필을 손에 쥐고 울고 있었다. 철필 끝에는 피가 묻어 있었으며 아이의 오른쪽 눈은 이미 시뻘겋게 변해 있었다.

철필로 눈을 찌른 제철은 일 년 가까이 한쪽 눈으로 아무것도 보지 못했다. 서기자는 분을 참지 못하고 그 귀신같은 펜을 불살라버렸다. 다행히 막내아들 제철은 그해 동짓날부터 서서히 시력이 돌아오더니 다음해 설날에는 멀쩡해졌다. 다만 제철의 눈은 남들과 달라졌는데 홍채 무늬가 거미줄처럼 변해 꼭 눈동자가 깨진 것처럼 보였다. 서기자는 아들이 시력을 잃지 않아 기쁘면서도 마음 한구석이 찝찝했다. 아들의 변한 눈을 물끄러미 바라보면 전설의 철필을 처음 마주했을 때처럼 숨이 턱 막혀왔다.

막내 제철은 초등학교부터 고등학교까지는 공부를 적잖이 잘했다. 그렇다고 책만 파고드는 모범생은 아니었고 사람을 주무르는 재주도 용해서 부하 같은 친구들 또한 많이 따랐다. 하지만 서기자는 그런 제철의 모습이 그리 마음에 들지 않았다. 너무 영특한 놈이 반드시 현명한 놈은 아닐뿐더러 그런 치들이 막상 권력을 잡으면 사람을 밥숟가락 뒤에 붙은 밥풀떼기만도 못하게 여기는 모습을 익히 보아온 터였다. 반듯한 정장기자 서기자는 차라리 토끼 새끼를 키울지언정 미친 수사자를 세상에 내놓고 싶은 마음은 없었다. 아들이 경영학과나 정치외교학과가 아니라 미대에 가겠다고 했을 때 차라리 마음이 놓인 건 그래서였다.. 하지만 제철이 그린 그림을 전시회에서 보고 서기자는 깊은 한숨을 쉬었다. 내가 구렁이 새끼를 키웠군. 제철이 모든 걸 내던지고 강원도 오지로 들어가겠다고 했을 때 서기자가 심드렁한 반응을 보인 것도 그래서였다. 미련한 새끼. 서기자는 그 한마디만 던졌다. 서기자가 보기에 아들놈은 산골에 들어앉아 마음 수양을 하기에는 너무 더러운 그릇이었다.

신혜와 제철이 오두막집 앞에 다다랐을 때 누군가 마당에서 서성이고 있었다. 호주머니에 손을 넣고 꾀죄죄한 점퍼차림에 체격은 앙상했다. 하지만 둘을 보고 주름지며 웃는 얼굴은 봄날의 민들레처럼 해맑게 보였다.

"형, 여긴 갑자기 웬일이세요?"

제철이 달려가 그의 친구이자 선배인 남경을 껴안았다. 남경은 신혜에게도 살짝 눈인사를 건넸다.

"그냥, 강원도에 취재 차 볼일 있어서 들렀다 생각나서."

신혜는 남경에게 가볍게 눈인사를 건넸다. 신혜는 오히려 이런 산골에 더 어울리는 사람은 남경 같은 사람이 아닌가 싶었다. 그러나 그는 서울 변두리에 홀로 살았고 환경단체에서 일했다. 한때는 열렬한 운동권이었던 그는 지금은 보이지 않는 적과 맞서 싸우는 대신 눈에 보이는 자연을 지키려고 발 벗고 뛰고 있었다.

식사 전까지 제철은 남경을 자신의 작업실로 데려가 작업한 그림들을 보여주었다.

"형, 올 여름에 여기서 그린 그림으로만 개인 전시회 할 것 같
아. 젊은 작가들 그림만 의욕적으로 다루는 갤러리도 많이 생겼
거든. 나 여기 올 때만 해도 이제 아무 가망 없다고 생각했어.
작년만 해도 미술시장이 얼마나 끔찍했는데."

남경은 아무 말도 하지 않고 제철이 그린 그림만 물끄러미 바
라보았다.

"형이 정말 좋아할 만한 그림 아니에요? 봐봐, 맑고 깨끗하잖
아."

제철은 남경의 어깨에 팔을 두르며 껄껄 웃었다.

서울에 있을 때 제철의 먹물은 새카만 피처럼 끈적였다. 그는
먹물로 그로테스크한 면을 끝까지 드러내는 작가였다. 하지만
산야에 둘러싸인 곳에 정착하면서 그의 그림은 너무나 쉽게 달
라졌다. 그는 담백하고 맑은 먹물로 산수화를 그려냈는데 그 풍
경이 사뭇 사람들의 시골에 대한 향수를 달래주기에 그럴싸하게
보였다.

"신혜씨가 보기엔 이 친구 그림 어때요?"

갑자기 남경이 물어보자 신혜는 당황한 표정으로 아무 말도
하지 못했다.

"이 친구는 내 그림이 우스울 거야. 은근히 나 무시하거든."

제철이 자연스럽게 능치는 바람에 신혜는 아무 대답도 하지
않고 은근슬쩍 넘어갈 수 있었다. 두 남자가 작업실에서 계속
그림을 보는 동안 신혜는 밖으로 나와 눈앞에 펼쳐진 산자락을

바라보았다.

신혜가 생각하기에 그들이 머무는 곳은 아름답다기보다는 엄숙했다. 이곳에 머무르는 동안 그 엄숙함이 몸과 마음을 죄어왔다. 인간의 손을 타지 않은 자연이 거대한 엄지손가락이라면 인간은 한 마리 불개미에 지나지 않는다고나 할까? 신혜는 제철이 그린 맑고 투명한 산수화가 진국으로 신선놀음 흉내를 내고 있지만 그저 무력한 그림으로 밖에 여겨지지 않았다. 제철은 자연을 아는 것이 아니라 자연에 짓눌려 웅얼거릴 따름이었다. 혹은 거대한 자연 앞에 두 손 놓고 아무것도 못 하는 시답잖은 인간의 투정이거나.

강원도에서 그린 작품 중 신혜를 소름 돋게 한 작품도 있기는 했다. 바닥에 쪼그려앉은 채 쌀을 씻는 신혜의 야윈 뒷모습을 묽은 먹물로 그린 그림이었다. 신혜는 그 그림을 보고서 아무 말도 하지 못했다. 그녀의 무의식 속에 살고 있지만 결코 마주치고 싶지 않은 처량한 여인을 화폭에 옮겨놓은 듯해 오래도록 쳐다보기가 힘들 지경이었다. 하지만 제철은 〈쌀 씻는 여인〉이란 제목을 붙인 그 작품을 너무나 사랑스럽게 여겼다.

해가 지자 세 사람은 집 앞 마당에 놓아둔 낡은 파라솔을 식탁 삼아 소주에 삼겹살, 김치찌개를 곁들여 저녁식사를 했다. 소주 한 잔만 마셔도 얼굴이 붉어지는 남경은 반병만 넘어가면 말까지 많아졌다. 그의 술버릇을 익히 아는 신혜와 제철은 잠자코 그의 일장연설을 들어주었다.

"우리 사회의 문제는 그러니까 접미사에 있는 거야. 우리나라
는 민주주의 국가가 아니라 민주적 국가라 이 말이야. 사람들이
민주주의에 대해 고민을 안 해요. 마음대로 돈 벌고 배부른 것
이 민주적인 줄 알아. 그러니까 '-적'이 문제야. '-적'이란 접미
사가 뭐냐. 이게 일제강점기부터 쓰였는데 추상명사에 '-적'을
붙여서 별것 없는데 뭔가 있어 보이고 싶을 때 아주 편리해요.
민주적, 평화적, 추상적, 과학적 이거 얼마나 좋아. 게다가 고민
할 필요도 없어. 나는 철학적 사람이요, 라고 말을 하면 내가 철
학이 뭔지 몰라도 상관없는 거거든. 과학적 성교, 모범적 자세,
서구적 믿음 이런 거 깊게 파고들면 말도 안 되지만 또 어디든
갖다 붙이면 그 순간엔 그럴듯하게 들려. 깊이 파고드는 치열한
고민, 이런 거 필요 없이 '-적'만 붙이면 만사 오케이야. 사회
구석구석이 모두 그런 식이야. 시스템이 갖춰진 게 아니라 시스
템적으로만 돌아가는 거야. 나는 '-적'이 언어의, 아니, 모든 사
회의 눈에 보이지 않는 적이라고 생각해."

어느새 흰자위까지 붉어진 남경이 얼굴을 잔뜩 찡그리고서는
한숨을 쉬었다.

"제철아, 네 그림은 역겨워. 그건 자연의 진실을 그린 게 아니
라 접미사 그림 같아."

"정말 형 눈은 못 속이겠어요. 맞아, 난 접미사 같은 놈입니
다. 하지만 2000년대에는 접미사의 세계가 될걸. 하지만 형은
끝까지 고민하고 또 고민하세요. 솔직히 난 형이 훌륭한 사람이

라 좋아하는 게 아니라 고집스럽고 멍청해서 좋아하는 거거든.
그런 사람도 있어야지."

제철의 말에 남경은 비틀대며 자리에서 일어났다.

"너 같은 놈은 여기서 떠나야 돼. 네가 이렇게 아름다운 곳에
있을 자격이 있냐? 당장 차에 올라타!"

남경은 술기운에 차 있는 곳까지 걸어갔다. 제철이 뒤에서 붙
잡아 말리자 남경은 버둥대다가 주먹을 날렸고 결국 둘 사이에
몇 번 주먹질이 오가기까지 했다. 물론 제철은 적당히 때리는
척 몸을 피하면서 남경이 날리는 주먹을 피했다. 사실 작고 깡
마른 남경이 때리는 주먹이라 해봤자 제철에게는 솜방망이였다.
남경은 결국 바닥에 털썩 주저앉아 술이나 더 먹자고 소리를 질
렀다.

결국 남경은 서울로 올라가지 못하고 제철이 외양간이라고 부
르는 작업실에서 하룻밤 신세 지기로 했다. 둘은 술이 머리끝까
지 오르자 불같이 화낸 것도 잊어버리고 언제 그랬냐는 듯 둘이
서 얼싸안고 화해의 분위기를 연출했다.

늦은 밤 밖에선 바람 소리가 요란했다. 자정이 다 된 시간이
었지만 신혜는 잠을 이루지 못하고 매트리스에서 여러 번 뒤척
였다.

"아무래도 난 여기 오래 못 있을 것 같아."

신혜가 나지막한 목소리로 말했다. 제철은 뒤에서 그녀의 목
덜미를 어루만졌다.

144

"마음을 좀 편히 가져보라고. 솔직히 너 여기 와서 하루하루 불안해하는 거 알아. 하지만 모든 건 마음먹기에 달렸어. 마음만 열면 여기도 얼마든지 편할 수 있어."

"마음만 먹으면 마음이 열린다고? 마음이 자동문인가? 그것 참 편리하네."

제철의 팔을 슬그머니 밀어내고 신혜는 눈을 감았다.

잠들기 전까지 그녀는 제철의 작업실 벽에 그렸던 수많은 사람들과 정수리 위로 자라난 화사한 꼬리를 떠올렸다. 벽화가 완성되어 가는 동안 제철과 신혜는 행복한 시간을 보냈다. 가끔은 알몸으로 바닥에 함께 뒹굴며 깔깔대다 아름다운 꼬리를 나부끼는 사람들에게 다가가 일일이 입맞추기도 했다. 벽에 그려진 사람들은 함께 대화를 나누지는 못해도 신혜의 가장 가까운 친구들이었다. 하지만 즐거운 시간은 잠시뿐이었다. 제철은 서울을 떠나 강원도에 정착하려고 작업실을 내놓았고 그 자리에는 커피숍이 들어섰다. 다행히 커피숍 주인은 벽에 그려진 꼬리 달린 사람들을 좋아해 벽화를 내버려두었다. 하지만 손님들은 신혜의 꼬리를 나부끼는 친구들을 망측하게 여겼고 마음 편히 차 한잔을 마시기엔 사방이 너무 어수선하다고 투덜거렸다. 결국 몇 개월 만에 인테리어는 새로 바뀌었고 벽에는 회반죽이 칠해졌다. 하얀 벽면에는 영화 '타이타닉'의 대형 포스터가 내걸렸다. 영화의 주인공인 잭과 로즈가 마스트에 함께 올라 바다를 바라보는 장면이었다.

뒤척이며 선잠만 자던 신혜는 새벽에 일찍 눈을 떴다. 한번 눈을 감으면 업혀가는 줄 모르고 코를 고는 제철은 깊이 잠들어 있었다. 차라리 남경이 와 있어서 말없이 떠나기에 더 마음이 편해 다행이었다. 신혜는 매트리스에 웅크리고 앉아 제철의 얼굴을 빤히 바라보았다. 어둠보다 더 짙은 빛깔의 검은 타르 같은 꼬리가 제철의 정수리에서 꿈틀대며 자랐다. 신혜는 그 꼬리를 만져보려고 손을 내밀었지만 닿기도 전에 금방 사라지고 말았다.

짐이라고는 고작 옷 몇 벌과 붉은 노트 한 권이 전부라서 신혜는 금방 짐을 꾸려 오두막을 나섰다. 겨울이 끝나기 전부터 다짐했던 일은 그렇게 몇 분 만에 끝나버렸다.

신혜가 서울에 도착했을 때는 점심시간을 훌쩍 넘긴 지 이미 오래였다. 신혜는 공중전화부스로 들어가 명옥에게 전화를 넣었다.

"개포동으로 와. 우리 그쪽으로 이사했으니까."

수화기 너머로 들리는 명옥의 목소리는 하룻밤 친구 집에서 자고온 딸에게 말하듯 담담했다.

"라일락나무 집은?"

"마침 사겠다는 사람이 있어서. 그 휑한 집에 더이상 살기도 뭣하고."

전화를 끊은 뒤 신혜는 마음 한구석이 쓸쓸해졌다. 붉은 노트를 써내려가던 추억이 담긴 라일락나무 집은 이제 영영 남의 집

146

이었다.

　횡단보도 앞에 서서 신호를 기다리며 신혜는 거리의 행인들을 바라보았다. 달라지지 않은 것은 그녀의 기괴한 눈뿐이었다. 봄바람이 살랑살랑 불더니 행인들이 몸에 걸친 봄옷들이 훌훌 벗겨졌다. 알몸이 된 사람들은 깔깔대고 웃는다 싶더니 다들 해골로 변해 딸각딸각 걸었다. 신혜가 다시 눈을 깜빡이자 어느새 사람들의 정수리 위로 라일락보다 더 화사한 꽃 꼬리들이 자라났다. 누구 하나 빠짐없이 똑같은 꽃 꼬리였다. 꼬리에서 떨어진 꽃잎이 바람에 휘날리자 어느새 펄럭이는 지폐로 변해 팔랑거렸다.

　고개를 가로젓자 어느새 눈앞의 환상은 사라졌다. 신혜 옆에서 눈치를 보며 서성이던 정장 차림의 젊은 남자가 다가와 말을 건넸다.

　"고객님, 카드 있어요?"

　"카드…… 아, 전 신용카드 없어요."

　"정말 카드가 한 장도 없어요?"

　신혜를 바라보는 젊은 남자의 눈이 반달눈으로 변했다.

　"이야, 고객님 딴 세상에서 살다 오셨나보다. 혹시 어디 산골에서 왔습니까? 지금 대학생들도 신용카드 서너 장은 기본이에요. 최소한 한 장은 지갑에 있어야 사회생활이 가능하지. 이 기회에 이 오빠 믿고 얼른 만듭시다. 그냥 이름하고 전화번호만 있으면 뚝딱 만들어준다니까. 죽은 사람도 이름만 있으면 카드

를 만들어주는 세상이에요. 그 예쁜 얼굴에 백화점 옷도 좀 사
입고 그래야지. 돈 걱정은 말고. 이제 불경기는 끝이야, 끝."

　마지막 늦더위가 기승을 부리는 8월이었다. 신혜는 둘이 꼭
붙어서는 신촌 기차역에서 이화여대 쪽으로 걸어가는 남녀를 눈
으로 쫓았다. 남자의 뒷모습이나 껄렁거리는 걸음걸이가 어딘가
제철과 닮아 보였다. 강원도를 떠나 서울로 돌아온 뒤로 제철은
신혜에게 연락도 하지 않았고 학교에 나타나지도 않았다. 강원
도 산골에서 아예 말뚝을 박았다거나 외국 어딘가로 훌쩍 떠났
다는 소문을 듣긴 했지만 정작 그를 본 사람은 아무도 없었다.
초여름에 열기로 한 제철의 전시회도 여름이 다 가는데도 아직
깜깜무소식이었다.
　"언니, 또 무슨 꼬리를 보고 있어?"
　신혜는 시원스러운 웃음을 지으며 오렌지주스를 건네는 미령
을 보고서 살짝 미소만 지었다.
　"그냥 사람들만 보이네."
　서울에 돌아온 뒤로 신혜는 사람들의 꼬리를 보는 일이 따분
해졌다. 많은 사람들이 화사한 꽃 꼬리를 나부꼈지만 어느 순간
에 그저 지폐로 팔랑거리다 사라질 따름이었다.
　"그래? 그럼, 내 머리 위로는 무슨 꼬리가 자라는지 혹시 보
여?"
　"잘 보여. 여기 뒤로 치렁치렁 자랐네."

신혜가 손을 뻗어 포니테일 스타일로 질끈 묶은 머리카락을 가볍게 잡아당기자 미령은 큰 소리로 웃고 말았다.

"난 언니가 농담 같은 거 하고 살 줄 몰랐어. 처음 봤을 때부터 진지한 말투였잖아. 우리집 마당은 넓어, 그러니까 그냥 달려."

어느덧 스물한 살이 된 미령은 어깨까지 내려올 만큼 머리카락을 길게 길렀다. 숱이 많은 새카만 머리카락은 검게 태운 구릿빛 살결과도 잘 어울렸다. 그녀가 바람결에 긴 생머리를 휘날리면 청초하기보다는 튼튼하고 기운이 넘쳐 보였다. 화장법도 능숙해져 광대뼈가 도드라진 얼굴에 젊은 나이의 시원스러운 매력이 물씬 풍겼다.

"장사는 어때?"

신혜는 판매대에 놓인 귀엽고 앙증맞은 머리핀 하나를 만지작거리며 물었다.

"그럭저럭. 이게 우스워 보여도 만만한 게 아니라니까. 권투선수랑 똑같다는 생각이 들어. 도매점 가서 물건 고를 때도 그렇고 손님 상대할 때도 그렇고. 서로서로 물건 고르고 머리 굴리면서 하루하루가 그냥 12라운드야."

말은 그렇게 했어도 미령은 일 년 사이에 제법 쏠쏠한 성공을 거두었다. 고등학교를 졸업하자마자 미령은 친한 펑크밴드의 멤버에게 낡은 기타케이스를 빌렸다. 무게가 꽤 나가는 기타케이스를 들고서 매일 서울과 외곽의 신도시 곳곳을 돌아다녔다. 팬

찾다 싶은 장소가 있으면 기타케이스를 펼쳐 즉석에서 판매대를 만들고 액세서리를 진열해 팔았다.

IMF 이후 혹독한 시기였지만 반짝이는 액세서리를 사는 손님들은 생각보다 많았다. 비록 며칠이 지나면 싫증이 날지언정 액세서리를 살펴보고 고르는 그 순간에는 답답한 마음을 잠깐이나마 반짝 잊은 듯했다.

노점을 오래하면서 미령에게도 장사 노하우가 생겼다. 잡다하게 이것저것 가지고 다니는 대신 미령은 인기상품이나 특색 있는 액세서리만 쏙쏙 뽑아 노점에 풀었다. 특히 그녀는 대학가 쪽인지 아파트단지 근처인지 직장인이 많은 지하철역 주변인지에 따라 인기를 끌 만한 다른 분위기의 액세서리를 선택하는 눈썰미가 좋았다. 거의 한 달에 하루나 이틀만 쉬고는 매일 장사를 나갔지만 노점을 열 장소를 정할 때도 나름의 원칙을 세워놓았다. 첫째, 유동인구가 많고 노점들이 몰려 있는 강남역이나 종로 쪽의 번화가는 일부러 피했다. 어수선하게 오가는 사람들만 많은 번화가에서 자그마한 노점을 펼쳐봤자 장사를 공치기 일쑤였다. 둘째, 한 번 노점을 펼친 곳은 열흘이나 보름 후에나 다시 찾아갔다. 하지만 아무리 유행을 타는 물건이라도 지난번에 팔았던 것과 같은 물건은 다시 가져가지 않았다. 갈 때마다 늘 새로운 반짝이들─미령은 자신이 파는 액세서리를 애칭으로 그렇게 부르곤 했다─을 보여주자는 것이 나름 그녀의 전략이었다.

장사수완도 좋고 성품도 싹싹한데다 분위기도 시원시원해 보여 장사를 시작하고 얼마 지나지 않아 단골들이 제법 늘어갔다. 처음에는 액세서리만 사가던 손님들은 어느새 미령과 말을 텄고 이런저런 삶의 넋두리를 풀어놓았다. 그들의 고민은 사랑 진로 효도 미래 우울증 등 다양했지만 결론은 대개 돈 문제로 끝을 맺었다.

IMF 전까지 대다수의 사람들은 돈이 아무리 입에 맞는 찰떡처럼 좋아도 대놓고 남 앞에서 입에 올리는 것을 천박하게 여기는 풍토가 있었다. 연애에서는 사랑이 우선이었고 부부 사이에 신뢰가 금실 같은 금슬을 엮었으며 직장에서는 한잔의 술로 모든 불만을 씻어냈다. 물론 살코기에 낀 비계처럼 모든 관계에 적잖이 돈이 끼어 있는 게 사실이었다. 그러나 IMF 이후 사람들은 다시 보릿고개로 되돌아간 것처럼 돈이 얼마나 무서운 것인지 다시금 깨달았다. 게다가 채 일 년이 지나지 않아 다시 곳곳에 투자의 바람이 불어오자 이제 돈은 누구나가 당당히 입에 올릴 수 있는 화젯거리였다. 이제 돈은 당신과 나 사이의 모든 사랑과 결혼을 비롯한 대개의 신용을 결정하는 증서였으며 위치와 품위를 판단하는 위대한 저울이었다.

"그래도 앞으로 이삼 년은 더 바쁘게 뛸 생각이야. 우리 반짝이들이 이 엄마 좀 도와줘서 빨리 돈이나 더 벌었으면 좋겠는데. 그거 말고는 지금 아무 꿈도 없어. 돈이 있어야 살아도 사람인데, 뭐."

"그런데…… 혼자 살기는 괜찮은 거니?"

"좋아, 더 일찍 나와야 했던 거 아닌가 싶기도 하고."

올해 초에 미령은 명옥이 통장에 넣어준 돈에 장사로 번 돈을 보태서 신촌에 작은 방을 얻었다. 어차피 라일락나무 집은 팔렸고 개포동 아파트로 따라가기엔 더더욱 더부살이가 부담스러웠다.

"그럼, 오늘은 중요한 약속이 있어서 일찍 정리해야겠다. 언니, 그럼 다음에 또 봐."

미령은 손에 익은 능숙한 솜씨로 몇 분 만에 말끔히 노점을 정리했다. 그리고 그 전에 눈에 띄는 액세서리 몇 개를 챙겨 작은 포장봉투에 챙겨 넣었다.

평소보다 일찍 미령이 노점을 접은 이유는 혜정과 약속이 있어서였다. 혜정은 여자 민구, 그러니까 고등학교 때 단짝친구의 새 이름이었다. 군대 간 민구를 기다리는 동안에 혜정은 미령이 속내를 털어놓을 수 있는 유일한 친구였다. 하지만 고등학교 3학년 때 반이 갈리고 무역사업을 하던 혜정의 아버지가 부도를 내면서 데면데면한 사이로 변해버렸다. 혜정이 일부러 미령을 피하기도 했지만 미령도 먼저 다가가 위로의 말을 쉽게 건네지는 못했다. 고등학교를 졸업하고서 미령은 장사를 하느라, 혜정은 재수를 하느라 서로를 잊고 살았다. 재수를 하는 동안 민구란 이름을 창피스럽게 여기던 혜정은 아예 개명신청을 했다. 노점을 하던 미령과 우연히 마주친 혜정은 그렇게 서로 연락이 끊겼던 지난 일 년 동안의 일들을 조곤조곤 털어놓았다. 그리고 휴대폰 번호를 알려주고는 다시 만나 아이스커피가 뜨거워질 때까지 부글부글 수다나 떨자고 약속했다.

기타케이스를 든 미령은 횡단보도 건너편에 있는 혜정을 보고 손을 흔들었다. 야구모자를 푹 눌러쓰고 흰 티셔츠에 낡은 반바지를 입은 혜정은 살짝 팔만 치켜들어 힘없이 손을 흔들었다.

"너 안색이 왜 그래, 어디 아프니?"

횡단보도를 건너자마자 미령이 혜정의 손을 잡으며 물었다.

"있잖아, 나하고 아현동에 가자."

"자취방에?"

"나하고 꼭 같이 가야 할 일이 생겼어."

혜정은 서둘러 택시를 잡고서 택시기사에게 아현동이라고 작은 목소리로 말했다. 택시가 신촌에서 아현동으로 가는 동안 혜정은 계속 새끼손톱을 물어뜯었다.

차에서 내리자마자 미령의 눈에 들어온 것은 까마득한 오르막길 계단이었다. 혜정은 말없이 가파른 계단을 올랐고 미령은 그 뒤를 따랐다. 묵직한 기타케이스를 들고 있어서 미령의 걸음은 자연히 뒤처질 수밖에 없었다.

"힘들지, 내 생각만 했네. 미안, 내가 늘 이래. 여기 잠깐 앉을래?"

혜정은 먼저 계단에 걸터앉았다. 미령 역시 숨이 턱까지 차올라 마른침을 목구멍으로 넘기고는 옆에 앉았다. 늦여름의 서늘한 바람이 두 사람의 목덜미에 흐르는 땀을 식혀주었다. 하지만 미령은 그 느낌이 시원하다기보다 온몸에 소름이 돋는 기분이 들었다.

옆에 앉은 혜정이 몇 번이나 헛기침을 하더니 나직한 목소리로 이야기를 꺼냈다.

"나 재수할 때 만난 남자가 있어. 다른 남자친구들하고 다르게 그 사람은 특별해. 그 남자는 꼭꼭 숨기고 싶은 나를 봤거든. 재수할 때의 나는 지금의 내가 아니야. 민구도 아니고 혜정도 아니고 난 그냥 찌그러진 깡통 같았어. 난 내가 마음만 불행한 줄 알았었다. 왜냐면 우리집은 가난하지 않았으니까. 그런데 어느 날 우리집이 가난해지고 친구들은 전부 날 무시하고 대학까지 떨어진 거야. 정말 이렇게 까마득한 계단에서 툭 떠밀려 떨어지는 것 같았어. 그러니까 사람이 막 찌그러진 깡통 같아."

"그래, 그 기분 알아. 아마 내가 오빠하고 같이 삼촌 집에서 살았어도 그랬을 거야."

"알아, 네 오빠는 정말 불행했지. 그 사람 당당한 척하다가도 가끔 겁에 질린 얼굴을 하고 있었어. 그래서 불행한 사람의 마음을 잘 이해해준다고 생각했어. 멍든 사람이 멍든 사람의 심정을 잘 아는 거잖아."

미령은 잠시 아무 말도 하지 않고 혜정을 바라보았다. 혜정은 어느새 손으로 눈가에 흐르는 눈물을 닦고 있었다.

"맞아, 재수할 때 태호 오빠가 잡아주지 않았으면 지금 어떻게 망가졌을지 나도 모르겠어. 매일 재수학원까지 찾아오고 힘든 거 다 이겨내고 공부하라고 다독여주고. 내가 부리는 짜증도 다 받아주고. 정말 너무 고마웠다."

"너 그러니까 우리 오빠하고 나 모르게 사귀는 거야?"

미령의 목소리는 자기도 모르게 딱딱하게 변해 있었다. 미령은 오빠와 혜정 모두를 애틋이 생각했지만 둘이 서로 사귀는 건 상상할 수 없었다. 더구나 미령이 짐작하기론 둘 다 너무 감정의 기복이 심해서 한 번 다투면 서로를 심하게 할퀼 사람들이었다.

혜정은 하지만 미령의 질문에는 아무 대답도 하지 않고 큰 소리로 울고 말았다.

"울지 말고 말 좀 해봐."

"나 그러니까 점점 태호 오빠가 무서워져. 대학 가고서……물론 나도 나쁘지, 오빠가 창피했으니까. 오빠는 대학도 못 가고 사실 건달이고. 그러니까 나 헤어지고 싶어."

미령은 냉정한 얼굴로 혜정을 바라보았다.

"우리 오빠 어디 있니?"

"지금 내 자취방에 있어. 아침부터 술 마시고 찾아와서 소리 지르는데 어떡하면 좋니? 헤어지자고 몇 번이나 그랬는데도 소용이 없어. 미령아, 나 좀 도와줘."

자리에서 일어난 미령은 애써 담담한 척하면서 혜정의 손을 잡아끌었다.

"그래, 그럼 같이 가자. 내가 어떻게든 결판을 내줄게."

"난 못 가. 다리가 후들거려서 더 가지도 못하겠어. 난 네 물건 가지고 여기서 지키고 있을게. 네가 나한테 어떤 친구인지 알지?"

"알았어, 그럼 여기서 내 반짝이들이나 잘 지키고 있어."

미령은 터벅터벅 아현동 계단을 오르며 혜정의 자취방으로 향했다. 종아리가 욱신거렸지만 그보다는 마음이 더 아팠다. 미령에게 그렇게 화를 내고서 사라졌던 태호가 어떻게 변했을지 또 자기를 만나면 어찌 대할지 빤했다. 한편으로 아무리 날건달이라도 사랑했던 여자에게 버림받아야 하는 오빠가 너무나 불쌍했다.

미령은 그녀의 키보다 조금 낮은 남색 대문 앞에 섰다. 대문이 잠겨 있지 않아 손으로 문을 밀고 안으로 들어가니 좁은 마당 한쪽 그늘진 구석에서 퀴퀴한 하수구 냄새가 훅 끼쳐왔다. 미령은 한숨을 쉬고 허름한 양옥건물 외벽에 좁다랗게 붙어 있는 철제계단을 통해 옥상까지 올라갔다. 허름한 양옥건물 옥상에 가건물로 지은 옥탑방이 혜정이 사는 자취방이었다.

어깨가 떡 벌어진 러닝셔츠 차림의 남자가 흐린 하늘을 바라보며 담배를 피우고 있었다. 손으로 머리를 긁적이던 남자는 인기척을 느꼈는지 고개를 돌려 옥상에 서 있는 낯선 여자를 바라보았다.

"어라, 이게 누구시더라? 이야, 배신녀가 아직까지 죽지 않고 살아 있었네."

남자는 바닥에 담배꽁초를 내던지고는 팔자걸음으로 저벅저벅 다가왔다.

적나라하게 두둑한 살집이 온몸을 덮은 태호를 본 미령의 첫 느낌은 징그럽다, 였다. 남매가 끔찍하게 싫어했던 외삼촌과 엇비슷한 모습이었다. 하지만 미령은 그 외삼촌에게 휘둘리며 살던 선옥처럼 나약한 성격은 아니었다.

"어이, 배신양. 그렇게 꿀 먹은 벙어리처럼 서 있지 말고 무슨 말 좀 해보셔요. 네에?"

건들거리는 몸짓에 입으로 웅얼거리는 듯 뭉개는 말버릇은 불량스럽기 짝이 없었다. 누가 저 사람을 눈물이 많던 어린 태호 오빠로 볼까. 하지만 선옥을 쏙 빼닮은 청순하고 큰 눈망울은 살에 묻혀 조금 가늘어지긴 했어도 여전히 강아지마냥 슬퍼 보였다.

"오빠, 민구, 아니, 혜정이하고 사귄다면서?"

미령은 허리에 손을 얹은 채 담담한 목소리로 물었다.

"잠깐 약속 있어서 나간다더니 고작 나를 배반한 여동생을 만나러 가셨구만."

태호는 술은 이미 다 깼는지 낯빛은 말짱해 보였다.

"어이, 여동생. 이 오빠가 마음이 넓으니까 다 이해할게. 날씨도 꿉꿉한데 안에 들어가서 이야기하자."

미령의 손목을 잡아끌고 태호는 옥탑방 안으로 들어갔다. 비록 겉은 초라할지언정 방 안은 여성스럽고 깜찍했다. 벽지는 부담스럽지 않은 연한 핑크빛이었고 자그마한 침대에는 쿠션과 커다란 곰인형 두 마리가 놓여 있었다. 화장대에 올려둔 투명한 크리스털 하이힐도 눈에 띄었는데 구두 안에는 며칠 전 만났을 때 미령이 선물해준 귀걸이 몇 개가 들어 있었다. 구두 옆에 놓인 작은 액자 속의 혜정은 무표정한 얼굴이었지만 오히려 그래서 더 아름답게 보였다.

"방이 참 예쁘네."

어떻게 혜정의 말을 전할지 몰라 미령이 먼저 운을 떼었다.

"지금은 아주 깨끗하지. 하지만 일주일만 지나봐라. 내가 와서 청소해줄 때까지 방 안이 엉망진창이다."

그제야 살짝 모든 것이 의심스러웠다. 혜정이 털어놓은 사실에 어쩌면 많은 거짓말이 섞여 있는지도 몰랐다.

"혜정이랑 여기서 같이 사는 거야?"

"그게 좀 그래. 내 돈 내고 내가 얻어줬는데 죽어도 못 들어오게 해. 나는 그냥 숙소에서 쫄따구들하고 살다가 일주일에 한번 정도 얼굴 보러 오는 거지."

미령은 혜정의 본심이 어떤 건지 확실히 알 것 같았다. 하지만 낭만적 사랑에 푹 빠진 태호를 다시 할퀴어야 한다고 생각하니 한숨부터 나왔다.

"넌 집 나와서 장사한다면서. 무슨 귀걸이 같은 거 판다고?"

미령은 호주머니에서 포장봉투를 꺼내 그 안에 든 갖가지 깜찍한 액세서리들을 태호에게 보여주었다. 혜정에게 주려고 했다가 겨를이 없어 건네지 못한 물건들이었다.

"이야, 여자들은 좋겠다. 만날 이렇게 예쁜 것만 보고 살고."

태호는 두툼한 손바닥 위에 올려놓은 액세서리들이 귀엽다는 듯이 손톱으로 건드렸다.

"그렇지도 않아. 끔찍한 것도 많이 보고 살아. 오빠, 혜정이가 아무리 변덕이 심해도 이해해야 해. 그러니까……"

"말도 마라. 지금도 다 받아주고 산다. 만나기만 하면 소리지르고 버럭 화를 내고. 하지만 그래도 어여쁜 걸 낸들 어떡해."

미령이 보기에 태호는 몸집은 커졌지만 눈치는 더 비리비리해진 것만 같았다. 아마 혜정이 몇 번이나 헤어지자고 악을 썼을 텐데도 그저 무시하고 넘어간 것이 틀림없었다.

"너 근데 그 집에선 왜 나왔어? 아무리 눈칫밥을 퍼 먹어도 나오면 안 돼. 나중에 아버지 돌아가시면 유산은 어떻게 받아내려고."

"그 집도 지금 형편이 안 좋아. 그리고 난 내 힘으로 벌 거야. 유산 문제는 생각도 안 해봤어. 그건 한참 후의 일이잖아."

"아이고, 헛똑똑이시구만. 나 같으면 배 깔고 드러눕고 거기서 한 발자국도 안 나온다."

"난 엄마처럼 그런 마음가짐으로는 안 살아."

"거기서 우리 엄마 이야기는 왜 튀어나와? 난 그 일 기억하고 싶지 않아. 그럼, 또 널 미워할지도 모른다."

태호는 선옥 이야기가 나오자 기분이 상했는지 갑자기 인상을 찌푸렸다. 그 얼굴은 사람들을 벌벌 떨게 하는 사나운 건달의 눈빛 그대로였다. 미령은 두려웠지만 폭탄을 터뜨릴 기회가 지금밖에 없다는 걸 알았다. 태호에게 깊은 상처를 또 주는 대신에 차라리 한 번 더 미운털이 박히는 게 나았다.

"오빠, 혜정이랑 헤어져. 혜정이한테도 내가 그렇게 말했어. 혜정이 이제 여기 안 와."

태호는 잠시 동안 아무 말 없이 손바닥 위에 올려놓은 액세서리만 만지작거리다 은근한 미소를 지어 보였다.

"여동생아, 내 발음이 좀 이상하지 않냐?"

"응, 원래 건달 말투는 다 그래?"

태호는 입을 크게 벌리고는 검지를 기역자로 구부려 구취제거제를 뿌릴 때처럼 앞니를 가리켰다. 다른 사람들과 달리 태호는 위쪽 앞니 두 개가 송곳니에 비해 반쯤 더 짧았다.

"만화방에서 헤어진 날 기억해? 그때 속에서 열불이 치솟아 길거리에서 소주 한 병을 다 마셨어. 홧김에 길 가는 놈에게 시비를 걸었는데 말이야. 원, 재수가 얼마나 없는지 그놈이 나보다 더 주먹이 세더군. 앞니 두 개가 나갔어요. 맞은 게 억울하니 미령이 네가 미워 죽겠고 병신 같은 내가 너무 싫더라. 내가 어떻게 했게? 악에 받쳐서 쇠톱으로 앞니가 평평해질 때까지 갈았다. 얼마나 아픈지 모르지? 펑펑 울면서 득득 갈아버렸지. 그리고 널 용서했다. 그뿐이 아니야, 거울로 짧은 앞니 두 개를 볼 때마다 미령이 네가 잘살기를 바랐어요. 그런데 어쩌지? 이젠 널 용서 못 하겠는데. 넌 그냥 내 인생을 망친 인간이야. 엄마가 죽은 것도 너 때문이고, 아버지한테 버림받은 것도 너 때문이고, 내가 혜정이하고 헤어지면 이것도 다 너 때문이야."

태호는 미령이 가지고 온 액세서리를 방바닥에 집어던졌다.

"이제 그만 나가. 내가 혜정이는 몇 번 때렸는데 차마 너는 못 때리겠어. 하지만 머리끝까지 화가 나면 내가 무슨 짓을 하는지 나도 몰라."

태호는 치밀어오르는 분을 참지 못하겠는지 크리스털 하이힐을 방바닥에 내던졌다. 날카로운 파열음에 미령은 화들짝 놀라 몸을 움츠렸다. 태호는 깨진 유리를 두 손으로 움켜잡았고 손에서는 붉은 피가 뚝뚝 떨어졌다.

"내 앞에서 꺼져. 안 그러면 죽여버릴 테니까."

어떻게 혜정의 집에서 빠져나와 철제계단을 내려왔는지, 어떻게 넘어지지 않고 골목을 내달렸는지 미령은 기억이 나지 않았다. 가파른 아현동 계단을 내려올 때 턱턱 막히던 숨이 겨우 편안해지더니 눈물이 터져 뺨을 타고 흘렀다. 도망치고 싶긴 했지만 미령은 상처 입은 태호를 버리고 이렇게 돌아가고 싶지는 않았다. 혜정을 붙잡고, 태호와 헤어지는 것은 상관없지만 어떻게든 그가 엇나가지 않도록 마무리를 잘해달라고 매달려볼 생각이었다.

혜정과 나란히 앉아 이야기를 나누던 장소까지 내려왔지만 미령의 눈에 보이는 것은 버려진 기타케이스뿐이었다. 휴대폰으로 몇 번이고 전화를 걸어도 전화기가 꺼져 있다는 안내방송만 흘러나왔다. 미령은 계단에 맥없이 쪼그리고 앉아서 하늘만 바라보았다. 마음은 되돌아가 어떻게든 오빠를 달래보고 싶은데도 가슴만 방망이질칠 뿐 쉽게 몸이 움직이지 않았다.

그해 가을에서 겨울에 이르기까지 미령은 길을 잃는 악몽에 자주 시달렸다. 꿈속에서는 태호도 민구도 혜정도 신혜도 명옥도 선옥도 나타나지 않았다. 그저 아현동 계단만 끊임없이 펼쳐져 있는데 아무리 헤매도 도무지 빠져나갈 수가 없었다. 멀리서 태호의 사나운 목소리가 들려올 것도 같아 무서웠지만 정작 태호의 모습은 보이지 않았다.

악몽에서 깨어나 울먹일 때면 옆에 누워 있던 민구가 그녀의 머리를 쓰다듬어주었다. 하지만 매일 야근에 시달리는 상황이라 졸음에 겨워 꾸벅꾸벅 몇 마디 위로의 말이나 건네다 이내 코를 골기 일쑤였다.

민구가 입대하기 전과 제대한 후 그의 집안 사정은 달라져도 너무나 달라졌다. IMF 탓에 직장에서 명예퇴직을 당한 민구의 아버지는 평소의 부지런한 성격 덕에 곧바로 작은 치킨집을 열었지만 너무 바르게 장사를 해서인지 몇 달 만에 문을 닫고 말았다. 그는 성실했고 학창 시절 공부도 잘했고 조직에서도 우수한 인재였지만 약간의 뺑튀기 자세가 절실하게 필요한, 장사꾼 기질은 턱없이 부족한 사람이었다. 삶에 염증을 느낀 부부는 결국 민구 어머니의 고향인 제주도로 훌쩍 내려갔다. 민구의 형과 누나 역시 이미 몇 년 전에 약속이나 한 듯 결혼 후 차례로 이민을 떠난 터여서 민구는 서울 바닥에 혼자 남겨지고 말았다.

제대 후에 민구는 선배들 자취방을 전전하며 지냈다. 미령을 반하게 했던 홍안 시절의 수줍음은 고사하고 반죽만 차지게 좋아진 민구는 이 집 저 집 엉겨대며 잘 지냈다. 민구는 학교에 복학하기 전에 돈이나 만져보겠다며 과 선배들이 차린 작은 IT 벤처회사에 취직해 날밤을 새기 일쑤였다. 그가 몸담은 IT 벤처의 분위기 역시 '마셔, 달려, 좋아'로 이어지는 턱수염이 꺼칠꺼칠한 사내들의 세계였다. 민구는 삼 년 가까이 땀내 풀풀 풍기는 사내들 틈바구니에서 먹고 잔 것도 억울한데 사회에서도 왜 그 꼬락서니냐며 투덜거리기 일쑤였다. 결국 미령이 독립해서 신촌에 방을 얻자 민구는 은근슬쩍 자주 들락거리더니 아예 눌러앉아버렸다.

한때 록음악에 심취해 있던 자칭 존 레논과 오노 요코 커플은 함께 살며 초장에는 설거지나 화장실 청소 문제로 그악스럽게 싸우기 일쑤였다. 하지만 이래저래 쌓아둔 정이 목화솜마냥 두툼해서인지 어느덧 피곤한 얼굴로 서로를 바라보아도 애써 씩씩하게 웃을 필요가 없는 그런 사이로 변해갔다.

1999년 11월의 마지막 토요일이었다. 여대 앞에 노점을 차린 미령이 멍한 표정을 짓고 있는데 어디선가 닥터마틴 구두에 펑퍼짐한 면바지를 입고 짝퉁 명품 선글라스를 쓴 남자가 배시시 웃으며 다가왔다. 미령은 남자가 노점 주위를 어슬렁대는데도 여전히 멍하게 앉아 있기만 했다. 혜정과 태호를 다시 만난 이후로 미령은 열심히 살다가도 가끔 넋을 잃을 때가 많아졌다. 아니면 반짝이는 액세서리를 팔다가도 태호의 소름끼치는 말투와 눈빛 그리고 피가 흐르는 주먹이 떠올라 진저리를 쳤다. 미령은 이제야 왜 엄마 선옥이 가끔 멍한 얼굴로 혼자 벽을 보며 있었는지 어렴풋이 알 것도 같았다.

"어이, 아가씨. 장사는 할 거요, 말 거요?"

"진짜 졸부처럼 보이는 거 알지?"

미령은 몰래 깜빡 졸다 들킨 사람처럼 더 퉁명스럽게 말했다. 며칠 전부터 코감기가 온다 싶다니 이제는 편도선까지 부어올라 미령의 컨디션은 말이 아니었다.

"내가 지금 현금이 별로 없어 그렇지, 원래 좀 부티가 나잖아."

선글라스를 벗어 손에 쥔 민구가 능글맞게 웃었다.

"그나저나 토요일 일요일도 없는 회사가 웬일이래? 이렇게 일찍 끝내주고."

"나 그만뒀어."

"내년까지 휴학하고 스톡옵션 받아서 수억 벌 거라며?"

"내가 보니까 여기도 전망이 별로더라고. 몇 달 있다보니 이 바닥도 훤히 보여. 벤처라도 알짜배기는 별로 없어. 그냥 어떻게든 투자나 받으려고 괜히 있는 척 어깨에 힘주는 사장들이 태반이라고. 하긴 투자하는 인간들도 IT가 어쩌니 미래산업이 어쩌니 하면서 적당히 설레발치니까 그냥 뭔지도 모르고 돈부터 던지더라. 난 서울 바닥에 돈 많은 바보가 그렇게 많은 줄 몰랐다."

태호는 늘어지게 하품을 하고는 미령이 앉아 있는 벤치 옆에 슬그머니 앉았다

"그리고 이러다 몸 버리겠더라고. 말이 좋아 벤처지, 날밤만 새면 벤처냐? 이건 어떻게 군대 있을 때보다 사람을 굴려도 더 굴린다니까."

잠시 손님이 와서 액세서리를 고르는 바람에 민구는 잠시 말을 끊었다. 그 손님이 가고 나서도 한 무리의 여대생들이 몰려오기에 민구는 벤치에서 일어나 편의점으로 가 따끈따끈한 캔커피 두 개를 샀다.

"아무래도 내가 복덩인가보다. 갑자기 손님들 오는 것 좀 봐."

미령은 코웃음을 치고는 팔짱을 끼고 다리를 꼬고 앉아 괜히 딴 곳만 바라보았다. 태호는 미령의 팔을 살짝 잡아당겨서는 따뜻한 커피를 손에 쥐어주었다.

"그래서 말인데, 이 몸이 올 겨울엔 셔터맨 아니 기타맨으로 뛰어줄게."

그날 저녁 장사를 일찌감치 끝내고 미령과 민구는 근처 소주방에서 술 한 잔에 언 몸을 녹였다. 민구 말에 따르면 자발적 퇴직 기념이자 기타맨 재취업을 기념하는 술자리였다.

미령이 적잖이 취하자 처음으로 아현동에서 무슨 일이 있었는지 자세하게 털어놓았다.

"그날 내가 돌아가서 오빠를 달래줘야 했겠지? 하지만 오빠도 잘 한 건 없어. 그런데 자꾸만 마음이 답답해. 내가 큰 잘못을 한 것 같고."

"미령아, 내가 군대에서 깨달은 건 딱 하나야. 난 기타를 칠 순 없을 것 같더라고. 아니, 기타를 칠 수는 있지만 그냥 거기서 끝일 거야. 돈을 못 벌어서도 아니고 미래가 불투명해서도 아니야. 난 감상하는 감성은 있지만 표현하는 감성은 없는 놈이야. 그러니까 사람이 죽었다 깨나도 못 하는 부분이 있어. 그게 꼭 자기가 하고 싶은 거라도. 예를 들어 양다리 같은 거? 난 하고 싶을 때도 있지만 귀찮아서 절대 못 걸친다. 그럴 땐 거기 매달리기보다는 과감하게 싹둑 잘라야지, 별 수 없다고."

"기타하고 오빠하고 같니?"

"그러네. 그럼, 우선 한 몇 년 동안만 오빠를 잊어버리고 살면 어떨까?"

미령은 젓가락 한 짝을 어금니로 깨물며 어이없는 얼굴로 태호를 바라보았다.

"그게 어려우면 아현동에서의 일만 까맣게 잊는 거야. 넌 혜정이도 오빠도 못 본 거지. 그건 20세기의 일이고 이제 얼마 안 있어 21세기가 오면 밀레니엄 버그가 돼서 완전히 사라지는 거지."

미령은 소주잔을 꺾어 남은 술을 모두 마셨다.

"컴퓨터 전공한 사람이 왜 그러니? 밀레니엄 버그니 뭐니 그런 거 없다더라."

민구는 미령의 잔에 술을 채워주며 멋쩍게 웃었다.

1999년 마지막 주의 목요일 밤 명옥은 소파에 홀로 앉아 차를 마셨다. 목요일 밤에 그녀는 아무런 약속도 잡지 않았다. 밤 열시가 넘으면 거실의 조명도 낮추고 텔레비전은 틀지 않았다. 목요일 밤에 그녀는 홀로 침침한 거실에서 지금껏 살아온 옛일을 되짚어보았다. 시도 때도 없이 옛일을 떠올렸다간 속만 끓어 화병이 도지기 십상일 테니 아예 하루 날을 잡아 마음의 국물이 물씬 우러나도록 추억에 잠겼다. 옛일이란 신기하게도 아무리 곱씹어도 자꾸만 쓴물이 배어나오고 또 배어나왔다.

명옥의 고향은 충북의 작은 시골마을이었고 그녀의 아버지는 마을의 유일한 선비라고 불리던 인물이었다. 늘 어머니가 다려준 흰 바지저고리를 입었고 작은 건넌방에 앉아 종일 한학 공부에만 열중했다. 몸피는 볼품없이 앙상했지만 나이가 들어도 한 마리 두루미마냥 고상한 귀티가 흘렀다. 아버지는 마을의 훈장 노릇을 하며 동네 꼬마들에게 천자문을 가르쳐주고 자잘한 돈을 벌었다.

명옥의 어머니는 두 오빠를 공부시키느라 늘 돈에 허덕였다. 아버지가 유산으로 물려받은 논과 밭 그리고 기와집이 있어서 명옥의 집은 그 마을에서는 그나마 형편이 넉넉한 편이었다. 그러나 시골에서 아들 둘을 대학공부 시키는 데 드는 비용을 마련하는 일은 몸과 마음이 호박 넝쿨처럼 구불구불 휘는 일이었다. 명옥의 어머니는 논과 밭에 종일 매달려 살면서도 돈이 되는 자그마한 일거리라도 있으면 어디든 갔다. 하지만 아버지는 늘 방에 앉아 책만 읽을 뿐 농사일에는 손끝 하나 대지 않았다. 깊은 밤 안방에서는 어머니가 무릎이 아파 골골대며 앓는 소리와 아버지가 책 읽는 소리가 나란히 들려왔다.

누런 황소마냥 일만 하는 명옥의 어머니는 그래도 자신이 못 배운 여자라서 아버지 앞에서는 고개를 들지도 못하고 황송해했다. 하지만 명옥이 보기에는 방 안에 엉덩이만 붙이고 앉아 책만 읽는 아버지가 순 구식이었다. 더구나 세 살 때 천자문을 외우고 일곱 살에는 논어를 읽던 명옥이었다. 초등학교에 다닐 때에는 시험만 봤다 하면 1등을 놓치지 않았다. 하지만 그렇게 영특한 머리에 상고도 눈치껏 다녀야 했던 명옥은 아버지 어머니는 물론 답답한 시골이 진절머리가 났다. 밤마다 몰래 라디오를 듣다보면 서울은 아름다운 아가씨와 근사한 신사들이 반짝이는 구두를 신은 채 하하호호 웃는 멋진 도시로만 여겨졌다.

고등학교를 졸업하자마자 동네에 시집갈 자리를 알아보고 있다는 부모님 말에 명옥은 학을 떼고 서울로 도망칠 궁리만 했다. 첫째오빠와 둘째오빠가 서울 명문대에 다니면서 하숙을 하고 있으니 어떻게든 엉겨붙으면 서울에 발을 디딜 것도 같았다. 운이 좋게도 첫째오빠가 군대를 가고 약골인 둘째오빠는 몸이 시원치 않아 옆에서 수발을 들어줄 사람이 필요했다. 명옥은 오빠의 빨래와 밥 챙겨주기는 물론 청소까지 다 해주겠다며 어머니를 졸라 서울로 올라갔다.

명옥은 둘째오빠의 하숙집에서 그렇게 함께 살게 되었다. 둘째오빠가 학교에 가면 명옥은 집안일을 재빨리 끝내놓고는 서울 나들이에 나섰다. 첫째오빠라면 서울에 와서 바람든다고 명옥을 꼼짝도 못 하게 했겠지만 둘째오빠는 대충 눈감아주었다.

서울의 공기는 탁하고 답답했고 사람들의 욕망과 꿈과 눈물과 희망으로 하늘은 오염되어 있었다. 하지만 명옥은 시골이 조금도 그립지 않았고 그 상냥한 척하면서 지지고 볶는 서울의 분위기에 가슴이 설레었다.

더구나 명옥은 아버지를 닮아 귀티가 넘치는 얼굴이라 어디다 내놓아도 시골내기로는 보이지 않았다. 고등학교 때부터 라디오를 들어가며 서울말을 열심히 연습해 자연스럽게 술술 흘러나왔다. 그렇지만 겉모습만으로 쉽게 서울 아가씨가 될 수 있는 건 아니었다.

서울에 올라오자마자 명옥을 놀라게 한 사건이 하나 있었다. 어느 날 오후 명옥은 미니스커트를 입고 깔깔대며 길거리를 거니는 여대생을 부러운 눈으로 쳐다보고 있었다. 명옥은 미니스커트에 스타킹을 신은 다리를 뽐내고 멋들어진 구두를 신을 수 없는 신세에 한숨이 절로 나왔다. 명옥은 그저 흠칫흠칫 하면서 뚫어져라 아가씨들의 옷맵시를 감상했다. 그런데 어디선가 명옥의 아버지와 비슷한 나이인 초로의 신사가 나타나더니 두 아가씨를 마구잡이로 꾸짖었다. 그렇게 입고 다니려면 아예 홀딱 벗고 다니지, 세상이 망하려니 별꼴을 다 보겠네 운운. 명옥은 두 아가씨가 얼굴이 붉어져 눈물을 쏟거나 아니면 드센 시골 아낙네들처럼 큰소리로 신사에게 대들 줄 알았다. 그러나 두 아가씨는 잠시 멈칫하더니 아무런 대거리도 하지 않고 자기들끼리 얼굴을 마주 보며 상냥하면서 도도한 미소만 지었다. 초로의 신사도 두 아가씨의 미소 앞에 기가 죽었는지 투덜대며 어디론가 사라졌다. 명옥은 돈과 멋진 옷이 만들어낸 그 두 아가씨의 자신감 넘치는 미소야말로 어마어마한 힘이라고 생각했다.

명옥은 서울 아가씨들처럼 멋쟁이가 되고 싶었다. 하지만 시골에서 꽁꽁 모아온 푼돈으로는 이백원짜리 스타킹 하나 새로 살 수 있을 뿐 더는 사치스럽게 욕심을 낼 수 없었다. 운명이 바뀐 그날 역시 명옥은 명동 시내를 어슬렁대며 양품점 쇼윈도를 바라보고서 우울한 표정만 짓고 있었다.

햅번 스타일의 단발머리에 스카프를 두르고 우아한 꽃무늬 원피스를 입은 늘씬하고 키 큰 여인이 양품점 안으로 들어가다 고개를 돌려 미령을 바라보며 서울의 미소를 지었다. 상냥하고 싸늘한. 아가씨, 화장 안 했구나. 명옥은 눈을 동그랗게 뜨고는 고개를 끄덕였다. 하숙집 아주머니를 빼고 처음으로 말을 걸어온 서울 사람이었다. 어쩜 그렇게 맨얼굴에 기품이 있을까. 발랄한 얼굴은 많아도 이런 마스크는 쉽지 않은데. 옷 사러 왔어요? 아가씨한테 어울리는 옷 내가 골라줄 수 있는데. 명옥은 얼굴을 붉게 물들이고는 고개를 저었다. 여인은 명옥을 오래도록 빤히 쳐다보더니 사정이 어떤지 알겠다는 듯이 고개를 끄덕였다. 그래, 혹시 내 밑에서 일 배워볼 생각은 없어요? 난 여기 스잔나 양품점 주인 토파즈민이라고 해요. 마침 내가 데리고 있는 애가 시집가는 바람에 새로 사람을 구하던 차였거든.

그날부터 명옥은 스잔나 양품점에서 점원으로 일을 시작했다. 세련미가 철철 흐르는 공간에서 젊은 아가씨들과 말을 섞고 그들의 맵시를 익혀가며 토파즈민과 다정하게 웃으며 함께 보냈던 스잔나 양품점은 스무 살의 명옥에게 요술궁전과도 같은 곳이었다. 명옥은 하루가 다르게 서울 아가씨의 멋을 익혔다. 발랄하지만 천박하지 않게 까르르 웃는 법도 배웠고 떠보는 말이나 적당한 눈치로 이래저래 사람 간을 보는 법도 배웠다.

스잔나 양품점의 사장 토파즈민은 한국전쟁 전에는 개성에서 부유한 상인 가문의 귀염둥이 고명딸로 아무 고생 없이 살았다. 하지만 피난중에 가족을 모두 잃고 충청도까지 내려왔다 서울로 올라온 뒤론 자리를 잡기 위해 악착을 떨며 살아왔다. 마흔이 다 됐지만 독신이었던 그녀는 명옥을 수양딸이나 막내 여동생처럼 아껴주었다. 입던 옷을 맵시 있게 줄여 선물하기도 했고 액세서리나 구두도 틈나는 대로 내주었다.

그토록 명옥을 아껴주던 토파즈민이었지만 단 한 번 명옥의 눈물을 쏙 빼게 한 적이 있었다. 스잔나 양품점을 들락거리던 손님 중에는 근처 무교동이나 명동 살롱의 마담들도 있었는데 그중 한 명이 명옥에게 유독 살갑게 굴었다. 여러 번 가게에 들락거리며 명옥과 안면을 익힌 무교동 로즈의 마담은 토파즈민이 잠시 가게를 비운 사이 명옥에게 은밀한 제안을 했다. 이런 데서 일해봤자 얼마나 번다고, 마음 편히 가지고 우리 가게 한번 놀러와, 아가씨 정도면 내가 크게 키워줄 수도 있어. 요즘은 되바라진 것들이 많아서 고상해 보이는 사람 구하기가 정말 힘들다. 명옥은 그저 웃으며 넘겼지만 마침 약속이 있어 바깥에 나갔다 들어오던 토파즈민이 그 장면을 보고 말았다. 로즈의 마담이 서둘러 나가자 토파즈민은 둘 사이에 무슨 일이 있었는지 캐물었다. 명옥이 어물대다 살롱에 한번 놀러오라는 말을 들었다고 털어놓자 토파즈민은 불같이 화를 냈다. 어찌나 그 눈빛이 매서운지 싸늘하게 톡 쏘는 몇 마디 말에 명옥은 그 자리에서 코가 빨개지도록 울고 말았다. 살롱에 나가겠다는 것도 아니고 그저 웃어준 것뿐인데 그렇게 혼이 나니 내심 억울하기도 했다. 토파즈민은 그녀가 실컷 울도록 내버려둔 뒤 시원한 보리차 한 잔을 따라주며 다독였다.

"미스 리, 서울이 얼마나 무서운지 아직도 몰라? 발 한 번 잘못 디디면 그냥 나락으로 떨어지는 게 서울 여자야. 진달래가 아무리 어여뻐도 바닥에 떨어지면 다들 사뿐히 지르밟고 지나가지. 입으로는 웃으면서도 마음에는 칼을 품고 살아야 돼. 생긴 것만 여우 같지, 순해빠져가지고."

캄캄한 거실에서 스잔나 양품점을 떠올리던 명옥은 주르르 눈물을 흘렸다.

　서로 의지하며 살자던 토파즈민은 명옥이 신혜를 낳던 해 암으로 세상을 뜨고 말았다. 명옥은 토파즈민의 죽음도 안타까웠지만 그 전해에 사업자금을 빌리러 온 토파즈민을 내친 것이 더 가슴 아팠다. 그 무렵, 토파즈민은 양품점을 정리하고 의상실을 크게 여느라 빚을 냈다가 장사가 여의치 않아 더욱 사정이 어려워졌다. 하지만 명옥은 아무리 부잣집 며느리라도 시어머니 눈치를 보느라 함부로 돈을 빌려줄 수 있는 처지가 아니었다. 토파즈민은 싸늘한 얼굴로 명옥을 바라보더니 침을 뱉듯 한마디를 내뱉고 사라졌다. 그래, 이제 내 피는 꿀꺽꿀꺽 다 빨아먹었다? 은혜도 모르는 거머리가 따로 없구나.

　명옥은 젖은 눈가를 손목으로 훔치고 다시 눈을 감았다. 이번에는 고향집으로 내려가는 자신의 모습이 훤히 보였다. 미니스커트 차림에 일부러 립스틱도 진한 빛깔로 고른 그녀는 낡은 한옥 앞에서 손수건으로 이마에 밴 땀을 닦으며 심호흡을 했다. 명옥이 예상했던 대로 아버지는 딸의 화사한 모습에 경악을 금치 못했다. 읽고 있던 책을 내던지고는 다짜고짜 그녀를 꿇어앉혔다. 옆에서 벌벌 떠는 어머니를 엄하게 꾸짖으며 당장 명옥을 집에 들어앉히라고 엄포를 놓았다. 그녀는 아버지 앞에서 무릎을 꿇고 싹싹 빌면서 용서를 구했다. 명옥은 겉으로 우는 소리를 냈지만 얼굴이 새빨개진 아버지가 우스워 속으로 코웃음을 쳤다.

'아버지, 지금 세상이 어떻게 돌아가는지 모르시죠? 답답한 책만 들여다보느라 서울이란 요지경이 어떤지는 참새 눈곱만큼도 모르실 거예요. 아무리 공부를 많이 하셨음 무슨 소용이래요. 그런다고 밥이 나와요, 떡이 나와요. 아버지는 아무것도 몰라요. 세상에 대해서는 말 그대로 까막눈이시잖아요.'

그토록 미워하고 원망했어도 자식들 중에서 아버지를 쏙 빼닮은 사람이 바로 명옥이었다. 귀티 있는 분위기는 물론이요 꼬장꼬장한 성격이며 냉정하고 가끔 파르르한 것까지 꼭 판박이였다. 그에 비하면 두 오빠는 어머니를 닮아 잔정이 많고 묵묵하고 순둥이였다.

그날 새벽 명옥은 아버지 몰래 집에서 빠져나왔다. 어머니는 그녀를 배웅해주면서 계속 눈물만 흘렸다. 왜 그렇게 울어, 엄마? 내 딸이 어여쁜디 증말 어여쁜디. 근데 왜 그렇게 무서워 뵈는지 모르겠다. 명옥은 주름진 어머니의 손을 꼭 부여잡고는 그녀의 손에 금가락지를 쥐어주었다. 엄마, 예쁜 건 원래 무서운 거야. 쌀도 되고 돈도 되고 독도 되고 복도 되고 칼도 되고 그런 거라고.

서울에서 생활한 지 일 년도 되지 않아 명옥은 자연스럽게 서울의 화사함에 스며들었다. 많은 남자들이 스잔나 양품점을 기웃거리며 그녀에게 수작을 걸어왔다. 명옥은 포마드를 잔뜩 바른 남자들이 멋있다기보다 오히려 상스럽게만 여겨졌다. 최씨도 머리에 포마드를 발랐지만 다른 뜨내기들에 비하면 촐랑대지 않고 점잖았다. 하지만 명옥이 최씨에게 반한 이유는 따로 있었다. 최씨는 명옥을 떠받드는 대신 사랑받는 자그마한 소녀로 대해주었다. 사랑받는 소녀의 시간, 이런저런 눈치를 보며 겨우 학교에 다녔던 명옥에게는 존재하지 않았던 꿈결의 시간이었다. 연애 시절 내내 최씨는 인자한 어른처럼 은은한 미소를 지어주었다. 그때 최씨는 아직 서른도 넘지 않은 풋내기 이십대였는데도 남자답게 각진 턱 때문인지 어딘가 노숙한 멋이 풍겼다. 그렇게 마음을 주고 시댁에 인사를 간 뒤에야 명옥은 최씨가 손이 귀한 집안에서 태어나 어머니 치마폭에서 옥이야 금이야 자란 도련님임을 눈치챘다.

시어머니의 눈에 명옥은 그리 마음에 차는 며느리가 아니었다. 하지만 혼기가 꽉 찬 최씨가 이미 명옥에게 푹 빠져 있었고 비록 상대방 집안이 시골에서 겨우 밥이나 먹고 살다 명절에나 고기를 먹을 수 있는 집안이었지만 선비의 가풍이 있는 것이 은근히 마음에 들었다. 무엇보다 명옥의 두 오빠가 서울에서 제일 좋은 대학의 법대와 경영대에 다니고 있으니 머리 좋은 집안인 것만은 틀림없어 보였다. 최씨 집안이 대대로 돈 버는 재주야 타고났을지언정 나라의 녹을 먹는 인물은 단 한 명도 없었다. 최씨 집안에서 장관자리는 넘볼 될성부른 떡잎이라도 한 놈 태어나면 조상님들 앞에서 빳빳이 고개 들고 치맛자락 휘날리며 저승길에 들어설 수도 있을 성싶었다.

스물둘 꽃다운 나이, 최씨와 연애를 한 지 일 년 만에 명옥은 결혼식을 올렸다. 토파즈민은 명옥의 결혼을 그리 탐탁하게 여기지는 않았지만 혼수 준비를 일일이 다 도와주었다. 명옥이 스잔나 양품점에서 마지막으로 일하던 날 보라색 판타롱 바지를 입은 토파즈민은 그녀에게 어울릴 법한 보석 몇 가지를 골라주면서 쏩쓸한 미소를 지었다. 난 이래서 너 같은 애들한테 정주기 싫다. 이렇게 예쁜 꽃봉오리를 독수리 같은 사내들이 훌쩍 채가 버리다니. 날고기만 먹는 독수리가 꽃이 얼마나 향기로운지 알기는 할까? 명옥은 토파즈민의 품에 안겨서 울컥 눈물을 쏟았다. 토파즈민은 그녀의 긴 목에 휘감은 실크스카프처럼 부드러운 손길로 명옥의 어깨를 토닥여주었다. 울지 마, 이제 시집가면 울고 싶은 일이 한두 가지가 아닐걸. 시어머니 될 그 여자 인중이랑 입매가 살쾡이 같은 것이 보통내기가 아니더라.

토파즈민의 말대로 명옥의 시집살이는 보릿고개 저리가라였다. 깨소금 같은 신혼이 아니라 가마솥에 덜덜 볶이는 들깨 같은 신혼이었다. 시어머니가 틀림없이 아들 태몽이었다고 말한 첫아이를 유산하고는 미운털이 박혀도 목구멍 깊숙이 박혀 숨도 제대로 쉬지 못할 지경이었다. 고생 끝에 다시 임신을 했을 때도 마음이 계속 가시방석이라 외동딸 신혜는 결국 팔삭둥이로 태어나고 말았다.

시어머니는 살림 밑천이라는 첫 손녀 신혜를 보고서도 혓바닥만 끌끌거렸다. 최씨 집안 여자들은 모두 기괴한 능력을 타고나기 일쑤니 이 아이도 행여나 비뚤어지지 않게 조심해야 한다며 얼굴을 찌푸렸다.

남편이라도 곰살궂게 대해주면 좋으련만 신혜가 겨우 아장아장 걸을 무렵 최씨는 친구 사무실에서 일하는 젊은 여직원 아이와 눈이 맞아 살림까지 차렸다. 명옥은 세상이 무너지는 기분이라 신혜가 밤새도록 울면 자기도 따라 엉엉 울었다. 그러면 시어머니가 문을 열고 들어와 시끄러워 죽겠다면서 잔뜩 욕지거리를 내뱉었다. 남들은 부잣집에 시집가서 좋겠다고 모두들 부러워했지만 그녀의 결혼생활은 하루하루가 눈물의 잔치였다. 어린 애가 울면 젖이 붙은 어린 엄마가 울고, 어린 엄마가 울면 어린 애가 또 악을 쓰며 울고.

속내를 털어놓을 친구도 없던 명옥은 참다 참다 큰 올케에게 속사정을 털어놓았다. 그 무렵 큰 오빠는 대학을 졸업하자마자 번갯불에 콩 구워 먹듯 사법고시에 합격하더니 덥석 선까지 봐서 결혼까지 후딱 해치워버렸다. 통통하니 복스러운 맏며느리에 딱 어울리는 큰 올케 양씨는 살림 솜씨나 사람 다루는 솜씨가 아주 야무진 여자였다.

서울 시내 다방에서 명옥을 만난 양씨는 혀를 끌끌 차더니 그녀를 다독여주었다. 불쌍해서 어떡할까, 우리 아가씨. 그러게 사내자식 콧대가 양놈마냥 우람하면 여자 눈물이 마를 날이 없더라고요. 양씨는 다방에서 전화를 걸어 은밀한 목소리로 전화 통화를 하더니 다음날 명옥을 데리고 서울의 한 외진 동네로 끌고

갔다. 다 무너질 듯 허름한 집이 늘어선 동네에 박정희 정부의 모진 핍박에도 불구하고 워낙 용해서 사람들의 발길이 끊이지 않는다는 맥아더장군을 모시는 장군보살의 신당이 있었다.

당장은 하늘이 두 쪽 나도 못 떨어뜨려. 개들이 흘레붙은 거면 찬물 한바가지면 끝나는데, 이건 개도 아니고 사람인데 어쩔 거야. 장군보살의 말을 듣고 양씨는 혀를 끌끌 차며 명옥을 바라보았다. 하지만 명옥은 무당 앞에서 눈물을 쏟는 게 왠지 낯부끄러워 일부러 입술을 꽉 깨물었다.

참아라, 명옥이. 딱 십 년 안에 끝난다. 십 년 길지? 눈 한 번 딱 감으면 금방이야. 그리고 지금 뛰쳐나오면 평생 재봉틀 돌려 먹고 살아야 해. 그런데 십 년 넘어가면 그 집 재산 다 명옥이 손에 들어온다. 그러면 암말 말고 꼭 움켜쥐고 있어. 그 집 서방은 초년 운이 좋아 알부자지 결국 알거지로 끝나. 재복은 있는데 남편 복도 자식 복도 없으니. 에구, 불쌍한 명옥아. 너무 빛나는 옥이라서 평생 고독한 팔자에 눈물만 빛나겠구나.

장군보살의 말을 전부 믿어서는 아니었지만 명옥은 가정을 버리지 않겠다는 약조를 받고 남편의 외도를 허락했다. 이혼이 큰 허물이었던 시절 다른 아내들이 그랬듯 상처 입은 마음을 명태마냥 꾸덕꾸덕 말려가면서. 호랑이 같은 시어머니가 자리보전해 눕고 나서는 병수발을 직접 하면서 몇 년이나 지린내와 똥내에 절어 살았다. 하지만 다행히 그 덕에 남편이 바깥에서 얻은 아들을 라일락나무 집에 들이는 일만은 막아낼 수 있었다. 몸을 가누지

178

못하는 어미를 그리 정성스레 돌보는 효부의 간청에 최씨는 고개를 끄덕였다. 게다가 최씨 역시 칭얼거림이 너무 과한 선옥에게 슬슬 정나미가 떨어지던 때인데다 체면을 중시하는 성격이어서 배다른 자식을 집에 들이기도 껄끄럽게 여기는 눈치였다.

어느덧 그렇게 몇 해를 보내고 나니 명옥은 젖살이 빠져 광대뼈가 도드라졌고 눈매는 더 날카로워졌으며 입만 열면 동지섣달 찬바람이 휘휘 불었다.

시어머니가 세상을 뜨자 명옥에게도 봄날이 찾아왔다. 재산관리는 명옥의 몫이었고 핸드백을 들고 객장을 드나들며 투자의 재미를 봤던 때도 그때였다. 신혜가 계속 전교 1등을 하며 그녀를 우쭐하게 만들기도 했다.

하지만 그녀가 계획했던 삶에서 신혜가 엇박자를 치고 난 뒤로 지금까지 계속해서 내리막길이었다. 라일락나무 집을 팔고 나오던 날엔 마음 한쪽이 우르르 무너지는 기분이었다. 아파트값이 아무리 오르는 기미가 보인다 하더라도 명옥은 개포동 집에는 정이 안 갔다. 처음부터 아파트에서 살았으면 모르겠으나 이십 년 넘게 라일락나무 집에서 살아왔기에 그저 사방팔방 아무리 둘러봐도 답답한 것이 아파트였다. 그러면서도 그 덕에 제법 묵직한 재산이 쌓여가고 있으니 참 알다가도 모를 일이었다.

"아가씨도 돈 복 하나는 타고났네요. 똥값에 산 아파트가 은똥 되고 곧 금똥까지 될 것 같더만."

어느덧 두 아들을 대학까지 보낸 큰 올케 양씨는 명옥의 개포동 아파트 값이 오르자 반 농담으로 그리 말했다. 첫째오빠가 변호사인데도 양씨는 법망을 요리조리 피해가며 아파트를 사고 팔며 돈푼깨나 만졌다. 서양 놈들이 서울의 아파트가 아름답지 않다 흉물스럽다 그러는데 난 이해가 안 가요. 가끔 운전하면서 아파트단지들 죽 늘어서 있는 거 보면 그게 꼭 돈다발이 뭉텅뭉텅 쌓여 있는 것처럼 든직해 보인다니까. 까놓고 말해 돈보다 더 아름다운 게 어디 있우? 그러면서도 양씨는 늘 돈이 부족하다며 투덜거렸다. 연년생 아들 둘을 미국에 유학 보내놓고는 그 학비를 대느라 가계부는 언제나 빠듯했다. 변호사도 잘나가는 변호사나 돈 벌지. 그이는 별볼일 없어요. 개천에서 용 나봤자 서울 오면 토룡이라고 서울에서 탄탄하게 인맥 다진 사람들하고는 또 천지차이입디다. 내가 이렇게라도 안 하면 우리 애들 교육이나 제대로 시킬 수 있었겠어요. 나만 그런가, 대한민국 부모들 다 피똥 싸게 돈 벌어서 자식들 입에 넣어줄걸.

양씨의 말대로 대한민국에서는 무엇보다 첫번째가 자식이고 두번째가 돈이었다. 돈이 아무리 많아도 자식이 변변찮으면 남들 앞에 코 들고 다니기도 힘들었다.

외동딸이라고 하나 있는 아이에게 의지할 수가 없으니 마음은 더 적막강산이었다. 신혜가 한창 공부를 잘할 때는 외교관을 시킬까 의사를 시킬까 고민하던 그녀였지만 이제는 시집만 잘 가주면 그저 고마울 따름이었다.

명옥은 그녀가 시집갈 때 보았던 아버지의 얼굴을 떠올려보았다. 아버지는 웃지 않으려는 듯 일부러 어금니를 꽉 다물고 눈만 껌벅거렸다. 돈 많은 집에 딸내미를 시집보낸다고 기뻐하는 일이 부끄러웠던 모양이었다. 그건 늙고 작은 남자가 평생 짊어지고 살아온 청빈한 선비의 자존심에 어긋난 행동이었을 테니까. 명옥은 그런 아버지가 안쓰럽기도 하고 한편으로는 어리석어 보이기도 했다.

'아버진 평생 그 얼굴로 사신 거야. 골방 속에서 책에만 파묻혀서. 세상이 너무 빨리 빙빙 도니 차마 세상 속으로 발을 디디기가 무서웠겠지. 아버진 선비가 아니라 겁쟁이였어.'

이미 밤은 깊었고 찻잔의 차는 식은 지 오래였다. 명옥은 천장을 바라보며 나지막한 목소리로 아버지를 불러보았다. 명옥이 생각하기에 그녀의 부모는 행복이라고는 조금도 모르고 불쌍하게 세상에서 사라졌다. 그렇다고 지금 그녀가 행복한 것도 아니었다. 명옥은 갑자기 입술을 부들부들 떨더니 결국 실컷 울고 말았다.

명옥의 울음소리는 옆집이나 위층 아래층에까지는 그저 희미하게 들릴 뿐이었다. 명옥의 울음소리를 들은 몇몇 사람들은 잠시 고개를 갸웃거리다 턱을 괴고 다시 자신의 고민에 빠져 한숨들만 내쉬었다. 사람들은 한숨만 길게 내쉴 뿐 문제를 해결할 만한 뾰족한 방법은 다들 찾아내지 못했다. 그저 잠자리에 들면서 이제 며칠 있으면 20세기는 끝나니까, 노스트라다무스의 예

언도 빛나갔으니까, 2000년에는 어찌됐건 모든 일이 잘되리라
는 막연한 기대만을 가지고 잠을 청할 따름이었다.

2002

　쌀을 씻는 동안 축제의 열기에 휩싸인 도시는 초여름 날씨보
다 후끈하게 달아올랐다. 2002년 6월 한일월드컵이 시작되었
고 서울 시내는 온통 붉은 티셔츠를 입은 붉은악마들로 북적였
다. 사람들은 붉은 두건에 붉은 셔츠를 입고 작게는 호프집이나
소주방, 넓게는 시청 앞 광장이나 광화문 사거리에 모여들었다.
방에서 아는 사람들끼리 속닥거리기를 좋아하던 사람들은 뻥
뚫린 광장으로 몰려나와 요란스럽게 즐거운 밤을 보냈다. 한국
팀이 16강에 진출하고 8강에까지 오르자 어디를 가든지 온통
붉은 물결로 출렁거렸다. 사람들은 붉은 셔츠만 입은 것이 아
니라 태극기를 들고 나와 흔들거나 태극기로 치마를 만들어 입
거나 맨몸에 태극기를 그렸다. 모두들 IMF로 절망의 늪에 빠졌
다 IT 붐으로 다시 일어나 월드컵으로 21세기를 시작하는 자신

의 조국을 자랑스러워했다. 지하철이 들어올 때도 '대~한민국' 함성과 같은 네 박자 경적이 빵빵거리며 울릴 정도였다.

한국팀의 경기가 있던 날 신혜는 남편 형만과 함께 일찌감치 시청 앞 광장으로 응원을 나왔다. 형만은 약간 야위었으면서도 인상은 부드러워 보이는 남자였다. 정수리 위로 자라난 그의 꼬리도 힘차게 출렁였다. 형만의 정수리에서 자란 꼬리는 우울해 보이기도 하고 차가워 보이기도 하고 다정해 보이기도 하는 짙푸른 파랑이었다.

2001년 맞선자리에서 형만을 만났을 때 그의 꼬리는 지금보다 더 옅은 색깔의 파랑이었다. 은행원인 형만은 여의도나 선릉, 광화문 근처에 흔히 볼 수 있는 샐러리맨 타입의 남자였다. 옆머리를 짧게 올려치고 젤을 발라 가르마를 탄 상고머리라든가 특징 없는 금테안경 역시 그러했다.

담담한 맞선을 끝내고 신혜는 형만과 몇 차례 더 만남을 가졌다. 형만은 깔끔하고 모범적인 남자였고 술을 먹어도 말이 많아질 뿐 상대방에 대한 배려가 흐트러지지 않았다. 말주변이 좋지 않아 재미있게 말은 못 해도 어색한 침묵이 흐르지 않게 먼저 대화를 이끌어나갔다. 매너가 좋았고 나쁜 사람은 아니었지만 여자를 단번에 잡아끄는 매력이 무언가 부족해서인지 그의 연애 경력 역시 그리 화려하지 않았다.

신혜는 형만의 평범한 점이 눈에 들어왔다. 물론 그를 사랑할 수는 없을 것 같았지만 좋은 사람임에는 틀림없었다. 신혜가 제철을 잊지 못한 것은 아니었다. 다만 그녀에게 사랑은 삶을 뿌리째 뽑아 흔드는 무엇이었을 뿐 자신이 흔들리지 않으면 타인은 그저 꼬리 달린 아름다운 인간으로 밖에 보이지 않았다. 형만은 그녀를 뒤흔들지 않았고 지나치게 화사한 꼬리를 달고 있지도 않았다. 신혜는 지금껏 결혼을 멀게 생각했지만 형만과 몇 차례 더 만나면서 평범하고 친절한 남자와 함께라면 어떻게든 삶을 평탄하게 꾸려갈 수 있으리라 생각했다. 더구나 그 평범함에 맞춰나가다보면 그녀의 차분한 표정 안쪽에 깊숙히 숨어 일렁이는 어두운 파도도 잠잠해질 수 있으리라 기대했다.

신혜가 짐작한 대로 형만은 반듯반듯한 집안환경에서 자란 세 아들 중 둘째였다. 아버지 주씨는 상계동에 있는 한 중학교의 교장이었고 어머니 변씨는 모 여대 가정학과를 나와서 신부수업을 하다 결혼에 골인, 평탄한 가정주부의 삶을 살아갔다. 겉보기에는 주씨가 근엄하고 변씨가 조신할 듯 보였지만 막상 집안의 주도권을 쥐고 흔드는 사람은 변씨였다. 주씨는 변씨가 폭풍처럼 사납게 쏘아붙이면 꼼짝없이 꼬리를 내렸다. 변씨 말에 따르면 시집오기 전에는 바람에 흔들리는 갈대보다도 가냘픈 심성이었으나 망아지 새끼 같은 아들 셋을 키우다보니 이리 됐다고 화통하게 웃어젖혔다. 비록 집에서 살림만 했으나 변씨는 주씨보다 더 바쁜 사람이었다. 아파트 부녀회 일도 발 벗고 나섰고 교회 봉사활동에도 누구보다 열심이었다. 변씨는 바깥일에는 오지랖이 넓었지만 대신 아들들은 방목주의로 키워서 주 선생 집 아들 셋 정만 형만 동만은 다른 또래들에 비해 엄마의 간섭이 덜한 편이었다. 그래서인지 세 아들은 성격이 각기 달랐다. 첫째 정만은 낭만적인 연애선수라 대학을 졸업하자마자 성숙한 매력을 풍기는 세 살 연상의 여자를 꼬드겨 장가를 갔고, 우격다짐인 막내 동만은 군에 있을 때 면회 온 후배와 사고를 치는 바람에 제대 후에 부랴부랴 식을 올려야만 했다. 정만과 동만에 비해 형만은 차분한 살림꾼 성격이었다. 바깥일에 바쁜 변씨 대신 학창 시절부터 설거지 빨래 등등 집안 살림에 능숙했다.

형만과 신혜는 6개월여의 교제기간을 가졌다. 형만은 다른 남자들이 그렇듯 달콤한 노래와 폭죽이 등장하는 이벤트까지 동원해서 프러포즈를 했다. 신혜는 미소를 지으며 고개를 끄덕이고는 그가 건넨 반지를 받았다. 2001년 둘은 결혼식을 올렸고 당산동 아파트에 신접 살림을 차렸다.

"너무 시끄러워서 그래? 기분이 별로 안 좋아 보이네."

형만이 가볍게 어깨를 건드리자 신혜는 그를 빤히 바라보고 미소지었다.

"아니, 즐거워. 오랜만에 사람 구경하는 것도 재밌어."

어머니 변씨의 화통한 목소리에 질려서인지 형만은 지극히 여성스러운 아내를 꿈꿨다. 신혜는 체구도 아담한데다 언제나 말도 조용조용하게 내뱉었다. 하지만 형만은 아내의 마음속에 늘 드리워진 어두운 그늘에 대해서는 조금도 알지 못했다. 형만은 사람의 표정을 잘 분간하지 못했다. 은행에 찾아오는 손님들도 통장이 든든하면 대부분 거만했고 통장이 답답하면 죽상이니 복잡한 표정에 신경쓸 필요는 없었다.

어느새 붉은 노을이 하늘을 물들였지만 구름보다 땅 위의 사람이 더 붉은 그런 저녁이 찾아왔다.

"나 잠깐 마실 것 좀 사올게."

신혜는 잡고 있던 형만의 손을 슬그머니 놓고 일어났다.

"같이 가줄까?"

"아니, 금방 올게. 그 김에 사람 구경도 좀더 하고."

"이 사람 참, 사람이라고 해봤자 다 새빨개서 똑같이 보인다."

신혜는 껄껄 웃으며 내뱉는 형만의 말에 그저 미소만 지어 보이고는 사람들 틈으로 사라졌다. 형만은 붉은 응원막대를 손에 들고서 아내가 어느 쪽으로 움직이는지 눈으로 쫓았다. 하지만 사람들 속에 파묻힌 아내는 금방 사라져버렸다. 모두들 시뻘겋기만 해서 당연한 일이려니 생각하고 형만은 다시 사람들을 따라 환호성을 질렀다.

대로변은 온통 붉은 옷을 입은 사람들로 북적여 발 디딜 틈이 없었다. 모두들 들떠서는 낯선 사람과도 서슴없이 와락 껴안거나 서너 명이서 어깨동무를 하고 월드컵 응원가를 불렀다. 모두들 붉은 셔츠 차림이었지만 꼬리는 모두들 달랐다. 몇 년 사이에 지폐로 훌쩍 변하는 꽃 꼬리만 보여 시시했건만 오늘은 좀 특별했다. 정수리 위로 연달아 폭죽이 터지거나 형광색의 팔이 뻗어나와 덩굴처럼 하늘로 뻗어나가기도 했다. 어떤 이는 사다리 모양의 꼬리가 자라났는데 그 위로 다른 사람들의 꼬리들이 휘감겨 화려한 쇼까지 보여주었다. 환호성을 지를 때마다 뿔피리처럼 수십 개의 색깔이 뻗어나가는 이들도 여럿이었다. 네온 해파리 같은 꼬리, 카멜레온처럼 색깔이 변하는 해초 꼬리, 두 발로 걷는 대형 인삼을 닮은 꼬리 등등. 유쾌한 꼬리들이 사방팔방에서 펄럭였다.

신혜는 눈부시게 즐거웠지만 마음 한구석은 쓸쓸해졌다. 두 눈으로 본 아름다운 것들에 대해 누구와도 이야기를 나눌 수 없었다. 하지만 신혜는 기괴한 눈을 지닌 팔자가 억울하지는 않았다. 남들이 보지 못하는 무언가를 보는 대가가 이 정도의 외로움에 불과하다면 충분히 받아들일 수 있었다.

어느덧 신혜가 시청청사 부근까지 걸어왔을 때 먹구름이 몰려드는지 주위가 어두워졌다. 고개를 드니 더없이 많은 붉은 실들로 엮인 거대한 소용돌이가 하늘에서 꿈틀거리며 요동쳤다. 그 소용돌이는 제멋대로 덩치를 마음껏 부풀리더니 빠른 속도로 빙그르르 돌았다. 커다란 머리 타래 같기도 하고 피 묻은 탯줄로 동여맨 심장과 닮았지만 다시 눈을 깜빡이고 보면 그저 뜬금없이 그녀 눈에만 보이는 붉은 소용돌이일 따름이었다. 신혜는 불현듯 붉은 노트에 물감으로 그렸던 소용돌이 모양의 마귀의 피를 떠올렸다.

"너 돌아왔구나."

신혜가 혼잣말을 내뱉자마자 소용돌이는 제풀에 길게 늘어지더니 곧 동아줄을 닮은 꼬리로 변해버렸다. 신혜는 그 꼬리가 살랑대며 움직이는 곳을 따라 재빠르게 걸음을 옮겼다.

광화문 사거리 교보빌딩 꼭대기에 시뻘건 피로 물든 커다란 고양이가 앉아 있었다. 근자를 따라가 예배당에서 휴거를 기다릴 때 보았던 그 귀여운 마귀였다. 그때는 아주 조그맸던 놈이 이제는 어찌나 몸집이 커졌는지 올라앉은 교보빌딩이 겨우 담뱃갑만 하게 보일 정도였다. 그 꼴이 하도 우스워 신혜는 혼자서 깔깔대고 웃었다.

"귀여운 마귀야, 정말 오랜만이구나. 그런데 하얀 털이 왜 피투성이가 됐어? 너도 월드컵을 기념하는 거야?"

귀여운 마귀는 아무 말도 하지 않고 피 묻은 얼굴로 신혜를 빤히 내려다보기만 했다.

"인간의 꼬리를 보게 해줘서 고마워. 그런데 이번엔 또 어떻게 나를 놀려줄 거지?"

신혜가 귀여운 마귀의 마법을 기다리는데 갑자기 낯선 남자가 그녀의 손목을 덥석 움켜잡았다. 화들짝 놀라 뒤돌아본 신혜의 얼굴이 굳어졌다. 남자는 붉은 티셔츠 차림에 붉은 마귀의 뿔까지 머리에 썼지만 정수리 위로는 여전히 먹물처럼 걸쭉한 꼬리가 쿨럭였다. 남자는 신혜가 아파할 만큼 힘껏 손목을 쥐고서는 건물과 건물 사이의 좁은 샛길로 들어갔다.

어두침침한 샛길 안에서 신혜는 남자가 노려보는 눈길을 느꼈지만 두렵지 않았다. 남자는 험악해 보였지만 험악한 표정이 아니었다. 눈에 고인 눈물을 참느라 잔뜩 얼굴을 찌푸리고 있을 뿐이었다. 남자는 신혜의 손목을 놓자마자 서둘러 그녀를 껴안고서는 입을 맞추려고 얼굴을 가까이 댔다. 하지만 신혜는 손을 내밀어 각진 얼굴을 부드럽게 쓰다듬었다. 익숙한 골격의 감촉이 손가락을 스치고 지나가자 손끝에 남자의 따스한 눈물이 닿았다.

"나 결혼했어."

신혜의 한마디에 어스름한 분위기는 그대로 깨져버렸다.

남자는 신혜의 손목을 놓고 아직 분이 덜 풀렸다는 듯이 한숨을 내쉬었다.

"그런데 날 그렇게 내버려두고 간 건 어떻게 할 거야?"

"나중에 학교에서 만나면 사과하려고 했어. 하지만……"

"그럼, 지금 사과해."

어둠 속에서 남자가 딱 부러지는 목소리로 말했다.

"좋아, 어떻게 사과할까?"

신혜의 대답에 남자는 그녀의 뺨을 어루만졌다. 남자의 손길은 부드러우면서도 단단해 신혜는 그 손을 밀어내지 못했다. 그리고 그의 입술은 더욱 부드러워서 서로의 숨결이 오가는 동안 시간은 영원히 멈춰 있거나 아니면 산산이 흩어지는 것만 같았다. 하지만 어느 결엔가 샛길 밖에서 사람들이 외치는 응원 소리가 신혜의 귓가에 또렷이 들려왔고 그녀는 두 손으로 제철을 떠밀었다.

　여전히 가슴은 두근거렸지만 신혜는 스스로도 놀랄 만큼 담담한 목소리로 말했다.

　"이걸로 용서받은 거지?"

　제철이 고개를 끄덕이는 모습이 그녀의 눈에 들어왔다.

　"그럼, 가야겠어. 남편이 기다리고 있을 거야."

　신혜는 뒤돌아보지 않고 먼저 샛길 밖으로 나가려고 했다.

　"저기, 저 바깥이 어떻게 보여?"

　"월드컵이잖아. 사람들이 다 빨간 옷만 입고 신나서 난리법석이잖아. 나도 이렇게 빨간 티셔츠고."

　제철의 질문에 신혜는 덤덤하게 대답했다.

　"그게 전부는 아니지?"

　제철이 어둠에 기댄 채 예전의 그 장난기 어린 퉁명스러운 목소리로 한 번 더 물었다.

　"정수리 위로 긴 팔이 뻗어나온 사람도 있고. 사다리 모양의 꼬리도 있는데, 덩굴처럼 다른 꼬리가 얽히고……"

　신혜는 자기가 눈으로 본 것들을 편안하게 떠들고 있다는 사실에 웃고 말았다.

　"아직 반쯤 미쳤군. 다행이야. 제정신일 때는 밋밋하기 짝이 없잖아."

　신혜는 다시 고개를 돌려 벽에 몸을 기대고서 다리를 건들거리는 제철을 보았다.

"맞아, 아직 제정신은 아니네. 그래서 그 머리 위에 있는 새카만 꼬리도 너무 잘 보여."

"나 뉴욕에서 공부하다 한국으로 온 지 얼마 안 됐어. 오늘 약혼녀하고 여기 왔다가 너 보고 진짜 놀랐다."

"그래…… 축하해. 잘됐다. 좋은 일이지. 그래도 내가 한수 위네. 난 결혼까지 했잖아."

월드컵이 끝났어도 태극전사로 불리는 대표팀은 연일 방송에 출연했다. 대표팀 감독이었던 거스 히딩크는 국민적인 영웅 대접은 물론이거니와 서울명예시민증까지 받았다. 월드컵은 끝났지만 밤거리에는 얼큰하게 취한 사람들이 어깨동무를 하고 '오, 필승 코리아!' 월드컵 응원가를 부르며 길가에 굴러다니는 음료수 캔을 걷어찼다. 비록 붉은 티셔츠를 입지는 않았지만 술에 취한 얼굴은 붉은악마 저리가라였다.

"한국사람 밥을 빨리 먹습니다. 한국사람 매일 소화 안 되지만 소화제 맛있어서 괜찮아요. 한국사람 출퇴근 시간에 너무 바쁘죠. 한국사람 밤늦게까지 머리를 싸매고 일을 하고 술을 먹고 다시 일찍 출근합니다. 그래도 정말 건강하지만 대신 일찍 병에 걸립니다. 한국사람 열심히 노력하며 살지만 왜 노력하며 사는지 고민할 시간이 없습니다. 하지만 월드컵은 한국사람 얼마나 즐겁게 놀 수 있는지 진짜 잘 보여주었습니다. 한국사람 열심히 놉시다."

한국에서 십여 년을 산 금발의 외국인이 '월드컵과 한국인의

삶' 대해 말한 TV토론 프로그램이 방송되기도 했지만 시청률은
거의 바닥 수준이었다.

불볕더위가 뜨거운 한여름에 이르자 붉은 물결의 행렬은 사람
들의 머릿속에서 금방 씻겨내렸다. 시청 앞 청소부는 새벽마다
쓰레기를 치우느라 허리가 휘었고, 출퇴근 지하철은 사람들로
미어터져 삼복더위에 큼큼하게 쉰 콩나물국 냄새를 풍겼다.

월드컵에 어울리는 액세서리는 이제 미령의 노점에서도 찾아
볼 수 없었다. 미령은 일찌감치 바캉스 시즌에 어울리는 가볍고
시원한 반짝이들로 전부 바꾸었다. 월드컵 때도 대박이 터지고
바캉스 시즌도 괜찮았지만 목돈을 불리는 일은 쉽지 않았다. 노
점을 접고 동대문이나 홍대 쪽에 작은 가게를 차려볼 생각으로
시세를 알아봤지만 내놓으라는 권리금에 기도 안 차서 당분간
미뤄두었다.

볕이 뜨거운 오후 신혜는 잠깐 홍대 근처에 왔다가 미령의 노
점에 들렀다. 머리를 짧게 올려친 신혜는 목이 늘어난 헐렁한 티
셔츠를 입고 있어 선이 고운 목덜미와 가녀린 어깨가 드러났다.

"시원해 보여서 좋네."

여전히 치렁치렁한 긴 머리를 고수하는 미령이 날이 더워 자
꾸 머리를 넘기며 말했다.

"그럼, 너도 짧게 잘라."

"언니처럼 이목구비가 또렷하면서도 오밀조밀해야 짧은 머리
도 어울리지. 나는 키가 큰 대신에 말상이라서 그렇게 잘라봐.

오이가 따로 없지."

미령은 시원스레 웃다가 또 한숨을 내쉬었다.

"민구가 빨리 취직이 됐으면 좀 좋겠어."

"계속 알아보고는 있니?"

"벤처들 다 망해가잖아. 이제 괜찮은 회사 찾기가 하늘에 별 따기래."

신혜는 말없이 고개를 끄덕였다.

"그런데 그 사람은 아직 만나?"

미령이 담담하게 내뱉은 질문에 신혜는 잠깐 당황했다. 지난번 미령을 찾아왔을 때 신혜는 제철을 우연히 만난 일에 대해 조심스럽게 털어놓았다. 물론 그날 샛길에서 무슨 일이 있었는지는 입을 다물었지만 가끔 만나 차를 마신다는 이야기까지는 했다.

"그냥 친구 사이야."

미령은 가판대에 액세서리를 다시 정리하며 무심하고 뽀족한 말투로 쏘아붙였다.

"그건 언니 생각이겠지. 언니 그런 게 줄타기야. 난 결혼하면 서로 조금의 빈틈도 없어야 한다고 생각해. 그게 어른이잖아. 솔직히 난 우리 엄마처럼 책임감 없이 살았던 여자들이 제일 징그러워."

"그런 거 아니야. 약혼자까지 있어. 이번에 대학에서 전임강사 자리라도 얻으면 곧 결혼할 거고."

194

미령은 신혜를 빤히 바라보았다.

"그래, 그런 거 아니겠지. 나한테 찾아오는 단골들도 나한테 이런저런 이야기를 할 때 다들 그렇게 말해. 물론 언니가 다른 세계에 사는 사람인 건 알아. 난 어릴 때부터 계속해서 봐 왔으니까. 하지만 지금은 한 사람의 아내야. 언니가 아무리 특별한 사람이라도 약속은 지켜야지, 안 그래?"

신혜는 입을 다물고 아무 말도 하지 않았다.

그날 저녁 홍대 앞 카페에서 신혜는 제철을 만났다. 학교에서 치사한 일을 겪었는지 커피를 마시면서 제철은 흥분해 혼자 떠들어댔다.

"나도 참 뻔뻔해졌지. 난 뼛속까지 내가 자유인인 줄 알았어. 하지만 지금은 교수들 발가락까지 핥아주는 덩치 큰 치와와 새끼라고."

제철은 미간을 잔뜩 찌푸리고는 담배에 불을 붙였다. 이마와 눈가의 깊은 주름이 선명해 한때 신혜는 이 남자가 겉늙어도 참 멋없게 겉늙었다고 생각했었다. 하지만 인상을 찡그릴 때나 웃을 때마다 짙어지는 주름에서 제법 그 나이에 어울리는 멋이 보였다.

"우리가 옛날하고 똑같은 사이는 아니지, 그치?"

신혜가 찻잔에 말라붙은 커피 얼룩을 만지면서 말했다.

"아주 잘 알지. 남자 만나는데 그렇게 대충 입고 나온 거 보면 다 알고도 남아."

신혜는 블라우스에 치마정장에 살색 스타킹을 신고서 제철에게 여성스러움을 어필하고 싶은 마음은 추호도 없었다. 하지만 제철과 모든 것을 함께했던 이십대 초반에도 그녀는 낡은 티셔츠에 청바지 차림일 때가 거의 대부분이었다.

"그래, 말 나온 김에 내 약혼녀하고 만나볼래?"

싱긋 눈을 찡그리고 웃으며 제철이 말했지만 신혜는 아무 대답도 하지 않았다. 그는 계속해서 킬킬대고 웃더니 고개를 한쪽으로 돌려 담배연기를 내뱉었다.

"지금 와서 하는 말이지만 미안하더라고. 강원도에서."

제철이 재떨이에 담배를 비벼 끄고 손바닥으로 얼굴을 쓸어내렸다.

"그러니까 네가 없으니 정말 사람 살 데가 아닌 것 같았어. 너무 공기가 맑고 깨끗해서 숨 쉬기도 황송하더라고. 우린 자연을 벗 삼아 살기엔 너무 타락했나봐."

그는 길게 기지개를 켜고는 창밖으로 잠시 시선을 돌렸다. 두 시간쯤 그렇게 끊겼다 다시 이어지는 미묘한 실뜨기 같은 대화를 나누다가 제철은 시계를 보더니 학교로 돌아가야 한다며 일어나자고 했다. 그는 들고 온 서류가방을 챙기기 전에 한마디를 툭 던졌다.

"지금 생각났는데 말이야. 나는 교수님들만 싫어하는 게 아냐. 선생이란 선생은 죄다 밥맛이었어. 내가 배울 만한 게 없었거든. 하지만 그런 나에게도 존경하는 분이 있는데 그게 너야.

넌 지금까지 참 많은 걸 가르쳐준다. 어떤 섬세하고 어두운 것들에 대해서. 그러니까 안타깝게도 내 반쪽은 아니지만 유일하게 존경하는 정신 나간 여선생이지, 너는."

"기분 나쁘진 않네. 태어나서 처음으로 존경한다는 말까지 들어보고."

신혜는 거미줄처럼 얽혀서 볼 때마다 선뜩한 제철의 홍채 무늬를 물끄러미 바라보았다.

'왜 귀여운 마귀는 나한테 다시 이 괴물을 데려다줬을까?'

집으로 돌아오는 지하철 안에서 신혜는 좌석에 앉아 있는 피곤한 낯빛의 여인들을 바라보았다. 여고생 둘이서만 신이 나서 떠들 뿐 다른 여인들은 모두들 입을 다물고 피곤한 얼굴로 음악을 듣거나 책을 읽었다.

창문을 열면 서늘한 바람이 은근하게 머리카락을 어루만지는 9월의 첫 목요일 밤이었다. 명옥은 평소와는 달리 찬장에서 찻잔 두 개를 꺼냈다. 냉장고를 열어 먹을 만한 과일이 남아 있나 살펴도 보았다. 오늘은 혼자 옛일을 곱씹는 대신 잠깐 손님을 집에 들이기로 한 날이었다.

명옥은 손님을 기다리는 동안 커다란 선글라스를 끼고 멋스러운 옷차림으로 명동거리를 휘젓던 토파즈민을 떠올렸다. 가세가 기울면서 명옥과 가까웠던 지인들은 자연스레 멀어져갔다. 지금도 얼굴을 맞대면 상냥하게 입에 발린 말을 건네는 사람들이 없는 건 아니었지만 그녀가 진정 마음을 터놓을 만한 친구는 없었다. 아무것도 가진 게 없던 나를 그렇게 다정하고 의리 있게 대해주었던 사람을 다시 만날 수 있을까? 만일 토파즈민이 암으로 죽지 않고 사이좋게 늙어가면서 가끔 만나 수다라도 떨 수 있었다면 지금처럼 삶이 마냥 답답하지는 않을 성싶었다. 하지만 씁던 껌도 내주는 가까운 사이였다면 분명 돈이 엮였을 테고 그때처럼 얼굴을 붉히다 악감정만 남은 채 박정한 사람으로 서로를 기억했을지도 몰랐다. 토파즈민이 이미 세상에 없기에 더 좋은 추억으로 남은 걸지도 모른다는 생각이 들자 명옥의 마음은 한층 더 쓸쓸해졌다.

밤 여덟 시가 넘자 초인종이 울렸다. 현관문을 열자 늘씬한 키의 미령이 조그마한 케이크 상자를 들고 서 있었다. 명옥은 그 나이에 이미 시집살이에 시달리느라 환한 웃음이 말린 대추마냥 쪼그라들기 시작했건만 눈앞에 서 있는 이 아이는 참 시원하게 잘도 웃었다.

"잘 계셨어요?"

미령이 밝은 목소리로 말을 건네자 명옥은 냉정한 표정으로 케이크 상자를 받았다.

"별일이야 있겠니. 그날이 그날이지. 들어와 앉아라."

명옥은 케이크 상자를 들고 주방으로 들어갔다.

"우리같이 나이든 사람은 단 거 안 좋아해. 이렇게 단 걸 누가 먹는다고 사들고 왔니?"

사과와 과도 그리고 작은 접시를 올려놓은 쟁반을 들고나오며 명옥은 말했다.

테이블에 쟁반을 올려놓자마자 미령은 과도를 집어서는 사과를 깎았다. 뜯어내듯 뚝뚝 깎는 것도 아니요 그렇다고 너무 가늘지도 않고 시원하게 껍질을 깎았다.

이제는 일 년에 많아봤자 서너 번 얼굴이나 보지만 미령을 향한 명옥의 심사는 여전히 복잡했다. 남편이 다른 집에서 낳아온 아이라고 생각하면 마음 한쪽이 찢긴 문풍지마냥 파르르 떨렸다. 최씨를 끔찍이 사랑해서가 아니라 마음속 깊은 곳에 증오의 경련이 남아 있기 때문이었다. 하지만 옆에 앉아서 시원스럽게 말을 터놓는 꼴을 보면 또 괜찮은 아이구나 싶어 은근히 정이 갔다. 어쩌면 명옥은 미령에게서 시원하면서도 살뜰했던 젊은 시절의 토파즈민을 떠올리는지도 몰랐다. 그런데다 하나 있는 피붙이인 신혜는 영 잔정이 없는 아이라서 명옥은 어디 정 둘 곳이 없었다.

"너도 곧 스물다섯이지? 한창일 때 빨리 시집가야 하는 거 아니니? 남자만 있으면 아버지하고 내가 식 끝날 때까지 네 부모 노릇은 해줄 테니 너무 걱정하진 말고."

"말씀은 고마운데요. 전요, 우선 돈부터 벌 거예요."

명옥은 미령에게 정이 간다 싶어 애틋한 얼굴로 보다보면 또 가슴이 찌릿했다. 그래서 어느 결에 따뜻한 말을 건네다가도 급작스레 마음이 돌변해 빈정대는 말로 변해버렸다.

"여자 혼자 돈 벌어서 얼마나 크게 번다고 그러니. 괜히 돈 버네 뭐네 성질만 사나워지지."

"그런데 아빠는 안 들어오셨어요?"

미령은 사과를 여섯 조각으로 나누어 접시에 올려놓았다.

"신도시에 무슨 의류매장을 내볼까 한다면서 알아보는 중이란다. 밖에 나가서 싸움질을 해서라도 돈을 벌어야 남자지. 남편이 요조숙녀처럼 가만히 집에 있어봐라. 어디 숨이나 쉴 수 있나."

명옥은 사과 하나를 집어 한입 베어물었다. 사과는 겉보기에는 먹음직스러웠지만 입에 넣으니 달지도 않고 사과인지 감자인지 모르게 푸석거렸다. 명옥은 사과를 씹으면서 맥없는 눈빛으로 미령이 손에 쥔 과도만 빤히 바라보았다. 최씨가 밖에서 일을 벌였다가 사고라도 칠까봐 조마조마하다는 말이 목구멍까지 차올랐지만 그대로 털어놓을 수는 없었다.

"곧 있으면 추석인데 벌써부터 웬일이니?"

"저기요, 저도 재테크 좀 시작해보려고요."

"그래, 잔잔한 액세서리 팔아서 돈 좀 만졌니?"

명옥은 가볍게 코웃음을 쳤다.

"적금 곧 끝나거든요. 그런데 아무리 발을 동동 굴려도 돈이라는 게 쉽게 안 모여요. 평생 이렇게 고생만 하다 끝나면 억울하잖아요. 그래서 말인데 제가 같이 다니면서 객장도 나가고 주식 사고파는 것도 좀 배워보면 안 될까요?"

명옥은 입가에 얄궂은 미소를 띠고서 미령을 바라보았다.

"그냥 알뜰하게 적금통장이나 더 만들어. 괜히 가랑이 찢어질라."

"저 무시하지 마세요. 큰돈은 버는 사람만 벌라는 법 있나요. 민주주의 국가에서 돈 버는데 다 평등한 거 아니에요?"

"너 돈이 얼마나 무서운 건지 아니?"

"아무렴 사람보다 무섭겠어요. 저도 길거리 장사하면서 이런 사람 저런 사람 다 겪었어요. 그래요, 웬만한 사람 다루는 건 제가 아주머니보다 더 나을걸요."

"그래, 궁지에 몰리면 피도 눈물도 없는 게 사람들 인심이지. 그런데 말이다, 피하고 눈물까지 쪽쪽 빨아먹는 게 돈이라는 거야. 세상에, 내 정신 좀 봐. 찻물 올려놓는다는 걸 깜빡했네."

명옥은 우아한 걸음으로 주방으로 옮겨가서는 커피포트 전원을 켰다. 곧이어 물 끓는 소리가 그녀의 귀를 정겹게 간질였다. 명옥은 찻잔을 챙기면서 넌지시 물었다.

"홍차 마실래?"

"아니요, 전 냉수나 마실래요."

잠시 후 명옥은 작은 쟁반에 고급스러운 문양의 찻잔과 유리컵에 담긴 냉수를 받쳐 들고나와 다시 소파에 앉았다. 미령은 깎아놓은 사과껍질을 손으로 뚝뚝 끊고 있었다.

"내 말 고깝게 듣지 마. 다 어른이 하는 충고라고 생각하렴."

명옥은 직접 냉수를 건네며 말했다.

"저도 그럼 충고 하나 할게요. 지금 언니가 누구를 만나는지 한번 알아보세요. 마음은 아직 강원도에 있나보더라고요."

"그게 무슨 말이니?"

명옥은 찻잔을 쥐려다 말고 손가락을 움츠렸다.

"직접 들어보세요. 어쨌든 아주머니 말씀 잘 알아들었어요. 하지만 어떻게든 시작해볼래요. 남들은 경중경중 뛰는데 나만 아장아장 걷는 건 말이 안 되잖아요."

다음날 아침 일찍 명옥은 신혜에게 전화를 걸었다. 오후에 잠깐 집에 오라고 말한 다음 다그쳐 물을 작정이었다. 하지만 신혜는 대학친구와 약속이 있다면서 월요일에 다녀가겠다고 말했다. 명옥은 고등학교 때도 친구라곤 없던 신혜가 그 성격에 마땅한 대학친구도 없을 것 같아 옳거니 그놈을 만나러 가는구나 싶었다.

명옥은 전화를 끊자마자 서둘러 청소기를 돌리고는 외출준비를 했다. 평소에는 너무 투박해 보여 입지 않던 긴 가을 롱코트를 입고 선글라스를 쓰고 챙이 넓은 오렌지색 모자까지 쓰려다 괜히 이러면 쓸데없이 눈에 띄지 않을까 싶어 모자는 다시 벗어두었다.

신혜의 아파트단지 주변에서 명옥이 서성거리는데 입가에 미소를 띤 신혜가 콧노래를 부르며 밖으로 나왔다. 명옥은 배신감에 속이 쓰렸다. 집에서는 물론이고 결혼식을 올릴 때도 늘 명한 얼굴로 사람을 소 닭 보듯 하고 땅 아니면 하늘만 보던 아이였다. 어머니 아버지와 헤어지면서도 눈물 한 방울 안 흘리고 무덤덤했던 그런 냉혹한 화상이 저 애였다. 그런 애가 저토록 밝게 웃을 줄 아는 아이였다니 기도 안 찼다.

대로변으로 나오자마자 신혜는 택시를 잡아탔다. 명옥은 곧바로 택시를 잡고는 딸의 뒤를 쫓았다. 신혜가 탄 택시는 신촌역 근처에서 멈췄다. 신혜는 차에서 내리자마자 휴대폰을 꺼내 폴더를 열어보더니 다시 닫고 호주머니에 집어넣었다. 잠시 후 큰 키에 어깨가 다부진 남자가 손을 흔들며 횡단보도를 건너왔다. 두 사람은 근처 지하에 있는 커피숍으로 들어갔다.

명옥은 횡단보도를 건너 편의점으로 들어갔다. 거기서 삼각 김밥 하나와 맥콜을 사서는 편의점 앞 파라솔에서 우선 간단히 요기를 했다. 지하로 들어간 남녀는 얼마 지나지 않아 밖으로 나올 것이 빤하다고 명옥은 생각했다. 마음의 불꽃이 이글대는 젊은 남녀가 차 한잔에 쉽사리 뜨거운 불을 식힐 수야 없지 싶었다.

턱을 괴고 한참을 기다렸지만 남녀는 한 시간이 넘도록 지하에서 올라오지 않았다. 명옥은 선글라스를 벗고 침침한 눈을 손으로 비벼가며 건너편 건물만 뚫어지게 바라보았다.

그렇게 여러 번 늘어지는 하품까지 했을 때 지하에서 먼저 올라오는 신혜가 보였다. 그 뒤에 남자가 뒤따라나왔다. 둘은 횡단보도 앞에서 무슨 사근사근한 농담이라도 주고받는 눈치였다. 명옥은 서둘러 핸드백을 챙기고 자리에서 일어났다. 물론 이번에는 선글라스를 쓰지는 않았다. 신호가 바뀌자 횡단보도를 건너는 사람은 남자 혼자뿐이었다. 명옥도 서둘러 길을 건넜다. 중간에 남자와 눈이 마주치기가 무섭게 쏘아보았다. 남자는 조금 이상한 눈치였지만 신호가 간당간당해서 서둘러 길을 건너갔다.

그때까지 딸아이는 입가에 여전히 달짝지근한 미소를 머금고는 저쪽을 보고 있었다. 그러다 길을 건너오는 명옥과 눈이 마주치자 한순간에 표정이 얼어붙었다.

"엄마, 여긴 무슨 일이세요?"

"그건 내가 묻고 싶은 말이다. 너 도대체 왜 그러니?"

명옥은 신혜의 팔을 잡아끌고는 어깨를 내리쳤다.

"그냥 나하고 마음이 통하는 친구예요."

"얼씨구, 친구? 나 아까부터 다 봤어. 네가 그렇게 행복하게 웃는 거 이 어미는 이날 이때껏 한 번도 못 봤다. 네가 얼마나 싸늘한 앤데. 나한테 한 번 그렇게 웃어준 적이 있니?"

이마에 손을 얹은 채 신혜는 입을 다물고서 아무 말도 하지 않았다. 명옥이 몇 마디 더 날카롭게 쏘아붙였으나 그녀는 얼어붙은 듯 제자리에서 움직이지 않았다.

"여기서 이러지 말고 우선 개포동으로 가자."

명옥이 팔을 잡아끌자 신혜는 신경질적으로 내팽개쳤다.

"그냥, 나 좀 내버려둬요. 왜 계속 내 목을 졸라요?"

갑자기 와락 눈물이 쏟아질 것같이 서러워서 명옥은 입술을 질끈 깨물었다.

"그래, 알았다. 죽이 되던 밥이 되던 마음대로 해봐."

신혜는 눈썹을 파르르 떠는 명옥을 빤히 바라보았다. 그녀의 정수리 위로는 어떤 꼬리도 보이지 않았다. 그녀에게 엄마란 존재는 언제나 뒤를 따라다니는 끊어질 수 없는 희미한 그림자였다. 그 그림자가 어느새 연약한 여인의 모습으로 변해 서럽게 눈물을 주르르 흘렸다. 신혜는 그림자가 아닌 한 여인의 눈물을 닦아주려고 자기도 모르게 손을 내밀었다. 하지만 명옥은 딸의 손을 내치고는 핸드백으로 얼굴을 가리고 서둘러 택시를 잡아 탔다.

택시가 떠난 후에도 신혜는 한참 동안 신촌 사거리에 멍하니 서서 아무것도 하지 못했다. 신혜는 터덜터덜 지하철역까지 걸어가며 길거리의 사람들을 곁눈질했다. 눈을 깜빡여보았지만 그들은 그저 어딘가를 향해 바삐 가는 검은 머리의 타인들일 뿐 정수리 위로는 아무것도 보이지 않았다. 신혜의 기괴한 눈은 그렇게 선선한 가을날 오후에 훌쩍 사라졌다. 그토록 아름다워 보이던 인간의 꼬리가 사라져버린 거리는 황량하기 짝이 없었다. 멋없이 늘어선 빌딩들은 더럽게 여겨졌고 도로를 달리는 자동차들은 소란스러운 고철 덩어리에 불과했으며 거리를 들쑤시는 소음에 머리는 지끈거렸다.

누군가 심장을 움켜쥔 것처럼 가슴이 아려왔다. 그 알싸한 통증이 사라질 무렵 어렴풋이 신혜는 자신의 숨결에 뒤섞이는 희미한 불안감을 느꼈다. 그녀는 그렇게 기괴한 눈을 걷어내고 그녀의 삶 속으로 불쑥 들어온 새로운 생명을 불안감이란 감정으로 접하게 되었다.

사회생활을 시작한 사내들은 피곤에 절어 걸쭉하게 살아간다. 새벽에 출근해서 밤늦게까지 일을 하다보면 겨드랑과 사타구니와 두피는 땀으로 질척거린다. 몸에서는 삭은 상어 냄새가 풍기고 머릿속은 자갈이 들어찬 것처럼 덕더글거린다. 잠시 쉬면서 왜 이렇게 구질하게 사나 고민하다보면 겨우 담배만 축날 뿐 아무 해결책도 없을 때가 대부분이었다. 고민하는 일도 피곤하기는 마찬가지니 그럴 바에야 술이나 마시고 왕창 떠들거나 여자들의 부드러운 분내 나는 살결에 코를 박고 고개를 흔들면서 즐겁게 피곤해지는 것이 훨씬 나았다.

어마어마한 몸집의 피곤이 그를 짓눌러 죽을 것만 같을 때 사내들은 집에 들어와 눈을 감는다. 코를 골면서 두 다리를 벌리고 입을 벌리고 둔기에라도 한방 얻어맞은 양 내일을 위한 졸도 같은 잠에 빠져든다.

하지만 한 침대에 누운 아내는 잠들기 전까지 고민에 고민을 거듭한다. 밤은 언제나 그녀들에게 새카만 시험지를 내밀고 답을 요구하는 시간이었다. 친정일이나 시댁일은 물론이고 이리저리 맞춰봐도 빈틈이 보이는 돈 문제나 그놈의 돈을 쪽쪽 빨아먹는 교육비 문제에 이르기까지. 머릿속이 온통 복잡한데도 해답은 쉽게 떠오르지 않고 문제에 문제가 겹쳐져 시커멓게 변해버리기 십상이었다.

침대에 누운 명옥의 머릿속에는 자꾸만 신혜와 그 남자가 함께 걷는 장면이 떠올랐다. 사랑하는 남자와 다정하게 웃으면서 길을 거니는 것. 그것은 명옥이 늘 머릿속으로 상상해온 행복한 연인들이란 문장에 어울리는 한 장면이었다. 하지만 딸이 그렇게 행복에 가득 찼을 때에 그녀는 딸을 사납게 물어뜯어야 했다. 만일 혹시라도 신혜가 남편 대신 옛 남자를 다시 택하겠다고 한다면 명옥은 어떻게 말해야 할지 한숨부터 나왔다. 옳지 않건, 더럽건, 끔찍한 미래가 보이건 사랑을 어찌 막으랴.

명옥이 잠을 이루지 못하고 뒤척이는 시간에 신혜 또한 잠을 이루지 못했다. 남편 형만은 이미 깊은 잠에 빠져 있었지만 신혜는 침대에서 내려왔다. 그녀는 화장대 서랍에서 붉은 노트를 꺼내들고 주방으로 향했다.

신혜는 식탁의자에 앉아 작은 조명등을 켜고 붉은 노트를 펼쳐보았다. 노트에는 아무런 그림도 낙서도 없었다. 그저 텅 비어 있었고 조명을 받아 조금 누르스름하게 보였다. 신혜는 손가락으로 빈 노트를 어루만지면서 한숨을 내쉬었다. 신혜는 붉은 노트를 덮고 무릎 위에 올려놓았다.

테스트 결과 확실한 임신이었다. 남편과 시부모님 모두 아이를 기다리던 터라 소식을 듣고 다들 기뻐했다. 하지만 신혜는 미묘하게 두려운 마음에 입으로는 웃고 있지만 마음 한쪽에는 자꾸 그늘이 졌다. 어쩌면 서울을 떠나 산으로만 둘러싸인 강원도 오지에 처음 발을 디뎠을 때의 그 막막한 심정과 엇비슷했다. 자신이 감당하기 힘든 어마어마한 무언가가 너무나 급작스럽게 그녀를 조그맣게 만들었다.

명옥과 신혜가 잠 못 이루던 그 밤에 미령은 자리에 누워 작은 복주머니를 꺼내놓고 쌀알 하나를 손바닥 위에 올려놓았다.

"그건 왜 보고 있어?"

옆에 있던 민구가 늘어지게 하품을 하면서 물었다.

"소원 빌려고. 이제 곧 주식투자도 시작할 거니까."

"깜빡 했나봐. 부자 되는 소원은 안 된다고 그랬다면서."

"바구미여사가 나한테 사기 친 게 몇 번인데. 물론 소원 비스무리하게 이뤄지긴 했지, 어부지리와 우연의 일치로. 그러니까 이번 소원은 업바구미의 편법이라도 좀 확실하게 밀어주지 않을까?"

미령은 눈을 감고 머릿속으로 소원을 떠올렸다. 하지만 눈을 떴을 때 민구가 재빨리 손을 뻗어 쌀알을 집어서는 입에 넣고는 삼켜버렸다.

"나도 만사형통 소원성취 좀 해보자. 이번에 면접 보는 데 정말 괜찮은 회사야. 내가 붙어야 너도 좋잖아. 뭘 이런 걸 가지고 치사하게 노려보냐."

신혜는 제철을 만나러 가는 동안 일부러 느리게 걸었다. 아직 한낮에는 날이 좀 푹했지만 그녀는 일부러 두툼하다 싶은 카디건을 몸에 걸쳤다.

　추석을 쇠면서 일가친척의 축하인사를 받느라 정신이 없었지만 그러면서도 신혜의 마음은 자꾸 축축 늘어졌다. 시어머니가 말리는데도 직접 나서 산더미 같은 명절 설거지를 하면서 머릿속은 남들처럼 좋은 엄마가 될 수 있을지 사뭇 불안한 마음에 복잡하기만 했다. 더불어 제철을 만나는 일도 이제는 예전처럼 즐겁지 않았다. 더이상 마음이 통하는 친구로 그를 대하는 일은 힘들 것 같았다. 추석이 지난 지 며칠 되지 않아 신혜는 중요한 결심을 하고 먼저 전화를 걸어 제철과 약속을 잡았다.

　다음날 제철은 다시 전화를 걸어와 잠깐 해외에 나갈 일이 있다면서 보름 후에 보자고만 짧게 말하고 전화를 끊었다. 우습게도 제철의 연락을 기다리는 사이 그녀는 시커먼 실로 칭칭 동여맨 것 마냥 머리고 마음이고 온통 답답하게 옥죄는 기분이 들었다.

　길 건너편에 서 있는 제철이 신혜의 눈에 들어왔다. 횡단보도를 건너는 그를 보자 조금 전까지 불안하던 마음이 씻은 듯 사라졌다. 식사를 하고 커피를 마시는 동안 신혜는 그저 즐겁기만 했다. 아침부터 잔뜩 흐려 가을비가 우울하게 쏟아지더니 모든 일이 그냥 그대로 흘러가도 괜찮다 싶을 만큼 날씨는 화창해졌다. 하지만 헤어질 시간이 되고 제철이 그녀를 지하철역까지 바래다주는 길에 신혜의 발에는 자꾸만 노란 은행잎이 밟혔다. 아직 낙엽이 떨어지기에는 이를 텐데도 아침에 내린 비 때문인지

거리에는 일찌감치 떨어진 은행잎들이 나뒹굴었다. 신혜는 손을 뻗어 은행잎을 하나 주우려다 비에 젖고 축축해서 그냥 내버려 두었다.

"아무래도 우리 이렇게 만나는 건 아닌 것 같지?"

신혜의 말에 제철은 흠칫 놀란 눈치였다. 하지만 그는 그 말을 듣지도 못한 듯 말없이 먼저 2호선 지하철역 안으로 불쑥 들어갔다.

역 승강장은 그들이 칠 년 전에 처음 만났을 때나 지금이나 별로 달라지지 않았다. 대학생 커플들은 여전히 자기들끼리 속삭였고 혼자인 학생들은 이어폰을 끼고 있거나 영자신문을 보았다.

"2호선을 보면 좀 애틋하지 않냐?"

제철이 반대편 승강장으로 들어오는 지하철을 보면서 다시 입을 열었다.

"다른 호선은 다 종착역이 있어. 그런데 2호선은 계속 빙글빙글 돌아. 어쩌면 2호선이야말로 진짜 인생 아닐까. 숨이 끊길 때까지 계속 도는 게 진짜 인생이라고. 이뤄야 할 목표가 있다는 믿음이야말로 모든 사람들이 짜고 치는 집단 사기잖아."

"유치하네, 그런 비유. 그럼 매번 2호선만 타고 다니세요."

신혜는 나무벤치에 앉았다. 그녀의 자그마한 손에 땀이 배었다. 이 남자가 유치한 농담으로 포석을 깔 때는 진지한 이야기를 진지하지 않게 털어놓으려는 수작이었다.

"결혼을 위한 결혼도 알고보면 사기 아닐까? 이제 관둬라. 너도 알 만큼 다 알잖아."

제철은 옆에 앉아 슬그머니 신혜의 손을 잡았다. 그 손이 무척 뜨거웠는데 그 짧은 찰나에 신혜는 아직 이 남자를 사랑한다는 걸 확실하게 깨달았다.

"난 그렇게 쉽게 생각한 적 없어. 결혼을 위한 결혼도 아니고."

신혜는 그의 손을 슬며시 놓았지만 여전히 손바닥 안에는 제철의 온기가 고스란히 남아 있었다. 신혜는 아무 말 없이 고개만 숙였다. 아이를 가진 후에 신혜는 하루에 열두 번도 더 울적해졌지만 나날이 현실적인 사람으로 변해갔다. 이제 세상은 아름다운 환상의 공간이 아니라 그녀가 낳은 아이와 함께 살아가야 할 시끄러우면서도 고독한 곳이었다. 얼굴 가득 기묘한 웃음을 짓는 제철을 가볍게 밀치고서 신혜는 벤치에서 일어섰다. 지하철이 들어올 때까지 제철은 자리에서 꼼짝도 하지 않았고 신혜는 문이 열리자 서둘러 올라탔다.

지하철이 출발하기 전 신혜가 마지막으로 본 제철의 얼굴은 슬퍼 보이지 않았다. 너무나도 싸늘한 얼굴이었지만 화가 나 있는 것도 아니었다. 심혈을 기울여 연구한 실험결과 데이터를 응시하는 과학자처럼 냉정하고 객관적인 표정이었다. 아주 오래전 신혜는 제철의 그런 얼굴을 본 적이 있었다. 이층 작업실에서 둘 모두 알몸이었을 때 제철은 그녀의 엉덩이와 허벅지에 장난스럽게 먹물을 떨어뜨렸다. 그 먹물의 감촉이 너무나 차가워서, 맨살을 타고 흘러내리는 검은 물줄기를 지켜보는 연인의 표정 또한 냉정하기 짝이 없어서 그녀는 소름이 돋았었다.

지하철을 타고 가는 내내 신혜는 제철과의 추억을 떠올렸다. 한때는 강렬했던 순간들도 흐릿하게 묽어지면서 빠르게 훌쩍 흘러갔다.

추억을 덮고서 그녀가 처음 떠올린 단어는 슬픔이, 아니었다. 인간의 꼬리를 볼 수 없었지만 좌석에 앉아 있는 사람들 모두가 그저 피곤하게만 보였다. 신혜 역시 실은 너무나 피곤했다. 추억이 아무리 아름다워도 먼지처럼 쌓이고 쌓여 마음에 눌어붙으면 그저 피곤하다란 생각밖에는 할 수 없는지도 몰랐다.

11월이 오자 서울은 온통 울긋불긋한 낙엽들로 뒤덮였다. 기타케이스를 메고 장사를 하러 돌아다니는 미령의 발에도 늘 낙엽이 따라붙었다. 낙엽을 바라보면서 미령은 긴 한숨을 내쉬곤 했다. 이렇게 우수수 떨어지는 게 오천원짜리만 됐어도 사람들이 다 주워가느라 정신이 없을 텐데. 주식에 관심을 쏟으면서부터 미령은 조바심이 나서 액세서리 노점에만 신경을 쓸 수가 없었다. 게다가 올 여름까지만 해도 괜찮던 장사도 가을부터는 매출이 뚝뚝 떨어졌다. 밤마다 속상해하는 미령을 두고 민구는 옆에서 돈이 그렇게 중요하냐는 둥 한량 같은 소리나 떠들었지만 그건 철모르는 소리였다. 명옥처럼 돈에 돈을 붙이는 재미로 사

는 것도 아니요. 신혜처럼 돈과는 거리가 먼 듯 아득하게 살아
갈 수도 없음을 그녀는 잘 알았다. 비록 밥을 굶는 처지는 아니
었으나 혈혈단신인 그녀에게 돈은 곧바로 입에 들어오는 쌀이나
다름없었다. 막말로 그녀의 주머니가 텅텅 비었을 때 포근하게
거두어줄 만한 사람이 이 세상에 아무도 없는지도 몰랐다. 미령
은 속이 상하면 신혜가 고까우면서도 부러웠다.

'왜 누구는 여유를 누리며 결혼까지 하고, 누구는 이렇게 안
달복달 살아야 하는 걸까.'

늦은 오후, 미령은 안국동 정독도서관으로 들어가는 길목에
노점을 깔았다. 요즘 장사가 시원치 않아서 다른 장소를 물색하
다가 찾아본 곳이었다. 주변에 고등학교도 있고 도서관에 들렀
다 나오는 사람들도 많으니 외지긴 해도 오후 장사로 잠깐은 괜
찮다 싶었다.

'참, 사람 마음은 하루하루가 복잡한데. 하늘은 되게 파랗다.'

잠시 딴생각에 빠져 있던 미령은 젊은 여자 한 명이 그녀를
유심히 쳐다보는 걸 미처 알아차리지 못했다. 성숙해 보이는 웨
이브머리에 선글라스를 낀 여자는 한참을 서성대다 미령의 노점
쪽으로 걸어왔다.

"오래만이네?"

선글라스를 벗고 손으로 머리카락을 쓸어올리며 그녀는 어색
하게 웃었다. 어색한 것은 미소만이 아니라 길쭉해진 눈매나 날
카롭게 뾰족해진 코끝도 그러했다. 하지만 말없이 애원하는 듯

멍한 눈빛은 그대로였다.

"못 알아볼 뻔했네. 얼굴을 너무 갈아엎어서."

"그냥 조금 손만 봤어. 요즘 이 정도는 애교지."

"손본 얼굴 다시 망가지기 전에 빨리 사라지면 안 될까?"

혜정은 도톰한 아랫입술을 지그시 깨물고는 볼을 부풀리더니 천천히 한숨을 내쉬었다.

"……있잖아. 그땐 헤어지려면 다른 방법이 없었어. 나는 애정이 식었는데 오빠는 그게 아니라고 계속해서 믿는 거야."

"그런 식으로 변명할 거면 됐어. 그날 이후 너도 오빠도 다 잊어버리고 살기로 마음먹은 지 오래니까."

초등학생들이나 좋아할 법한 핑크색의 공주풍 팔찌를 만지작거리며 혜정은 고개를 푹 숙였다.

"난 너 자주 봤어. 월드컵 응원할 때도 우연히 봤고. 너 노점 하는 것도 멀리서 한 서너 번은 봤다. 서울이 생각보다 좁긴 좁아. 이상하게 자꾸 눈에 띄더라. 그때마다 사과도 하고 말도 걸고 싶었어."

"말 안 걸길 잘했네. 그랬으면 손모가지를 비틀었을 테니까. 오늘은 기분도 꿀꿀하니까 질척대지 말고 어서 가세요."

"모르겠어. 나 친구들도 많지만 너는 좀 특별해. 내가 어떤지 속속들이 알고 있잖아. 지금 만나는 친구들은 같이 깔깔대고 웃지만 사실 나를 잘 아는 건 너밖에 없어."

여전히 팔찌를 손에 쥐고서 혜정은 그저 웃기만 했다. 잘못을 하고도 용서를 비는 대신 순진한 얼굴로 웃어넘기는 태도가 선옥하고 똑같아서 미령은 소름이 끼치면서도 어딘가 안쓰러웠다.

"그래, 나랑 우리 오빠가 이렇게 뒤통수 맞을 줄 어떻게 알았겠니."

"나 있잖아. 이번 달 말에 결혼해. 엄마가 소개시켜준 남자야. 성실하고 좋은 사람. 실은 오늘 약속이 있어서 만나러 가는 길이었어."

"그 길에 우리 오빠 몫까지 소금 뿌려 줄까?"

"넌 그런 짓 못 해. 내가 알지."

혜정은 미령이 한마디 더 하려는 찰나에 손에 들고 있던 팔찌를 아예 팔목에 찼다.

"나 이거 결혼선물로 줘. 초등학교 일학년 때 내가 용돈 모아 샀던 거랑 너무 똑같다."

"그냥 가져가세요. 네가 만진 물건 쳐다보기도 싫어."

혜정은 미령의 지청구를 잠자코 들으면서 구둣발로 바닥에 떨어진 낙엽들만 툭툭 찼다.

"아까 버스정류장에서 내리는데 교복 입은 애들 보니 옛날 생각나더라. 우리 고등학교 때 생각 안 나?"

"생각나지. 설마 아직까지 엄마한테 손찌검 당하는 건 아니지?"

미령은 더는 말을 섞고 싶지 않아 혜정의 상처에 세치 혀로 굵은 소금을 뿌렸다.

"아니, 엄마도 예전 같진 않아. 많이 교양 있어졌지. 그리고 나도 어른이잖아. 이해해. 마음이 나약한 사람이 옆에 있는 사람도 쉽게 물어뜯는 거. 나는 잘 몰랐는데, 아빠한테 다른 여자가 있었나봐. 엄마가 원래 불같은 성격이기도 했고. 어쨌든 엄마처럼 난 화를 내거나 그러지 않아. 다만 내가 느낀 고통을 이젠 다 털어놔. 당신을 얼마나 증오하는지도 낱낱이. 근데 이 팔찌 진짜 어렸을 때 샀던 거랑 어쩜 이렇게 똑같을까. 이것 때문에 또 혼났잖아. 지갑에 천원이 빈다고. 엄마 돈 훔쳐서 산 거 아니냐고. 방에 있던 핸드백으로 내리쳐서 그 팔찌도 산산조각이 났어."

가판대에서 다른 팔찌 하나를 골라 미령은 그녀에게 건넸다.

"하나 더 가져가던가."

혜정이 선물을 받은 어린애처럼 표정이 밝아지더니 팔찌를 받았다가 다시 돌려주었다.

"줄 거면 저쪽에 있는 귀걸이로 줄래? 아까부터 눈에 들어왔거든. 저거 싸구려일 텐데 되게 고급스러워 보인다."

귀걸이를 건네받은 혜정은 핸드백에 집어넣고는 다시 선글라스를 끼고 그녀를 안아주었다.

"이제 후련하네. 나 죄 짓고는 못 사는 거 알지? 있잖아, 난 결혼하면 좋은 아내가 될 자신은 없어. 하지만 정말 좋은 엄마가 될 거야. 그게 내 꿈이야. 나 좋은 가정을 꾸리고 내 아이를 아주 많이 사랑해줄 거야. 우리 엄마하고 반대로만 하면 되지 않을까?"

216

혜정이 선글라스를 끼고 사라진 뒤 얼마 안 되어 미령은 노점을 정리했다. 손님도 없었고 얇은 니트로 으슬으슬한 바람이 파고들어 자칫하다간 감기라도 걸릴 것 같았다.

횡단보도를 건널 때 마침 저쪽에서 붉은악마 셔츠를 입은 뚱뚱한 남자가 걸어왔다. 쌀쌀한 날씨에도 불구하고 비대한 몸집 탓인지 남자는 얼굴과 목덜미로 계속 땀을 흘렸다. 커플룩으로 후드티를 입은 젊은 남녀는 그 모습을 보고 자기들끼리 웃으면서 키득거렸다. 초여름의 축제는 초겨울이 되자 젖은 낙엽이나 다름없이 변해버렸다.

안국역 개찰구에 교통카드를 대고 안으로 들어서는데 민구에게 전화가 걸려왔다.

"그 쌀 진짜 끝내주는데. 나 합격이래."

"진짜? 정말 잘됐다. 나 집에 들어가는 길이니까 들어가서 더 이야기해. 집으로 바로 올 거지?"

민구와 통화가 끝나자마자 갑자기 다시 휴대폰 벨이 울렸다. 액정에 뜬 전화번호는 한 번도 보지 못했던 번호였다. 통화버튼을 누르자 남자의 활기찬 목소리가 저쪽에서 들려왔다.

"우와, 아직 전화번호가 그대로구나. 미령아, 그동안 잘 지냈니? 오빠가 너무 무심했지. 아직도 힘들게 액세서리인가 뭔가 팔고 있는 거야?"

수화기 너머로 들려오는 그 음색은 태호가 틀림없었다. 하지만 차라리 삭막하게 나오면 모를까 과도하게 친절이 배인 부드러운 목소리라 오히려 미령의 마음은 더욱 불안해졌다.

"오빠, 지금 괜찮은 거야?"

2012

쌀을 씻는 동안 흐릿한 쌀뜨물 위로 눈물이 떨어졌다. 우울증은 주부들 사이에서 전염병처럼 번졌고 직장인들과 아이들에게도 깊은 고랑을 만들었다. 한마디도 하지 않던 가족들이 겨우 입을 떼면 묵은 감정이 사나운 말투로 튀어나와 상대를 후볐다. 모두들 상처투성이 가슴을 치료하려 쇼핑을 하고 여행을 떠나고 동호회에 가입했지만 약간의 기분전환일 뿐 달라지는 것은 없었다. 사람들은 여전히 쌀밥을 먹었지만 호시절처럼 달콤하게 입에 붙지는 않았다. 열심히 살려고 버둥댈수록 길이 막혀 가난해지는 사람들은 내일의 걱정에 밥이 넘어가지 않았다. 먹고사는 걱정이 없는 이들도 도무지 행복이 뭔지 알 길이 없어 입안에 넣은 밥알이 모래알처럼 깔깔했다. 그럼에도 사람들은 다른 사람을 만날 때면 웃었다. 웃지 않아 조금이라도 불운한 낯빛을 드러내 불행을 들키면 지는 거였다. 이를 악물고, 내일을 위한 깡으로, 아득바득 어금니로 총각김치 깨물면서.

명옥의 올케 양씨는 병원 침대에 앉아 밥 한숟가락을 듬뿍 떠 입에 밀어넣었다. 명옥에게 부탁해 가져온 총각김치도 한 손에 쥐고 대차게 씹었다. 온몸에 피둥피둥 살이 올라 병원에 들락거리며 몇 차례 살 빼는 주사를 맞은 양씨였지만 그놈의 식욕이 원수라서 혹은 며느리들이 스트레스를 주는 바람에 푸짐한 살은 언제나 그대로였다.

"병원 밥은 당최 싱겁고 맛없어서 못 먹겠어요."

"그런데 또 혈압 때문이에요?"

고혈압인 양씨와 달리 명옥은 저혈압으로 자주 나른해지곤 했지만 이렇듯 왈칵 쓰러지는 일은 없었다.

"내가 자식들한테 간이고 쓸개고 다 내준 사람 아니유. 그런데 내 간이랑 쓸개랑 며느님들이 다 잡수시데. 그러니 내가 안 쓰러지고 배겨요? 뭐, 서방을 집에 들어앉히고 지가 사업을 해? 기기 차서, 그런데도 전화 한 통 없고 코빼기도 안 비치잖아."

양씨의 며느리들은 유학 보낸 아들들이 미국에서 사귄 여성들이었다. 한 명은 재미교포였고 또 한 명은 유학생이었다. 다들 활달하고 시원한 성격이었지만 정작 양씨와는 트러블이 잦았다. 양씨는 아들들을 얌전히 뒷바라지하고 시어머니한테 사근사근한 며느리를 기대했었다. 그러나 양씨가 보기에 며느리들은 두 아들의 불알을 터질락 말락 움켜잡고서는 그저 서방을 병신으로 만드는 것들이었다. 게다가 자기들끼리 시어머니 앞에서 가끔 영어를 섞어 쓰며 킬킬대는 꼬락서니도 영 마음에 들지 않았다.

"근데 아가씨도 얼굴이 더 삐쭉해지셨네. 요즘 걱정이 많은 가?"

"남쪽에 있는 땅 다 그놈한테 처넣었어요."

일 년 전 태호는 다시 최씨 앞에 나타났다. 삼십대 중반의 나이에 태호는 잘나가는 사업가로 변해 있었다. 잘생긴 얼굴은 잡티 하나 없이 말끔했고 몸매는 호리호리하면서도 건장했으며 몸에 걸친 정장 역시 몇백이 넘어가는 명품이었다. 최씨는 그럼에도 미심쩍어 아들을 따라 사업 교육장에 갔다가 수많은 사람들의 박수갈채를 받는 태호를 보고 마음이 뭉클해졌다. 태호의 우아한 손동작과 힘주어 던지는 한마디 한마디가 사람들을 매료시켰다. 어린 시절을 불우하게 보냈던 태호는 불우한 건달의 암흑기를 거쳐 인생의 스승을 만났다. 머리카락이 하얗게 센 인상 좋은 장년의 남자 '모이스트 휴머니티(moist humanity)'의 대표 허씨였다. 허씨로 말하자면 다단계 회사를 다니다 몸과 마음은 물론 주머니 사정까지 만신창이로 변한 태호를 품어준 제2의 아버지였다. 허씨의 투자회사 모이스트 휴머니티는 사랑을 기반으로 한 자선사업을 세계적으로 키우는 회사였다.

태호의 연설을 듣고 사람들은 모두 열렬한 박수를 보냈다. 사랑과 자선에 투자해 부가 창출된다니 얼마나 아름다운 일인가. 연설을 끝마친 태호는 자기를 버린 아버지를 사랑한다며 객석으로 내려가 와락 최씨를 껴안았다. 아들의 몸에서 풍기는 향수 냄새와 진한 혈육의 냄새가 달콤해서 인생의 황혼을 맞이한 장년의 남자는 미칠 것만 같았다. 그렇게 최씨는 돌아온 아들에 감격해 간도 쓸개도 빼주고 남쪽의 땅도 내주었다.

5월의 저녁 도산공원의 안창호 동상 주변으로 날벌레들이 몰려들어 빙빙 맴돌았다. 십여 년 만에 만난 옛 연인은 잠시 입을 다물고 날벌레만 바라보았다. 민구가 조금 탁해진 목소리로 전화를 걸어왔을 때 미령은 한편으로 설레는 마음이 들었다. 그리웠다기보다 그동안 일부러 잊었던, 다정했던 시절을 한 번쯤 다시 기억하고 싶었다.

"정말 힘이 드니까 네 생각이 나더라고."

웃고 있는 민구는 예전처럼 환해 보이지 않았다. 얼굴은 푸석했고 흰자위는 붉은 실핏줄로 어지러웠다. 민구의 몸에서 미령이 라일락나무 집에 처음 왔을 때 술 취한 최씨에게서 맡았던 어른 남자의 퀴퀴하면서도 쓸쓸한 냄새가 풍겼다.

다니던 벤처회사를 그만둔 민구는 같은 사무실에 있던 선배와 함께 새로운 벤처회사를 차렸다. 서른을 훌쩍 넘긴 민구는 자기 회사에 대한 욕심이 있었고 사업수단이 좋은 선배만 믿고 부모 돈까지 끌어들여 일을 벌였다. 하지만 나만 믿으라던 선배의 호언장담은 한 달도 못 가서 빛이 바랬고 결국 겨우 이 년여를 끌어오던 회사는 두 남자에게 어마어마한 빚더미를 떠넘기면서 무너지기 직전이었다.

"맞아, 나도 힘이 들 땐 옛날에 우리가 즐거웠던 시절을 떠올리곤 해."

미령은 인터넷에 액세서리 쇼핑몰을 운영하면서 여대 앞에 작은 보세 옷가게를 친구와 동업으로 냈지만 언제나 생활은 빠듯했다.

"우리가 지금까지 계속 사귀었으면 나도 노총각 신세는 면했을 텐데."

민구의 쓸쓸한 말에 미령이 무슨 대꾸를 하려는데 저쪽에서 몸의 윤곽이 훤히 드러나는 보라색 셔츠를 입은 남자가 다가왔다. 뿔테안경을 쓴 남자는 모델처럼 틀이 잡힌 길쭉한 몸매였다. 하지만 미령의 눈에 들어온 것은 그 남자의 미소였다. 친절함과 야비함을 오묘하게 배합해 만든 것처럼 달콤하면서도 알쏭달쏭한.

"실례해도 괜찮을까요? 실은 두 분을 계속 지켜보고 있었습니다. 너무 다정해 보이시더군요."

알쏭달쏭이 두 사람에게 말을 걸었다.

"그럼요, 우리가 사귄 지 벌써 십칠 년이 됐습니다, 안 그래?"

민구는 능청스럽게 미령의 어깨에 팔을 두르고 윙크를 했다.

"최적의 조건이네요. 혹시 두 분 하룻밤에 큰돈을 만지고 싶진 않습니까?"

"혹시 스와핑을……"

민구가 반은 장난스럽게 운을 떼자 알쏭달쏭은 조금 높은 톤의 웃음을 터뜨렸다.

"요즘 누가 돈까지 내고 커플을 교환하나요. 마음만 통하면 되는 것을. 스와핑은 아닙니다. 다만 디테일한 규칙은 알려드릴 수가 없어요. 그러면 재미가 없죠. 다만 이 정도는 보여드릴 수 있죠."

알쏭달쏭은 재킷 안주머니에 들어 있던 봉투 두 개를 꺼내 나눠주었다.

"액수를 확인해보시죠. 물론 이 금액은 선 계약금입니다. 툭 까놓고 새 발의 피 정도죠."

봉투 안에는 수표 다섯 장이 들어 있었다.

"정 찝찝하시면 거절해도 괜찮습니다. 언제나 그렇듯 삼십 분이면 새로운 커플을 찾을 수 있을 테니까요."

"겨우 이 돈을 믿고 따라간다? 당신이 누구인지 우린 아무것도 모르는데?"

민구가 정색을 하고 말하자 알쏭달쏭은 눈썹을 살짝 찡그리긴 했지만 여전히 입가에 미소를 띤 채 달콤하게 속삭였다.

"그럼, 도박은 어떻게 하죠? 창업은요? 모험을 하지 않으면 아무것도 얻지 못하는 게 우리가 살아가는 2012년 아닌가요?"

"이건 게임인가요?"

미령이 묻자 알쏭달쏭은 뾰족한 턱에 손가락을 가져다대고 고개를 갸웃거렸다.

"그렇게 생각하면 편하겠네요. 주사위 없는 인생게임이라고 할 수 있죠. 혹은 다시 쓰는 일기장이라고도 표현하면 어떨까요."

미령은 민구를 바라보았고 민구도 잠시 고민하다 고개를 끄덕였다.

"시원시원해서 마음에 드는군요. 그럼, 저와 함께 가시죠."

알쏭달쏭은 그들을 데리고 공원 밖으로 나가 근처에 주차된 검정 렉서스로 안내했다. 차문을 열자 방향제 냄새인지 가죽 냄새인지 알 수 없는 묘한 냄새가 훅 끼쳐왔다.

"자, 그럼 우리의 인생게임을 위해 출발합니다."

그 말을 끝으로 운전하는 내내 알쏭달쏭은 아무 말도 하지 않았다. 조용한 가운데 카오디오에서 어느 재즈 여가수가 허스키한 목소리로 부르는 노래만이 흘러나왔다. 노래가 클라이맥스에 다다랐을 때 알쏭달쏭은 조그맣게 허밍으로 두어 소절 따라 부르다 그만두고는 운전대를 손가락으로 두드렸다.

어두컴컴한 고속도로를 달린 렉서스는 분당으로 들어갔다. 분당과 성남 구시가지의 경계에 늘어서 있는 오피스텔단지 앞에서 차는 멈추었다. 알쏭달쏭은 음악을 끄고 고개를 돌려 두 남녀에게 오렌지맛 사탕 두 개를 건넸다.

"입이 마르지 않았나요? 긴장하지 마세요. 이제는 말을 많이 해야 합니다."

차에서 내리자 오피스텔 몇 동만 늘어서 있을 뿐 주위는 한적

하고 어두웠다. 길 건너에 아파트단지가 하나 보이긴 했지만 사람이라곤 그림자도 찾기 힘들었다.

알쏭달쏭은 대리석 외장의 오피스텔 안으로 그들을 데려가서는 엘리베이터를 타고 9층으로 올라갔다. 미령의 귀에 민구가 어금니로 사탕을 으드득 씹어먹는 소리가 들려왔다.

엘리베이터에서 내린 후 알쏭달쏭은 복도를 따라 직진하다 오른쪽으로 꺾어서는 맨 끝에 있는 904호 앞에서 걸음을 멈추었다.

"자, 이제 이곳으로 들어갈지 말지는 여러분의 선택에 달렸습니다. 후회 없는 결정 부탁드려요."

알쏭달쏭은 두 사람이 고민에 빠져 있는 사이 어딘가로 문자메시지를 보냈다.

"만일 우리가 여기서 포기한다면 어떻게 되는 거죠?"

"난 상관없습니다. 다만 당신들은 지금과 다름없이 살아갈 겁니다. 여전히 그럭저럭 사는 거죠. 그러나 이 안으로 들어가면 내일은 전혀 다른 날이 되겠지요. 그럼, 세 번 노크하고 들어가든가 아니면 엘리베이터를 타고 내려가세요. 이만 저는 가보겠습니다."

민구의 질문에 대답한 알쏭달쏭은 두 사람을 한 번씩 안아주고는 복도의 어둠 속으로 사라졌다. 그의 몸에서 풍기는 진한 향수 냄새가 사라지기 전에 민구가 입을 열었다.

"들어갈까?"

미령은 담담하게 고개를 끄덕였다.

똑똑똑, 세 번의 노크를 하자 잠긴 문이 열리는 소리가 들렸다. 민구가 먼저 문을 열어 들어가고 미령이 그 뒤를 따랐다.

904호의 실내는 너무 어두워 옆사람의 얼굴도 제대로 보이지가 않을 정도였다. 민구가 서둘러 조명 스위치를 올리려고 벽을 더듬거리는데 낮고 진중한 목소리가 들려왔다.

"불을 켜지 말고 옷을 벗고 현관 앞에 있는 옷으로 갈아입으시오."

갑작스런 명령의 말에 두 사람은 더듬더듬 발밑에 있는 옷을 찾아 주워들었다. 미령이 손으로 만져본 옷은 낡고 펑퍼짐했으며 섬유유연제 향기가 지독했다.

"다 갈아입었으면 세 번 박수를 치시오."

둘은 유치원생이라도 된 기분으로 따라 했다.

갑작스레 불이 켜졌다. 미령과 민구는 누르스름한 빛깔의 미결수 죄수복 차림이었다. 그들이 들어선 공간 역시 작은 법정을 모방한 공간이었다. 넓은 창문은 두툼한 검정 공단으로 가려졌고 그 아래가 판사석이었다.

판사석에는 서 있는 여섯 명의 사람들은 다들 법복 차림이었지만 얼굴은 까만 복면으로 가렸고 눈은 선글라스로 감추었다. 키도 체격도 제각각이었고 머리를 기른 여자도 껴 있는 것 같았지만 어쨌든 얼굴은 보이지 않았다.

"우리는 한밤의 재판관입니다."

여섯 명 중에서 중앙에 서 있는 키 큰 남자가 말했다.

"우리는 밤의 법률을 판결합니다. 밤은 욕망과 사랑의 시간. 이제 두 사람의 사랑에 관하여 재판합니다. 서로를 천하게 욕망하지 않고 진정으로 사랑한다고 법 앞에 맹세할 수 있는가? 언제나 온유하고, 성내지 아니하며, 믿음과 소망과 사랑 중에 그중에 제일인 사랑의 법률 앞에 하나도 부끄럽지 않은가?"

어이없으면서도 사뭇 진지한 장난에 민구는 픽 웃고 말았다.

"그럼요, 저희는 사랑에 대해선 죄가 없습니다."

"좋소. 그러면 이제부터 한밤의 재판을 시작하겠습니다."

재판관의 손짓에 따라 민구와 미령은 피고인석에 앉았다.

"먼저 진실만을 말하기 위해 모든 위선을 벗어던지기 바랍니다."

"좋아요, 위선을 어떻게 던질까요?"

미령 역시 이 어이없는 재판이 점점 우습게만 여겨져서 죄수복의 단추를 두 개 정도 풀면서 비아냥거렸다. 누구 앞에서 지금 사랑을 논하는지 기가 막혔다. 비록 헤어지긴 했지만 민구와의 사랑에 대해서라면 누구보다도 자신 있는 그녀였다.

재판관 중 한 명이 손짓을 하자 한 명이 아래로 내려가 그들에게 붙이는 멀미약처럼 생긴, 크기는 더 작은 동그란 약을 건네주었다.

"코의 점막에 붙이세요. 당신의 입과 눈과 머리가 감춰둔 솔직한 말들을 토해내게 할 테니까요."

228

코의 점막에 약을 붙이고 숨을 들이쉬자 알코올 비슷한 냄새가 코끝을 간질이는 것만 같았다. 어느새 온몸이 노곤해지더니 그녀는 웃음이 튀어나왔다. 고개를 돌려보니 민구 역시 두 눈이 개개풀려 있었다.

"이제 묻겠습니다. 두 사람은 몇 번의 간음을 했지요?"

재판관의 목소리는 흐릿했지만 피할 수 없는 명령처럼 들려 답변을 거부하기 힘들었다.

"상대를 경멸한 적은 있습니까?"

재판관의 질문에 미령은 마음속에 꾹꾹 눌러둔 원망의 말들을 줄줄 흘렸다. 상처를 주는 압정 같은 말을 내뱉으면서도 두 사람은 계속 손으로 서로를 애무했다.

미령은 민구가 옷을 벗기도록 그냥 내버려두었다. 그럼에도 불구하고 아무런 부끄러움도 느껴지지 않으니 희한한 일이었다. 그들은 어느새 벌거벗고서 한밤의 재판관들 앞에서 나뒹굴었다.

재판관들은 자기들끼리 낄낄대면서 몇 번이나 다른 식으로 움직이라고 명령했다. 두 사람은 너무나 순종적으로 그들의 요구에 따랐다. 미령의 머릿속에 클로로포름으로 마취된 개구리가 떠올랐다. 바닥에 나뒹구는 둘은 암수 개구리나 다름없었다. 상상 속의 개구리가 어딘가로 풀쩍 뛰어오르자 머릿속이 점점 맑아졌다. 갑자기 설움이 복받친 미령은 이상하게도 웃음까지 복받쳤다. 미령이 큰 소리로 서럽게 웃어대자 민구가 자기를 비웃는다고 여겼는지 갑자기 그녀의 머리채를 휘어잡고는 침을 튀기

며 욕설을 퍼부어댔다. 미령은 민구를 떠밀고는 비틀대며 걷다
가 다시 바닥에 주저앉고 말았다. 바닥에 드러누운 그녀는 재판
관들이 보거나 말거나 마음대로 웃기 시작했다. 배가 당길 만큼
긴 시간을 웃어대자 머릿속은 이제 끔찍할 만큼 맑아졌고 복면
속에 숨겨진 재판관들의 얼굴 윤곽까지 고스란히 눈에 들어왔
다. 그들은 자기들끼리 키득대면서 벌거벗은 두 남녀의 해프닝
을 지켜보았다. 그들이 느끼는 쾌감은 성적인 것이라기보다는
잔혹함을 즐기는 것에 가까웠다. 개구리를 가지고 놀듯. 하지만
개구리에서 겨우 인간으로 돌아온 미령은 손을 들어 잠긴 목소
리로 부탁했다.

"제발 그 약 좀 다시 줘요."

재판관이 내려와 민구와 미령의 반대쪽 콧구멍에 약을 붙였
다. 잠시 얼떨떨하게 앉아 있던 미령은 성난 얼굴로 민구에게
다가가 흉물스럽게 솟아오른 아랫배를 걷어찼다.

새벽이 다 되어서야 한밤의 재판은 끝이 났다. 민구와 미령은
피고인석에 앉아 눈을 마주치지 않으려 애써 외면했다. 약물의
후유증으로 미령의 기분은 엉망진창이었고 스스로가 너무 볼품
없는 인간으로 여겨졌다.

"다시 묻겠습니다. 지금 이 순간에 사랑의 법 앞에 두 사람의
사랑은 유효합니까?"

민구가 먼저 입을 열었다.

"아니, 이 세상 아무것도 사랑 안 해."

230

복면으로 가린 얼굴에서 쿡쿡 웃음소리가 새어나왔다. 그들의 시선은 이제 모두 미령에게 쏠려 있었다.

"당신들은 내 사랑을 모욕했어요."

울먹일 듯 미령의 목소리는 떨렸지만 그들은 신경조차 쓰지 않았다.

"묻는 말에만 대답하시오. 사랑의 법 앞에서 지금 이 순간 둘의 사랑은 유효합니까?"

고개를 가로젓는 미령을 보고 재판관들은 판결을 내렸다.

"그럼, 두 사람을 사랑모독죄로 처벌합니다."

재판관이 의사봉을 내리치자 나머지 재판관들이 킬킬대며 박수를 쳤다. 너무나 진지해서 오히려 우스꽝스러운 재판이었지만 미령과 민구는 따라 웃고 싶지 않았다. 재판관 중 한 명이 내려오더니 두 사람에게 각각 봉투를 건넸다.

"하룻밤 신나게 논 것 치곤 썩 괜찮은 액수네요. 그리고 서로에 대해 잘 알게 되었겠네요. 좋은 약물이라 후유증은 없어요."

복면 사이로 비음 섞인 여자의 목소리가 흘러나왔다.

"당신들 사람을 늘 이 따위로 가지고 노나?"

민구가 화를 내자 재판관은 잠시 움찔하더니 일부러 더 앙칼지게 쏘아붙였다.

"억지로 끌고왔나요? 아니잖아요. 솔직히 어젯밤 당신들도 맘껏 즐겼잖아요."

미령이 손을 뻗어 재판관의 법복을 겨우 붙잡았다.

"더럽고 치졸하고 서로를 속일지언정 사랑에는 당신들이 말하는 법 같은 건 없어요."

재판관은 법복 바깥으로 슬그머니 손을 내밀었다. 붉은 매니큐어를 바른 조그마한 손이었다. 그녀는 잠시 미령의 손을 감싸쥐었다가 서둘러 법복 속으로 감추었다. 하지만 다른 재판관들은 이미 판사석에서 내려와 방으로 사라진 뒤였다. 미령이 법복의 소매를 놓지 않자 그녀는 속삭이듯 말했다.

"이건 다 장난이니까 잊어버려요. 법을 농락하며 즐기는 커플들도 많았거든요. 당신들은 좀 다르네요. 너무 심각해 보여 무서울 정도야. 뜨거운 물로 샤워하고 빨리 이곳을 떠나세요. 울지 말아요. 이건 그냥 놀이일 뿐 아무것도 아니에요. 하지만 당신이 우니까 속상하고 내가 꼭 나쁜 짓을 한 것 같잖아요."

마지막 재판관이 사라지자 미령은 먼저 욕실로 들어갔다. 뜨거운 물로 여러 번 몸을 씻어내도 나쁜 기억은 쉽게 사라지지 않을 것만 같았다.

옷을 갈아입고 904호 바깥으로 나와 엘리베이터를 타고 일층으로 내려갈 때까지 두 사람은 아무 말도 하지 않았다. 엘리베이터 문이 열리자 한 남자가 그들을 바라보며 어설프게 손을 들었다. 뚱뚱한 몸집에 머리숱이 얼마 없는 그 남자는 여전히 선글라스로 눈을 가렸다.

"죄송합니다. 나는 저 녀석들과 불알친구라서 이 놀이에 빠질 수가 없었어요."

커다란 덩치에 어울리지 않게 그의 목소리는 얇고 가녀렸다.

민구와 미령은 이 남자의 사과를 받아줄 아량도 없었지만 그렇다고 화풀이할 기분도 남아 있지 않아 그저 멍하니 벽에 기대 있기만 했다.

"변명처럼 들리겠지만 제 말을 들어주세요. 우린 불쌍한 놈들입니다. 좋은 집에서 태어났고 배울 만큼 배웠고 부모의 뜻에 따라 유학도 다녀왔죠. 아마 평생 굶어 죽진 않을 겁니다. 여자들이나 주물럭대며 즐겁게 살겠죠. 그러나 즐겁게 살아도 불행합니다. 우린 패배자니까요. 우리보다 더 잘난 녀석들이 법을 지배하니 말입니다. 우리가 아무리 얻고 싶어도 얻을 수 없는 자리가 있다는 걸 견딜 수 없어요. 그래서 우리는 우리끼리 밤의 재판관이 되기로 모의했습니다. 낮의 생활은 공부까지 잘하는 잘난 놈들이 다루니 밤의 생활을 재판하는 거죠. 오늘처럼. 술집에서 만난 아가씨에게도 법복을 입혀주고요. 우리는 잘난 놈들이 세운 법을 장난삼아 농락합니다. 하지만 나는 이 일이 역겨워요. 법을 농락하는 일은 즐겁지만 사람이 사람을 가지고 놀아서는 안 되는 건 당연한 일이잖아요."

"그런데 왜 말리지 않았어요?"

남자는 재킷 안주머니에서 주섬주섬 봉투를 꺼내 미령에게 쥐어주었다.

"어쩔 수 없어요. 나쁜 일을 함께 해야 진짜 친구로 인정받는 거니까."

"좋아요, 받을게요. 이 돈은 쓰레기 같은 변명을 들어준 값이에요. 가장 하찮은 일에 마음대로 써버릴게요."

미령은 그에게 받은 봉투를 핸드백에 아무렇게나 쑤셔넣었다.

오피스텔 바깥은 봄날인데도 새벽 공기가 차가웠다. 두 사람은 말없이 대로변으로 나와 오 분여를 서성이며 택시를 기다렸다. 민구가 피우는 담배가 다 타들어갈 때까지 미령은 입을 열지 않았다. 어떻게든 이 끔찍한 곳에서 빠져나가고만 싶었다.

마침 택시 한 대가 나타났고 미령은 뒷좌석에 민구는 앞좌석에 탔다.

"구의동이요."

한산한 새벽 시간이라 택시는 미령이 혼자 살고 있는 구의동까지 금방 도착했다. 미령은 뚱뚱한 남자가 준 봉투에서 돈을 꺼내 택시비를 계산했다. 택시에서 내리자 미령은 민구를 보며 말했다.

"피곤해서 먼저 들어갈게."

미령은 봉투에서 돈을 반절 꺼내 민구에게 건넸다. 두 사람은 서로 작별인사도 나누지 않고 그대로 헤어졌다.

집으로 들어선 미령은 옷도 갈아입지 않고 침대로 들어갔다. 머리가 지끈거리고 피곤으로 온몸이 무거웠지만 잠은 쉽게 오지 않았다. 재판관들 앞에서 개구리가 된 대가로 받은 어마어마한 돈을 보고도 웃음이 나오지 않았다. 미령은 돈이 든 봉투를 화장대 서랍 깊숙한 곳에 우선 넣어두었다.

미령은 집 안이 너무 고요해 텔레비전을 틀었다. 아침마다 주부들의 졸린 머리를 다방커피처럼 달짝지근하게 깨워놓는 아침드라마가 방송중이었다. 청순한 이미지로 남학생들의 큰 사랑을 받았던 인기스타 여가수가 이혼 후에 처음으로 연기, 그것도 주부 역할로 변신해 화제가 된 드라마였다. 물론 말이 활약일 뿐 인터넷게시판에서는 남편과 이혼하고 겨우 삼류드라마에 출연해 참 더럽게 연기도 못한다는 악성 댓글이 판을 쳤다. 그런데 오늘따라 남편의 불륜에 상처받아 오열하는 장면에서 예쁜 척만 하던 그녀는 코끝까지 빨개지면서 서럽게 울어댔다. 침대에 맥없이 걸터앉은 미령의 눈에서도 눈물이 줄줄 흘러내렸다.

울다 지쳐 겨우 잠이 든 미령은 점심때가 다 되어서야 침대에서 눈을 떴다. 온몸이 쑤시는 것은 물론이요 관자놀이부터 정수리까지 바늘로 찌르듯 아팠다. 방 안을 아무리 뒤져도 진통제를 찾기 힘들었다. 미령은 서랍 하나를 꺼내 뒤적이다 신경질이 나서 집어던졌다. 그제야 진통제가 떨어져 약국으로 사러가야겠다고 마음먹었던 일이 떠올랐다. 하지만 이런 몰골로 약국까지 걸어가고 싶지는 않았다.

침대에 걸터앉아 양손으로 관자놀이를 꾹꾹 누르던 미령의 눈에 바닥에 뒹굴고 있는 핸드백이 들어왔다. 그녀는 핸드백 안에 든 작은 복주머니를 꺼내 쌀 한 알을 입에 집어넣었다.

처음에는 두통을 사라지게 해달라고 빌었지만 너무 하찮았다. 다음에는 이대로 죽고 싶다는 말을 하려 했으나 너무 억울했다.

미령은 눈을 감고 쌀을 꿀꺽 삼킨 다음 기운 없는 목소리로 내뱉었다.

"바구미여사님, 아무것도 보고 싶지 않아. 이 세상을 그냥 사라지게 해주면 안 될까?"

그녀가 다시 눈을 떴지만 세상은 아무것도 달라지지 않았다. 하지만 방 한 귀퉁이에 누런 얼룩이 있었다. 분명 어제까지만 해도 보이지 않던 얼룩이었다. 그녀가 살고 있는 세상이 겨우 작은 얼룩 하나로 쌀을 삼키기 전과는 사뭇 달라져 있었다. 얼룩은 가만히 있지 않고 타오르는 불꽃마냥 벽 전체를 그을리며 퍼져나갔다. 미령은 두통도 잊고서 그 어이없는 꼴을 바라보는데 어느새 그을린 벽이 부글부글 끓더니 불쑥 선옥의 얼굴이 나타났다.

쥐약을 먹고 죽었던 끔찍한 모습과는 달리 벽 속에서 나타난 선옥은 너무 아름다웠다. 하지만 그 아름다운 얼굴은 웃지 않고 눈물만 뚝뚝 흘렸다.

"불쌍한 내 아들 태호. 아무도 태호를 사랑해주지 않아. 태호는 지금도 늘 외롭단다."

"엄마, 지금 오빠는 아주 잘나가. 사기꾼이라서 그렇지."

하지만 미령의 말이 귀에 들어오지 않는지 더욱 서럽게 울었다.

"불행하게 살았던 내가 세상에서 제일 불쌍한 아들을 낳았지 뭐니."

"도대체 엄마는 죽어서까지 왜 그래? 왜 엄마는 오빠만 걱정

236

해? 지금 나는 어떤지 알아?"

어느새 미령은 열 살짜리 꼬마로 돌아가서 어린애처럼 칭얼거
렸다.

"어쩌겠니. 희망 없이 살아가는 엄마들의 유일한 희망이 듬직
한 아들인데."

미령은 벽에 나타난 선옥 앞에서 하염없이 울었다.

"엄만, 정말 너무해. 끔찍한 모습으로 꿈에 나타나기나 하고."

"미령아, 그건 그냥 네가 꾼 악몽이란다. 엄마는 널 미워하지
않아요."

어느새 울음을 그친 미령은 다시 목이 잠겨서 되물었다.

"그런데 왜 갑자기 나타났어? 난 엄마를 찾지 않았어."

좀 전까지만 해도 울상이던 선옥의 입가에 싸늘하면서도 감미
로운 미소가 감돌았다.

"엄마가 널 도와줄게. 이 엄마가 하나뿐인 딸의 소원 하나 못
들어주겠니. 잘 들어, 곧 세상이 무너질 거야."

선옥은 눈을 감고 나긋한 목소리로 자장가를 불러주었다. 미
령은 눈을 감고 엄마의 노랫소리에 귀를 기울였다. 선옥의 노래
는 어느새 낮고 거칠어졌다. 사냥꾼의 총에 맞은 산짐승의 비명
처럼, 억울하게 자식을 잃은 어미들의 서러움에 짓눌려 꺽꺽 터
져나오는 울음소리처럼, 어느 날 도시 한복판에서 사라져버린
서러운 여인들의 분노 어린 괴성처럼, 늦은 밤 여린 목숨을 끊
어버린 청춘들의 마지막 고함처럼. 목소리들은 사방에서 무시무

시하게 터져나왔고 선옥의 얼굴은 희미해졌다. 동시에 미령이 지금껏 살아온 세상이 그 굉음의 파장에 제멋대로 구겨졌다. 천장에 매달려 있는 형광등이 바닥으로 떨어져 깨졌고 찬장 속에 그릇들은 싱크대로 떨어져 모두 깨져버렸다.

2012년 5월 서울에서 진도 5에서 6에 이르는 지진이 일어났다. 기상청에서건 뉴스에서건 지진을 예보한 곳은 한 군데도 없었다. 다만 연초부터 유달리 날씨가 변덕스러워 하늘이 무너지는 게 아니냐며 다들 농담 삼아 떠들어대곤 했다. 게다가 봄부터는 남산과 북한산 등지에 흩어져 살던 떠돌이개들과 도둑고양이들이 줄을 지어 서울 시내 한복판으로 내려와 큰 소리로 울어대다 갑작스레 사라졌다. 그러나 누구도 어마어마한 지진이 커다란 도시를 구깃구깃 구겨버릴 거라고 예상하지 못했다.

지진이 지나가자 일순간 고요가 찾아왔다. 미령은 손에 쥔 복주머니를 핸드백에 집어넣고는 서둘러 집 밖으로 빠져나왔다.

거리는 이미 여기저기서 뛰쳐나온 사람들로 인산인해를 이루었다. 도로는 배를 내놓고 드러누운 뱀처럼 기괴하게 비틀렸다. 터진 수도관에서 물이 치솟아 사방으로 물이 흩뿌려졌다. 무너질 듯 위태로운 건물들에서 나오는 먼지 탓에 시야는 뿌옇게 흐려졌다. 미령은 숨이 막혀와 얼굴을 찡그리고 계속해서 기침을 했다. 미령뿐만 아니라 먼지 속에 갇힌 이들은 다들 정신없이 콜록거렸다. 갑자기 누군가 큰 소리로 외쳤다.

"아이들!"

사람들은 근처 초등학교로 우르르 몰려갔다. 울음소리와 발걸음 소리가 먼지 속에 한데 뒤섞여 어지러웠다. 큰길에 다다르자 어떤 이들은 인근 중학교와 고등학교로 흩어졌다.

　초등학교 앞에 다다른 이들은 걸음을 멈추고 잠시 아무 말도 하지 못했다. 운동장에는 부연 먼지가 감돌았고 찌그러진 교문만 음산하게 삐걱거렸다. 하나둘 운동장에 들어선 사람들은 다들 주저앉아 땅을 내리치며 울부짖었다. 미령도 옆에 앉은 부인과 껴안고 그저 울기만 했다. 사층짜리 건물은 폭삭 주저앉아 거대한 돌무더기로 변해 있었다. 건장한 남자들이 재빨리 돌무더기를 향해 달려갔다.

　지진의 여파로 서울은 휴지 위에 지은 도시마냥 한순간에 구겨졌다. 90년대 후반 신축한 건물을 제외하고는 내진설계에 신경을 쓴 건물은 거의 없었다. 낡은 아파트나 작은 다세대 주택은 어이없을 정도로 쉽게 부서졌다. 그러나 수많은 건물들 중에서 가장 약한 건축물은 바로 학교였다. 대부분의 학교들이 오래된 건물이었고, 날림으로 서둘러 한 것이었다. 건물의 구조 역시 지진 같은 충격을 이겨낼 만큼 탄탄하지가 못했다.

　물론 낡은 건물들만 무너진 것은 아니었다. 겉만 번드르르하지 암암리에 부실공사를 했던 건물도 맥없이 주저앉았다. 특히 최고급 건축자재를 사용했다고 자랑한 아파트 몇 곳이 풀썩 가라앉아버리는 황당한 일도 있었다.

　가정의 달 5월이었지만 서울은 눈물바다로 변했다. 지진이 일어난 그날 저녁부터 국지적인 폭우가 쏟아졌다. 무너진 건물에 깔려 목숨을 잃은 사람들이 많은 곳에서는 빗물에 핏물이 섞여 흘러내렸다.

세상이 무너진 모습에 미령은 기가 찼다. 도로는 부딪치고 찌그러진 자동차들로 뒤덮였고 곳곳에 있는 주유소에서 잇달아 폭발사고가 일어났다. 수도관이 터져 물웅덩이로 변한 동네도 여러 곳이었다.

미령은 자신이 쌀을 씹어서 지진이 일어났을 리 없다고 생각했다. 하지만 또 한 번의 어마어마한 우연의 일치에 기가 찼다. 언론에서는 너무 긴 세월 동안 한반도의 지각이 압박을 받아 대지진의 위험가능성이 있었다고 뒤늦게 보도했다. 오래도록 곪은 곳은 어떻게든 터지는 것이 자연스러운 자연의 법칙이었다. 미령은 온몸에 기운이 하나도 없었지만 넋을 잃고 앉아 있는 대신 자원봉사자로 바쁘게 뛰어다녔다.

한번은 트럭 짐칸에 몸을 싣고 피해현장으로 가는데 교문 앞에서 서럽게 울고 있는 한 젊은 여자가 눈에 들어왔다. 그녀는 맨바닥에 주저앉아 고개를 뒤로 젖히고 옷자락을 부여잡고서 숨이 넘어가도록 울부짖었다. 언뜻 차에서 그 얼굴을 본 미령은 혹시 그 여인이 혜정이 아닐까 생각했다. 살이 조금 찌긴 했지만 얼굴 생김새가 너무나 흡사했다. 하지만 트럭에서 내려 교문 앞으로 갔을 때 울고 있던 그 여인은 어디서도 찾아볼 수가 없었다.

지진이 일어나던 날에 명옥은 개포동 근린공원 벤치에 앉아 아파트단지들을 바라보았다. 대치동과 개포동 일대는 모두 아파트 천지였다. 아파트단지 위의 하늘은 무겁고 흐릿하게 가라앉아 있었다. 며칠째 하늘이 회색빛이었지만 시원하게 비가 내리지 않고 가끔씩 천둥 소리만 묵직하게 들려왔다. 명옥의 옆에 앉아 있던 신혜는 잠이 오는지 어느새 졸고 있었다.

신혜가 인간의 언어를 잊어버린 지는 벌써 칠 년이 지났다. 인간의 언어만이 아니라 신혜는 인간사회가 정해놓은 규칙들을 잊어버렸다. 가족도 알아보지 못했고, 신호등도 지키지 않았으며, 글자 한 줄 읽지 못했다. 그래도 몸에 밴 습성은 사라지지 않는지 밥을 차려주면 숟가락질을 했고, 화장실도 제때 찾아가니 신기할 노릇이었다. 대신 씻는 일은 절대 혼자 하지 않아서 며칠에 한 번씩 명옥이 목욕을 시켜줘야 했다. 가끔 명옥은 신혜를 물끄러미 바라보다 말을 걸었다.

"말해봐, 너 내 속을 뒤집으려고 일부러 정신나간 척하는 거지?"

신혜는 그저 명옥을 보고 배시시 웃기만 했다.

딸의 보드라운 머리카락을 쓰다듬으며 명옥은 아파트단지를 바라보았다. 아무리 오래 살아도 이 동네가 정이 들지 않았다. 어느덧 그녀의 나이도 예순을 훌쩍 넘겼다. 처녀 시절 그녀가 선망해 마지않았던 꿈과 희망이 넘치는 도시 서울은 그녀와 더불어 늙어버렸다.

목련이 진 지는 이미 한참인데 찢어진 흰 옷자락 같은 목련 꽃잎 하나가 바람에 날려 명옥의 샌들 가까이 날아왔다. 딸아이가 잠든 모습을 보고 있자니 명옥도 슬그머니 졸음이 몰려왔다. 늙어가는 것, 그것은 건망증과 졸음과 생활과 추억이 미묘하게 뒤섞이는 아리송한 일상의 세계로 들어가는 일이기도 했다.

까무룩 스며든 잠결과 꿈결 사이에서 명옥은 라일락나무 집에 돌아와 있었다. 이층으로 올라가는 계단 밑으로 하얀 실이 길게 늘어뜨려져 있었다. 명옥은 그 실을 잡고서 천천히 계단에 발을 디뎠다. 그 이층 끝에 어마어마하게 무서운 것이 있으리란 예감이 들었으나 걸음을 멈출 수가 없었다. 실을 붙잡고 이층으로 올라가자 하얀 시폰드레스를 입은 어린 시절의 신혜가 실패를 들고 있다가 명옥의 품에 와락 안겼다. 명옥은 눈물을 찔끔거리며 딸의 얼굴을 어루만졌다. 신혜가 나직하게 명옥의 귓가에 속삭였다. 세상이 무너졌어. 하지만 전부 다 사라지진 않을 거야. 신혜의 허리가 뒤로 푹 꺾이더니 엄청난 굉음이 들리면서 라일락나무 집이 와르르 무너졌다. 명옥은 잠에서 깨자마자 꿈속에서처럼 신혜를 와락 껴안았다. 어마어마한 흔들림과 굉음에 그대로 온몸이 찢어질 것만 같아 명옥은 벌벌 떨면서 품에 안은 신혜를 놓지 않았다.

천지를 뒤흔드는 지옥 같은 흔들림이 지나가자 명옥은 조심스럽게 고개를 들었다. 고작 몇 분 사이에 당당하게 서 있던 아파트단지들은 거대한 거인이 나타나 사뿐히 밟고 지나간 듯 모두

일그러졌다. 그중 몇 채는 아예 반토박이 나 있거나 가운데가
풀썩 꺼져 있기도 했다. 명옥은 가슴이 터질 것처럼 방망이질치
는 와중에도 자신이 살고 있는 아파트는 괜찮은지 발뒤꿈치를
들고 살펴보았다. 다행히 그쪽 단지는 최근에 지은 아파트라서
상층부만 무너졌을 뿐 저층은 괜찮아 보였다. 하지만 그러잖아
도 금방 우르르 무너질 것 같은 아파트단지 숲으로는 도무지 걸
음이 떨어지지 않았다.

그날 저녁 서울 곳곳의 공원과 학교 등지에 수많은 이재민 캠
프촌이 지어졌다. 낡은 가옥들이나 아파트들이 파손되는 바람에
길거리로 나온 사람이 부지기수였다. 게다가 여진이 있을 거란
예보에 무너질 듯 위태한 아파트단지로 가는 대신 이재민 캠프
촌에 머무는 이들도 적지 않았다. 명옥도 신혜와 함께 캠프촌에
서 하룻밤을 보냈다.

캠프촌 사람들 중 가족이나 연인의 생사를 모르는 이들은 더
애간장이 탔다. 일반전화를 비롯해 휴대폰까지 밤새 불통이라서
사람들의 마음은 바짝바짝 말랐다. 다행스럽게도 다음날 오후쯤
되자 통화는 다시 가능해졌다.

명옥은 최씨에게 계속 전화를 걸었지만 연락이 닿지 않았다.
다행히 형만과는 전화통화가 되어서 신혜의 딸 윤희가 무사하다
는 소식을 들었다. 교실이 무너져 건물 속에 갇혀 있었지만 가
벼운 찰과상만을 입었고 일찍 구조되었다고 했다. 명옥은 불행
중 다행이다 싶어 가슴을 쓸어내렸다.

오후 다섯시, 식수배급이 시작되는 시간이었다. 조금이라도 늦으면 금방 줄이 길어지는 상황이라 명옥은 서둘러 물을 싣고 온 급수차 앞으로 플라스틱 물통을 들고 나갔다. 하지만 서둘러 나왔는데도 줄은 벌써 길게 늘어져 있었다. 명옥이 긴 줄에 섞여 자기 차례를 기다리고 있는데 한 여자가 다가와 아는 척을 했다. 몸집이 작고 어깨가 좁은 중년의 여인이었다. 이웃 주민들과도 별로 교류가 없는 편이라 명옥은 그녀가 누구인지 통 알수가 없었다. 립스틱 색깔이 너무 진한 반면 얼굴은 거무튀튀해 어딘지 모르게 천박한 인상이라서 그저 곱지 않은 눈으로 바라보기만 했다. 그녀는 물통도 없이 청바지 호주머니에 손을 집어넣고 그저 이곳에서 어슬렁거리던 눈치였다.

"사모님, 저 근자예요. 정말 오랜만이죠?"

근자가 웃음을 짓자 윤기 없는 눈가가 주름으로 자글거렸다.

"세상에 이게 얼마만이니?"

명옥은 겉으로는 놀랐지만 속으로는 또 오만 가지 생각이 다들었다.

'내가 아는 근자라는 년은 고작 스무 살내기였는데. 저 아이가 이리 시들었으니 나는 얼마나 늙었을꼬.'

"별건 아니지만 이거라도 좀 드세요."

근자는 누룽지맛 사탕 하나를 물통을 들지 않은 명옥의 손에 쥐어주었다.

사탕을 까 입안에 넣으니 구수하고 달콤한 맛이 무척이나 정겨웠다. 오랜만의 재회는 찌든 때처럼 묵은 미움도 부드럽게 닦아내는 법인지 이 난리통에 근자가 이상하게 밉지가 않았다. 신혜를 꼬드겨서 데리고 나갔을 때는 당장 찢어버리고 싶을 만큼 미움으로 온몸이 파르르 떨렸었는데도 말이다.

"그래, 근자 너도 많이 변했구나. 그동안 어찌 살았니?"

"별거 있나요. 그냥 되는 대로 살았죠. 사모님도 얼굴 많이 상하셨네요."

"말도 말아라. 우리 집안은 풍비박산이야. 나도 몇 년 사이에 이렇게 늙어버렸단다."

"별일이네. 전 사모님은 보석 같아서 평생 안 늙으실 줄 알았어요. 보석에도 흠집은 생기는군요."

근자는 사탕 하나를 호주머니에 꺼내 입안에 집어넣었다.

"그나저나 악착같이 돈 좀 벌었나보구나. 이 근방에 사는 걸 보니."

"아니에요, 사모님. 전 다른 동네에 살아요. 남편하고 몰래 여기까지 왔답니다."

"남편은 뭘 하는 남자니?"

"묻지 마세요. 박복한 팔자에 뭐, 남편 복은 있었겠어요."

명옥이 물을 받아야 할 차례가 오자 둘의 대화는 거기서 끊겼다. 근자는 식수를 받은 물통을 힘겹게 옮기는 명옥의 뒷모습을 빤히 바라보다 멀찌감치 떨어져서 뒤를 밟았다.

평온한 하루였다면 주부들이 일일연속극에 빠져 있을 시간에 근자는 명옥의 텐트로 찾아왔다. 신혜는 구석에서 컵라면을 먹고 있다가 근자를 빤히 쳐다보았다.

"나 근자야, 오랜만이지?"

근자는 손을 흔들어 인사했다.

"못 알아볼 거야. 나도 누군지 못 알아보는데."

"안됐네요. 신혜도 결국 고모님하고 비슷하게 됐군요. 그렇게 똑똑했는데. 참, 최씨 집안이란."

"쓸모없는 동정은 사양하마. 그나저나 여긴 무슨 일이니?"

"너무 아쉬워서 찾아왔어요. 사모님, 이쪽으로 가시는 것 봤거든요."

"그래, 나도 경황이 없어 인사를 제대로 못 했구나."

"참, 미령이는 아직도 함께 사나요?"

"걔하고는 진즉에 인연을 끊었어. 걔 오빠가 하는 꼬락서니를 보니 억장이 뒤집히더라. 첩년이 낳은 새끼들하고는 이젠 얼굴을 마주하고 싶지가 않아."

명옥은 근자에게 태호가 최씨에게 다가와 사기친 일을 털어놓았다. 그놈이 사기꾼인 건 하늘도 알고 땅도 아는데 당사자인 최씨만 꿋꿋하게 성공한 청년사업가로 믿고 있다고 코웃음을 쳤다.

"참, 내 정신 좀 봐. 사모님 새콤한 것 좋아하셨죠?"

근자는 들고온 검정 비닐봉지에서 먹음직스러운 자몽 한 개를 꺼냈다.

"이게 웬 거니?"

"어서 드세요. 사모님 생각나서 가져왔어요. 새콤한 것 좋아하셨잖아요."

근자는 손수 자몽을 잘라서는 한 조각을 명옥에게 내밀었다.

명옥은 자몽을 혀에 올려놓았다. 향긋한 과즙과 함께 신 침이 입안에 감돌면서 절로 얼굴이 기분좋게 일그러졌다. 하지만 그 행복감은 곧이어 이가 시큰해지는 바람에 아린 고통으로 변해버렸다.

"요즘은 레몬으로 이 안 닦으시나봐요?"

"요새 누가 그런 멍청한 짓을 하니. 치과 가면 미백까지 다 해주는데."

근자도 이뿌리가 시큰한지 얼굴을 찌푸리는 명옥을 묘한 눈길로 바라보았다.

"봉지 안에 바나나도 있으니까 출출하시면 신혜하고 나눠드세요. 지금 여기서 비싸게 팔고 있는데 사모님이니까 특별히 공짜로 드리는 거예요."

"너 여기서 장사하는 거니?"

"지금 한순간에 엉망진창이 된 상가나 시장들이 널렸어요. 어젯밤에 남편하고 같이 시장을 몇 군데 털었죠. 이 동네 사람들이 그래도 돈들이 제법 있으니까 우선 이리로 팔러 나온 거고요."

"그러니까 훔친 물건을 판다는 거야?"

"남편이나 나나 도둑으로 산 지 벌써 십 년이에요. 이번 지진으로 이곳저곳 텅 빈 가게들이 많아요. 지금 시내 곳곳에 좀도

둑들이 들끓을걸요. 남들이 좋은 물건 가져가기 전에 우리도 서
둘러야죠."

명옥은 잠시 아무 말도 하지 못하고 근자를 바라보았다. 명옥
은 태도만 건방지던 근자가 이제는 속까지 썩어문드러졌을 만큼
너무 타락했다고 생각했다.

"사모님, 그런 눈으로 보지 마세요. 옛날의 근자는 없어요. 전
이미 이십 년 전에 죽은 거나 다름없거든요."

"그게 무슨 말이니?"

"신혜가 말 안 하던가요? 저흰 세상의 종말을 기다리고 있었
어요. 사모님, 전 그게 당연한 일이라 생각했다고요. 하나님이
저처럼 가난하고 복 없는 여자를 하늘나라로 데려가고 사악한
부자들은 모두 심판하리라 믿었어요. 하지만 하나님은 절 버리
셨어요. 그후로 전 부끄러움 없이 살았어요. 십계명이란 십계명
은 다 어겼나보군요. 아, 살인은 하지 않았어요. 솔직히 사모님
을 미워하긴 했지만 그렇다고 죽이고 싶진 않았거든요. 남들 미
워해봤자, 소용없잖아요. 더러운 세상에 더러운 팔자로 태어났
으면 찍 하고 죽어지내야죠. 어쨌든 전 이렇게 더러우니 죽을
때까지 악독하게 살기로 마음먹었어요. 그렇다고 겉으로는 착한
척하고 싶지는 않고요. 아마 이 세상 떠나면 지옥에 떨어지겠지
요. 하지만 지옥 가기 전에 그 잘난 하나님 한번 보고 싶네요. 왜
그때 저를 하늘나라로 데려가지 않았는지 따지고 싶거든요. 전
이렇게 망가졌을지언정 아직도 하나님을 사랑한답니다."

근자는 텐트 바깥으로 나가기 전에 신혜의 손을 꼭 붙잡았다. 그녀는 신혜의 귀에 대고 나지막하게 속삭였다.

"너는 마귀가 아니야. 신혜야, 진짜 마귀는 나야. 마귀는 너무 간절하게 하나님의 사랑을 원해서 속까지 시커멓게 썩었단다."

근자가 사라진 뒤에 명옥은 남아 있는 자몽 한 조각을 입에 넣었다. 새콤한 맛은 여전히 혀에 착 감겼지만 목으로 꿀떡 삼키고 나니 썩은 선악과를 씹은 듯 뒷맛이 썼다.

지진이 일어나기 직전 최씨는 낡은 여관방에 누워 젊은 여자를 품에 안고 있었다. 여자의 몸이란 비단처럼 보드랍고 과일처럼 향긋해서 언제나 그를 녹진녹진하게 했다. 그러나 품에 안고 있을 때만 기분이 꿀떡 같을 뿐 함께 살면 언제나 수제비 반죽마냥 주무르고 드는 것이 여자들이었다.

최씨가 눈에 보이지 않으면 안달복달했던 어머니가 그랬고, 연애할 때는 한 마리 학 같더니 아내가 되자 매의 눈을 했던 명옥도 다를 바 없었다. 새장 속의 종달새마냥 사랑스럽게 재잘대는 노래를 불러 뼈와 살까지 녹여버린 선옥은 또 어떠한가? 소원대로 살림을 차려줬더니 들를 때마다 앓는 소리, 죽는 소리, 원망하는 소리로 날이면 날마다 곡소리를 해대서 사람을 지치게 했다.

"오빠, 왜 날 그렇게 봐요?"

물끄러미 쳐다보는 젊은 여자의 코끝이 둥그스름해 귀여운 마늘코를 한 번 깨물어주고는 그는 킬킬거렸다.

"왜 여자들은 남자한테 사랑받는 방법을 모르는 거지?"

"남자들은 사랑이 뭔지도 모르잖아요."

"이런 게 사랑 아니겠니?"

젊은 여자의 허리를 와락 껴안고서 최씨는 보드라운 어깨에 이빨 자국을 남겼다. 여자는 최씨의 얼굴을 두 손으로 받쳐 들고서는 그의 눈을 빤히 바라보았다. 그 흔들리는 눈빛, 조금은 서글프면서도 애잔한 마음을 주는 눈빛에, 최씨는 잠시 무춤해졌다.

곧 엄청난 굉음이 들리면서 낡은 건물은 가라앉았다. 최씨의 머리 위로 먼지와 콘크리트 덩어리가 우르르 떨어지더니 어느새 시커먼 암흑이 덮쳐왔다.

정신을 차리고보니 최씨는 여전히 어둠 속에 있었다. 목이 말라서 미칠 지경이었지만 몸을 움직일 방법은 없고 졸음만 쏟아졌다. 그런데 잠시 후 어디선가 똑똑 물이 떨어지는 소리가 들려왔다. 최씨는 허겁지겁 물소리가 들리는 곳을 향해 기어갔다. 누군가 최씨의 발목을 잡고 놓아주지 않았다. 뒤돌아보니 이미 세상을 뜬 어머니가 애잔한 표정을 짓고 있었다.

"빨리 도망가라. 조상님들이 배고프다고 사방에서 널 쫓아온다."

"어머니, 전 목이 말라 죽겠어요. 물 좀 먹고요."

"그 물 마시면 황천 간다. 그러니까 마시지 말고 빨리 도망가."

"싫어요. 늘 어머니는 이래라저래라 하시니 이젠 제 맘대로

할 겁니다."

"몹쓸 놈, 네가 네 맘대로 못 한 게 뭐가 있다고 어미 탓을 해?"

"제가 왜 정치판에 어슬렁대고 사업도 크게 했는지 아세요? 전 어머니를 기쁘게 해드리고 싶었습니다. 아버지 없이 고생하신 어머니 앞에 잘난 아들로 우뚝 서고 싶었다고요."

"그래, 이 어미가 다 잘못했다. 그러니까 도망부터 가, 얼른. 안 그럼 죽어."

최씨의 눈에는 울고 있는 어미보다 시원스러운 옹달샘이 먼저 들어왔다. 최씨는 어머니를 밀어내고는 샘에 고개를 처박아 벌컥벌컥 물을 들이켰다. 물이 어찌나 달콤한지 배가 터지도록 물배를 채우고 그대로 죽어도 여한이 없을 것만 같았다.

물배로 온몸이 출렁이는 것 같은데 자꾸만 누가 뒤에서 최씨를 잡아끌었다.

"어머니, 저 좀 내버려둬요. 물 좀 실컷 마시게요."

신경질을 내며 최씨는 팔을 뿌리쳤지만 그는 결국 어마어마한 힘에 의해 샘물 밖으로 질질 끌려나왔다. 최씨 앞에는 헐벗고 온몸에 뼈만 앙상하게 남은 최씨 집안 조상들이 입맛을 다시며 그를 바라보고 있었다.

"조상님, 죄송합니다. 제가 부덕해서 집안이 이렇게 됐습니다. 하지만 제발 살려주세요."

살이 통통히 오른 최씨는 무릎을 꿇고 양손으로 싹싹 빌었다.

조상들은 웃지도 울지도 않고 아무 표정 없이 최씨의 기름이 자르르 도는 살을 파먹었다. 배가 고파도 되게 고팠는지 조상들은 최씨의 살과 뼈와 피와 눈물과 그의 영혼까지 몽땅 먹어치웠다.

지진이 일어난 지 사흘 만에 여진이 다시 서울을 덮쳤다. 첫번째 지진보다 그리 충격이 크지는 않았지만 두려움에 떠는 사람들을 지푸라기 인형처럼 쥐고 흔들기에는 충분했다.

서울 곳곳에는 한순간 집을 잃은 사람 천지였고 그들은 이재민 캠프촌을 떠날 생각을 하지 않았다. 언론에서는 힘든 시기에도 용기를 잃지 않고 서로 도우며 살아가는 이재민 캠프촌을 희망적으로 다루었다. 무지막지하게 어려운 시기였지만 실제로 사람들은 작은 조직체를 이루었고 서로에게 필요한 물건을 선뜻 빌려주었다. 또 저녁이면 텐트 곳곳에서 정다운 가족들의 웃음소리가 흘러나왔다.

하지만 본격적인 복구작업이 거의 마무리되고 지진의 충격이 희미해지기 시작하면서 오히려 캠프촌 사람들의 시름은 깊어만 갔다. 눈을 가린 자연재해의 공포가 가시자 모두들 현실이 얼마나 암담해졌는지 깨닫기 시작했다. 게다가 날씨마저 푹푹 찌는 여름이 되자 한줄기 남아 있던 미래에 대한 희망이 푹푹 썩어 우울과 절망으로 변해버렸다. 언론의 태도도 사뭇 달라져서 캠프촌이 삭막해져가고 있다거나 도시의 골칫거리라는 식으로 슬그머니 태도를 바꾸었다. 지진의 충격도 사라져가는 추세니 사람들은 보금자리로 돌아가야 한다는 계몽적인 칼럼이 신문에 실리기도 했다. 그러나 캠프촌에 머무는 이들 중에는 정작 돌아갈 보금자리가 없는 이들이 너무 많았다. 그들의 안식처는 새둥지처럼 불편한 텐트가 전부요, 자원봉사단체와 정부에서 지급하는 세 끼 식사와 간식 따위가 하루의 희망이었다.

선옥에게서 세상이 무너지는 자장가를 들었던 미령 역시 여전히 텐트촌에 머물러 있었다. 처음 구조작업이 마무리되었을 때 그녀는 혹시나 하는 마음으로 구의동으로 돌아왔다. 그러나 그녀가 살던 다세대주택은 암담한 폐허로 변해 있었다. 미령은 반나절 가까이 그 잡동사니들을 뒤적이며 밤의 재판관들에게서 받은 봉투를 정신없이 찾아 헤맸지만 찾지 못했다. 저녁이 되자 배는 고프고 갈 곳도 없던 미령은 다시 캠프촌으로 돌아왔다. 그렇게 미령은 텐트촌에서 찌는 여름을 보내고 어느새 추석까지 맞이하게 되었다.

추석은 9월의 마지막 날이었고 다음 달 3일이 또 개천절 휴일이라 거의 5일을 연속으로 쉴 수 있는 황금연휴였다. 그러나 캠프촌 사람들 중 고향으로 내려갈 마음이 드는 이들은 거의 없었다. 추석연휴 첫날 점심식사 때에는 설탕물이 들어간 송편이 나왔다. 약간 시큼한 쉰 맛이 나긴 했지만 사람들은 송편 맛을 보고는 잠시나마 소박한 기쁨을 느꼈다. 추석날에는 다들 보름달을 보며 소원이라도 빌어보려 했으나 날이 흐려 보름달은 보이지 않았다. 날씨가 사람들을 착잡하게 만들더니 추석연휴가 끝나갈 무럽 캠프촌을 철거하기로 했다는 소문이 입에서 입으로 전해졌다.

정말로 추석이 끝나자 규모가 작은 캠프촌부터 서서히 허물기 시작했다. 캠프촌을 떠난 사람들은 서울을 떠나 지방에 있는 친척집에 잠시 몸을 맡기러 버스나 기차를 타고 떠났다. 그러나 기댈 언덕이 없거나 있어봤자 똥무더기 같은 언덕밖에 없는 사람들은 은근슬쩍 텐트를 짊어지고 다른 캠프촌으로 옮겨갔다.

11월이 되자 이제 지진으로 피해를 입은 이재민을 위한 캠프촌은 월드컵경기장 근처 월드컵공원밖에 남지 않았다. 한때 난지도 쓰레기매립장이었던 곳을 메워 널따란 공원으로 바꾼 월드컵공원은 이제 수많은 사람들이 모인 대형 캠프촌으로 변해버렸다.

유달리 찬바람이 으슬으슬한 날이었다. 어느새 월드컵공원까지 밀려온 미령의 몰골은 말이 아니었다. 겨우 이를 악물고 이곳까지 오긴 왔으나 미령은 아무 희망이 없었다. 희망이 없는 이들은 운을 희망으로 착각하기 마련이지만 미령은 이제 운이란 것마저 시답잖게 여겨졌다. 만일 조금이라도 용기가 있었다면 죽이 되든 밥이 되든 명옥을 찾아갔을 것이다. 오빠 태호가 한 짓 때문에 연을 끊자고 매섭게 내쳤을지언정 명옥이 그렇게 야멸친 사람이 아니라는 걸 그녀도 익히 알고 있었다. 그러나 미령은 그런 비굴한 의욕마저 샘솟지가 않았다. 하루하루 밥이나 먹고 흘러가는 대로 흐르다 흩어져버려 먼지나 되고 싶을 따름이었다.

텐트에 홀로 누운 밤이면 미령의 머릿속에는 끔찍한 옛일들이 자꾸만 스쳐갔다. 쥐약을 먹고 죽은 선옥의 얼굴이나, 주식에 손댔다가 돈을 날려 민구와 틀어지고 이별까지 한 일이나, 한밤의 재판에서 겪은 끔찍한 밤의 기억이 머리 위로 빙글빙글 맴돌았다.

처음 미령이 라일락나무 집에서 나와 장사를 시작했을 때는 세상이 단단한 벽처럼 여겨졌다. 하지만 그녀에게 젊음과 패기라는 망치가 있어 세상을 부수고 앞으로 나갈 자신이 있었다. 그러나 이런저런 실패를 겪고 아름다운 추억마저 의미 없이 변해버리자 이제는 그녀 앞의 세상이 커튼처럼 여겨졌다. 커튼을 열어젖히면 커튼이 나타난다. 커튼을 다시 열면 또다시 커튼, 다시 열어도 또 커튼. 결국 그녀가 세상에 발 디딜 만한 공간은 커튼과 커튼 사이, 어두침침한 좁은 틈새밖에 없다는 생각이 자꾸만 들었다. 벽은 무너뜨리면 끝이지만 열어젖히고 또 열어젖혀도 끊임없이 나타나는 흉악한 커튼을 어쩌란 말인가?

캠프촌생활은 계속해서 두려움과 긴장으로 이어지는 나날이었다. 깊은 밤에는 알 수 없는 음산한 기운이 캠프촌을 감돌았다. 절망은 절망에서 끝나지 않고 새카만 독사 한 마리로 사람들의 마음속에서 똬리를 틀었다. 밤이 어두운 복면으로 변하면 언제 어디서건 사람들은 독사로 변해 남을 물어뜯을지 모를 일이었다. 누군가 독기에 눈이 멀어 식칼로 텐트를 찢고 안으로 들어와 공격한다면 그 끔찍한 일을 아무도 막지 못할 터였다. 그러니

한때의 정겨운 기운이 사라진 하늘공원의 캠프촌의 밤은 불면과 불안의 밤으로 변하기 일쑤였다. 잠을 자도 선잠이요, 눈을 떠도 머릿속에 묵직한 톱밥이 든 양 뻑뻑했다. 어느 날인가 미령은 머리가 조금 어지럽다 싶더니 결국 쓰러져 정신을 잃었다.

"저기, 지퍼 좀 내려봐요. 많이 아픈가봐?"

다소 뾰족한 톤의 목소리에 미령은 눈을 떴다. 속옷은 물론 겉옷까지 식은땀으로 흠뻑 젖어 있었다. 한 번 더 뾰족한 목소리가 바깥에서 들려왔다. 미령은 겨우 몸을 일으켜 지퍼를 조금 내리고 고개만 빼죽 내밀었다.

"세상에, 산송장이 따로 없네."

짙은 마스카라와 눈 밑에 있는 커다란 눈물점이 유달리 눈에 띄는 살찐 장년의 여인이 혀를 끌끌 차며 미령과 마주 보았다. 젊은 시절부터 워낙에 화장을 많이 한 탓에 여인의 피부는 푹 젖은 창호지마냥 축 처져 보였다.

"혹시 물 좀 있나요?"

여인은 기저귀가방처럼 커다란 핸드백 안을 뒤적였다. 그리고 생수 한 통과 쌍화탕 한 병과 초콜릿을 건네주었다. 미령은 감사하다는 말도 못 하고 기갈이 들린 양 물부터 마셨다.

"그 약 먹고 한숨 푹 자요. 내가 저녁에 약 한 병 더 사올 테니."

장년의 여인이 사라지고 난 뒤 짙은 향수 냄새가 그녀의 코끝을 간질였다. 얼마 만에 맡아보는 달콤한 냄새인지 몰라 미령은 배시시 웃음이 나왔다.

그날 저녁에 달콤한 향수 냄새가 다시 미령의 코끝을 간질였다. 여인의 이름은 수자라고 했는데 본명이 술집에서 일하기엔 너무 고상해서 일을 시작하면서부터 쓴 이름이라고 했다. 수자는 약만 사온 것이 아니라 어디서 뚝딱 만들었는지 도시락까지 싸 왔는데 반찬은 고작해야 계란프라이와 볶음김치가 전부였지만 꿀맛이었다.

퉁퉁 부은 목구멍으로 밥을 넘기면서 미령은 수많은 밥상들을 떠올렸다. 선옥이 만들어준 달콤한 간식들과 윤기 있게 맛깔나는 밑반찬들을 제비 새끼마냥 먹어대던 태호와 미령은 얼마나 행복했던지. 라일락나무 집에 처음 가게 되었을 때 근자가 차려준 밥상은 두려움에 바들바들 떨던 그녀를 얼마나 든든하게 해줬던지. 민구와 함께 만들어 먹었던 야식은 또 얼마나 행복한 웃음이 잘잘 도는 맛이었던지. 밥상에 얽힌 그 모든 추억이 이 작은 도시락으로 되살아나는 것만 같아 미령은 눈물이 자꾸 솟았다.

"어이구, 천천히 좀 먹어요."

미령이 밥 한 그릇을 뚝딱 비워내자 수자는 또 핸드백을 뒤적여 보온병에 든 따스한 커피를 꺼냈다.

미령과 수자는 스무 살 가까이 차이나는 나이와 겨우 몇 시간의 인연에도 불구하고 서로 이런저런 속내를 털어놓았다. 지금껏 살아온 미령의 이야기를 들은 수자는 혀를 끌끌 차고 때로는 맞장구를 쳐주기도 했다. 그러더니 어느새 자연스럽게 자신의 이야기도 술술 풀어헤쳐놓았다.

수자는 갓 스물이 넘은 나이부터 영동 단란주점에서 일을 시작해 화류계에서 잔뼈가 굵어 마담 노릇까지 하다 빚에 떠밀려 이래저래 캠프촌까지 흘러온 인생이었다.

"난 후회는 안 하지. 내가 술판에서 놀았다고 사람이 천한 건 아니거든. 나 정말 성실하게 열심히 살았어. 공사판에서 일하나 술판에서 일하나 힘은 힘대로 들고 대접 못 받기는 마찬가지니까. 내가 영혼이 더러워? 영혼이 간이나 폐도 아닌데 담배를 피든 술을 마시든 더러워질 건 없지 않겠어?"

수자는 커피믹스의 달곰쌉쌀한 맛과 담배의 부드럽고 노곤한 맛을 느끼며 지난 세월을 곰곰이 되짚었다. 돈 때문에 화류계로 흘러갔다 화통하게 돈 좀 날리며 써봤고 또 은퇴할 시기에 수입 화장품회사를 한다고 삐딱선을 탔다 무너지는 바람에 망가지긴 했지만 순간의 실수는 땅콩껍질처럼 던져버리는 것이 수자였다.

지난 세월을 커피믹스 한 잔에 녹여내고서 수자는 누런 이를 드러내며 웃어 보였다. 입가의 팔자주름이나 화사한 립스틱 빛깔과 눈가의 짙은 마스카라 때문인지 수자는 인생이란 연극 속에서 툭 튀어나온 늙은 여배우처럼 보였다.

"근데 너는 젊은 애가 왜 이러고 사니?"

적절하게 반말로 눙치며 수자가 이번에는 핸드백에서 화장품들을 하나둘 꺼냈다. 미령은 오랜만에 알록달록 화사한 빛깔의 화장품들을 보자 기분이 묘했다.

"누구 보여주려고 여기서 화장을 해요?"

"애도 참, 여자는 내일 죽어도 오늘은 가꿔야 돼. 얼굴이 이렇게 망가져도 가꿔야 하고. 죽을 때도 피 한 방울 예쁘게 흘리면서 곱게 죽고 싶은 게 여자 아니니?"

어느새 수자는 물티슈로 미령의 얼굴을 닦아내더니 곧이어 비비크림부터 얼굴에 발라주기 시작했다.

비록 머리핀만 질끈 꽂은 머리 꼴은 형편없었지만 거울에 비친 화사한 모습을 보자니 미령은 웃기기도 하고 서글프기도 했다.

"내가 마지막까지 좋은 일 하고 간다."

수자는 손을 탁탁 털고는 환히 웃었다.

"마지막이라뇨?"

미령의 질문에 수자는 입가에 경련이 인 웃음을 띠며 말했다.

"난 내일 죽어."

미령의 멍한 얼굴을 보고 수자는 다시 말을 이어갔다.

"난 후회 없는 인생이야. 그게 내 자존심이지. 그런데 이제는 너무 초라해. 이제 나한테 남은 거는 아무것도 없어. 차라리 죽는 게 나아."

"싫어요. 왜 나한테 잘해주던 사람들은 다 죽어? 절대 죽으면 안 돼요."

미령이 와락 소리치며 수자의 손을 힘껏 붙잡는 바람에 그녀는 다소 놀란 눈치였다.

"오지랖 하곤. 내 명줄 내가 알아서 끊는다는데 네가 무슨 상관이니?"

갑자기 미령이 눈물을 왈칵 쏟는 바람에 눈가의 화장이 얼룩졌다. 수자는 얼굴을 찌푸리면서 티슈로 미령의 눈가를 닦아주었다.

"어쩜 좋아. 겨우 예쁘게 만들어줬더니 다시 귀신 꼴이야."

"딱 일주일만 생각해봐요. 생각이 바뀔 수도 있잖아요."

"이 사람은요. 안 좋은 머리에 너무 많이 생각해서 이젠 머리가 아예 녹슬었네요."

수자는 주섬주섬 가방을 챙겼다. 그러더니 일어서기 전에 한숨을 길게 내뱉고 말했다.

"좋아, 딱 일주일. 하지만 그 안에 설마 내 마음을 바꿀 일이 생기겠니?"

미령은 밝게 웃으며 수자를 바라보았다.

"일주일 뒤에 꼭 제 텐트로 오는 거예요, 알았죠?"

"난 너 다신 안 봐. 내가 다시 오면 이번엔 한 달을 살아보라고 졸라댈걸. 솔직히 너하고 정들까 무섭다. 난 이젠 정드는 게 죽는 거보다 더 무서운 사람이거든."

수자는 그렇게 미령의 텐트를 떠났다.

아무런 희망도 없을 때 사람들은 무엇이든 붙잡아 의지하기 마련이었다. 미령은 잠깐 옷깃만 스쳤을 뿐인 수자가 자살하지 않기를 기도했다. 일주일이 지나면 여전히 그 톡톡 쏘는 목소리를 날리며 텐트를 찾아와 줄 거라고 간절히 믿었다.

수자와 헤어진 뒤 사흘이 지났다. 미령은 봉사단체에서 주는 점심을 기다리느라 긴 줄에 서 있었다. 눈가가 기미로 덮인 여인 둘이 소곤대는 소리가 미령의 귓가에 들려왔다.

"오늘 아침 하늘공원 꼭대기에서 한 여자가 목매달아 죽었대요."

"에휴, 나도 새끼들만 없으면 그러고 싶을 때가 한두 번이 아니지. 그래, 뭐하는 여자래?"

"들리는 소문으로는 술 팔고 뭐 그러던 여자라는데. 왜 흉흉하게 하필 여기서 목을 매나 몰라."

"너도 마음 좀 곱게 써. 사는 곳도 없어서 쫓겨다니는 팔자에 죽는 것까지 죽고 싶은 데서 못 죽으면 그게 어디 사람팔자니. 짐승보다 못한 거지."

두 여인의 대화를 듣자마자 미령은 하늘계단 쪽으로 힘껏 내달렸다. 그 높디높은 하늘계단을 어떻게 한 번도 쉬지 않고 다 올라갔을까? 하늘공원 꼭대기에 이르렀을 때 그녀의 눈에 들어온 것은 바람에 팔랑거리는 거대한 바람개비뿐이었다. 일찌감치 누군가 와서 치웠는지 수자의 시신은 볼 수가 없었다. 그저 바람만 매섭게 그녀를 휘휘 할퀴고 지나갔다. 미령은 바닥에 주저앉아 찬바람을 맞으며 꺽꺽대고 울었다. 손에 잡히는 억새풀을 움켜잡으며 그녀는 울고 또 울었다.

사람들이 죽는 것도 억울했고, 자신이 세월에 떠밀린 신세라

는 것도 억울했고, 세상만사가 도무지 억울하기만 했다. 바람은
어느새 귀신처럼 사납게 그녀의 귓가에 속삭였다.

'친구야, 왜 살아야 돼? 왜 살아야 돼? 왜 살아야 돼?'

그녀 앞에 다가온 인기척을 느끼고서야 미령은 겨우 울음을
멈추고 고개를 들었다. 카메라를 들고 야구모자를 푹 눌러쓴 남
자가 쪼그려 앉아서 물끄러미 그녀를 보고 있었다. 비록 챙에
가려 눈자위는 어둠에 감춰져 있었지만 그 비웃는 듯 보이는 입
매는 어딘지 낯이 익었다.

"여전히 우는 실력 하나는 대표선수급인데?"

남자가 모자를 벗고는 눌린 곱슬머리를 손으로 쓸어넘겼다.

"나 기억해? 우리 예전에 지하철역에서 봤잖아."

비록 그때보다 입가와 이마의 주름이 더 깊어지고 건장하던
몸은 다소 둔해 보인다 싶게 불긴 했지만 미령은 이 남자를 본
기억이 났다. 미령이 잠깐 생각하는 사이 남자는 여러 번 그녀
를 향해 카메라 셔터를 눌렀다.

"카메라 좀 치워줄래요?"

미령이 맥없이 손을 내저으며 말하자 제철은 그저 히죽 웃기
만 했다. 미령은 더는 이 남자의 비웃음거리로 남고 싶지 않아
자리를 털고 일어나려 했다.

"그래, 신혜는 어떻게 됐어?"

"그 집하고는 연락 끊은 지 한참이에요."

억새풀 하나를 쥐어뜯듯 잡아 뽑으며 미령은 자리에서 일어섰

262

다. 손을 탈탈 털고 호주머니에 손을 넣고서 미령은 하늘계단을 내려갔다. 점심을 걸러서인지 계단은 아득해 보이고 눈앞이 어지러웠다. 하지만 신기하게도 배가 고프기보다는 이대로 사라져버렸으면 싶은 마음이었다. 그녀의 머릿속에 어린 시절 읽었던 동화책 인어공주의 마지막 장면이 떠올랐다. 물에 뛰어들어 긴 머리카락을 물속에서 나풀대다 물방울로 사라져버린 인어공주의 삶.

'그래, 인어공주는 불행한 게 아니야. 그렇게 녹아버리듯 사람도 사라질 수 있다면 얼마나 좋을까?'

하늘계단 저 밑이 천국의 입구면 좋겠다는 생각을 하는데 눈앞이 핑그르르 돌았다. 미령이 발을 헛디디자 제철이 다가와 그녀의 팔을 붙잡았다.

"이봐, 괜찮겠어?"

미령은 개개풀린 눈으로 제철의 얼굴을 빤히 바라보았다.

"물에 들어가고 싶어. 따뜻한 물, 비누가 녹고 몸도 녹을 정도로."

그날 저녁 미령은 서울 시내의 한 고급 호텔 스위트룸 욕실 안에 들어와 있었다. 온몸이 녹지근해질 정도로 따스한 물에 몸을 담그자 묵은 감정들이 하나둘 녹아내리는 기분이었다. 미령은 덧없이 뜨거운 물을 손으로 찰박거렸다. 인어공주가 아닌 미령은 따뜻한 물방울로 사라질 수 없었다. 바깥에서 제철이 여러 번 노크를 하며 어서 나오라고 재촉했다.

미령이 샤워가운을 입고서 욕실 밖으로 나가자 속옷에 샤워가운만 걸친 제철이 팔짱을 낀 채 서 있었다. 미령은 침대에 털썩 주저앉았다. 제철은 손에 턱을 괸 채 유심히 그녀의 몸을 눈으로 훑었다.

"이봐, 나하고 일해볼 생각 없어?"

미령은 아무 대답도 하지 않고 침대에 무너지듯 앉았다.

"나랑 같이 한 계절만 일해보는 거 어때? 자기는 딱 내가 찾는 이미지야. 굴러먹은 듯 보여도 지적으로 보이거든. 지적인 척 해도 알고보면 양아치인 놈들보다 훨씬 낫지."

"그래서 내가 얻는 게 뭐죠?"

"욕조에 들어가보니 좋지? 캠프촌으로 가고 싶진 않잖아? 돈은 두둑하게 얹어줄게."

담배 한 대를 입에 문 제철은 한 개비를 미령에게 건네고 손수 불까지 붙여주었다. 그리고 미령에게 자신이 세운 계획을 들려주었다.

제철은 일명 '초파리버스'라는 버스를 몰고서 서울 시내를 돌아다니는 해프닝을 준비중이었다. 서울 시민들을 무작정 태워서는 술도 팔고 그가 계획한 스탠딩 코미디도 보여주며 낯선 공간에서 잠시 일상을 잊은 사람들의 모습을 카메라에 담을 계획이라고 했다.

"그러니까 일종의 '반복되는 일상을 납치'하는 해프닝이라고 할까? 나는 초파리버스의 운전기사가 될 거고, 자기는 안내양은 아니고, 일종의 그 낯선 공간의 살아 있는 뮤즈가 되는 거지. 적당히 야시시한 드레스를 입고 저속하면서도 뼈가 있는 말들을 떠들라고. 물론 모든 대본은 다 내가 써줄 테니 걱정하지 말고."

미령은 샤워가운만 걸친 배 나온 남자가 요망한 여인의 자태를 흉내내는 모습을 빤히 지켜보았다. 생각보다 그리 역하지는 않았고 나름 우스꽝스러워 보였다. 담뱃재가 카펫 위로 떨어지는 것도 모르고 미령은 나직한 소리로 웃고 말았다.

"내가 우습나? 내가 얼마나 유명한 사람인지 모르는 거야?"

"그러고보니 텔레비전에서 잠깐 본 것도 같네요. 뉴욕에서 성공했다면서요?"

신혜와 헤어진 뒤 제철은 다시 뉴욕으로 날아갔다. 그곳에서 예술계 밑바닥을 쇠똥구리처럼 돌아다니며 온갖 기행과 인맥을 동원하여 그는 능력을 다졌다. 그는 서양문화가 동양남자를 바라보는 오리엔탈리즘을 능숙하게 버무려 가면으로 뒤집어썼다.

서양이 바라보는 동양남자란 대개 이러했다. 원시적이고 야생적인 남자(그 사내는 어딘가 문명화가 덜 되어 있다. 동양인, 넓게 보면 이방인이란 느낌이 강한 이 이미지는 인디언이나 아랍인, 흑인과 겹쳐지기도 한다. 서양인은 그를 무시하지만 동시에 무시무시한 짐승 같은 매력을 지닌 위험한 존재로 여긴다), 정신적인 능력이 뛰어난 구도자(인도의 구루나 달라이 라마 같은 영적 지도자들에서 전해지는 이미지. 서양인은 도시 한 귀퉁이에 조성된 녹색공원을 산책하듯이 이런 동양적 이미지에서 평온의 산소를 얻는다고 믿는다), 첨단과학기술에 뛰어난 영재(주로 동아시아 국가에서 수출하는 휴대폰이 이런 이미지 구축에 힘을 보탰다. 외모는 볼품없거나 뚱뚱하고 주로 안경을 쓴 인상).

제철은 이런 동양인 사내의 이미지를 혼란스레 뒤섞어 뉴욕 예술계에서 각광을 받았다. 거미줄 무늬로 깨진 눈동자는 사람들에게 야생적이면서 기괴한 괴물 같은 인상을 심어주었다. 주로 흑과 백의 색깔로만 그려지는 그의 작품이나 설치예술은 동양적이면서 정신적인 면이 넘실거렸다. 세계적인 불경기 이후 미술시장에서는 재기 넘치는 작품보다 진지하고 묵직한 작품들이 치고 올라왔으며 제철 역시 그 덕을 보았다. 현대인의 삶과 죽음을 다루는 제철의 작품에 한 평론가는 '중세나 근대의 성화를 그리스도 없이 동양의 선과 색으로 성스럽게 복원시켰다' 라고 평했다. 무엇보다 제철의 그림 속에는 묘한 여백이 있었는데, 그 여백으로 말하자면 '삶과 죽음' 사이의 간극을 더하는 부분이었다. 제철의 작품은 삶의 풍요로움을 말하는 것도 아니요, 죽음이라는 허무를 말하지도 않았다. 삶과 죽음 사이에서 어쩔 수 없이 오욕칠정을 맞보며 살아야 하는 중생의 페이소스를 붓으로 표현했다. 이처럼 과거지향으로 보이는 예술가였지만 동시에 카메라를 붓처럼 능숙하게 다루었다. 그가 찍은 흑백사진은 붓으로 그린 그림보다 날렵하고 유머러스하면서도 특유의 묵직함이 여전히 꿈틀거렸다. 한편 예술가로서 제철의 제스처는 영적인 지도자 타입은 아니었다. 언제나 허름한 여피족 옷차림에 뿔테안경을 쓰고 다니며 일부러 어눌한 영어를 써 사람들을 웃겼다. 그러나 사실 그는 영어에 능숙했고 어떤 부분에서 말을 더듬고 발음이 망가져야 문장이 교묘히 비틀리며 우스꽝스럽게 들리는지 잘 알고 있었다. 게다가 그는 일종의 마스코트처럼 초파리를 가지고 다녔는데 그 초파리가 또 희한한 놈이었다. 유전공학 과학자에게 부탁해 발광단백질을 주입한 초파리는 날아다닐 때마다 아름다운 빛이 황홀하게 반짝거렸다. 그의 전시장에는 언제나 이 반짝반짝 빛나는 발광초파리들이 날아다니며 사람들에게 웃음과 놀라움을 동시에 선물했다.

십여 년의 노력 끝에 뉴욕 화단에서 명성을 얻은 제철은 서울에 돌아와서도 언론의 집중조명을 받았다. 인천공항에서 그가 뿌린 발광초파리는 쏟아지는 플래시 세례를 받으며 유유히 날아다녔다.

2012년 겨울 제철이 직접 운전하는 초파리버스는 서울 시내 곳곳을 돌아다녔다. 버스 안은 낡고 허름한 작은 술집으로 꾸며졌다. 좌석은 모두 뜯어냈고 대신 테이블 몇 개를 설치해 바닥에 의자를 고정시켰다. 차창은 특수유리로 바꾸어 바깥에서는 아무것도 볼 수 없지만 안에서는 바깥 풍경이 훤히 보이도록 만들어놓았다. 버스 천장에 설치한 거대한 유리관 속에는 발광초파리들이 영롱한 빛을 발하며 날아다녔다.

미령은 제철이 마련해준 드레스를 입고서 술자리가 무르익을 무렵에 짧게 이야기들을 지껄였다. 대본은 제철이 써준 것이었지만 첫날 원고를 보고서는 한숨부터 나왔다. 예술가들의 글 솜씨가 대개 그러하듯 자의식만 뭉게뭉게 난무해 이대로 떠들었다간 맥주병이 날아올 것이 뻔했다. 결국 미령은 '하이힐의 굽 높이와 중년 남성의 발기각도'라는 첫번째 원고를 자기 마음대로 뺄 건 빼고 고칠 건 고쳐서 적당한 음담패설과 페이소스를 분칠해 입에 붙였다.

제철은 미령의 공연을 보면서 박수를 치긴 했지만 얼굴은 벌레 씹은 표정이었다. 그는 초파리버스의 영업시간이 끝나자 벌겋게 달아오른 얼굴로 미령에게 따져 물었다.

"이봐, 잘했어. 손님들 호응도 좋았다고. 그런데 약속이 좀 틀리잖아?"

미령은 제철에게 담배 한 대를 건네주고는 불까지 붙여주었다.

"마음을 가라앉히고 들어봐요. 난 장사로만 십 년 넘게 잔뼈가 굵었어요. 장사는 나한테 맡겨보면 어때요? 내가 정신을 쏙 빼놓을 테니까."

제철과 미령의 초파리버스는 순조롭게 겨울을 지나 이듬해 봄까지 서울 곳곳을 돌아다녔다. 하지만 둘은 연인관계로 발전하지는 않았다. 오히려 두 사람은 김장김치를 담그는 관계에 더 가까웠는데, 제철이 소금 절인 배추를 던지면 미령이 젓갈 섞은 속을 넣고 잘 익혀서 김치를 내놓는 격이었다. 처음에 코미디 원고 초고라도 쓰던 제철은 나중에는 메모만 건네줄 뿐 모든 책임을 미령에게 일임했다. 미령은 스탠딩 코미디의 원고를 쓰면서 자기가 언제 이런 글재주가 있었는지 퍽이나 신기했다. 언젠가 기회가 되면 연초에 많은 작가들을 탄생시키는 신춘문예에 한번 도전해보리라 그녀는 마음먹었다.

사실 원고를 쓰는 일보다 더 신이 나는 것은 사람들 앞에서 주저리주저리 떠드는 일이었다. 작은 마이크 앞에 서서 초파리버스의 승객들을 거만한 시선으로 바라보는 미령은 더는 물방울로 사라지고픈 허무주의자 인어공주가 아니었다.

미령은 매일 다른 느낌의 드레스만 입는 것이 아니라 인격도 새로 입었다. 어이없는 경제정책을 비꼴 때는 노망들린 바구미 여사처럼 칭얼거렸다. 남녀관계의 허무함을 우스갯거리로 삼을 때는 선옥 같은 어투로 이야기했다. 혜정의 흉내를 낼 때는 술 취한 사내들 앞에서 롤리타처럼 굴었으며, 정치에 대해 말할 때는 명옥의 모습이 제법 잘 어울렸다. 비밀스러운 뒷이야기는 근자의 몫이었다. 질곡 있는 삶을 토로할 때는 이미 태평양 같은 눈물 따윈 염전에서 말려버린 말투의 수자가 제격이었다. 하지만 아무리 노력해도 신혜는 너무 괴상한 사람이라서 도무지 따라할 수가 없었다.

한편 초파리버스에는 다양한 승객들이 오고 갔다. 초파리버스를 시작하면서 제철은 사회 유명인사들에게 초대장을 보냈다. 술값은 지진 피해자 보상금으로 기부한다는 공지도 적어놓았다. 게다가 한국에 돌아오자마자 기중기에 전봇대만 한 붓을 매달아

광화문 광장에 먹칠을 한 행위예술로 이목을 집중시켰기에 누구든 그의 초대장을 받아보려 몸이 달았다. 버스가 다니지 않는 한낮에 제철은 초파리버스에 승차할 평범한 이들을 물색하고 다녔다.

그 결과 초파리버스 안은 눈에 보이지 않는 경제와 사회의 카스트가 무너진 괴상한 카오스의 세계로 변했다. 헌법상 숫총각인 검사와 웃음이 카랑카랑한 매춘부가 나란히 소주잔을 기울이며 연애상담을 했다. 피로에 절은 영업사원과 머리가 허옇게 센 판사가 떡볶이 맛에 대해 시시비비를 가렸다. 전직 남파간첩과 휴대폰 판매사원이 러브샷을 하며 술잔을 꺾기도 했다. 성형외과 의사와 정육점 주인이 직업적 고충에 대해 서로의 의견을 나누었다. 4선 국회의원과 종갓집 맏며느리는 온난화 문제로 장맛이 어찌 예전 같지 않다며 한탄했다.

"어떻게 술 한잔에 다들 저렇게 즐거울 수가 있죠?"

서로 엉겨 낄낄대는 사람들을 보고 있자니 미령은 어이가 없었다.

"이게 다 공중에 떠다니는 발광초파리 덕이지."

제철이 유리관 속의 발광초파리들을 손가락으로 가리키며 말했다.

"저건 일종의 스위치야. 지금 이 안은 저 사람들이 살아가는 사회와 격리된 곳이거든."

"그럼, 여긴 체면을 드러낼 필요가 없는 불 꺼진 장소다?"

"아니, 평화로운 체면만 남들에게 드러내고 싶은 밝은 장소지. 그게 이 버스의 은밀한 설정이거든."

제철이 큰 소리로 기념촬영을 하자고 외치며 카메라를 들이대자 사람들은 다같이 술잔을 높이 들었다. 지위를 막론하고 상관없이 다들 유쾌해져서는 서로 어깨동무를 하기도 했다. 제철은 그 순간의 모습을 카메라에 담았다.

"그러니까 스위치 속에 돈의 비밀이 있는 거야. 똑…… 당당하고 도덕적으로 돈을 벌지. 딱…… 불이 꺼지면 구차하고 치사하게 돈을 벌고. 스위치를 발명하고 빛과 어둠이 나누어지면서 사람들은 양심에도 스위치를 달았지. 양심도 그때그때 켜고 끌 수 있는 게 자본주의의 묘미지."

제철은 지진과 초파리버스가 있는 2012년의 서울을 담으려고 다시 카메라 셔터를 눌렀다.

2022

쌀을 씻는 동안 도시인의 삶은 바구미여사가 주먹에 쥐었다가 쏟아버린 생쌀처럼 흩어졌다. 밥공기 속에서 하나가 된 쌀밥처럼 '모두 함께'라는 말은 지나간 시절의 헛헛한 농담으로 변한 지 오래였다. 아무도 도시의 사람들이 함께 무언가를 이뤄낼 수 있다고 믿지 않았다. 튼튼한 부자는 탄탄한 부자가 되었고, 어리석은 부자는 사기를 당해 쉽게 가난해졌으며, 가난한 이들은 살아남기 위해 사나워질 수밖에 없었다.

2022년 초 서울을 '휘황찬란하게 눈부신 어둠의 도시'라고 쓴 오십대 중반의 시인이 있었다. 그는 절망의 뜻으로 유서를 대신해 서울에 대한 시를 썼다. 별로 유명한 시인이 아니라서 그를 기억하는 사람은 거의 없었다. 시인은 대학 시절 운동권이었고 또 한 시절은 환경살리기운동에 가담했으며 그뒤로는 영세교회의 집사로 일하며 가난한 이들을 돕는 봉사활동에 힘을 쏟았다. 미남은 아니지만 자그마한 체구에 해맑은 웃음을 지녔으며 그를 아는 주변 사람들은 법 없이도 살 사람이고 칭찬했다. 그러나 자살로 생을 마감한 '남경'이라는 시인의 이름은 하루 동안 인터넷을 떠들썩하게 했을 뿐 며칠 사이에 고스란히 잊혀졌다.

　남경을 마음속으로 존경하던 신혜는 정작 그의 죽음을 알지 못했다. 신혜는 그저 충북의 시골마을에 지어놓은 라일락나무 집 마당 평상에 앉아 하늘만 쳐다보았다. 집 앞 텃밭을 가꾸다가 명옥은 고개를 들고 빤히 딸을 쳐다보았다.

　명옥이 신혜를 데리고 고향에 지은 자그마한 라일락나무 집으로 내려온 지도 벌써 칠 년이 흘렀다. 명옥이 이 마을에 살던 고고한 선비의 막내딸이라는 사실을 아는 이들은 아무도 없었다. 마을사람들 눈에 명옥은 정신이 좀 이상한 딸을 데리고 조용한 시골마을에 내려온 거만한 서울 늙은이에 불과했다. 늙기도 어찌나 곱게 늙었는지 분칠을 하지 않아도 얼굴이 뽀얀데다 허리도 꼿꼿했다. 평생 힘든 일이라고는 조금도 안 해본 티가 역력해 오히려 곱게 보이지가 않았다. 마을사람들은 명옥과 그 딸 신혜를 보고서 이런저런 군말들을 지어냈다. 그 소문은 대개 얼굴 반반한 것 믿고 부잣집 첩년으로 살다가 정신이 좀 이상한 딸을 낳고 그 업보로 평생 딸을 데리고 산다는 식이었다. 만일 명옥이 고향으로 내려온 뒤, 떡은 아니더라도 카놀라유 선물세트라도 돌리며 속내를 털어놓고 마을사람들에게 친근히 굴었다면 이런 소문은 휘휘 날아갔을지도 몰랐다. 어쩌면 마을사람들은 최씨 집안의 몰락을 지켜본 서울 마나님을 정다운 이웃으로 받아들였을지도 몰랐다. 그러나 명옥은 사람들과의 관계에 지친 지 오래였고 새로운 관계를 맺는 일도 지겨웠으며, 그저 고향에 지은 작은 라일락나무 집에서 조용히 지내고 싶을 따름이었다. 그렇지만 이 조용한 시골에 내려와서도 잠자리에 들 때면 가끔씩 서울의 마지막 풍경이 스쳐지나가곤 했다.

명옥이 살던 개포동의 아파트는 괴상한 모양으로 변했을 뿐 무너지지는 않았다. 잔뜩 구겨진, 비명을 지르는 인류의 모습을 표현한 역동적인 아방가르드 조각품처럼 변해버린 아파트단지를 보고 명옥은 기가 차서 말도 안 나왔다.

그사이 서울 지진의 상징적인 오브제로 괴상한 아파트들이 자주 거론되었다. 몇몇 외신기자들이 무너질 듯 위태롭게 서 있는 아파트 몇 동을 담아갔고, 해외에서 온 관광객들도 그 앞에서 포즈를 취하며 단체사진을 찍었다.

정부에서는 무너지지 않은 몇몇의 아파트단지를 허물지 않기로 결정했으며 천재지변을 꿋꿋하게 이겨낸 서울의 상징물로 보존할 계획이라고 발표했다. 서울을 떠나기 전에 미령은 신혜와 함께 마지막으로 개포동에 가보았다. 인부들은 무너지기 직전의 아파트가 혹시나 무너질까 조심스럽게 보수하고 있었다. 무너지게 해서는 안 되지만 그렇다고 튼튼해서도 안 되는 묘한 꼴을 그대로 유지해야 하는 희한한 작업이었다. 침침해진 명옥의 눈에는 뭉개진 아파트단지나 꼬깃꼬깃해진 천원짜리 돈다발이나 별로 다를 바 없어 보였다.

　라일락나무 집이 하얀 꽃으로 온통 뒤덮이던 늦봄에 신혜의 딸 윤희가 내려왔다. 이제 막 스물을 넘긴 윤희는 군복과 흡사한 콘크리트 빛깔 재킷에 체인을 여기저기 매단 블랙진 차림이었다. 해가 뉘엿거리며 사라질 무렵 라일락나무 집에 도착한 윤희는 마당에 들어서자마자 양팔을 힘껏 벌리고 기지개를 켰다. 화사한 라일락의 향기가 맑은 공기와 더불어 코끝을 간질인다 싶더니 어느새 재채기가 터졌다. 윤희는 코를 문지르고는 고개를 내저었다. 짧게 올려친 머리카락은 붉은색 갈색 검정색이 얼룩덜룩 뒤섞였다.
　"할머니!"
　현관문을 두드리며 자신을 부르는 손녀딸의 우렁찬 목소리를 듣고 명옥은 헛기침을 한 번 하고는 느지막하게 문을 열었다. 손녀의 흉악한 머리 꼬락서니와 불량배 같은 옷차림을 위아래로 훑어보는 명옥의 눈초리는 싸늘했다. 하지만 명옥의 표정이야 늘 그래왔으니 윤희는 신경쓰지 않고 할머니의 뺨에 입을 맞추었다. 윤희는 성큼성큼 현관으로 들어가 소파에 앉아 있는 신혜를 보고 손을 흔들었다.
　"엄마, 착하게 잘 지냈지?"
　윤희는 욕실로 들어가 문을 열어둔 채 물을 틀고 큰 소리를 내며 세수를 했다.

명옥은 윤희를 보면 기가 차서 말이 나오지 않았다. 구멍 난 양말이라면 바늘로 꿰맬 수나 있지 천방지축인 손녀를 제대로 가르치기에는 이제 너무 힘에 부쳤다. 그나마 다행인 것은 우울한 기색이라고는 눈곱만큼도 없으니 최씨 여인들에게 이어져온 기구한 팔자내림은 아닌 듯 보였다. 기차 화통 같은 목소리나 걸걸한 성격이 친할머니인 변씨를 쏙 빼닮았으니 아무래도 친탁을 한 모양이었다.

혀를 끌끌 차며 명옥이 저녁을 차리는 동안 윤희는 거실 바닥에 배를 대고 누웠다가 양반다리로 고쳐 앉아 신혜를 빤히 바라보았다. 윤희와 눈이 마주친 신혜는 잠시 웃어 보였다가 다시 천장을 바라보았다.

'난 엄마가 있는 것도 없는 것도 아니야. 앞에 있어도 아무 말도 할 수가 없잖아. 나 같은 사람이 이 세상에 또 있을까?'

윤희는 눈앞에 있는 신혜를 볼 수 있지만 정작 엄마와의 추억은 아무것도 남아 있지 않았다. 그런 까닭에 윤희에게 신혜는 포근한 모성의 세계가 아닌 밑도 끝도 없는 호기심의 세계였다. 아무 말도 없이 그저 웃거나 천장을 바라보는 사람. 왜 말을 잃었는지 도무지 모르겠는 사람.

"엄마, 엄만 도대체 어떤 사람이야?"

윤희가 빤히 바라보며 속삭이듯 물어보았으나 신혜는 아무 대답이 없었다.

머리를 긁적이며 바닥에 벌렁 드러누운 윤희는 리모컨으로
텔레비전을 틀었다. 인기 리얼리티 프로그램 〈눈물 젖은 에이프
런〉이 방송될 시간이었다.

인간이란 늘 비밀을 만들어내지만 그 순간 곧바로 비밀을 고
백하고 싶어 좀이 쑤시는 얄팍한 존재인지 모른다. 어쩌면 비밀
과 고백 사이를 끊임없이 오가다 무덤으로 들어가는 것이 인생
인지도 모른다. 우리는 늘 성직자 앞에서 정신과의사 앞에서 혹
은 인간보다 현명한 눈빛을 지닌 늙고 현숙한 애완동물 앞에서
한숨을 길게 내쉬고 털어놓는다.
"솔직하게 말씀드리죠. 전 이런 사람입니다."
2020년대 초반, 지난 시절에 대한 고백이 새로운 대중문화의
코드로 떠올랐다. 개그 프로그램이나 인터넷 유머도 그러했지만
특히 지난 시절을 몸소 체험한 사람들의 고백을 담은 리얼리티
프로그램이 인기를 끌었다.
한때 명성을 누렸던 사기꾼이나 소매치기도 이 쇼를 통해 손
가락질을 받는 스타로 떠올랐다. 노력보다는 편법과 음모로 부
와 명예를 조종한 출연자들이 등장해 지난 시절의 영화로움을
대놓고 털어놓는 리얼리티쇼도 케이블 채널의 프라임 타임에 편
성되었다. 한때 부동산을 휘어잡았던 복부인 3인방은 모피코트
를 쓰다듬으며 땅투기와 부동산투기의 화려한 역사를 특유의 입
담으로 늘어놓았다. 매주 부동산 업자들이나 투기꾼들이 패널로

그 시절의 사기수법을 재치 있게 말했다. 아쉽게도 2020년 이미 부동산시장은 과거와 같은 황금통장은 아니었기에 그 토크쇼에는 이미 지나간 휘황찬란한 풍요로움을 자극하는 애잔한 분위기가 감돌았다.

정치인과 연예인들의 앞길을 꿰뚫고 있던 무속인이나 명리학자들이 출연한 쇼도 있었다. 그들은 정작 뉴스에서는 다뤄지지 않은 신점과 명리학과 역학의 비기 속에 흔적이 남은 은밀한 사건들을 모두 털어놓았다.

많은 사람들이 방송에 나왔고 떠들었고 손가락질을 받으며 유명해졌다. 너나할것없이 과거를 파는 것이 유행이었다. 하지만 어느덧 고백쇼의 인기도 끝물을 달릴 무렵 〈눈물 젖은 에이프런〉이 공중파를 탔다. 두루마리휴지 같은 생활 휴머니즘을 강조하는 고백 프로그램이었다.

〈눈물 젖은 에이프런〉에는 평범한 중년에서 장년층의 여인 셋이 등장한다. 이 쇼는 그들이 묵묵히 걸어온 가시밭길 인생을 위해 마련된 소소한 추억의 파티였다. 출연자들은 제작팀에서 마련해준 화사한 명품드레스를 입고 샤넬 향수가 뿌려진 최고급 손수건을 흔들면서 등장한다. 그들이 커튼 뒤에서 등장할 때에는 출연자들이 직접 선곡한 추억의 가요나 팝이 흐른다. 서울과 지방의 물좋은 나이트를 주름잡은 흥겨운 댄스음악을 고른 여인들은 녹슬지 않은 춤 솜씨를 맘껏 뽐내기도 했다. 〈눈물 젖은 에이프런〉의 도전자들은 로코코 풍의 의자에 앉아 한때 모든 여인

278

들의 흠모의 대상이었고 이제는 장년의 나이지만 여전히 슈트만 입으면 미청년으로 둔갑하는 마술적인 슈퍼스타 J와 몇 마디 농담을 주고받았다. 그리고 곧 손수건을 손에 쥐고 지난 세월에 대해 고백했다. 세 명의 중년 여인들이 80년대 후반부터 2000년 대 초반까지의 세월을 털어놓는 넋두리가 바로 〈눈물 젖은 에이프런〉의 주요 고객이였다.

방송국에서는 〈눈물 젖은 에이프런〉이 이토록 인기를 끄리라고는 기대하지 않았다. 물론 희대의 미남배우 J가 긴 공백 끝에 방송 사회자로 나서는 첫 프로그램이라 자주 언론의 화제가 되기는 했지만 그저 한 시절을 살아온 여인들이 눈물 콧물 웃음 섞어가며 털어놓는 넋두리에 대해 큰 기대는 하지 않았다. 그래서인지 프로그램이 처음 시작되었을 때는 모 대기업에서 새로 개발한 로보폰 홍보에 더 열을 올렸다. 사실 〈눈물 젖은 에이프런〉은 가족의 사랑을 중시하는 협찬기업에서 많은 부분을 밀어주는 프로그램이었다.

배경음악을 등에 업고 지난회 우승자가 여유롭게 등장해 소파에 앉고 나면 J는 로보폰을 소개한다.

"눈물 젖은 에이프런, 7주 연속 우승을 한 여왕에게는 상금과 함께 샤넬에서 디자인한 최고가의 로보폰을 상품으로 드립니다."

로보폰은 애완동물과 휴대폰의 기능을 결합한 새로운 폰이었다. J가 호주머니에서 미끈한 디자인의 휴대폰을 꺼내 테이블에 올려놓는다. 액정에 네온빛이 반짝이면 다이아몬드가 박힌 반짝이는 다리 네 개가 불쑥 튀어나온다. 휴대폰에서 멋지게 변신한 로보폰은 애완용 딱정벌레처럼 씩씩하게 걷는다. J가 박수를 칠 때마다 로보폰은 뒤로도 가고 앞으로도 가고 다리를 이용해 몸통을 뒤집는 귀여운 쇼도 선보인다.

"여러분, 보이십니까? 휴대폰이 제 앞으로 뚜벅뚜벅 걸어오고 있어요."

J가 손을 내밀자 로보폰은 어느새 손등으로 올라온다. 액정을 간질이자 로보폰이 칭얼대는 귀여운 소리를 내며 다리까지 흔들었다. 로보폰이 늘씬한 다리를 흔들 때에 조명을 받은 다이아몬드는 기적처럼 영롱하게 반짝였다.

"기적을 안겨주는 새로운 가족, 로보폰이 여러분 곁에 있습니다."

다이아몬드 다리를 지닌 고가의 로보폰이 상품으로 걸린 〈눈물 젖은 에이프런〉은 예상을 뛰어넘는 큰 인기를 끌었다. 일일 연속극에 휴머니즘 다큐멘터리를 섞은 설정이었지만 분명 사람들을 미묘하게 건드리는 부분이 존재했다. 하지만 정감 넘치는 〈눈물 젖은 에이프런〉도 방송이 끝날 무렵엔 냉정한 리얼리티 쇼로 돌변했다. 누구나 한 주 정도는 달고 쓴 사연으로 시청자를 감동시킬 수 있었다. 그러나 도대체 7주 동안이나 우승할 만큼 사연 많은 여인이 어디에 있단 말인가?

"자, 그럼 오늘의 도전자 두 분을 소개합니다."

80년대에 유행한 롤러스케이트장에서 흐를 법한 팝송에 맞추어 에메랄드빛 드레스를 입은 오십대의 주부가 등장했다. 도전자는 80년대풍의 부풀린 사자머리지만 촌스럽지 않게 헤어드레서가 손질한 머리를 뽐내며 계단을 내려와 J와 포옹했다. 곧이어 요란스러운 펑크음악과 함께 두번째 도전자가 커튼 뒤로 나타나자 출연자들은 물론 방청객도 놀랐다. 얼마나 파격적인 패션을 선보일지 방청객들은 침을 삼켰으나 정작 그녀는 심플한 검정 드레스에 가볍게 웨이브만 준 헤어스타일로 나타났다. 시끄러운 음악이 흐르는 동안 시원한 미소를 머금고서 요란스러운 기타 소리에 맞춰 당당한 걸음으로 내려온 그녀는 잠시 걸음을 멈추었다. 그러고서 사뜻하게 사특한 미소를 지으며 드레스 자락을 과감하게 찢었다.

미령이 도전하기 전까지 〈눈물 젖은 에이프런〉이 배출한 최고의 스타는 '눈물의 여왕'이란 별명을 얻은 평창동의 한 주부였다. 그녀가 등장하기 전에는 길어야 3주 짧으면 일주일 만에 우승자의 자리를 내놓는 일이 다반사였다. 사람들은 지난하고 억척스러우면서도 눈물겨운 삶에 쉽게 공감하였으나 금세 싫증을 내고 말았다.

'눈물의 여왕'의 등장은 그래서 신선했다. 그녀는 다른 출연자들과는 다르게 거의 환갑에 가까운 나이였고 드레스 대신 명품 한복을 곱게 차려입었으며 흠잡을 데 없이 머리카락 한 올 흥해 보이지 않게 머리를 틀어올렸다. 화장 덕인지 성형수술의

힘인지 모르겠으나 갸름한 계란형의 얼굴에 감도는 모자라지도 과하지도 않은 고상한 늙음이 돋보였다.

'눈물의 여왕'이 입을 열면 미간이 섬세하게 떨리고 눈가에 눈물이 살포시 고였다. 만일 눈물 사이로 내뱉은 목소리가 탁했거나 혹은 너무 처절한 한풀이의 어투였다면 그녀 역시 길어봤자 3주 만에 사라졌을 것이다. 그러나 손수건 끝으로 가볍게 눈물을 찍어내듯 닦아내고 나긋하게 말하는 목소리는 너무도 우아했다.

'눈물의 여왕'의 경우 고백의 구구절절한 질곡보다 목소리와 눈물과 몸짓에 깃든 보석 같은 고상함이 빛났다. 과감히 한복을 벗고 3주차에 우아한 순백드레스를 입고 등장했을 때 시청자들은 다시 한번 놀랐다. 다른 출연자들과 많게는 스무 살 가까이 나이 차가 나는데도 불구하고 누구보다 드레스가 잘 받는 여성스러운 체형이었다. 쉽게 돌을 던지기 힘든 형식의 우아함, 부르주아적인 미학과 호경기의 향수를 자극하는 몸짓, 스토리가 아닌 스타일의 승리, 그것이 '눈물의 여왕'이 지닌 힘이었다.

반면 '눈물의 여왕'이 전해준 인생담이란 대한민국 주부들이라면 다들 짊어지고 삶았던 내조와 훈육의 길에 부르주아 가정의 행복과 번민이 양념처럼 깃들어 있는 고백이었다. 아들만 셋이었고 남편은 은행지점장으로 있다가 명예퇴직을 했다. 시어머니는 일찌감치 세상을 떴고 알아주는 재력가인 시아버지는 며느리를 너무 사랑해서 탈이었다. 아들들은 다들 공부를 잘해서 어머니로서의 보람을 느끼게 했다. 그러나 신기하게도 그녀의 달콤한 목소리를 듣다보면 현재의 삶이 비천할지언정 다들 행복한 가정에서 사랑받으며 자란 아이들 같은 기분이 들곤 하는 것이었다.

'눈물의 여왕'은 그렇게 6주 동안이나 우승자의 자리를 차지했다. 한 주만 더 우승을 낚아채면 로보폰이 그녀를 향해 보무당당하게 뚜벅뚜벅 걸어올 찰나였다. 6주 동안 사람들은 눈물 섞인 그녀의 인생 이야기를 귀 기울여 들어주었다. 물론 '눈물의 여왕'이 내뱉은 고백에는 행복만 있는 것이 아니라 서글픈 사연들도 곁들여 있었다. 날씨만 해도 하루가 다르게 뒤죽박죽인데 아무리 훌륭한 주부가 이끌어가는 가정이라도 어디 매일 맑은 날만 있으랴. 하지만 아무리 착잡한 사연들을 늘어놓아도 '눈물의 여왕'의 목소리에 실리면 달라졌다. 조금 짜게 된 갈비찜 요리처럼, 조금 다림질이 덜 된 셔츠처럼, 미간을 찌푸리고 살짝 푸념만 내뱉으면 끝나는 사소한 문제들로 들려왔다.

안타깝게도 '눈물의 여왕'은 마지막 7주차에서 남편이 교통사고를 당한 이야기를 하다 작은 실수를 저지르고 말았다. 마지막 무대의 긴장감을 줄이기 위해 무대 뒤에서 와인 석 잔을 급히 마셔서인지 '눈물의 여왕'은 갑작스레 딸꾹질을 했다. 목구멍을 타고 올라오는 귀뚜라미 울음 같은 딸꾹질은 영 거슬렸다. 안타깝게도 그녀의 마지막 고백이야말로 인생에서 가장 힘들었던 시기일 수도 있었는데 사람들의 귀에는 잘 들어오지 않았다.

남편은 3중 추돌사고를 당했고 죽음을 코앞에 두었으며 살아나도 반신불수가 되기 쉬운 상황이었다. 그러나 아내의 극진한 간호로 남편은 일 년 만에 기적적으로 병상에서 일어났다. 자본주의적인 고상함에 희생정신의 숭고함까지 깃든 아름다운 마무리였다. 아마 그녀는 이 감동적인 드라마로 완전한 여왕의 자리에 오를 생각이었을 것이다. 하지만 한번 터진 딸꾹질은 멈추지 않았고 일그러진 얼굴은 자주 클로즈업되었다. 딸꾹질을 할 때마다 드러나는 눈가와 이마에 다소 궁상맞아 보이는 주름은 메이크업으로도 쉽게 감추어지지 않았다. 더불어 마지막 순간에 절벽으로 떠밀고 싶은 군중심리까지 한몫해 결국 그녀는 로보폰을 앞에 두고 미끄러지고 말았다.

'눈물의 여왕'이 탈락한 후로 〈눈물 젖은 에이프런〉의 인기는 급격히 시들해졌다. 프로그램 포맷이 너무 정형화되어서 빈민가의 꼬마들도 손수건을 눈가에 지그시 대고 우는 시늉을 따라할 지경이니 알 만한 일이었다. 미령은 〈눈물 젖은 에이프런〉의 프로그램 폐지설이 나돌던 그때에 방송에 출연했다.

슈퍼스타 J와 포옹을 하고 자기 순서가 돌아온 미령은 다소 불량한 자세로 다리를 꼬고 앉아 마이크를 들었다.

"전 그렇게 대단한 사람은 아니에요. 그래도 여기 나온 건, 제 인생은 좀 복잡했거든요."

미령은 엄마의 자살을 지켜보았던 경험을 담담하게, 하지만 눈에 보이듯 선명하게 털어놓았다. 목감기로 목이 잠겨서 허스키한 목소리로 털어놓는 그녀의 고백은 구슬프면서도 구수한 옛이야기처럼 사람들에게 다가갔다.

사회자 J는 사슴 같은 커다란 눈망울에 눈물이 그득한 미령을 바라보았다. 미령의 눈시울도 어느새 붉어졌다.

"세상이 무너진 거나 다름없는 일이었어요. 하지만 그후로도 세상은 또 여러 번 무너졌어요. 우린 다들 세상이 포근히 안아주길 바라지만 솔직히 난데없이 뺨을 맞느라 정신이 없잖아요. 하지만 뺨 맞는 이야기만 계속하진 않을 겁니다."

그날 라일락나무 집에 들어간 이야기까지 끝낸 미령은 아슬아슬한 표 차이로 우승을 거머쥐었다. 그리고 그후로 두 번 더 우승을 차지했다. 노점을 하면서 겪은 이런저런 일들이라던가, 첫사랑 민구와의 이야기, 주식투자로 뼈가 분말이 되고 피가 쩍쩍 마르는 경험을 한 이야기 등등. 그러다 잠시 카메라를 응시하며 그 특유의 시원한 웃음을 보여주었다. 하지만 그녀가 절대로 털어놓지 않은 고백이 있으니 바로 바구미여사와의 추억이었다.

누룽지로 점을 보는 노망든 바구미여사가 부동산과 증권시장을 꿰뚫는 최고의 자산실력가라는 사실을 믿을 수 있는 사람은 아무도 없었다. 미령은 리얼리티쇼의 매력과 금기를 잘 알았다. 리얼리티쇼에서는 환상과 현실 사이에서 현실을 환상으로 만드는 것이지, 환상을 현실 속에 드러내면 아무런 쓸모가 없었다. 바구미여사와의 추억은 복주머니에 든 하나 남은 특별한 쌀알처럼 그녀 혼자서 간직해야 할 달달한 비밀일 따름이었다.

4주차 방송에서 미령은 제철과 함께했던 초파리버스 시절의
이야기를 털어놓았다.

초파리버스는 2012년 늦가을부터 이듬해 봄까지 서울과 수도
권은 물론이고 지방까지 돌아다녔다. 미령은 수많은 사람들 앞
에서 갖가지 주제로 스탠딩 코미디를 했다. 버스에 타는 손님들
이 가지각색이어서 떠들어댈 이야깃거리는 여전히 부글거렸고
그녀에게 명함을 건네주는 사람들은 수도 없이 늘어갔다.

미령과 제철은 이제 눈만 봐도 서로의 마음이 통하는 사이로
발전했다. 미령은 제철의 잔인하면서도 시니컬한 부분을 자신의
것으로 만들었다. 생각 태도 행동 몸짓 속내 위장술 뻔뻔함 따위
같은 것들. 좋은 것이든 나쁜 것이든 그것이 무엇이든 간에.

다시 5월이 오자 제철은 모든 작업을 끝냈다고 손을 털었다.
제철은 마지막으로 버스를 몰고 서울로 돌아왔다. 늦은 저녁이
었고 둘은 헤어지기 전에 초파리버스 안에서 맥주 한 병으로 가
볍게 건배했다. 발광초파리들이 여느 때처럼 그들의 주위를 빙
빙 맴돌았다.

그나저나, 자긴 이젠 어떻게 할 거야? 제철의 질문에 미령은
맥주 한 모금을 들이켜고 사랑에 빠진 사람마냥 상대를 빤히 바
라보았다. 누구든 무대에 올라와서 떠들 수 있는 클럽을 만들
거예요. 제철이 맥주병을 흔들며 미령에게 말했다. 충고 한마디

하지. 초파리버스는 내가 없으면 아무 의미가 없어. 차라리 경기도 남쪽 공기 좋은 데서 개고기를 파는 게 어때? 초치지 말아요. 버스 안에서 내가 이미 만들어놓은 단골들만 해도 엄청나니까. 좋아, 잘해봐. 또 모르지. 사람들 마음속 스위치를 잘 건드릴지.

제철과 헤어지고 일 년 뒤, 미령은 '초파리버스'란 타이틀로 사진전시회가 열린다는 신문기사를 보았다. 분명 사진 속에는 그녀의 모습도 남아 있을 테니 전시장을 찾은 그녀는 설레면서도 떨렸다.

미령은 혹시나 사람들이 알아볼까 선글라스를 낀 채 전시장 안으로 들어갔다. 전시장에는 지진 이후 캠프촌을 배경으로 한 사진과 초파리버스 안에서 촬영한 사진들이 걸려 있었다. 미령은 초파리버스 쪽을 특히 눈여겨보았다. 그녀가 매일 밤 보았던 유명인사와 평범한 사람들이 취해서 웃고 떠드는 장면을 포착한 사진이었다. 하지만 그들의 얼굴은 평화롭다기보다 중독자처럼 어딘가 넋이 나가 보였다. 제철이 고른 필름은 그들이 화기애애하게 대화를 나누는 순간이 아니었다. 가까운 척 다정히 굴던 이들이 아주 짧은 순간 공허함에 빠져들 때를 매처럼 낚아챈 것들이었다. 사진 속 두 사람은 서로를 가장 경멸하는 인간의 얼굴을 대하는 것처럼 씁쓸하면서도 허무한 눈빛으로 바라보았다. 하지만 전시장을 한 바퀴 다 돌았어도 전시된 사진 어디에도 그녀의 모습은 없었다.

미령은 전시장에서 판매하는 '초파리버스' 도록을 펼쳐 페이지를 넘기며 눈으로 훑어보았다. 전시회 사진들과 더불어 그가 직접 썼다고 하는 스탠딩 코미디의 각본들이 이십여 편 가량 실려 있었다. 물론 미령이 제철의 메모를 보고서 직접 썼던 원고들이었다. 하지만 그녀의 얼굴이나 이름은 눈 씻고 찾아봐도 없었다. 다만 책자 맨 마지막 장에 그녀의 얼굴이 크게 실려 있었다. 하늘공원 꼭대기에서 멋모르고 찍힌 사진이었다. 머리는 산발하고 볼은 움푹 패어 있지만 눈빛은 퀭하면서도 날카로운 이 여인은, 전시장을 찾은 미령과는 전혀 닮지 않았지만, 제철의 사진들과는 묘하게 어울렸다. 그러나 감추고 싶은 부분을 남모르게 도둑맞은 것 같아 미령의 마음은 편치 않았다. 사진 제목도 단순히 〈지진, 그 이후 하늘공원〉이었는데 오히려 그녀의 이름이 들어가지 않아 다행이었다.

미령은 옆에서 도록을 훑어보는 한 초로의 신사가 내뱉는 한숨소리를 들었다. 그는 작은 체구에 단정한 회색 양복을 입고 있었는데 단단한 호두처럼 보이는 노인이었다. 그는 제철의 아버지인 서기자였다. 미령은 서기자가 읊조리듯 내뱉는 말을 엉겁결에 듣고 말았다.

내가 더러운 자식이라고 말하면 이놈은 얼씨구나 좋아하겠지. 평생 더러운 꼴을 보고 살아온 신문기자한테 그런 말을 들으면 얼씨구나 지가 최고로 더러운 놈인 줄 알거야.

〈눈물 젖은 에이프런〉의 4주차 방송은 일종의 폭로방송이었다. 미령은 그가 지켜보았던, 한국의 유명한 예술가로 손꼽히는 제철의 모습들을 일일이 털어놓았다. 더불어 초파리버스 안에서 보았던 유명인사들의 행태에 대한 증언들도 우스갯거리로 삼았다. 미령은 결국 4주차에서도 우승을 차지했으며 로보폰이 그녀 곁으로 한걸음 더 가까이 다가왔다.

5주차 방송에서 미령은 자신이 운영하는 클럽에 대해 이야기했다. 클럽의 이름은 '소도 수다 소다'였다. 초파리버스에도 여러 번 올라탔고 제철의 친한 선배이기도 하며 2022년 초에 유서를 남기고 자살로 생을 마감한 남경이 지어준 이름이었다.

미령은 아무리 생각해도 마땅한 가게 이름이 떠오르지 않아 그에게 만나자고 전화를 했다. 지진으로 망가진 건물들이 말끔히 보수된 광화문에서 만난 두 사람은 근처 커피숍으로 자리를 옮겼다. 한 시간 가까이 억지로 붙잡혀 있던 남경은 세 글자를 수첩에 적고 말았다. 그는 조심스럽게 '소도 수다 소다'라고 적었다.

"소도는 삼한 때 하늘에 제사를 지내던 땅이었어요. 죄를 지은 사람도 이곳으로 들어가면 잡아갈 수 없었죠. 그러니까 좀 괴상한 마을인 셈이죠. 사람이 아니라 귀신이 지배하는 땅이니까요. 그리고 수다는 말 안 해도 잘 알 거고요. 소다는, 어쨌든 잘 부풀었으면 좋겠어서요."

2013년 늦여름에 문을 연 '소도 수다 소다'는 그해 겨울 주말이면 빈자리가 없을 정도로 붐볐다. 무대에서 스탠딩 코미디를 하는 이는 미령 혼자가 아니었다. 초빙한 개그맨도 없었고 손님들은 누구나 원하기만 하면 무대에 올라와 마이크를 잡을 수 있었다.

작은 호프집만 한 그 가게에는 무대에 서는 사람들을 위한 가면과 의상들이 준비되어 있었다. 옷을 벗고 맨살을 드러내고서 자유로운 기분에 휩쓸리는 일이 손쉬웠다. 하지만 평소에 입지 않은 옷을 입고 가면을 쓰면 또다른 자유의 맛을 누릴 수 있었다. 그것은 지저귐의 자유라 할 수 있는데 어린 날의 장난감이나 인형을 떠올리면 이해가 쉬웠다. 아장대던 시절에 우리는 얼마나 많은 다양한 이야기들을 떠들도록 인형에게 힘을 실어주었던가? '소도 수다 소다'에서 괴상한 옷을 입고 가면을 쓰고 무대에 오른 사람들은 다들 인형이나 피에로로 변신했다. 그러나 그 인형을 조종하는 것은 여전히 '나'였다. 내가 나를 인형으로 만들고, 내가 나를 자유롭게 가지고 놀면, 꾹꾹 눌리지 않은 더 많은 말들을 지저귈 수 있었다. 어떤 이들은 이내 번쩍이는 의상과 가면 없이 자기의 맨얼굴을 내놓고 마음대로 지저귀었다. 물론 클럽 안에서의 지저귐에는 일련의 박자가 있었는데 세계를 떠도는 언어들을 자기 식으로 엮어내는 리듬이었다. 술주정과는 다른 정신의 뜨개질이라 불릴 만한 지저귐이었다.

'소도 수다 소다'의 손님 중 서울에서 오십 년을 넘게 살아온 민 할머니는 무대에 올라가 중앙에 놓인 의자에 앉아 뜨개질을 하며 자기의 삶을 우스개로 삼았다. 뜨개질을 하지 않고 말을 꺼내면 눈물이 앞을 가리고 눈앞이 먹먹해져 도무지 말이 안 나온다고 했다. 결코 우습지 않은 가슴 철렁한 세월을 달고 짜고 맵고 시고 쓴 이야기로 만들며 민 할머니는 손으로 끊임없이 차분하게 뜨개질바늘을 움직였다.

"아직도 민 할머니가 기억에 남아요. 무대에 올라와서 뜨개질을 하면 희망의 그림자 같은 게 느껴졌어요. 난 사실 희망이란 말을 안 좋아했어요. 희망은 너무 눈부신 말이라 좀 싸구려 같으니까. 엄마는 희망이란 말을 너무 좋아했는데 한순간에 절망하자 결국 삶을 포기했죠. 하지만 희망의 그림자란 말은 마음에 들었어요. 왜 밤새 즐겁게 술 먹고 떠들다 새벽녘의 희미하게 밝아오는 하늘을 보면 창피하면서도 서글프고 그렇지만 뭔가 우습고 두근거리는 느낌이 있잖아요. 그런 즐거움을 준달까? 물론 바깥으로 나가면 세상은 여전히 암담했지만 제 가게에 온 손님들은 즐거워했죠."

미령이 '소도 수다 소다'에 대해 말하는 동안 방송을 지켜보는 이들의 머릿속에는 굽이굽이 넘어온 지난 세월이 다시금 피어올랐다. 먹구름처럼 우중충한 세월이라도 웃음과 눈물이 간간이 눈과 비처럼 쏟아져 메마른 가슴을 씻어주지 않았다면 어떻게 버텼을까? 사람들은 휴대폰으로 미령의 번호를 꾹 눌러주었다.

6주차 방송에서 미령은 사랑과 결혼과 이혼에 이르기까지의 세월을 털어놓았다.

"사실, 이 쇼에 나오게 된 건 일곱 살짜리 아들 석호 때문이었죠. 난 누구보다 힘껏 살아왔는데 석호는 엄마를 50점짜리라고 하더군요. 다른 친구들은 아빠와 함께 사는데 엄마는 혼자 산다 이거죠. 그래서 여기 나왔어요. 내가 살아온 세월에 사람들이 박수를 보내는 모습을 보여주고 싶었어요. 만일 첫 주에 떨어졌다면, 이렇게 말할 작정이었어요. 그래, 세상은 아직도 매몰차고 치사하단다, 그러니 엄마랑 너랑 똘똘 뭉쳐 이 난관을 헤쳐나가야 하지 않겠니? 다행히 전 지금까지 살아남아 있습니다. 하지만 오늘 제가 떨어진다면 아들한테 그런 핑계를 댈 수는 없겠네요. 제가 헤어진 건 최선의 선택은 아니었거든요."

2014년 겨울 '소도 수다 소다'의 손님 중 한 남자가 자꾸만 미령의 눈에 들어왔다. 그는 짙은 눈썹에 더벅머리였는데 살짝 각진 턱에 파릇한 수염 자국 탓인지 나이를 짐작하기 어려웠다. 그는 애늙은이거나 동안영감 둘 중의 하나였지만 어쨌든 자꾸만 눈에 띄었다. 크리스마스를 며칠 앞둔 어느 날, 맨 앞 테이블에 앉아 있던 그 남자가 슬그머니 무대에 선 미령에게 윙크를 보냈을 때 그녀는 깔깔 웃고 말았다.

그날 클럽 영업이 끝나고도 남자는 마지막 맥주를 느릿느릿 비웠다. 아르바이트생들이 퇴근하면서 영업시간이 끝났다고 말해도 남자는 그냥 앉아 있었다. 가게 안에 두 사람밖에 남지 않자 그는 미령에게 다가왔다. 그때 미령은 고개를 약간 숙인 채 귀걸이를 만지작거리며 바닥을 내려다보고 있었다. 손님들이 모두 빠져나간 '소도 수다 소도'는 작고 조용하고 답답한 느낌마저 들었다.

"우선 앉아요."

미령은 무대 위에서처럼 들뜬 목소리보다 한 단계 톤을 낮추어 말했다. 미령은 잠시 팔찌를 쓰다듬듯이 어루만지다가 남자가 앉자 맞은편 자리에 조심스럽게 앉았다.

"궁금한데 나이가 몇이에요? 도저히 짐작이 안 가네."

"스물여섯, 이름은 상훈이고요."

"세상에, 꼬마구나."

미령은 깔깔대고 웃었지만 상훈은 속눈썹이 짙은 눈을 똑바로 뜨고 얼굴을 좀 가까이 들이밀었다.

"저기, 생각 좀 해봤어요?"

"생각…… 무슨 생각?"

미령은 테이블을 손가락으로 가볍게 두들기더니 부드러운 미소를 지었다.

"아, 그 생각. 나하고 어떻게 해볼 생각이면 지금이 딱 좋네. 아무도 없고 조용하고. 혼자 있는 여자 건드리긴 딱 좋고. 꼬마는 늘 이런 식?"

상훈은 의자 깊숙이 몸을 묻고는 이마에 주름을 만들어 하늘

만 쳐다보았다. 잠시 두 사람 사이에 담배연기처럼 매캐하면서
도 은밀한 침묵이 흘렀는데 결국 먼저 미령이 입을 열고 존댓말
로 물었다.

"지금, 뭐하는 거예요?"

"생각하고 있었어요."

미령의 옆자리로 옮겨 앉은 상훈이 손가락으로 허공에 동그라
미를 그렸다. 눈앞에 있는 사람하고 사랑을 할지, 뜨겁게 하루를
보낼지.

미령은 잠시 어이없다는 듯이 웃다가 팔을 뻗어 남자의 구불
거리는 굵은 머리카락을 쓰다듬었다.

"그래, 곧 크리스마스니까 다른 생각도 괜찮지. 하루쯤 마음
이 편해져도 괜찮으니까."

상훈은 스무 살에서 마흔 살의 멋진 남자를 자유롭게 오가는
마법 같은 미소를 지으며 그녀를 지그시 바라보았다.

"다른 생각이면 어때요. 좋은 생각으로 금방 바뀔 텐데."

아무도 없는 클럽 안에서 미령과 상훈은 눈을 감고 키스했다.
달콤한 밤이 지나고 크리스마스를 넘기면서 두 사람은 스리슬쩍
서로에게 빠져들었다. 미령은 하룻밤의 장난이라고 생각했지만
상훈은 의외로 진지했고 어느새 둘은 늦은 밤의 시간을 자주 사
탕처럼 까먹었다. 서로의 몸에 익숙해지고, 상대방의 체취나 웃
음소리에 편안함을 느끼고, 벌거벗은 몸이 자연스러운 몸으로
느껴질 만큼 둘은 깊숙한 사이로 변했다. 그들의 사랑은 몸에서

먼저 꽃이 피고 어느새 마음속으로 파고들어 뿌리를 내렸다. 사랑을 끝낸 후에 끌어안고 함께 누우면 두근대는 두 사람의 심장이 하나로 느껴졌다.

"왜 나한테 다가왔어?"

"마음에 드니까. 그게 다야."

공대생인 상훈은 단순하지만 소가 울고 갈 만큼 고집이 센 남자였다. 그러잖아도 상훈이 결혼 이야기를 꺼냈을 때는 미령은 기가 막혀서 말이 안 나왔다.

"나도 염치가 있는 사람이야. 너희 엄마가 보면 나는 자기 아들을 납치한 테러범이에요."

"내가 어떻게 살 건 엄마는 상관이 없지."

침대에 걸터앉은 상훈은 담배만 피워댔다.

"불효자식이 따로 없네. 결혼해서 이런 아들 낳으면 진짜 속상하겠다."

"그런 놈이면 내가 가만 안 두지."

벌거벗은 몸으로 침대에 벌렁 드러누운 상훈은 미령의 보드라운 허리를 감싸안았다.

"그러니까 아들 낳기 무서워 나랑 결혼 못 하는 거야?"

"이건 말이 안 되는 일이니까."

"지금껏 말이 되는 일만 겪고 산 건 아니잖아."

미령은 상훈의 말을 듣고 곰곰이 생각해보았다. 지금껏 말이 안 되는 많은 일들을 겪으며 살아온 사람으로는 미령을 따라올 만한 자가 없기는 했다. 그렇다면 지금 이렇게 사랑하는 남자와 침대에 함께 있는 것도 말이 안 되는 건 아니었다. 아무리 그 남자가 열 살이 어리다 해도 먼 훗날 어떤 결말이 날지 빤히 눈에 보인다 해도. 게다가 말이 안 되는 일을 마법처럼 꼬아 매듭을 짓는 불가항력의 힘이 사랑이란 것도. 설령 언젠가 그 매듭은 누군가 툭 건드려도 풀어지고 찬바람이 텅 빈 마음속을 아리게 스치고 지나가는 일이 다시금 이어져도, 어쨌든 지금은 서로가 다정하니까.

결국 결혼이란 폭탄을 짊어진 두 사람은 무지막지한 연정의 테러를 저질렀다. 미령은 상훈의 어머니 인씨에게 욕이란 욕은 모두 들었다. 서울의 중산층 가정에서 동훈 상훈 두 형제를 키우며 온갖 경제적 풍파를 겪고도 꿋꿋하게 중산층으로 살아남은 인씨는 넋이 나간 얼굴로 씩씩한 아들을 인질로 잡은 마녀를 바라보았다. 인씨는 인고의 세월 동안 묵직하게 쌓여 응어리진 욕덩어리를 모두 며느리 후보에게 퍼부었다. 하지만 쇠고집으로 밀고나가는 상훈을 미령은 뒤에서 말없이 지켜보았고 불효자는 묵묵하게 소기의 목적을 달성했다. 인씨는 결혼을 승낙하고 며느리로 받아들인 미령을 주방으로 불러세워 아들에게 먹일 불고기를 프라이팬에 올려놓았다. 지글지글 붉은 생고기가 타들어가는 소리가 요란스럽게 들렸다.

"그래, 네가 이겼다. 하지만 잘살라는 말은 못 해주겠구나. 어쩔 수가 없어. 내 눈엔 이 결혼의 불행이 뻔히 보이니 말이다."

"저흰 행복하게 살 거예요."

미령의 말에 인씨는 한숨을 내쉬고 다시 말을 이었다.

"그래, 결혼하면 행복하게 잘살아야지. 애야, 언제나 말은 쉬운 거란다."

2015년 늦봄 미령은 예식장으로 들어갔다. 명옥에게 연락을 했지만 신혜를 돌봐야 해서 올 수 없다고 참석을 거절했다. 명옥은 전화를 끊기 전에 길게 한숨을 내쉬고는 시어머니와 마찬가지로 '그래, 결혼하면 잘살아야지'라는 말을 담담하게 남겼다. 미령은 예식장이 쓸쓸할 거라고 짐작했지만 의외로 사람들로 북적거렸다. '소도 수다 소다'를 찾아오던 단골들이 우르르 식장에 찾아와 밤의 여주인의 결혼식을 호기심 어린 눈으로 지켜보았다. 그들의 기대와 달리 미령은 여느 신부와 다름없이 정숙하고 아름다웠지만 불안감에 조금 얼어붙은 것도 같았다.

그후 이어진 미령의 결혼생활은 여느 신혼부부나 다름없었다. 어느 날은 사랑의 보름달이 떴고, 어느 날은 살벌한 말이 오가는 그믐이 이어졌다. 하지만 어느덧 두 사람 사이에는 상훈의 얼굴과 붕어빵인 아들 석호가 태어났다. 설령 나중에 어미 가슴에 못을 박는 불효자로 자란다 해도 배불리 젖을 먹고 그녀의 품에 안겨 고이 잠든 석호는 세상 그 무엇보다 사랑스러웠다.

상훈 미령 석호 세 가족은 시어머니 인씨의 걱정과는 달리 따스함으로 이어진 한가족이었다. 하지만 상훈이 중소기업에 들어가고 야근을 밥 먹듯 하면서 부부 사이는 조금씩 틀어졌다. 사소한 짜증이 불길한 오해를 불러왔고 어느새 묵직한 불만으로 자라났으며 미령은 불안함을 떨치기 힘들었다.

결혼생활의 위기가 닥치자 미령은 처음으로 나이에 대해 불안감을 느꼈다. 그녀는 어느새 마흔을 훌쩍 넘겼고 상훈은 돈만 폼 나게 쓰면 여자들이 달라붙는 매력적인 나이였다. 미령은 그제야 왜 사람들이 비슷한 조건이나 엇비슷한 나이의 사람과 결혼을 하는지 알 것 같았다. 그건 행복을 위해서가 아니라 이혼을 막기 위한 울타리를 치기 위한 조건이었다. 술에 술을 타고 물에 물을 탄 정도의 미지근하지만 뜨거워지지도 차가워지지도 않는.

"작년에 저는 남편과 헤어졌습니다. 삼십대 여자와 이십대 남자, 그리고 사십대 여자와 삼십대 남자 사이의 부부생활은 너무나 달랐어요. 마지막 일 년 동안은 너무 끔찍하게 싸워서 기억하고 싶지도 않네요. 우습게도 이혼 도장을 찍고 남남이 된 지금은 그렇게 나쁜 사이는 아니에요. 하지만 다시 함께 살아도 똑같은 문제가 반복되겠죠. 그리고 이렇게 시시한 고백 때문에 저는 우승을 놓치겠네요."

미령은 여섯번째 고백을 끝내고 시청자의 판결을 기다렸다.

미령의 고백을 지켜본 시청자들 또한 이런저런 복잡한 가족관계에 속에 살아가는 2020년대의 사람들이었다. 많은 수의 시청자들이 90년대 중반 나이트클럽의 화려한 젊은 시절을 자랑하던 첫번째 도전자와 2000년대 초반 다단계 회사에서 꿈과 사랑과 도전과 절망을 구구절절 풀어낸 두번째 도전자 대신 미령에게 표를 던졌다.

"신기하군. 열 살 어린 남편하고 살았던 게 먹힌 거야, 아니면 이혼 이야기하면서 펑펑 울지 않은 게 먹힌 거야?"

지금껏 〈눈물 젖은 에이프런〉에서 고백할 거리가 다 떨어졌을 때 나오는 소재가 주로 이혼이었다. 하지만 아무리 양념을 치고 또 쳐도 이혼 고백으로 우승을 차지한 도전자는 아무도 없었다.

〈눈물 젖은 에이프런〉의 담당PD는 제작실에서 모니터 월에 잡힌 미령의 클로즈업된 얼굴을 보며 고개를 갸웃거렸다.

6주차 방송이 끝나고 미령의 클럽으로 한 남자가 찾아왔다. 두부처럼 살이 찐 민구였다. 남아 있는 젊은 모습이라곤 말할 때의 그 수줍은 입매가 전부였다. 민구는 와이프와 함께 텔레비전으로 첫 방송을 보고서 결국 한 달 넘게 고민한 끝에 찾아왔다고 했다.

풋사랑에서 시작해 사랑의 쓴맛까지 맛본 사이였지만 둘의 만남은 향기가 날아간 와인 같았다. 민구는 누나가 사는 호주로 떠났다가 다시 한국으로 돌아와 친구가 운영하는 작은 무역회사의 중역으로 일했다. 호주에서 누나의 소개로 만난 한국인 여자와 결혼한 그는 21세기가 바라는 무난한 가장의 삶을 살았다. 욕심 부리지 않고 아내 말에 귀 기울이고 사고치지 않고 월급은 꼬박꼬박 받아오며 현재에 만족하는 남성상.

민구는 가끔씩 말이 끊길 때마다 연신 넓어진 이마에 밴 땀을 닦았다. 미령은 그저 최대한 다정히 웃기만 했다. 서로 지난 시절에 대해 할 이야기가 한보따리였지만 꺼내면 다시 상처가 될 날카로운 유리 조각 같은 기억들이 너무 많았다. 물론 반짝이는 추억 중에 정말 보석 같은 것들도 있겠지만 기억을 더듬다 겨우 꿰맨 마음을 유리 조각에 찢기고 싶지는 않았다.

"나중에 회사 사람들하고 한번 들른다?"

"그럼, 언제든지 환영이지."

헤어지기 전 두 사람은 다정하게 서로를 안아주었다. 약간의 애정이라도 남아 있다면 서글프기라도 했겠지만 서로의 몸이 닿는 순간 이 만남이 마지막이라는 걸 깨달았다.

다음날 저녁 클럽으로 또 한 명의 남자가 찾아왔다. 남자는 골프 점퍼 안에 명품 셔츠를 입고 있었다. 십 년 전에 비해 몸이 좀 불기는 했지만 왁스로 정돈한 머리숱은 풍성했고 얼굴에는 반지르르한 윤기가 흘렀다. 누가 봐도 건강하고 부티가 흐르는 인상이었다.

눈앞에 있는 남자의 모습 어디에서도 어린 시절의 태호를 찾기는 힘들었다. 테이블에 앉은 그는 미령이 그렇게 고생하며 지낸 줄 몰랐다며 안쓰러운 표정을 지었다.

"그런데 다음 주 마지막 방송에서는 뭘 고백할 거야?"

태호는 하얀 건치가 드러나는 미소를 짓고는 흘리듯이 물었다. 톱으로 갈아버린 앞니를 새로 박아 넣은 지는 이미 오래였다.

"아직 생각 안 해봤어."

"나한테 좋은 소재가 있어. 너하고 나 우리 남매에게 좋은 기회지."

"무슨 이야기인데?"

"그러니까 나하고 북한에 가봤다고 해. 꼭 투자를 위해서 가봤다고 할 필요는 없고. 실은 나 몇 년 전부터 평양서 살고 있거든."

최근에 북한 개방도시 투자컨설팅회사를 설립한 태호는 홍보에 열을 올렸다. 비록 통일은 이루어지지 않았지만 남북 간의 왕래가 이어진 지는 꽤 오래였고 2020년에 다다르자 북한은 경제노선을 바꿔 개성 신의주 함흥 등 몇 개 도시를 개방하며 돈을 끌어들였다. 이미 활력을 잃은 남한의 부동산 대신 돈줄을 쥔 이들은 북한 쪽 개방도시에 군침을 흘렸다. 말 안 통하는 외국인 투자자보다야 같은 민족인 남한 사람이 투자자로서 더 쉽게 접근할 수 있었다. 이미 몇 개의 건설회사들이 북한 신도시에 건축물을 지었고 북한 남한 양쪽에서 투자를 빌미로 먹고 튀는 사기 세력들이 등장해 말도 많았다. 잘생긴 얼굴에 언변이 좋은 태호는 북한 도시를 한 번 먹고 떨어질 지렁이 떡밥으로 생각하지는 않았다. 그는 서울 곳곳에서 북한 개방도시 투자설명회를 개최하며 투자 거품을 만드느라 열을 올렸다. 한몫 벌려면 우선 아무것도 없는 그릇에 돈이 몰려야 하고 그 돈 위에 돈이 쌓여야 덥석 베어물어도 크게 물 수가 있었다.

"가장 중요한 게 북한이 안전하다는 걸 설명해줘야 하는 거야. 돈 앞에서 공산당이 뭐 대단한 건 아니잖아? 사람들의 마음을 바꿔야 해. 북한하면 땅굴을 떠올리는 게 아니라, 돈이 넘치는 금광을 떠올려야 된다고. 그러니까 미령아 좀 도와줘라."

"오빠, 미안해. 난 그런 사기는 재미없어."

태호는 잠시 두 눈을 껌뻑껌뻑하더니 다시 미령을 바라보았다.

"너 이 사업이 얼마나 전망이 큰 건지 알아? 이 조그만 가게 해서 얼마나 번다고 그래?"

미령은 태호의 아름다운 미소를 바라보며 테이블 위에 놓인 냅킨을 꺼내 괜히 두어 번 접다 내려놓았다. 그리고 조심스럽게 손을 뻗어 태호의 손등 위에 양손을 포갰다.

"오빠, 그렇게 바보같이 웃지 좀 마. 차라리 옛날에 화내던 오빠가 더 좋아. 오빠, 좀 편하게 살자."

하지만 태호는 끝까지 미소를 잃지 않았다.

"미령아, 넌 오빠가 얼마나 대단한지 모르는구나. 지금 내 구두를 혀로 핥을 사람들을 세워놓으면 이 가게 안에 가득 찰걸."

"그래, 좋겠네. 그러니 이제 만족하고 살지 그래?"

태호는 미령의 손목을 힘껏 움켜잡았다. 하지만 입가에는 여전히 미소를 띠고 있었다.

"아니, 더 많은 사람이 필요해. 세상은 늘 날 비웃었어. 그러

나 난 비웃는 대신 멋지게 웃어줄 거야. 당신 앞에 장밋빛 투자
처가 있다고 사람들을 믿게 해야 해. 그래야 서울에서 평양까지
내 앞에 돈을 들고올 테니까."

태호는 미령의 손을 놓아주고는 자리에서 일어섰다. 하지만
이번에는 미소짓는 대신 싸늘한 얼굴로 미령을 바라보았다.

"아무리 한핏줄이지만 난 네가 싫다. 넌 타고난 배신녀야. 나
한테 자꾸 태클을 걸어."

태호가 사라지고 난 뒤에 미령은 아직도 시큰거리는 손가락을
주무르며 나지막한 목소리로 말했다.

"나도 오빠를 보면 답답해. 불안해 보이는데 어떻게 도와줘야
할지 모르겠어."

그녀는 오싹한 추위를 느껴 의자에 걸어둔 녹두 빛깔의 카디
건을 어깨에 걸쳤다.

그날 밤 잠들기 전에 미령은 침대에 엎드려서는 복주머니에서
한 알 남은 쌀알을 꺼내보았다. 쓸쓸한 마음이 들 때면 미령은
이렇게 바구미여사가 남겨준 쌀알을 꺼내보곤 했다. 아무리 어
려운 일이 있어도 바구미여사가 남겨놓은 마지막 쌀알에는 손을
대지 않았다. 이 조그마한 것마저 꿀꺽 삼켜버리면 큰일이 닥쳐
도 이겨낼 자신이 없을 것 같았다. 그렇게 가끔씩 복주머니에서
꺼내 들여다본 지가 어느새 십 년이었다.

미령은 스탠드 불빛에 하얀 쌀알을 오래도록 비추어 보다 '희
망' 이란 단어를 떠올렸다.

'그랬구나, 내가 희망을 믿긴 믿었네. 이 조그만 쌀알이 나한 테는 희망이었구나.'

그러면서도 어쩐지 속았다는 기분을 떨치기 힘들었는데 바로 바구미여사가 남긴 '징한 인연'이란 말 때문이었다.

바구미여사가 말한 '징한 인연'은 지금껏 나타나지 않았다. 빨간 실로 칭칭 동여맨 사이라고 믿었던 민구나 상훈도 세월이 흐르자 빨간 빛이 바래져서 툭 끊어지고 말았다. 미령은 어쩌면 징한 인연이라는 건 결코 나타나지 않은 상상 속 인연이거나 그녀가 어떻게든 살아가야 했던 인생의 은유일지도 모른다는 생각마저 들었다. 물론 미령을 여기까지 오게 만든 건 바구미여사가 마지막 가는 길에 꿈속에 들러 뻔뻔하게 사기를 친 덕이기는 했다. 미령은 바구미여사가 아무리 얄미운 사람일지언정 그리웠고 다시금 보고 싶었다.

미령은 마지막 쌀을 다시 복주머니에 집어넣고 잠을 청했다.

마지막 도전 방송에서 미령은 꾹꾹 숨겨온 비밀들을 사람들에게 들려주었다. 〈눈물 젖은 에이프런〉의 조항에는 들어 있지 않지만 리얼리티쇼에서 절대 발설해서는 안 되는 비밀이었다. 그러니까 푸석푸석한 현실을 축축하게 불리는 어떤 환상적인 사건들이 기계처럼 돌아가는 일상사에 가끔씩 스리슬쩍 들러붙는다는 그런 이야기였다.

언제나 그렇듯 과학의 시대에 환상은 극장 스크린에서가 아니면 비웃음거리가 될 수밖에 없었다.

"좋아요, 이게 제가 처음에 말한 그 특별한 쌀이에요. 바로 저에게 희망을 준 쌀이죠. 오늘 저는 여러분 앞에서 마지막 쌀을 입에 넣고 소원을 빌 겁니다."

미령은 눈을 감고 쌀을 씹었다. 오랜 세월 간직한 쌀이었지만 고소한 향은 여전히 입안 가득 퍼졌다.

"바구미여사님, 여기 나와 주세요. 보고 싶었어요."

미령은 열 살짜리 꼬마아가씨처럼 양손을 마주 잡고 눈을 감았다.

시간이 잠시 정지한 듯 고소한 쌀의 향기는 오래도록 감돌았다.

미령은 슬그머니 눈을 떴다. 앞자리 방청석에서 숱이 많은 백발을 늘어뜨린 살찐 여자가 일어났다. 여자는 색동옷 차림이었고 무엇이 우스운지 자꾸만 킬킬대고 웃었다. 갑작스러운 상황에 방송 스태프들도 정신이 반쯤 나가 보이는 그녀를 미처 막지 못했다.

미령은 자기의 눈앞으로 당당하게 걸어오는 바구미여사를 보고 말을 잇지 못했다. 정말로 바구미여사가 나타날 줄은 몰랐다. 그녀는 처음 라일락나무 집의 창문 밖으로 사라졌을 때처럼 여전히 흥겹게 웃고 있었다. 귀신이라면 발이 없을진대 신기하게도 두 발로 경중경중 뛰기까지 했다.

두 팔을 신나게 흔들던 바구미여사는 미령의 코앞에서 걸음을 멈추었다. 늘 쌀 속에 파묻혀 있어 고소하면서도 비릿하던 특유의 몸내도 여전했다.

"바구미여사님은 예수님도 아니잖아. 그런데 어떻게 죽은 사람이 부활해서 돌아온 거야?"

미령의 질문에 바구미여사는 입술을 벌려 속삭이듯 말했지만 나방들이 날아다닐 때처럼 파삭대는 소리만 들릴 뿐 도무지 알아들을 수가 없었다. 할 말을 다 했는지 입을 다문 바구미여사는 멍해져 있는 미령의 뺨을 한 번 어루만져주었다. 살아 있지 않은 유령 같은 바구미여사라도 손길이 참 따스했다.

그러고는 갑자기 큰 소리로 웃더니 미령의 몸을 후루룩 뚫고 지나갔다. 아주 짧은 순간이었지만 바구미여사와 미령의 몸이 겹쳐지는 장면이 전국에 생방송으로 방송되었다. 바구미여사가 미령의 몸을 가로지를 때에 미령의 몸속 깊숙하게 서늘한 기운이 파고들었다. 바구미여사는 춤을 추며 계속 앞으로 나아가더니 결국 벽 속으로 사라지고 말았다.

미령은 몸속에 가득 찬 서늘함을 견디지 못하고 바닥에 주저앉아 벌벌 떨었다. 금방이라도 심장이 멈출 것처럼 가슴 한복판이 뻐근했다. 몸속을 맴돌던 차가운 기운은 어느새 눈가로 올라와 회한하게도 뜨거운 눈물로 변해 뚝뚝 떨어졌다. 미령은 또 한 번 울고 말았지만, 이번에는 꼭 서러워서 우는 것만은 아니었다.

306

2023

쌀을 씻는 동안 그녀는 쌀뜨물 속에서 덩어리진 무언가를 발견했다. 묽은 반죽 같은 것이 하얀 털뭉치로 변하더니 사라졌다. 신혜는 자기가 본 것이 너무 괴상해서 서둘러 뿌연 물을 버리고 맑은 수돗물을 받아 재빨리 쌀을 씻었다.

2005년 초봄의 어느 저녁, 신혜가 쌀을 씻는 동안 세 살짜리 어린 딸은 텔레비전으로 뽀로로를 보면서 마냥 깔깔거렸다. 신혜는 밥을 안치고서 젖은 손을 추리닝 바지에 문질러 닦고 거실에 나와 앉았다. 그녀는 딸을 꼭 껴안고 정수리에 코를 묻고서 속삭이듯 말했다.

"윤희야, 엄마가 이상한 괴물을 봤어. 다신 안 왔으면 정말 좋겠다."

다음날에도 신혜는 쌀을 씻다가 스테인리스볼 안에서 그 허연 털뭉치를 보았다. 신혜는 결국 넋을 놓고 흐릿한 쌀뜨물 안을 들여다보았다. 꿈틀꿈틀 움직이던 덩어리는 꼬리를 거만하게 치켜들고 네 다리를 움직여 스테인리스볼 밖으로 걸어나왔다. 온몸이 축축하게 젖은 우윳빛 도둑고양이는 스트라이프 무늬가 있는 혀를 내밀어 신혜의 손등을 간질였다.

"안녕, 귀여운 친구. 반가운데 이번에는 그냥 사라져주면 안 될까?"

그러면서도 신혜는 다시 찾아온 우윳빛 도둑고양이의 머리를 쓰다듬어주었다. 귀여운 마귀는 턱을 치켜들고 갸르릉대는 소리를 내더니 기지개를 켜고 허공을 향해 앞발을 내밀어 살짝 할퀴었다. 그녀가 발을 디디고 적응해온 세계가 바람에 흔들리는 시소처럼 나른하게 가라앉는 느낌이 들었다.

귀여운 마귀는 쌀을 씻을 때면 어쩌다 한 번씩 쌀뜨물 속에서 기어나와 신혜의 뒤를 쫓아다녔다. 신나게 발톱으로 허공을 할퀴다가는 어딘가로 또 훌쩍 사라져버렸다.

초승달이 넘어가고 보름달이 밝게 떴다 지나간 뒤의 캄캄한 그믐밤이었다. 저녁 설거지를 끝내고 신혜는 초조하게 집 안을 돌아다녔다. 형만이 왜 그러냐고 묻자 속이 좀 불편해서 그럴 뿐이라며 소파에 누워 몸을 웅크렸다. 형만은 옆에 앉아서 아내의 머리카락을 쓰다듬어주며 개그 프로그램을 보고 킬킬거렸다. 신혜가 귀여운 마귀를 본 지도 어느새 닷새가 훌쩍 지났다. 다시 만났을 때는 두렵기 짝이 없었지만 막상 눈에 보이지 않으니 만사가 너무 허탈해져 알다가도 모를 일이었다.

나른한 낮잠이 쏟아지는 오후였다. 아침나절부터 신이 나서 뛰어놀다 지쳤는지 꾸벅꾸벅 조는 윤희를 다독여 재우고서 신혜는 아이 옆에 드러누워 천장을 바라보았다. 근자와 나란히 휴거를 기다리던 열일곱 살 때의 기억이 어렴풋이 스쳐갔다.

신혜는 귀여운 악마 덕에 인간의 꼬리를 처음 본 그날을 떠올리며 오래도록 천장을 바라보았다. 그녀가 젊은 시절 특별한 눈으로 보았던 인간의 꼬리는 정말로 아름다웠다. 이리 온, 이리 온, 귀여운 나의 마귀야. 여러 번 눈을 깜빡였더니 흰 고양이가 천장에 나타나 벽에 붙어 거꾸로 걸어다니며 요란스레 쿵쾅쿵쾅 소리를 냈다. 귀를 막아야 할 정도로 고양이 발걸음 소리가 시끄러운데도 딸 윤희는 코까지 골며 태평하게 참 잘도 잤다.

갑자기 천장이 풀썩 꺼지는 바람에 신혜는 윤희를 와락 껴안았다. 사라진 천장 너머로 인간의 언어로는 묘사할 수 없는, 그러나 지극히 아름다운 어떤 풍경이 펼쳐졌다. 잠이 깬 윤희는 울면서 엄마를 작은 주먹으로 때렸지만 신혜는 그저 넋 놓고 천장만 바라보았다.

그날 이후로 귀여운 악마는 틈날 때마다 나타나 앞발로 할퀴고 꼬리로 때려가며 평범한 일상과 공간을 확실하게 무너뜨렸다. 그때마다 네 개의 벽에 갇혀 있지 않은 물컹하게 아름다운 어떤 세계가 그녀를 잠시 빨아들였다가 다시 아내와 엄마의 세계로 내던졌다.

봄날의 메마른 따스함이 지나고 초여름의 습한 바람이 베란다로 들어오던 어느 날이었다. 미령은 윤희의 젖은 머리를 말려주며 아이의 머리카락에 코를 묻고서 속삭이듯 말했다.

"엄마는 네 앞에서 언젠가 사라질 거야. 슬픈 일은 아니야. 그렇게 슬픈 일은 아니지. 하지만 네가 크면 나를 이해할 수 있을까?"

남편과 아이가 모두 잠든 깊은 밤이면 신혜는 서랍 깊숙한 곳에서 붉은 노트를 꺼냈다. 우윳빛 고양이가 보여준 세계는 너무 아름다웠지만 그녀의 활활 타오르던 불길한 재능은 젖은 성냥으로 변한 지 오래였다. 그녀는 그저 허망한 그림과 허탈한 마음을 담은 낙서로 빈 여백을 채우며 밤의 어둠 속에서 물끄러미 시간을 보냈다.

평범한 날의 오후 세 시, 신혜는 밀린 빨래가 돌아가는 세탁기 소리를 무심결에 들으며 잠시 짬을 내 홀로 홍차를 마셨다. 그녀와 이야기를 나누려고 초인종을 누르는 사람은 없었고 윤희는 소파에 앉아 있다가도 재빨리 일어나서 혼자 거실을 뛰어다녔다.

신혜는 홍차를 한 모금 입에 대고는 찻잔을 내려놓았다.

'아, 엄마도 혼자 있을 때면 늘 홍차를 마셨지.'

홍차는 달콤한 빛깔이었지만 정작 혀에 닿으면 쌉쌀했다. 어떤 상황들에 관한 은유처럼.

이웃 어디선가 바이올린을 켜는지 바흐의 두 개의 바이올린을 위한 협주곡 2악장이 희미하게 간간이 끊기며 들려왔다. 신혜는 물끄러미 식탁 너머의 벽을 바라보며 부드럽게 감싸는 현악기의 선율을 놓치지 않으려 애썼다. 하지만 어느새 음악 소리는 희미해지고 바이올린 연주는 뚝 끊겼다. 동시에 딸 윤희의 목소리도 들리지 않았다. 테이블 주위를 돌던 윤희가 다가와 신혜의 옷깃을 잡아당기며 깔깔거렸다.

신혜는 세상을 놓쳤다. 잠시 후에 빨래가 끝나 세탁기에서 요란한 차임벨이 두어 차례 길게 울렸다. 윤희가 울먹울먹 코를 훌쩍이며 엄마를 마구 잡아당겼다. 그러나 신혜는 물끄러미 벽을 바라보기만 했다.

남편 형만은 도둑고양이의 세계로 건너간 아내와 함께 살 수는 없었다. 그는 성실하고 현실적인 남자였지만 아내를 위해 희생하는 삶을 택할 만큼 헌신적인 사람은 아니었다. 물끄러미 형만을 바라보는 신혜의 눈을 보면 안쓰럽기 짝이 없었지만 그대로 껴안고 살기엔 구만리 같은 앞길이 너무 막막했다. 형만은 신혜를 그녀의 어머니 명옥에게 돌려보냈지만 외동딸 윤희만은 훌륭하게 키우겠다고 약속했다.

"미안해, 난 좋은 남편은 못 돼. 하지만 좋은 아버지가 되도록 진짜 노력할게."

현관 앞에서 안경을 벗고 눈물을 글썽이며 형만은 신혜의 손을 꼭 붙잡았다. 신혜의 옷가방을 들고 있던 명옥은 자기 아이까지 낳고 내조에 충실했던 아내를 이렇게 내치는 사위가 반토막짜리 사내로 보였지만 그저 입을 꾹 다물고 아무 말도 하지 않았다. 하지만 신혜를 데리고 나가려다 결국 입을 열고 한마디 싸늘하게 내뱉고야 말았다.

"어디 한번 잘해보게. 좋은 부모가 생각만큼 그리 쉽지는 않을 테니."

형만은 장모의 날카로운 말이 가시로 박혔는지 좋은 아버지가 되려고 열심히 노력했다. 퇴근해서는 딸과 놀아주려 애썼고 주말에는 가까운 공원에라도 데리고 놀러나갔다. 물론 직장에 나가 있는 낮 시간이면 육아의 몫은 고스란히 형만의 어머니인 변씨에게로 넘어갔다. 송아지 같은 아들 셋을 키워본 워낙 기력이 좋은 변씨였지만 애를 돌보는 일은 웃다가도 않는 소리가 절로 나올 만큼 힘에 부쳤다. 하지만 팔자타령을 하느니 차라리 팔을 걷어붙이고 우선 설거지라도 해놓는 바지런한 변씨라서 그녀는 초등학교에 들어가기 전까지 손녀를 씻기고 먹이고 꾸짖고 안아주고 가르쳤다. 변씨는 윤희가 떼를 쓰거나 방 안을 어지르거나 동네 아이들과 싸움이 붙어도 꿀밤 몇 대만 쥐어박을 뿐 그리 화를 내지는 않았다. 그때그때 신경질을 내기보다 큰 잘못을 저질렀을 때 눈물을 쏙 빼서 버르장머리를 고치는 것이 그녀의 육아법이었다. 하지만 윤희가 엄마가 그립다거나 엄마가 없어서 서럽다고 징징거릴 때만은 도끼눈을 뜨고 혼을 냈다. 형만과 변

312

씨는 신혜가 죽었다고 가르쳤다. 아무것도 해줄 수 없는 엄마를 그리워하느니 차라리 엄마가 죽었다고 생각하는 게 교육상 낫겠거니 싶어 둘러댄 거짓말이었다.

어느덧 초등학교에 입학한 윤희는 신혜나 형만의 성격보다는 변씨와 성격이 더 비슷해졌다. 게다가 원래 타고나기를 차분히 앉아 있기보다 경중경중 뛰어놀기를 좋아하는 성품이라서 형만과 변씨는 그래도 다행이다 싶었다. 혹시라도 엄마 없이 자라 소극적인 아이가 되지는 않을까 늘 걱정했고 할머니와 아빠의 근심을 어린애가 알아차려 기죽지 않을까 다시 또 걱정에 걱정을 거듭했다.

원체 뛰기를 좋아하던 윤희가 2학년 때는 자진해서 육상부에 들어갔다. 형만은 공부가 더 중요하지 않나 싶어 변씨와 의논을 했더니 우선 하고 싶은 걸 하게 내버려두자고 했다.

"운동, 아무나 하는 건 아니야. 네 형도 유도선수 김재엽이 멋있다고 유도부 한다고 설쳐대서 내버려두었더니 한 달 만에 그만뒀잖니. 어차피 지가 못 견디면 금방 때려치울 테니 염려 말아라."

처음 육상부에 들어갔을 때는 마냥 뛰노는 것이 좋았다. 게다가 틈틈이 맛난 간식까지 둘러앉아 먹으니 윤희는 너무나 즐거웠다. 신나게 뛰고 맛있게 먹고 공부는 잠시 물러도 되니 이보다 더 좋은 학교가 어디 있겠는가. 그러나 막상 본격적인 훈련에 들어가자 고된 훈련에 속이 울렁거리고 입에서는 단내가 풀풀 풍겼다. 다리에는 알이 박혀 아팠지만 쉬지 못하고 계속해서 달려야 했다. 하지만 한 번 마음먹은 일은 끝장을 본다는 기백이 있어서 윤희는 이를 악물고 달렸다.

숨이 턱에 닿도록 달려서 결승점에 다다르면 머리가 어지러웠다. 무릎에 손을 얹고 땀을 뚝뚝 흘리다가 잠시 실눈을 뜨면 눈앞의 풍경이 달라지곤 했다. 학교 운동장이 아니라 벤치가 있고 숲이 있고 사람들이 산책하는 공원이 보이는 것이었다. 윤희는 고개를 설레설레 내젓고는 운동장 바닥에 털썩 주저앉았다.

"코치님, 자꾸 이상한 게 보여요."

어느 날, 코치한테 털어놓았더니 그는 픽하고 코웃음만 쳤다.

"인마, 눈앞에 별이 깜빡깜빡 보이다 사라지지. 밝은 대낮에도 별이 둥둥 떠 있을 때까지 달리고 또 달리는 거다. 알겠어?"

비록 아무리 달려도 별은 보이지 않았지만 타고난 소질이 있었던지 윤희의 기록은 하루하루가 다르게 반짝반짝 빛났다.

그해 가을 열린 교육청 육상대회에서 100미터 선수로 출전한 윤희는 예선을 통과해 결승까지 진출했다. 결승이 있던 날 윤희는 아침부터 자꾸만 가슴이 두근거렸다. 물론 긴장해서 그렇기도 했지만 왠지 이 경기가 끝나면 뭔가 신기한 일이 일어날 것만 같았다.

출발을 알리는 신호음과 함께 윤희는 힘차게 달렸다. 바람이 작은 꼬마의 귓바퀴와 뺨과 머리카락과 마음까지 시원하게 훑으며 지나갔다. 윤희는 단거리 경기가 정말 좋았다. 출발, 달리기,

경쟁자와 싸워 이기기, 무승부가 없는 정확한 승부. 짧은 시간 안에 모든 게 완벽히 시작해서 완벽하게 끝나는 알찬 게임이 단거리였다. 윤희는 복잡한 것보다 단순하고 명쾌한 원칙의 세계를 좋아하는 아이였다. 변씨의 말에 따르면 똥은 똥이요 오줌은 오줌이며 똥과 오줌이 섞이면 거름이었다. 그러니 세상사 복잡하게 생각할 것 없이 맞물려서 돌아가니 어물대는 대신 우선 시작부터 하고보라는 것이 할머니의 지론이었다.

윤희는 안타깝게도 1등은 놓쳤지만 3등으로 결승선을 통과했다. 처음 출전한 경기치고는 괜찮은 성적이었지만 성에는 안 찼다. 하지만 악착같이 훈련해서 이번에 3등이면 다음에 1등으로 올라가면 그뿐이었다.

시상식이 끝나고 난 후 꽃다발을 들고 걸어오는 형만과 변씨 뒤로 두 명의 여인이 뒤따라왔다. 한 명은 야위었지만 꼿꼿해 보이는 노인이었고 그 뒤에 따라오는 사람은 체구가 작고 머리는 단정한 단발이었는데 나이는 도무지 짐작하기가 힘든 여인이었다.

멍하니 서 있는 손녀를 향해 함박웃음을 지으며 나란히 걷던 변씨는 아들의 옆구리를 꾹 찌르고는 지그시 속삭였다.

"난 모르겠다. 이제 어떻게 해야 할지."

"어떻게 산 사람을 계속 죽었다고 해요. 그리고 낳아준 엄마는 평생 엄마죠. 이젠 윤희도 알 건 알아야 해요. 오히려 사춘기 때 알면 더 충격이 크다고요."

변씨는 살짝 고개를 돌려 한때는 친근한 딸처럼 여겼던 며느리 신혜를 바라보았다. 명옥의 팔을 잡고 따라오기는 하지만 시선은 하늘을 보다 땅을 보다 중구난방이었다. 사람 마음이란 게 어찌나 요물딱지인지 그때는 조금 답답이같이 보여도 내조는 잘하겠구나 싶었는데 지금은 저런 것이 굴러와 내 아들을 생홀아비로 만들었구나 싶어 참 밉상으로 보였다.

"우리 딸, 최고!"

형만은 윤희를 덥석 안아올렸다. 아빠의 웃는 얼굴을 보고 기분이 좋아진 윤희는 따라 웃었다. 형만은 윤희를 내려놓기 전에 귀에 대고 속삭였다.

"윤희야, 엄마가 왔어."

"엄마, 죽었잖아?"

"아니, 엄마가 많이 아파서 아빠랑 할머니가 거짓말한 거야. 윤희가 걱정할까봐. 미안해, 윤희야."

윤희는 친할머니 명옥과 엄마 신혜가 무춤하게 서 있는 곳으로 다가갔다. 친할머니는 푸른색 장미꽃 문양의 흰색 카디건 차림이었는데 주름진 시들한 눈가가 축축했다. 하지만 코앞까지 다가갔는데도 신혜는 딸과 눈을 마주치지 않았다. 윤희가 겨우 손을 내밀어 손등을 건드린 다음에야 고개를 돌려 이쪽을 바라보았다. 아주 짧은 순간 미소를 지었다가 신혜는 다시 웃음기를 거두었다. 윤희는 빤히 엄마의 눈을 바라보았다. 할머니의 훈육 덕에 이미 엄마가 그립다는 생각은 사라진 지 오래라

울컥 눈물이 솟거나 하지는 않았다. 그보다는 자기를 낳아준 '엄마'란 사람의 느낌이 너무 남달라서 그저 물끄러미 올려다보았다.

"윤희야, 네 엄마는 아팠단다. 지금도 아프고."

둘 사이가 어색해 보였던지 명옥이 손녀의 머리를 쓰다듬으며 말했다.

"엄마는 언제 나아요?"

"엄마는 계속 아플 거야."

그날의 만남은 눈물바다로 이어지지 않고 윤희를 가운데 두고서 어른 넷이 어색하게 마주하다 끝나고 말았다. 변씨는 손녀가 엄마를 만나고도 너무 의젓하게 굴어서 혹여나 너무 충격을 받아 아이가 질린 것은 아닌지 사뭇 신경이 쓰였다. 그러나 신혜와 헤어지고 해산물 뷔페에서 저녁식사를 할 때에도 양껏 음식을 가져다 먹는 모습을 보고 마음을 놓았다. 그러면서도 한편으로는 또 먹먹하게 안쓰러웠다.

'자기를 낳아준 엄마를 봐도 어떻게 울지를 않을까. 엄마라고 입만 뻥긋해도 그리 애를 혼을 냈으니 이리 됐는지도 모르지.'

변씨는 삶은 왕새우의 머리를 뜯어내고 껍질을 일일이 까서는 보드라운 속살만 손녀의 접시에 얹어놓았다.

그날 밤 윤희는 화장실에서 양치질을 하다 멍하니 거울을 보며 '아픈 엄마'를 떠올렸다. 나쁜 엄마와 착한 엄마는 동화책에 많이 나오니 익숙했다. 죽은 엄마도 윤희가 읽은 동화책에 자주 등장해서 괜히 그 장면을 보고 훌쩍거리다 할머니에게 혼난 적도 여러 번이었다. 그건 지금 와서 생각하니 조금 억울했다. 살아 있는데 죽었다고 거짓말을 한 사람은 사실 할머니였으니 말이다. 하지만 왜 그랬는지 희미하게나마 알 것도 같아 할머니와 형만을 한 번은 봐줄 생각이었다. 그렇지만 특별히 몸이 불편해 보이지도 않는데, 계속 아픈 엄마라니. 윤희는 자신을 낳아준 엄마가 어떤 사람인지 도통 알 수가 없었다.

'정말 이상한 분이네.'

윤희는 컵에 담긴 물로 입안을 오래 가시고 세면대에 내뱉었다. 그리고 욕실 거울에 비친 자기 얼굴을 빤히 들여다보았다. 오늘 처음 본 엄마와 닮은 것도 같고 아닌 것도 같았다.

방으로 돌아온 윤희는 침대에 누워 아깝게 3등을 차지한 결승전 게임을 떠올렸다. 발바닥에 불끈 힘이 들어가면서 결승점을 통과하는 짧은 순간의 짜릿함에 온몸이 찌릿했다. 비록 이번에는 3등에 그쳤지만 내년에는 기필코 1등을 하겠다는 마음을 먹으며 윤희는 달짝지근한 피로에 눌려 잠이 들었다.

비록 단잠이 들긴 했지만 그날 밤에 윤희는 몇 시간이고 넓고 깊은 바다를 홀로 헤엄쳤다. 단단한 땅이 당최 닿지 않고 바닷물만 출렁여서 너무 무서웠다. 다행히 초등학교에 들어가기 전 할머니 변씨를 따라 수영을 배웠기에 윤희는 이를 악물고 헤엄을 쳤다. 바닷물은 잔잔했고 햇빛은 따사로웠지만 윤희는 자꾸

318

만 숨이 가빠왔다. 어느 순간 기운이 빠진 윤희는 모든 걸 포기하고 눈을 감았다.

바닷물에 둥둥 뜬 채 작고 가벼운 몸은 어디론가 나른하게 흘러갔다. 바다는 끝이 보이지 않을 만큼 넓게 펼쳐져 어디서 끝을 맺을지 도무지 알 수가 없었다. 윤희는 감았던 눈을 떴다. 바닷물 속에서 불현듯 하얗고 작은 손 하나가 뻗어나와 그녀에게 손짓을 했다.

식은땀에 흠뻑 젖은 몸으로 윤희는 꿈에서 깨어났다. 윤희는 축축하게 젖은 그 작은 손이 엄마의 손일 거라고 생각하다 다시 잠이 들었다.

2012년 5월 윤희는 6월에 열릴 대회를 목표로 훈련에 열중했다. 그러다보니 수업시간에는 늘 졸음이 무겁게 쏟아지기 일쑤였다. 게다가 봄날은 눈에 보이지 않는 아지랑이 쇠사슬로 변해 사람을 묶어 꿈나라로 끌고갔다.

그날도 윤희는 깜빡 졸다가 갑자기 아이들의 비명 소리와 천지를 흔드는 굉음에 놀라 눈을 떴다. 윤희를 비롯한 아이들은 학교 건물이 우르르 무너지는 소리를 듣는 동시에 모두들 어둠에 파묻혔다.

삼층짜리 건물이 무너지면서 윤희는 깨진 콘크리트와 콘크리트 덩어리 사이의 작은 틈새에 갇혔다. 어둠 속 곳곳에서 희미하게 친구들의 울음이 들려왔다. 끈끈하고 걸쭉한 액체가 맥없이 늘어진 손을 흠뻑 적셨다. 윤희는 반대편 손으로 자신의 이마와 얼굴을 만져보고 가슴과 배도 만져보았다. 어디에도 크게 상처를 입은 곳은 없었다. 이마가 욱신거렸지만 참기 힘들 정도는 아니었다. 하지만 윤희는 다행이다 싶다가도 오히려 무서워졌는데 발밑에서 훅 끼쳐오는 피비린내를 맡아서였다. 작은 손에 묻은 것은 콘크리트 더미에 깔린 아이의 몸에서 흘러내린 피였다. 윤희는 비명도 내지르지 못하고 물속에 빠져 허우적대는 사람처럼 다급하게 숨만 헐떡였다. 어둠이 높은 파도로 변해 그녀의 숨을 틀어막아 온몸에 경련이 일었다.

얼마나 오래 공포에 질식한 상태로 캄캄하게 갇혀 있었을까? 어둠 사이로 스며드는 빛과 더불어 들려오는 구조대원의 다급한 목소리에 윤희는 겨우 정신을 차렸다. 날은 여전히 흐릿했지만 폐허 밖으로 나오니 사람들의 웅성대는 소리가 들려왔다. 무너진 학교에 갇힌 아이들 중에서 윤희는 가장 빨리 구조된 아이 중 한 명이었다.

지진 속에서 어떤 아이들은 살아남아 다시 햇빛을 보았지만 또 누군가는 영원히 어둠 속으로 사라졌다. 운은 고작 운일 뿐이라고 사람들이 무시했지만 어김없이 날카롭게 인간을 비웃으며 세월을 난도질하고 그렇게 훅 지나갔다.

2012년의 학생들은 온몸으로 느껴지는 무시무시한 참교육의 현장을 그렇게 접하고 말았다. 학생들은 무너짐 이후 철저한 무(無)의 세계에 짓밟혔다. 살아남은 아이들도 세상은 늘 불안하기 짝이 없는 곳이라는 끔찍한 후유증에 시달렸다.

형만이 살던 아파트는 신축한 건물이라서 약간의 보수공사를 끝내자 안전성에 문제가 없는 것으로 판명되었다. 하지만 윤희는 현관문을 열고 나가기만 하면 온몸에 식은땀이 흐르고 바닥이 푹 꺼질 것만 같아 꼼짝도 하지 않았다. 여름을 지나 가을이 와서도 그렇게 뛰어다니기를 좋아하던 아이가 줄에 묶인 노견처럼 처량하게 방에만 앉아 있었다.

변씨는 당분간 윤희를 그냥 조용히 내버려두자고 했다. 어차피 지진으로 폐허가 된 곳이 많아 장기간 휴교령이 내렸으니 넉넉하게 시간을 두고 지켜보자는 이야기였다.

아무래도 마음이 놓이지 않아 형만은 변씨 몰래 홀로 정신과 전문의를 찾아가 딸의 증상을 설명하고 상담을 받았다. 의사는 입원치료를 권했지만 형만은 내키지가 않아 거절했다. 의사는 지나가는 말이지만 냉랭한 어투로 말했다.

"지진 후유증으로 마음이 다친 아이들이 한둘이 아닙니다. 마음의 병은 그 뿌리가 깊숙하죠. 그냥 내버려두면 어떻게 될지 장담을 못 해요."

형만은 그러나 생때같은 내 새끼를 제정신이 아닌 사람들과 함께 두고 싶지는 않았다.

그렇게 반년 가까이 윤희가 방 안에 숨어 지내던 차에 어느 날 얼토당토아니한 일이 일어났다. 그날은 개천절이었지만 윤희에게는 별다른 의미가 없이 어제와 똑같이 멍한 날이었다. 침대에 웅크리고 앉아 벽에 기대어 무기력하게 졸고 있는데 살짝 눈을 감았다 떠보니 눈앞에 펼쳐진 풍경이 감쪽같이 변해 있었다.

윤희는 침대가 아니라 오래된 벤치에 앉아 있었다. 머리 위로 쏟아지는 햇빛은 정겹게 따사로웠고, 초록빛이 아름다운 잔디밭과 나무들도 눈에 들어왔다. 부르뎅 아동복을 입은 윤희 또래 여자아이가 아이스크림을 먹으며 가까이 다가왔다. 머리카락 끝에 컬을 주고 분홍 헤어밴드를 한 여자아이는 품에 호돌이 인형을 안고서 싱긋 웃어주었다. 무언가 인사말을 건네려던 윤희는 졸음이 와 눈을 감았다 떠보니 다시 이불 속이었다.

'이상하네, 분명 공원이었는데…… 내가 꿈을 꾼 건가.'

지진으로 황량하게 변한 마음 한구석에 호기심의 싹이 자라나는 순간이었다.

그날 이후 윤희는 과거의 세계를 사랑방 드나들듯 들락거렸다. 잠깐 졸았다 싶은데 눈을 뜨면 서울 어딘가의 공원이었다. 남산공원이기도 했고 탑골공원이거나 마로니에공원이나 파리공원이기도 했다. 어쨌든 지난 시절의 공원이었다. 과거의 사람들은 공원에서 도시락을 먹거나, 사랑의 밀어를 나누거나, 술주정을 부리며 고래고래 소리를 질렀다. 가끔은 홀로 벤치에 앉아 한숨을 내쉬는 노인들이나 혼자 훌쩍이는 사내들도 눈에 띄었다. 윤희는 찬찬히 공원을 둘러보며 사람들을 관찰했다.

가끔은 울타리가 쳐진 공원 밖으로 나가보려 했으나 이상하게 도 그것만은 불가능했다. 윤희는 조금 아쉽기는 했지만 어느덧 다른 곳으로 나가려 애쓰는 대신 신나게 뛰어놀기로 마음먹었 다. 윤희는 나들이 나온 사람들에게 은근슬쩍 말도 걸어보았다. 공원을 산책하던 이들은 길 가는 평범한 아이 대하듯 무심하게 말대답을 해주었다. 유행은 돌고 도는 법이라서 2012년의 옷차 림은 어느 시대에서든 조금 촌스럽게만 여겨질 뿐 튀지는 않았 다. 윤희는 '시간을 달리는 소녀'까지는 아니었지만 신이 나서 몇 바퀴씩 공원을 달리곤 했다. 그렇게 뛰어놀다 다시 까무룩 졸음이 와 눈을 감으면 어느덧 다시 2012년으로 안전하게 돌아 와 있었다.

남들과는 다른 특별한 능력이 있다는 건 깊은 슬픔을 잊게 할 만큼 짜릿짜릿한 일이었다. 윤희는 원더우먼이나 소머즈라도 된 기분이었고 특별한 졸음이 달콤한 사탕처럼 떨어지는 순간을 기 다렸다. 겪어보니 확실히 과거로 돌아가는 졸음이란 평범한 졸 음과는 달랐다. 윤희는 어느덧 그 느낌이 무언지 알았는데, 그 졸음은 꿈속에서 본 바닷물에 누워 있을 때의 기분과 얼추 비슷 했다. 눈에 보이지 않는 졸음의 물결이 찰랑하게 일어나 그녀를 껴안으면 눈 깜짝할 사이에 매번 다른 시간, 다른 공간의 공원 에 도착했다.

일차함수의 세계를 달리던 윤희는 그렇게 이차함수의 세계로 내달렸다. 무조건 시작에서 끝으로 향하는 직선의 방향이 아니라, 깊숙한 과거의 어딘가로 내려갔다 다시 현재로 올라왔다.

짧은 여행을 통해 어느덧 윤희는 이 세계가 지진으로 무너질 만큼 보잘것없이 약하더라도 완전히 사라지지는 않는다, 라는 사실을 알게 되었다. 그러니까 그녀가 사는 세계는 물에 녹는 휴지처럼 약하지만 아무리 돌고 돌아도 끝이 나지 않는 두루마리휴지와 비슷했다.

이듬해 봄, 긴 휴교가 끝나고 학교는 다시 문을 열었다. 윤희는 아직도 머릿속에서 지진의 공포가 따끔거렸지만 벌벌 떨지 않고 당당하게 운동장에 발을 디뎠다.

곧바로 다시 선수생활을 시작한 윤희는 본인도 당황스러울 만큼 몇 개월 동안 슬럼프를 겪었다. 코치는 윤희에게 단거리를 포기해야겠다고 넌지시 일렀다. 이유는 모르겠지만 빠르게 치고 나가야 하는 단거리 선수의 감각을 잃었다는 것이었다. 하지만 코치는 일찍 꺾어 땅에 묻기엔 아까운 꿈나무를 단거리가 아닌 중장거리 선수로 다시 훈련시켰다. 예전과 달리 윤희는 어린 나이에 비해 호흡 조절에서 놀라운 능숙함을 보여주었다. 일취월장 윤희는 중장거리에서 누구보다도 빛이 났다.

꿈나무 윤희는 고된 훈련을 아득바득 씹어가며 점점 훌륭한 선수로 자라났다. 포기하고 싶거나 스트레스가 온몸을 짓눌러도 그녀에게는 잠시나마 도망칠 곳이 존재했다. 달빛이 영롱한 밤에 윤희는 홀로 방에 앉아 눈을 감고 특별한 졸음을 불러들였다. 그녀를 데리고 가 잠시나마 마음껏 과거의 공원에서 뛰어놀게 해주는 아무도 모르는 그 물결을 말이다.

2017년 윤희는 청소년체전 800미터 경기에서 당당하게 금메달을 따냈다. 열다섯의 나이였지만 2020년 올림픽에 도전하겠다는 야무진 꿈도 꾸고 있었다.

금메달을 따던 날 윤희와 형만은 집에서 양념치킨과 맥주 두 병을 앞에 두고서 둘만의 축하파티를 열었다. 형만은 직접 딸에게 맥주를 따라주며 술을 가르쳐주기로 마음먹었다.

"우리 딸, 진짜 멋지다. 2020년 올림픽 금메달을 위해 한잔하자!"

윤희는 유리컵에 철철 넘치는 맥주거품을 바라보았다. 맥주의 구수하면서도 찝찌름한 냄새는 어딘가 아빠의 냄새와 비슷했다.

사실 윤희는 아빠 몰래 친구들과 몇 번 술을 입에 대본 적이 있지만 미간을 살짝 찌푸리고 몇 번에 걸쳐 나눠 마시며 술 한 잔을 비웠다.

"자, 이번엔 아빠도 한 잔."

딸이 채워주는 술잔을 받으며 형만은 행복한 마음을 감출 수 없었다. 남들이 아무리 자기를 불쌍한 홀아비로 봐도 상관없었다. 아내를 원망하는 마음 또한 지금은 눈곱만큼도 남아 있지 않았다. 딸처럼 사랑스러우면서 아들처럼 듬직한 윤희가 함께 있으니 누가 뭐래도 그는 세상을 다 가진 기분이었다.

부녀는 그렇게 주거니 받거니 맥주거품에 빠져들어 얼굴은 붉어지고 마음은 기분좋게 건들건들해졌다.

"아빠, 내가 아빠를 위해 노래 하나 해볼게."

윤희는 비척이며 일어나서 목청을 가다듬고는 일부러 형만이 좋아할 법한 흘러간 옛노래를 불렀다.

"둘이 뜨겁게 둘이 뜨겁게 사랑하다가. 혼자 그렇게 혼자 그렇게 가시겠다니. 아아, 아아아……"

안 되는 춤까지 추며 열심히 노래하는 딸을 보고서 형만은 얼굴이 온통 주름투성이로 변할 만큼 웃었다.

"너, 그 옛날 노래는 어디서 배운 거야? 그거 돌아가신 네 할아버지가 좋아하던 김추자 노랜데."

"아빠, 정말 궁금해."

술기운 덕인지 윤희는 특별한 졸음에 대해 조곤조곤 아빠에게 털어놓고 싶었다. 비밀을 함께 나누면서 서로의 돈독한 정을 쌓아가는 것이 가족이라고 외동딸 윤희는 생각했다.

"아빠, 있잖아. 나는 특별해. 나는 원더우먼 같은 능력이 있어."

"그래, 우리 딸 정말 바람처럼 빨리 달리지."

"그게, 아니라…… 그러니까, 잘 들어. 이건 우리끼리 비밀이니까."

한번은 윤희가 1970년대 초반 어린이대공원으로 놀러간 적이 있었다. 주머니에는 학이 그려진 오백원짜리 동전밖에 없어―사용할 수가 없는 동전이라서―놀이기구는 타지 못했지만 동물원을 둘러보며 즐거운 시간을 보냈다. 그러던 중 너무 오랜만에 짬을 내서 놀러나온 여대생 몇 명이 잔디밭에 둘러앉아 깔깔대며 김추자의 노래를 부르는 모습을 보게 되었다. 둘이 뜨겁게 둘이 뜨겁게 사랑하다가, 혼자 그렇게 혼자 그렇게 가시겠다니.

어쨌든 가끔 픽픽 터지는 웃음을 삼키며 윤희는 혼자 간직한 비밀을 모두 털어놓았다. 지진의 충격으로 아무것도 할 수 없던 시절을 특별한 졸음의 힘으로 이겨낼 수 있었다는 말까지. 그러나 윤희의 말을 듣는 형만의 얼굴은 점점 굳어졌다. 정신과 의사와 상담을 했을 때 의사가 마지막에 내뱉은 냉랭한 말이 귓가에 맴돌았다. 하지만 딸의 기분을 상하지 않게 하려고 웃음을 띤 얼굴로 말했다.

"그래, 그래. 우리 딸, 참 농담도 잘하는구나."

"아빠, 내 말 안 믿는구나. 근데 진짜야. 내가 아빠한테 거짓말하는 거 봤어?"

"아니, 없지. 오늘은 그만 마시자. 아빠도 술이 약해졌는지 슬슬 잠이 온다."

그날의 파티는 그렇게 어색하게 끝이 났고 윤희는 닭뼈를 쓰레기통에 내버리면서 뭔가 찜찜한 기분이 들었다. 비밀을 털어놓았건만 시원한 것이 아니라 오히려 길쭉한 닭뼈 하나가 목구멍에 걸린 양 답답했다. 차라리 유투브에서 동영상을 보고 노래를 배웠다고 하면 좋으련만 괜한 말을 꺼냈다는 생각마저 들었다.

잠자리에 든 형만은 머릿속이 헝클어져 쉬이 잠이 오지 않았다. 어느새 그의 기억은 아내인 신혜가 정신을 놓아버린 그 시점으로 돌아갔다. 하나뿐인 외동딸까지 그런 지경에 이르게 할 수는 없는 일이었다. 형만을 둘러싸고 있는 탄탄하고 행복한 세계가 다시금 또 흔들리고 있었다. 형만은 날밤을 꼬박 새고 다음날 어머니 변씨에게 전화를 하려다 그만두었다. 어머니는 이번에도 내버려두자고 할 것이 뻔했다.

그 주 주말에 형만은 윤희를 데리고 약물 없이 뇌훈련만으로 정신질환 및 정서장애를 치료하는 시스템으로 각광받는 '뉴런 치료센터'를 찾았다.

20세기 말까지 인간의 두뇌란 하나의 기계로 이해되었다. 태어날 때 완벽한 시스템을 갖추었으며 교육을 통해 꾸준히 데이터를 입력받고 노화가 진행될수록 기계가 녹이 슬듯 효율성이 떨어지는 컴퓨터. 그것이 인간이 바라보는 20세기의 두뇌였다. 그러나 21세기에 들어오면서 인간의 두뇌는 꿈틀거리는 무한발전 가능성의 점액질 덩어리로 받아들여졌다. 뇌는 우리가 자극을 줄수록 끊임없이 뉴런을 발달시키면서 기능을 향상시킨다. 뇌는 죽는 것이 아니라 운동성이 둔해질 뿐이며 끊임없이 자극을 주면 다시 활발해진다. 그 증거로 뇌훈련을 통해 뇌졸중 환자가 언어능력을 회복하거나 지능장애를 지닌 아이들 또한 훈련으로 일정 수준 이상 지능이 올라간다는 사례가 발표되었다.

다만 뇌훈련이라는 것이 2017년까지 어떤 체계가 잡힌 것은

아니었다. 따라서 무조건 뇌를 훈련한다는 빌미로 두뇌훈련 유
치원, 두뇌훈련 입시학원, 두뇌훈련 문제집 같은 다소 의심적은
사교육 업체들이 우후죽순 늘어나기도 했다.

"마음 놓으십시오. 정신질환은 마음의 병이 아닙니다. 그 원
인은 아주 간단합니다. 다만 스펙트럼이 개개인 별로 너무 넓어
서 많은 병들이 존재하는 것처럼 보이는 거지요."

뉴런 치료센터에 따르면 뇌의 특정부위가 과도하게 억압되었
거나 활성화된 상태가 정신질환의 근본원인이었다. 너무 느리거
나 빠른 두뇌활동을 중간치로 딱 잡아주면 병의 원인이 사라지
니 자연스레 정상으로 돌아간다는 거였다.

가운 대신 옥색 두루마기를 입고 탐스러운 검은 머리에 뿔테
안경을 쓴 원장이 뇌 스캔 사진을 두 사람에 보여주었다.

"윤희의 뇌 스캔 사진을 보세요. 여기 너무 활발하게 붉은 부
분이 보이지요?"

형만은 심각한 표정으로 사진을 바라보며 고개를 끄덕였다.

"윤희 역시 특정부위의 뉴런이 과도하게 활성화되어 있습니
다."

원장은 윤희의 눈을 바라보며 오른쪽 눈썹을 살짝 치켜들었다.

"아마 지진으로 인한 충격 탓이겠지?"

"아니에요, 그전부터 짤막하긴 했지만 달리고 나면 공원이 보
였어요."

불만이 가득한 얼굴로 윤희가 말했다. 원장의 인자한 너털웃

음이 이상하게도 윤희는 더 마음에 안 들었다.

"충격의 원인은 한 가지가 아니야. 다만 뇌관이 터지는 큰 충격이 지진이었단 거지."

원장은 금테안경을 살짝 치켜올리고는 다시 형만에게 시선을 주었다.

"더구나 요즘 청소년들은 게임중독이나 인터넷중독이 일상화되어 현실감 없이 환상에 빠지는 경우들이 많습니다."

"맞습니다. 윤희도 네 살 때부터인가 혼자 인터넷을 하더라고요. 그때는 그저 신기하기만 했죠."

"그렇죠. 다 어른들의 잘못입니다. 어떤 아이는 자기가 메모리카드인 줄 알지 뭡니까."

고목나무처럼 손가락의 마디뼈가 굵은 손을 깍지 끼고서 원장은 윤희를 바라보았다.

"함께 고쳐보자. 지금 이 병은 네 잘못이 아니야. 뇌가 잠시 감기에 걸린 거야."

"그런데 전 괴롭지 않고 즐거운데요. 그건 정말 아름다운 여행이라고요."

"아름다울 수도 있지. 그러나 그건 현실이 아니라 환각이란다. 네 뉴런은 너무 빠르다. 너무 빨리 달리면 현실 너머로 영영 넘어가버릴 수도 있지."

병원을 뛰쳐나오고 싶은 마음이야 굴뚝같았으나 걱정에 잠긴 형만의 얼굴을 보고 윤희는 짧게 한숨만 내쉬었다. 그날 밤에 윤희는 일랑일랑 향이 은은한 1인실에 입원했다. 하지만 아무리 괴롭힌들 특별한 졸음을 쫓을 수는 없을 거라 자신했다.

'마음대로 괴롭혀. 특별한 졸음이 찾아오면 나는 공원으로 도 망갈 테니까.'

잠들기 전까지 아무도 들어오지 않던 1인실에 밤 아홉 시쯤 되자 상냥한 미소를 입가에 머금은 사십대 초반의 여인이 들어 왔다. 단정한 긴 생머리에 화장은 옅었고 안경을 쓰고 있었다. 그녀 역시 원장과 마찬가지로 옥색의 개량한복 차림이었다.

"나는 생활도우미란다. 앞으로 편하게 언니라고 불러."

생활도우미는 침대 옆 작은 서랍장 위에 작은 탁상시계와 비 슷한 물건을 올려놓았다. 그녀가 태엽을 돌리자 메트로놈처럼 일정한 박자의 소리가 시끄럽지 않게 울렸다.

"정확한 패턴이 네 뇌파가 편안해지도록 도와줄 거야."

본격적인 훈련은 다음날부터 이어졌다. 축구공에서 검정 무늬 만 도려내서 만든 듯 보이는 특수 헤드세트를 머리에 쓰자 시계 초침처럼 일정한 박자의 파동이 계속 들려왔다. 헤드세트를 쓰 고서 윤희는 복잡한 수학문제 풀이과정을 모두 외웠다. 생활도 우미는 옆에 다소곳이 앉아 팔짱을 끼고서 윤희를 감시했다. 만 일 잠시라도 딴생각에 빠질 것 같으면 미세한 전기 자극이 가해 져 온몸이 찌릿했다. 다음날에는 두툼한 영어사전에서 알파벳 A 부터 시작하는 단어만 처음부터 끝까지 종일 외웠다. 사흘째 되 는 날에는 A4 한 장 분량의 원고를 계속해서 읽고 또 읽어야 했다. 생활도우미가 프린트해온 내용은 의료잡지에서 복사한 비뇨기과 수술에 대한 칼럼이었다. 생활도우미는 글의 내용에 대해서는 상상하지 말고 똑같은 글을 입에 붙인다는 데 의미를 두라고 했다. 사흘이 지나자 생활도우미는 다시 수학문제 풀이과정을 보여주고 외우라고 했다. 그 문제는 첫날 보았던 문제와 똑같았다.

"이건 첫날 외웠던 건데요?"

"너처럼 과도하게 발달한 뉴런을 누르려면 반복학습만큼 좋은 게 없단다. 머릿속의 뉴런들이 술 취한 부랑자처럼 비틀거리잖니. 윤희야, 함께 뉴런을 바로잡자. 외워."

"하지만 어떻게 똑같은 걸 자꾸 외워요?"

생활도우미는 한숨을 내쉬더니 윤희의 손을 꼭 붙잡았다.

"윤희야, 이 언니는 네 나이 때 사전 하나를 통째로 뜯어먹으면서 영어단어를 외웠단다. 그게 끝이 아니야. 수학문제집도 뜯어먹었지. 우린 그렇게 공부를 해야 했던 학생들이야. 그에 비하면 너희는 천국에 살고 있단다. 공부가 아니라 건강을 위해서 암기를 하다니. 어떻게 이런 세상이 왔을까. 난 너희들이 너무 부러워."

윤희는 석 달이나 똑같은 훈련을 반복했다. 그만두고 싶다고 몇 번이나 전화를 걸었지만 형만은 딸의 장래를 위해서 달래고 꾸짖었다. 결국 윤희를 찾아오던 특별한 졸음은 사라졌고 머릿속이 콘크리트로 쌓은 담벼락처럼 단단해진 느낌이었다. 그렇게 특별한 졸음이 사라지자 울컥울컥 튀어나오는 잔기침처럼 분노가 툭툭 솟구쳤다.

퇴원하던 날 원장은 윤희의 뇌 스캔 사진을 보고 만족스러워했다. 머릿속에 뉴런들이 이제 착실한 모범생으로 돌아왔으니 열심히 학교에서 공부하라며 다독여주기까지 했다. 형만은 얌전히 앉아 있는 딸을 바라보며 행복한 미소를 지었다.

"불행 끝, 행복 시작!"

뉴런 치료센터에서 나오자마자 형만은 딸을 껴안았지만 윤희는 말없이 아버지를 밀치고는 혼자 앞서서 걸어갔다.

"윤희야, 너 왜 그래?"

"당신이 날 죽였거든."

애정이라고는 조금도 없는 면도날 같은 냉정한 말투에 형만은 입을 꾹 다물었다. 윤희는 횡단보도를 건너기 전 택시를 잡아타고 어딘가로 떠났다.

그날 밤 늦게 머리카락은 물론 눈썹까지 백금색으로 물들인 윤희가 집으로 돌아왔다. 형만은 소파에 앉아 있다가 울상인 얼굴로 딸을 바라보았다.

"너 지금이 몇 시인지 알아? 그리고 머리 꼴은 또 그게 뭐야?"

"밤 열한 시. 그리고 이제 검정색만 보면 머리가 빠개질 것처럼 진절머리가 나."

백금색의 윤희는 형만이 알던 그 사랑스러운 딸이 아니었다.

그날부터 매일 밤 윤희는 밤거리를 어슬렁거렸다. 밤거리는 마음이 비틀린 청춘들을 끌어들이는 자석과도 같았다. 서울 시내 어두운 거리 곳곳에 청춘들이 사나운 얼굴로 씩씩거리고 있었다.

　2017년 가을 서울의 밤거리는 무법천지였다. 텔레비전에서는 따스함이 넘치는 미담들이 주를 이루었으나 현실에서는 무서운 일들이 곳곳에서 벌어졌다. 여기저기서 틈만 나면 시비가 붙었고 총기가 금지된 나라인 탓에 곳곳에서 칼부림이 터져 사방으로 피가 흩뿌려졌다. 특히 도시의 번화가 안쪽 어두컴컴한 골목길에서는 낯선 사람끼리 치고받는 '스트리트파이터'가 유행했다. 추억의 오락게임이 서울 한복판에서 펼쳐지는 생생한 싸움으로 변한 걸 보고 홍시처럼 물렁해진 장년의 오렌지족들은 씁쓸한 입맛을 다셨다.

　'스트리트파이터'의 규칙은 간단했다. 어두운 골목에서 누구든 눈이 마주치면 싸움을 걸고 이긴 사람이 지갑을 탈탈 털어갔다. 기댈 곳 없는 가출 청소년들은 '스트리트파이터'에서 돈을 벌려고 악착같이 밤거리에서 시비를 걸었다. 술 취한 중년 남자와 싸움이 붙는 날은 대박이었다. 한쪽이 패배를 인정하면 게임은 끝나는 것이 원칙이었지만 악에 받쳐 싸우다보면 어두컴컴한 뒷골목에서 어이없이 저승사자를 맞이하는 경우도 없지는 않았다.

분노로 온몸이 꽉꽉 채워진 백금색의 윤희는 어두운 뒷골목을 내달렸다. 그녀의 목적은 지갑이 아니라 구토였다. 어둠을 걷어차 온몸을 지끈지끈하게 만드는 분노를 퍼내고 또 퍼내고만 싶었다. 중장거리 선수인 윤희는 다리근육이 탄탄해 강렬한 킥을 날릴 수 있었고 웬만한 사내들도 정강이를 차이면 그 자리에서 주저앉아 낑낑거렸다. 그해 가을 내내 윤희는 어둠 속에서 적수를 만나면 땅벌처럼 달려들어 걷어차고는 불나방처럼 사라져버렸다.

　날이 갈수록 뒷골목의 싸움꾼들 중에 다리를 절룩이는 이들은 늘어갔다. 싸움꾼들은 백금 마녀에 대한 소문을 만들어냈는데 한 번 걷어차이면 한 달 내내 골목에서 얻어맞지만 네 번 걷어차이면 두툼한 월척 지갑을 건진다고들 했다. 어느덧 소문은 전설로 자라났다. 백금 마녀의 숨통을 끊는 자가 있으면 로또에 당첨되고 어두운 골목을 떠나 평생 떵떵거리며 영원한 부자로 살 수 있다는 말이 떠돌았다.

　결국 백금 마녀로 불리던 윤희는 그렇게 모든 싸움꾼들이 노리는 먹잇감이 되었다. 그러나 원체 킥이 강한데다 재빠르게 달려서 그녀와 제대로 싸워본 이들은 기실 아무도 없었다.

　"당신은 골목까지 파고드는 사나운 번개인가요, 아니면 빠르게 달려가는 슬픔인가요?"

　어느 날 그녀가 재빠르게 킥을 날리는데 한 사내가 잽싸게 벽에 들러붙어 힘없고 축축한 목소리로 말했다.

"난 그냥 화가 나. 그게 전부."

윤희는 다시 한번 킥을 날리려고 남자에게 달려들었다. 어둠 속에서도 반짝 칼이 빛나서 윤희는 잠시 주춤했다.

"싸움꾼들이 다들 당신에 대해 말합디다. 당신을 죽이면 영원한 부자로 살 수 있다고."

"난 그냥 걷어차고 나갈 거거든. 그러면 아무 상관없어. 잠깐은 화가 풀리니까."

윤희가 다시 달려들 기세를 취하자 남자는 다시 입을 열었다.

"내 이야기를 들어봐요. 난 당신을 죽일 겁니다. 난 가난하고 불쌍한 노인들과 아이들을 많이 알고 있습니다. 그들은 사랑보다 돈이 필요합니다. 나는 그들을 사랑하고 그 마음을 담아 시를 씁니다. 하지만 시를 써도 불쌍한 이들을 위한 돈은 벌지 못합니다. 그래서 칼 쓰는 법을 익혔습니다. 그리고 밤마다 이곳에서 싸움을 합니다. 내가 믿는 선을 행하기 위해 나는 칼을 휘두릅니다. 조용히 위협할 때 지갑을 내주지 않으면 급소를 빗겨난 곳을 찌르고 지갑을 뺏습니다. 하지만 난 당신을 협박하지 않고 죽일 겁니다. 나는 지쳤고 가슴이 따스한 유물론자라고 자부했지만 더러운 운이라는 걸 믿어볼 작정입니다. 당신을 죽여서 영원한 부자가 될 수 있는 가능성이 조금이라도 있다면 그리 하겠습니다. 가난한 이들에게 당신의 희생을 바칠 겁니다. 그런 다음 죗값을 치르는 몫으로 기꺼이 내 목숨을 내놓겠습니다."

어둠이 윤희의 눈에 익숙해지자 벽에 기댄 남자의 윤곽이 드러났다. 어둠을 망토처럼 둘러썼지만 작고 앙상한 남자였다.

"난 갈게요. 아저씨를 걷어차도 별로 기분은 안 풀릴 것 같아."

"우린 싸워야 합니다. 난 이제 당신을 죽일 거니까요."

남자가 칼을 들고 덤비는 바람에 윤희는 뒷걸음질치다가 재빠르게 뒤돌아 달렸다. 그러나 유달리 어둡고도 긴 골목이었고 남자는 날쌔게 들러붙어 어깨에 힘껏 칼을 꽂았다. 윤희는 순간 숨이 턱 막혔지만 있는 힘껏 남자의 정강이를 걷어차고는 겨우 뒷골목을 빠져나가 번화가로 나왔다.

대로변으로 나오자 고층건물의 3D 네온간판은 화려했고 유행을 타는 몽롱하게 꺾어주는 창법의 일렉트로닉 트로트 음악이 거리에서 울려퍼졌다. 윤희는 머리가 빙그르르 돌았는데 나중에는 도시가 온통 비틀리게 보였다. 그녀는 바닥에 털썩 주저앉아 힘겹게 숨을 내쉬었다. 어깨에 꽂힌 칼을 뽑을 생각이었지만 팔을 들어올릴 기운조차 없었다. 길가에 사람들이 지나다녔지만 모두들 '스트리트파이터'라고 수군거리기만 할 뿐 다가와 도와주는 이들은 아무도 없었다. 도시의 싸움꾼들, 그들은 이미 뒷골목의 쓰레기통을 뒤지는 도둑고양이일 뿐 밝은 길로만 다니는 건전한 시민이라고 볼 수 없었다.

남루한 회색 롱코트를 입은 땅딸막한 장년의 사내가 윤희에게 다가왔다. 사내의 얼굴을 물끄러미 올려다보던 윤희는 두툼한 코트 안으로 푹 쓰러졌다. 수염이 덥수룩한 사내의 웃는 입매와 퀴퀴한 담배 냄새가 흐릿하게 스며들었다.

가죽소파에 누워 있던 윤희는 눈을 떴다. 정돈이 안 된 어수선한 컨테이너 하우스 안에서 자유롭게 각자 할 일을 하는 네 명의 사내들이 눈에 들어왔다. 그들은 다들 오십이 훌쩍 넘어 보였다.

싸늘한 통증이 다시 느껴져 오른쪽 어깨에 손을 얹으니 두툼한 붕대가 만져졌다. 윤희는 왼손으로 등받이를 짚고 몸을 일으켜 앉았다.

"이제야 정신이 드나보군."

그녀가 일어나는 모습을 본 대머리에 코끝이 붉은 뚱뚱한 남자가 친절하게 말을 건넸다. 그는 여섯 개 신문사의 신문을 펼쳐 훑어보고 있었는데 두툼한 목덜미에서 연신 땀이 흘러내렸다.

"다행으로 알아. 응급처치 안 했으면 큰일 날 뻔했으니까. 그나마 우리 중에 의사 선생이 있어서 금방 손을 썼지."

마침 화장실 문이 열리고 대나무가 떠오르는 키 크고 마른 남자가 윤희를 보고는 얼굴 표정이 밝아졌다.

"다행히 상처가 깊진 않습니다. 그래도 내일 병원엔 꼭 다시 가보세요."

윤희는 아직까지 정신이 멍해 고맙다는 말이 입밖으로 나오지 않았다.

한편, 바닥에 앉아 둘이 연신 시끄럽게 대화를 주고받던 두 남자는 윤희에게 관심도 주지 않았다. 구불구불하고 시커멓지만 백발도 잔뜩 섞인 고수머리의 안경잡이는 쌍둥이처럼 닮아 보였다. 다만 한 명은 금테고 한 명은 뿔테라서 두 사람을 분간하기가 그리 어렵지는 않았다. 그들은 어떤 주제에 대해 토론중이었던 모양이었는데 결론이 나지 않는지 뿔테 쪽이 잔뜩 흥분한 말투로 상대에게 쏘아붙였다.

문가에 앉아 있는 땅딸막한 남자가 윤희를 구해준 사람이었다. 그는 탁구공을 벽에 던졌다 날아오는 공을 다시 받으며 놀고 있었다. 탁구공이 벽에 튕겼다가 먼 곳으로 날아가버리자 그는 의자에서 일어서며 윤희에게 무심히 말했다.

"겁먹지 마. 우린 별볼일 없는 놈들이지만 상처 입은 짐승한테 손을 대진 않으니까."

"아저씨들은 뭐하는 사람들이에요?"

"그러니까 우린 별볼일 없는 다섯 남자요. 하지만 우릴 따로 지칭하고 싶다면 노숙으로 불러줬으면 싶군."

고수머리 뿔테가 파이프담배를 입에 물며 말했다.

서울은 이미 세계에서도 고학력 노숙자 인구가 제일 많은 도시로 손꼽혔다. 노숙자 중에는 대학원생은 물론이고 심지어 유학파들도 적지 않았다. 길거리 노숙자의 수준이 워낙 높아져서 이제는 웬만한 대학교수들보다 나은 전문가들이 포진해 있다는 말까지 들릴 지경이었다.

고수머리 금테 역시 파이프담배를 입에 물기 전에 긴 설명을 늘어놓았다.

"물론 우리는 집도 절도 없는 사내들은 아니네. 마누라도 있고 자식들도 있지. 맞아, 두 명은 이혼했군. 그러나 우리는 이 서울이란 도시에 적응하지 못했으니 노숙자나 다름없지. 그러나 이왕이면 수양이 높고 학덕이 높은 중인 노숙(老宿)으로 대해주지 않겠나?"

노숙들에게 이 컨테이너 하우스는 자유롭게 사유할 수 있는 마지막 보루였다. 사방 벽을 다 차지한 널찍한 책장에는 그들이 문장 하나하나에 감동받았던 책들이 빽빽하게 꽂혀 있었다. 안타깝게도 놀랄 만한 물건이라고는 낡은 책냄새가 감도는 책장이 전부였다. 실내는 이런저런 잡동사니로 어수선하고 창문이 작아 담뱃재 냄새와 섞인 큼큼한 냄새는 구석구석에 배어 있었다. 컨테이너 하우스는 노숙들이 대학 시절 낮이나 밤이나 드나들던 학과실과도 엇비슷한 분위기였다.

다섯 명의 노숙 중에서 네 명은 소비에트연방이 무너진 90년대 초반 또다른 사유의 꿈을 안고 유럽으로 유학을 떠났던 이들이었다. 그들이 서양철학의 관념 어딘가에서 홀씨처럼 떠돌아다닐 어떤 진리를 찾는 동안 서울의 사람들은 열심히 돈다발을 주고 뺏으며 자본주의의 정신을 능숙하게 몸으로 익혔다.

유학을 마치고 야릇한 기분으로 다시 서울로 돌아왔던 시기는 정부에서 IT 벤처를 밀어주던 2000년대 초반이었다. 어느새 마흔 언저리를 맴돌던 그들은 서울에 오자 사유할 시간이 없었다. 가족과 먹고살기 위해서는 살아남아야만 했다. 모교로 되돌아가

과에서 막강한 권위를 지닌 교수들의 비위를 거스르지 않도록 조심하며 교양강의에 힘썼다. 학생들은 D학점을 받느니 차라리 재수강을 할 수 있게 F학점을 달라며 대학강사가 된 노숙들에게 인식의 전환을 요구했다.

네 명의 노숙은 이십 년 가까이 대학에 겨우 적응하다 어느 술자리에서 울음을 터뜨리고 말았다. 마지막 술병을 비울 무렵 누군가 천박한 도시에 매몰되기 전에 소크라테스의 삶처럼 차라리 거리로 나서자고 선언했다. 그들의 인생길을 화투패로 삼은 쓸모없는 도박의 시작이었다.

"그럼 넷이서 뭘 한 거예요?"

딸기코가 가져다준 커피를 마시고서 겨우 기운을 차린 윤희가 되물었다. 딸기코는 윤희의 질문에 동그란 코를 씰룩대더니 눈가에 웃음을 띠고 말했다.

"남자 한 명은 위험해. 걸어 다니는 미사일이라고. 조용해 보여도 언제 어떻게든 뻥하고 터져버리거든. 남자 둘이 모이면 바둑을 두지. 둘이 마주 보고 있을 때 무언가 손에 쥘 물건이 없으면 불안해지는 것이 사내들이라. 남자 셋이 모이면 음란해지지. 셋은 완벽하면서도 늘 허전함을 느끼게 하는 욕망과 갈증의 숫자거든. 채워지지 않는 하나, 그래서 남자 셋이 모이면 여자를 찾기 십상이지. 남자 넷이 모이면 이제 도박을 하네. 카드를 돌리거나 화투장을 들면서 인생이 한 판 도박이나 일장춘몽이라고 생각하지. 남자 다섯이 모이면 이 세계를 훌쩍 떠나 모험을 꿈꾸지. 그리고 여섯이 모이면, 세 명씩 편을 갈라 전쟁을 하고 세 명을 죽이지. 그래야 다시 욕망과 갈증을 채울 수 있는 법이니까."

딸기코의 말은 할머니 변씨처럼 단칼에 툭 자르는 어법이 아니어서 귀에 잘 들어오지 않았다.

"그래서, 뭘 어쨌다는 거예요?"

"그러니까 네 명의 오십대들이 생각하는 나이트 삐끼로 전업했어."

땅딸막한 사내가 침을 뱉듯 말하고는 더 자세하게 설명해주었다.

네 명의 노숙들은 대학가나 서울 시내를 돌아다니며 사람들에게 뜬금없이 질문을 던졌다. 너 자신을 알라. 길 가는 사람들 누구나 알고 있는 소크라테스의 화두였다. 또한 길 가는 행인들에게 간단하면서도 덜미를 잡는 짧은 질문을 던졌다. 당신을 먹을 수 있습니까? 노숙들이 던진 말에 사람들은 화를 내거나 어이없어 했고 그럴 때에 한마디를 더 던졌다. 당신 스스로 당신을 먹어본 적이 있습니까? 행인들은 더욱 기가 막혔다. 사람을 먹는 식인종이야 있다지만 어떻게 숨이 붙은 나를 스스로 먹을 수 있단 말인가.

비록 싸늘한 반응이 돌아오기 일쑤였지만 네 명의 노숙들은 사람들을 붙잡고 일대일로 말을 거는 일이 즐거웠다. 원래 철학자들이란 위협적인 욕이 아닌 비틀린 질문으로 시비를 거는 이

342

들이었다. 그들은 어느덧 뉘엿뉘엿 해가 질 때면 단아하게 비참하면서 우아하고 우스운 운명을 타고났다고 스스로를 자조했다. 대학 시절 촉망받던 엘리트로 누구보다 자존감이 대단했던 이들은 이제 자기비하를 가벼운 술자리 안주로 삼기 일쑤였다. 이 답답하고 일방통행적인 사회에서 철학자가 나이트 삐끼와 다를 게 뭐야. 어차피 정신없는 곳으로 데려가긴 마찬가지 아니겠어?

뜬금없는 시비에 의사가 걸려든 것은 폭염으로 노숙들이 무기력해지던 때였다. 젊은 시절 남몰래 아나키즘에 심취했던 의사는 환자들의 투병을 지켜보며 오히려 인생의 숭고함에 대해 가끔씩 생각해보곤 했다. 그러나 종합병원은 정신없이 돌아가는 공장과 다를 바 없었고 인생을 고민할 시간은커녕 잠잘 시간도 부족했다. 몸이 자주 피로하여 그저 업무가 바빠 그렇겠거니 싶다가 종합검진을 받았던 그는 간에 자리잡은 종양이 빠르게 퍼지고 있다는 사실을 알고 눈앞이 캄캄해졌다. 정신적 공황상태로 홀로 공원에 나가 앉아 있던 그에게 네 명의 사내 중 딸기코가 다가왔다. 당신을 먹을 수 있습니까? 늙은 의사는 마지막 남은 시간을 생각과 게으름에 빠져 자기를 먹어치우기로 결심했다. 그는 항암치료를 포기하고 술과 생각과 새로 사귄 친구들과의 잡담을 즐기며 삶이 서서히 저무는 것을 기다렸다.

그렇게 다섯 남자가 모였지만 이 세계를 홀쩍 떠날 기력은 없었다. 그들보다 열 살 많은 의사는 선뜻 모험을 감행했다. 성형외과 전문의인 아들에게 물려줄 병원을 신축하려고 사둔 낙원동 재개발 지역의 공터에 건물을 짓는 대신 컨테이너 하우스를 설치했다. 공터에 내던져진 좁지만 도시와 격리된 공간은 그렇게 노숙들의 아지트로 변했다.

윤희는 새벽이 올 때까지 컨테이너 하우스 안에서 다섯 명의 노숙들에게 많은 것을 두서없이 털어놓았다. 지진의 두려움이며 특별한 졸음과 과거의 공원에 대한 말, 뉴런 치료센터에서의 입원기간 동안 벌어진 일과 도무지 알 수가 없는 아픈 엄마에 이르기까지.

다섯 명의 노숙은 윤희의 이야기를 진지하게 들어주며 가끔 고개도 끄덕였다. 그러나 그들이 해준 조언은 매번 길거리에서 던지던 질문이나 똑같았다.

"너를 먹어."

"그 말밖엔 할 줄 몰라요? 어떻게 먹으라는 말이에요?"

딸기코가 코끝을 찡그리며 윤희 옆에 앉아 속삭이듯 말했다.

"물론 아무도 방법을 몰라. 하지만 확답이 없다면 그것은 질문으로 성립이 안 된다는 말일까? 가능성이 열리는 좁디좁은 열쇠구멍은 아닐까?"

딸기코가 눈으로 신호를 보내자 늙은 의사는 그녀 앞에 서서 차분한 목소리로 먼저 운을 뗀다.

"나를 먹는 것은 일종의 반성의 되새김질 아닐까요. 어금니로

344

씹고 혀끝으로 예민하게 맛을 느끼는 미식가처럼, 살아온 나를 찬찬히 맛봅시다. 나의 맛은 무엇일까? 그 맛에 얼마나 많은 거 짓이 섞여 있는가? 우린 계속해서 나를 맛봐야 합니다. 그게 반 성의 시작이니까요."

딸기코가 팔을 뻗어 손을 휘휘 내저었다. 그 바람에 윤희가 머릿속으로 생각했던 늙은 의사의 이야기는 금세 흩어졌다.

"반성은 사기야. 개나 소도 안 하는 반성을 인간이 한다는 게 우스운 거지? 반성 역시 또 하나의 허위야. 나를 먹으라는 말은, 그러니까 아예 나의 자아를 길거리에 던지라는 거야. 나의 자아 란 고귀한 영혼이 아니라 그 역시 고기와 다름없네. 내가 나를 안다는 것 자체가 웃긴 거야. 다만 그 고기는 내가 아닌 타인이 먹을 수 있지. 타인의 송곳니와 어금니로 산산이 부서지는 나를 지켜보자고. 그렇다고 그게 비극은 아니지. 자아란 별게 아니야. 그저 남들이 씹어먹기 좋은 나의 허울일 뿐이지."

뿔테안경이 물고 있던 파이프담배를 내려놓고 손가락으로 고 수머리를 매만졌다.

"자아의 담론만큼 따분한 건 없지. 잘 들어요, 달리기 선수 아 가씨. 아가씨는 게임의 법칙을 잘 알 거야. 그러니까 나를 먹는 걸 일종의 게임으로 생각해보자고. 사실 세계는 전자오락의 연 장선이야. 철학자들이 했던 모든 관념론을 지금은 전자오락이 다 보여주고 있지. 게임에서 우리는 죽음을 경험하고 부활해 다 시 모든 걸 다 경험할 수도 있지. 하지만 오히려 현실세계는 전자오락보다 팍팍해. 목숨은 하나라서 다시 부활할 수가 없잖아. 하지만 자살하는 대신 나를 먹어치우면 어떨까? 나를 구성하는 모든 요소들을 나의 입으로 먹어치워 없애고 배설해버리는 거야. 그러면 나는 현실세계에서도 전혀 다른 새로운 인간으로 태어나지 않을까."

금테안경은 파이프담배를 내려놓고 냉정하게 친구의 태도를 비판하며 말을 이어갔다.

"친구여, 길거리의 장사꾼들에게 사기꾼 기질만 배웠군. 잘 듣게나, 꼬마아가씨. 난 지금 아가씨가 온통 분노로 가득 찬 것이 보이네. 특별한 졸음을 잃어버린, 물론 나는 그 말을 완벽하게 믿는 것이 아니라 어떤 은유로 받아들이지만, 어쨌든 의지했던 환상이 사라진 상실감은 한 인간을 납작한 존재로 만들기 쉽지. 하지만 이미 아가씨는 스스로를 한 번 먹게 된 거야. 인간은 원래 불행한 존재라는 걸 깨달았으니 그 씁쓸한 맛을 한 번 맛본 셈이지. 사실 행복이야말로 20세기 최고의 광고문구이며 상품을 팔기 위한 자본주의의 슬로건이네. 자본주의는 행복과 불행을 선과 악 혹은 부와 가난 혹은 삶과 죽음으로 치환시켰지. 그러나 불행이 우리를 공기처럼 감싸고 있다면 행복은 입에서 녹는 설탕 아니겠나? 설탕은 에너지원이지만 공기는 우리를 살아 있게 하지. 그러니 행복만 추구하는 인간은 이미 죽어버린 고도 비만의 시체인 셈이지. 시체로 살아갈 텐가, 불행을 맛볼 텐가?"

땅딸막한 노숙들은 탁구공을 손에 움켜쥐고 만지작대면서 벽에 기대어 딱딱 끊어지는 말투로 말했다.

"그래봤자 이분법. 사실 방부제로 가득 채워진 시체로 살아가는지도 모르지. 살아 있다는 거, 어쩜 그게 사기 아닌가. 그러니 난 시체니 행복이니 불행이니 흥미가 없는 사람이야."

그는 거기서 말을 한 번 끊고는 윤희를 향해 말했다.

"하지만 다른 사람이 모두 말했으니 나도 한마디하지. 우선 거울을 상상해봐."

"거울이요?"

"우선 상상할 수 있는 네가 있어야 먹을 수 있는 거야. 너와 똑같은 네가 거울에 비친다. 그럼 한번 먹어보자고. 가능할까? 만질 수야 있지만 그 안에 갇혀 있는 살을 만지는 건 힘들지. 그러니 당연히 나의 몸에서 피를 빨아먹기도 힘들 테고. 거울에 비친 나를 먹는 방법은 나도 몰라. 다만 다들 다른 방법으로 거울 속의 나를 유심히 봐야 하지. 그렇지 않으면 지금 거울을 보는 나도 거울에 비친 허상이나 다를 바가 없으니까."

그녀를 둘러싼 노숙들의 말을 듣고 윤희는 다친 어깨가 아니라 머리가 더 지끈거렸다. 설명이란 원래 더 명확하게 하기 위해 마련된 것이 아니겠는가. 하지만 '나를 먹는 방법'에 대한 다섯 명의 노숙들의 설명은 그녀를 복잡하게 들었다 놓았다 할 뿐 결론이 없었다.

하지만 고기는 씹어야 맛이고 말은 소리내어 내뱉어야 타인에게 인이 박히는 법이었다.

　새벽녘에 컨테이너 하우스를 나와 윤희는 집으로 돌아갔다. 다른 설명은 다 흐지부지했지만 '너를 먹어'라는 말은 생생히 귓가에 맴돌았다.

　밤을 훌쩍 넘긴데다 어깨에 붕대까지 감고 돌아온 딸을 보고 형만은 사색이 된 얼굴로 다가왔다. 그는 딸을 엄하게 꾸짖을 생각도 못 하고 눈가에 눈물이 글썽여 자꾸 우물대기만 했다. 그의 상식으로 잘해보려 했던 모든 일들이 엉망으로 뒤엉키다니 도무지 이해가 안 갔다.

　"별일 없었어. 싸움이 커져서."

　형만의 딸 윤희는 방문을 닫고 안으로 들어갔다.

　사흘 뒤에 윤희는 학교로 돌아갔고 다시는 뒷골목의 스트리트 파이터로 나서지 않았다. 어깨에 꽂혔던 시인의 칼이 무서운 게 아니었다. 밤의 뒷골목은 어떤 겸손함을 그녀에게 가르쳐주었다. 뒷골목의 싸움에는 논리도 없고 정상참작도 없고 승자도 패자도 없다. 그저 화사한 어둠이 모두를 훑고 농락하고 짓밟고 지나갈 따름이었다. 짧은 방황의 시간 동안 윤희는 세상을 움직이는 밤의 경제학을 그렇게 배우게 되었다.

　윤희는 다시 중거리 선수로 열심히 달렸지만 기록은 점점 저조해졌다. 특별한 졸음이 사라진 뒤로 그녀의 능숙한 호흡 조절 능력 또한 사라져버렸다. 게다가 그다지 깊은 상처가 아니었는데도 마지막 스퍼트를 낼 때면 희미한 통증이 어깨에 느껴져서 주춤거리곤 했다. 결국 윤희는 운동을 포기했다.

2022년 윤희는 경기도의 한 전문대학 애완동물교육학과에 입학했다. 혼자 사는 인구가 나날이 늘어나면서 애완동물산업은 꾸준히 호황을 누렸다. 애완동물교육학과에서는 애완견을 더 영특하게 가르치거나 아니면 이구아나나 도마뱀 같은 파충류가 주인을 잘 알아보도록 훈련시키는 방법들을 배웠다.

학교에 입학하자마자 윤희는 똑딱거리는 메트로놈을 들고 이구아나를 교육시켰다.

"너를 먹어."

심심할 때마다 담담하게 내뱉는 말에 이구아나는 파충류 특유의 시니컬하고 무표정한 얼굴로 빤히 쳐다보곤 했다.

'누가 누구를 가르치는 거냐?'

특별한 졸음을 잃은 윤희는 자기가 이구아나와 별로 다르지 않다고 느낄 때도 많았다.

2022년 봄, 윤희는 대학에 들어가고 처음으로 명옥과 신혜가 살고 있는 라일락나무 집을 찾았다. 그날 라일락나무 집의 세 여인은 저녁을 먹으면서 〈눈물 젖은 에이프런〉을 보고 있었다. 명옥은 도전자로 나온 미령을 보고 잠시 젓가락을 들고서 얼굴을 찡그렸다. 우는 것 같기도 하고 화가 난 듯도 하고 누군가를 그리워하는 것 같기도 한 묘한 표정이었다.

"사실 너한테는 배다른 이모가 있었단다. 난 걔를 미워하지 않았지."

외할머니의 말을 들은 윤희는 할아버지가 난봉꾼이었냐며 오히려 신기해했다. 명옥은 요즘 애들이란 참 천박하구나 싶다가 그래도 별로 그 일을 심각하게 여기는 눈치가 아니라서 다행이다 싶었다.

그날 텔레비전을 보고난 뒤 설거지를 하는 손녀를 보면서 명옥은 마음먹었던 일을 해치우기로 결심했다. 손녀가 내려오기 몇 주 전 명옥은 양씨의 장례식에 갔다 왔다. 나이가 들수록 점점 쓸쓸해지던 명옥에게 양씨는 비록 생각 없이 빈말을 내뱉어 속을 긁긴 해도 그나마 가까운 살점 같은 사람이었다. 양씨는 당뇨 합병증으로 십 년 가까이 고생하다 칠순을 겨우 넘기고 세상을 떴다. 명옥은 장례식장에서 서럽게 울지는 않았지만 가슴 깊숙한 곳에 바늘 하나 푹 박힌 기분이 들었다.

'내가 살날도 이제 얼마 안 남았겠지.'

창고로 쓰는 작은 방으로 들어간 명옥은 구석에 놓인 종이박스를 열고 붉은 노트 몇 권을 꺼냈다.

"할머니, 그건 무슨 노트예요?"

방에서 나오는 명옥을 보고 윤희가 젖은 손을 바지에 문질러 닦으며 물었다.

"네 엄마가 쓰던 일기장이야. 하지만 나한테는 그저 무거운 짐이고 그렇구나."

명옥은 거실 바닥에 앉아 기괴한 능력이 이어지는 최씨 집안

딸들에 대한 말을 손녀에게 들려주었다. 혹시나 손녀가 그 말을 듣고 불안해하지는 않을까 지금껏 숨겨둔 비밀이었다. 붉은 노트를 쥐고 있는 명옥의 기름기 없이 저승꽃만 핀 손이 희미하게 떨렸다. 소파에 앉은 신혜는 고개를 모로 기울인 채 두 사람을 물끄러미 지켜보았다.

"아하, 그래서 나한테도 특별한 졸음이 찾아왔던 거네."

명옥의 걱정과 다르게 손녀는 놀라거나 당황하는 눈치가 아니었다. 윤희는 담담하게 적당히 웃음도 섞어가며 특별한 졸음이 찾아온 이야기와 어떻게 그걸 잃어버렸는지 털어놓았다.

"그래, 참 다행이구나. 그 인간이 부모 노릇은 톡톡히 했구나. 그렇게라도 다시 정상으로 돌려놨으니. 이제 그 괴물 딱지 같은 머리 모양만 얌전하게 만들면 되지 않겠니?"

"할머니, 전 별로 다행스럽지 않아요. 그리고 여전히 밤마다 두통에 시달려요. 머리라도 지지고 볶고 물들여야 살 만하죠."

"어쨌든 네 엄마처럼 저리 되는 것보단 낫지 않겠니?"

"꼭 그렇게 되리란 법은 없잖아요. 인생이 단거리 경기는 아니잖아요. 그리고 불행한지 아닌지는 엄마밖에 모르는 거고."

윤희는 신혜가 십대 시절에 쓴 붉은 노트에 그린 그림을 보다가는 노트를 들어 신혜에게 보여주었다.

"엄마, 되게 무서운 여자였다."

그날 밤 라일락나무 집의 거실에 이부자리를 편 윤희는 밤늦게까지 수십 권의 노트를 살펴보았다.

'너를 먹어.'

붉은 노트를 덮고 잠을 청하자 노숙들의 목소리가 귓가에 아른거렸다.

서울로 올라온 윤희는 몇 주 후에 〈눈물 젖은 에이프런〉의 방송사고를 생생하게 텔레비전으로 보았다. 윤희한테는 고모할머니인 저세상 사람 바구미여사가 무대 위로 올라와서는 미령을 뚫고 지나가 벽으로 사라졌다. 바구미여사를 불러낸 미령은 넋이 나간 듯 무대 한가운데에 풀썩 주저앉았다.

그날 방송에서 미령은 우승을 차지하지 못했다. 시청자들은 그녀가 사기 방송으로 전 국민의 감성을 희롱했다며 인터넷게시판을 도배했다. 네티즌들은 미령의 사기술에 대해 몇몇 글들을 올렸는데 가장 많은 지지를 얻은 조작기술은 홀로그램이었다. 아마도 최신 홀로그램기술을 사용해서 유령을 등장시켰을 것이라고 다들 추리했다.

유령이 유령으로 인정받지 못하는 재미나게 서글픈 시절, 그것이 또 2020년의 세계였다.

마지막 방송을 끝내고 미령은 수많은 인터뷰 요청과 장난전화에 시달렸다. 클럽으로 찾아와 따져 묻거나 출입구에 계란을 투척하고 가는 할 일 없는 사람들도 여럿이었다. 바구미여사를 본 일이 왜 그렇게 사람들을 불편하게 했는지 미령은 도무지 알 수 없었다. 살다가 귀신 한 번 보는 일이 뭐 그리 대수란 말인가,

귀신만도 못한 인간도 다리 뻗고 살아가는 세상에서. 하지만 사람들에게 시달리는 일은 짜증스러웠고 미령은 아예 초여름부터 가게 문을 닫아걸고는 아들 석호와 함께 보라카이로 긴 여름휴가를 떠났다.

마흔이 넘도록 정신없이 살아온 미령은 오랜만에 긴 휴식을 가졌다. 미령은 아름답게 밀려왔다 거품으로 사라지는 비취색 파도를 바라보며 지난 기억들을 물끄러미 떠올렸다.

'뭐야, 결국 나를 사기꾼 만들어버리고. 끝까지 골려먹긴. 그래도 바구미여사 다시 봐서 반가웠어요.'

이제 복주머니 속의 쌀알은 모두 사라졌고 바구미여사는 한 번 더 그녀를 안아주고는 떠나버렸다. 미령이 의지한 희망은 그렇게 사라졌지만 쓸쓸하긴 해도 두렵지는 않았다. 비바람의 세월 속에 굳게 다져진 용기가 그녀에겐 남아 있었다.

달달하게 더운 초가을에 미령은 서울로 돌아왔다. 전 국민을 상대로 사기를 친 사기꾼으로 내몰렸지만 단골들은 여전히 그녀의 가게를 찾아와줄 거라 믿어 의심치 않았다. 그들은 인생의 반절이 진실이라면 나머지 반은 농담이며 그 사이로 눈물과 웃음이 술잔처럼 찰랑거리는 걸 즐기는 친구들이니 귀신을 보여줬다는 이유로 발길을 끊진 않을 거라고 미령은 생각했다.

단골들에게 단체문자를 보낸 미령은 그날 밤 가게 청소를 하며 하루를 보냈다.

"오늘은 영업 안 해요. 이번 주말부터 문 열 거예요. 만일 욕하러 온 분이면 죄송합니다. 그래요, 제가 백 년 묵은 쌀로 사기 쳤어요."

대걸레로 바닥을 닦다 인기척을 느낀 미령이 말부터 먼저 하고는 고개를 돌렸다. 화려한 옷차림과 진한 화장의 노파가 미령 앞에 서 있었다.

두텁게 색조화장을 한 얼굴은 가물거렸고 둘러멘 커다란 가방도 낡은 명품이 아닌 싸구려였다. 하지만 이것저것 별별 것이 다 나오던 가방의 넉넉한 크기만큼은 그때나 지금이나 똑같았다.

"나 알아보겠어?"

"세상에, 살아 있었어요."

"그래 살아 있었지. 죽지도 않고 이렇게 또 왔잖아."

수자는 테이블 의자를 빼서 앉고는 손부채질을 하며 가방에서 손수건을 꺼내 이마에 밴 땀을 닦았다.

"찬물 좀 줄래?"

미령은 서둘러 물 한 컵을 들고 나와 수자에게 건네고는 그녀도 맞은편에 앉았다.

"어떻게 된 거예요? 분명히 그때 하늘공원에서……"

"나도 방송 봤어. 나 죽는 이야기하면서 아주 눈물을 펑펑 흘리고 난리도 아니데. 사기를 쳐도 분수가 있지."

그날 하늘공원에서 목숨을 버린 여인은 수자가 아니었다. 수자는 하늘공원 꼭대기에서 목숨을 끊으면 어떨까 싶어 이른 아침 홀로 하늘계단을 걸어올라갔다. 하지만 억새가 우거진 곳에

도착했을 때 수자는 약을 먹고 벤치에 누워 있는 한 여인을 보았다. 그녀는 양손을 모으고 감기지 않는 부릅뜬 눈으로 수자를 바라보았다. 입가는 토사물로 더럽혀져 있었지만 한창 화류계에서 이름을 날릴 때의 수자처럼 화사한 얼굴은 그대로였다. 수자는 두려워 벌벌 떨면서도 젊은 여인의 시체 곁으로 다가갔다.

"뭐가 아쉬워서 죽었을까, 그렇게 한창 예쁠 나이에. 근데 그 앨 보니 난 못 죽겠더라. 머리끄덩이를 잡혀도 살아야 아픈 걸 알지. 이런 말은 좀 그런데, 그 애가 죽어서 날 살려준 거야. 벌벌 떨면서 하늘계단을 내려가는데 가슴이 미어지데. 그런데 사람 참 우스운 게 문득 살아야겠다는 생각이 들더라고."

수자는 찬물을 거푸 마시고는 눈가의 눈물을 티슈로 찍어내고 다시 미령을 바라보았다.

"그리고 오늘 온 건 너 빚 갚을 기회 주려고. 그때 나 아님 네가 잘 버텼겠니? 사실 같이 사는 인간이 택시기산데 얼마 전에 사고를 당했어. 어쩌겠어, 내가 다시 밥벌이해야지."

"세상에, 시집도 가셨네."

"시집은 무슨 남부끄럽게. 그냥 늙어가는 처지에 외로운 남녀끼리 처지는 살 문대고 사는 거지. 여기에 일자리 좀 없니? 내가 홀서빙이라도 할까?"

미령은 테이블을 손가락으로 두어 번 두드리다 입을 열었다.

"요리는 잘하세요?"

"내가 만든 도시락 먹어봤잖아."

"배가 고프면 뭔들 맛이 없겠어요. 이제 낮에는 밥장사를 좀 해보려고요. 그런데 제가 장사할 만큼 솜씨가 좋진 않아요. 우리 엄만 요리 솜씨 하나는 기가 막혔는데. 난 엄마 손맛을 안 닮았나봐."

"그런 걱정은 붙들어 매. 내가 얼굴이 조금만 덜 예뻤으면 젊은 시절에 술장사가 아니라 밥장사로 떼돈 벌었을 거니까는."

2022년 10월의 마지막 날에 '소도 수다 소다'는 다시 문을 열었다. 낮부터 저녁까지 수자가 밥장사를 하고 미령은 클럽에 나와 수자가 차려준 저녁밥을 먹고 난 뒤에 늦은 밤 수다 잔치를 치렀다. '소도 수다 소다'는 낮에는 젓가락 숟가락의 잘그락 소리와 구수하고 매큼한 냄새로, 깊은 밤에는 달짝지근한 농지거리와 적당히 취한 사람들의 왁자지껄한 목소리로 내내 북적거렸다.

수자가 낮에 밥장사를 하는 바람에 미령은 오후에 좀 여유 시간이 생겼다. 그녀는 지금껏 살아온 세월을 하룻밤 코미디 원고가 아닌 글로 남기고 싶은 마음이 들었다. 하지만 막상 어린 시절의 일들을 글로 옮기자니 손이 굳어서인지 생각만큼 수월하게 풀리지는 않았다.

어중간하게 쌀쌀하더니 갑자기 찬바람이 쌩쌩 불던 초겨울이었다. 털목도리를 두르고 코가 빨개져서 클럽으로 나온 미령에게 수자가 말을 건넸다.

"낮에 네 조카가 왔다 갔어. 네가 말한 배다른 언니 딸이래.

내가 저녁시간에 오라고 했는데…… 벌써 왔네."

미령은 얼룩덜룩 삐죽한 갈색 머리에 블랙진을 입고 카우보이 부츠를 신은 아가씨가 바닥을 질질 끌면서 걸어오는 걸 보았다.

"안녕하세요. 이모라고 불러도 되죠?"

눈을 살짝 찌푸리고서 스무 살 아가씨를 바라보던 미령은 고개를 끄덕였다.

"마음대로 하렴. 그래, 이모는 이모니까. 아주머니하고 신혜 언니는 잘 있니?"

최씨가 세상을 뜬 뒤로 미령은 결혼 전에만 전화를 걸어봤을 뿐 일절 명옥과는 연락을 끊고 살았다.

"라일락나무 집에 가 있어요. 옛날처럼 큰 집은 아니고 시골에 그냥 작은 집이죠."

"그런데 여긴 어쩐 일이야?"

윤희는 가방 안에서 주섬주섬 '1992년'이라고 적힌 붉은 노트 한 권을 꺼내더니 미령에게 건넸다.

노트에는 마귀의 피를 암시하는 붉은 소용돌이와 기괴한 소녀들이 그려져 있었다. 열네 살이었을 때는 그림 속 소녀들이 그저 괴상하게만 보였다. 그러나 지금은 신혜가 그린 소녀들에게서 슬픔과 몽상과 마음의 싸움과 그외에 많은 감정들의 덧칠까지 읽을 수 있었다.

"난 우리 엄마가 어떤 사람인지 알고 싶어요. 하지만 붉은 노트만 봐서는 모르겠어요."

"그래, 그런 문제라면 잘 찾아왔네. 저녁 먹었니? 난 출출한데. 우선 밥이나 같이 먹자."

수자가 만든 뜨끈한 김치찌개 국물에 밥을 비벼먹으며 미령은 윤희에게 자서전을 준비하고 있다고 털어놓았다. 출판을 할지 어떨지는 계획이 없지만 지금껏 겪은 다사다난하고 약간은 기괴한 세월을 풀어낸 글이 될 터였다. 그 글에는 십대 시절의 신혜에 대한 인상들도 기록되어 있으니 원고를 보면 엄마를 이해하는 데 도움이 될 거라고 미령은 말했다. 식사를 끝내고 커피까지 얻어 마신 윤희는 내일 오후에 다시 찾아오기로 약속했다.

"아, 그리고 할머니는 이모를 미워하지 않는대요. 제가 들었어요."

'소도 수다 소다' 밖으로 나서기 전에 윤희가 문득 생각난 듯이 미령에게 말했다.

"나도 그분을 미워하진 않아. 우린 어쩌면 마음이 잘 통하는 사이였는지도 모르지. 하지만 그러잖아도 더이상 가까워질 순 없었을 거야. 그럴 수밖에 없는 관계란 게 세상엔 있는 거란다."

그날 밤 미령은 코를 훌쩍이며 노트북 모니터를 빤히 보고 있었다. 감기를 떼어내려고 한 컵 가득 끓여 담은 생강차의 싸하고 달콤한 향이 코끝을 간질였다. 이십대 때의 일들을 써보려니 어젯밤 일 같으면서도 참 아득하게 멀게만 여겨져 미령은 키보드 자판을 두드리는 대신 책상만 똑똑 두드렸다.

자정이 얼마 남지 않았는데 발신번호가 뜨지 않는 전화가 걸려왔다.

"여보세요?"

"오랜만이지. 내 목소리 기억하나?"

"글쎄요, 남자들 목소리는 워낙 비슷해서. 나이가 좀 있으신 분 같긴 한데……"

"서운한데. 캠프촌에서 구해준 은인을 이렇게 까맣게 잊어버리다니."

"세상에, 이 번호는 어떻게 알았어요?"

제철의 목소리는 십 년 전보다 느리고 무거워진 대신 더 부드러워졌다.

"알잖아, 나 그 정도 정보수집은 되는 사람이야."

"잘난 척은 여전하시네요."

"이봐, 부끄럽지도 않아? 난 그런 시시한 프로는 보지 않았지만 이야기는 들었지. 나를 파렴치한으로 몰았다면서. 내가 당신 등골을 빼서 그림이라도 그린 것처럼."

"후하게 임금을 지불해줬다는 말도 했는데 그 이야기는 못 들었나보군요."

"물론 거기엔 창작과정의 비밀에 대해 입을 다물어달라는 조건도 걸려 있었지."

"그랬군요. 그건 제가 너무 오래되어서 깜빡했던 것 같네."

"걱정 말아. 따지려고 전화한 건 아니라고."

잠시 둘 사이에 침묵이 흘렀다. 사실 미령은 제철에 대한 이야기를 방송에서 한 뒤 이런저런 소문들을 방송 관계자로부터 들었다. 몇 년 전 신경발작이 생긴 제철은 극심한 대인기피증으로 고생하다 지방 신도시에 거의 헐값으로 나온 아파트에 틀어박혀 홀로 살고 있다고 했다. 기자들이나 지인들과도 일절 연락을 끊고 집 안에 사람을 들이는 일도 거의 없다는 말들이었다.

미령은 묵묵히 제철의 이런저런 말들을 듣다가 이 말은 해줘야 할 것 같아 입을 열었다.

"얼마 전에 신혜 언니 딸이 찾아왔어요. 신혜 언니가 어떤 사람인지 궁금해하더군요."

"알잖아, 피 묻은 칼 대신에 붉은 노트를 든 조용한 사이코패스였지."

"정말 그렇게 말하길 바라는 건 아니겠죠?"

2023년 1월의 어느 날 윤희는 버스를 타고 서울을 떠나 경기도 외곽의 한 신도시로 향했다. 바깥 풍경을 보려면 차창에 하얗게 서린 김을 닦아내야 했지만 윤희는 그대로 좌석에 머리를 묻고 뿌연 창을 바라보았다. 엄마와 젊은 시절 깊은 사이였던 남자를 만나러 가는 기분은 묘했다. 한 여자의 가장 아름다웠던 시기를 속속들이 알고서 늙어버린 사람을 만나러 가는 길이니까.

버스는 경기도 외곽의 한 아파트촌에서 멈추었다. 아파트건축 열풍의 막차를 탔던 이곳은 부동산 호경기도 끝난데다 서울과의 거리도 애매해 몇몇 직장인들이 베드타운으로 삼을 뿐 사람 사는 활기라곤 없는 곳이었다. 대형마트는 입점했다 일 년을 넘기지 못하고 폐업했고 아파트뿐만 아니라 단지 주변상가들도 빠진 이처럼 곳곳이 텅 비어 있었다.

도시는 꽤나 추워 보였는데 가끔 바람이 요란한 소리를 내며 도로를 가로질렀다. 윤희는 두툼한 겨울점퍼의 지퍼를 목까지 올리고 호주머니에서 로보폰을 꺼냈다. 그녀는 제철에게서 받은 문자메시지를 다시 한번 확인해보았다. 오후 한시에 버스정류장으로 온다고 했으니 이제 십여 분 안에 그 남자를 만나게 될 터였다.

"엄마의 애인 말이야, 어떤 사람일까?"

로보폰은 네 다리를 움직여 윤희의 손바닥에서 어깨까지 올라갔다. 로보폰이 움직일 때마다 아이들이 신는 운동화처럼 뽁뽁대는 앙증맞은 소리가 들려왔다.

아무런 대답도 없는 로보폰이었지만 그럼에도 이 휴대폰은 많은 이들에게 가까운 친구 역할을 톡톡히 했다. 물론 로보폰이 막역한 의리를 나누는 피톨 같은 친구에 비할 바는 못 되었다. 그러나 많은 이들은 든든한 인연을 놓치지 않으려 마음을 쓰기보다는 차라리 로보폰과 마음을 주고받았다. 매달 꼬박꼬박 요금만 내고 제때 배터리만 갈아주면 이 친구는 늘 넋두리를 들어주는 천사 같은 역할을 톡톡히 했다.

길가 건너편에 선 남자가 눈에 들어오자 윤희는 로보폰을 개구리 잡듯 움켜잡아서 호주머니에 넣었다. 허리가 약간 구부정한 키 큰 남자는 회색의 오버코트 차림이었다. 남자는 양손을 모두 호주머니에 넣고 빨간불인데도 횡단보도를 불쑥 건넜다.

오십을 훌쩍 넘은 남자와 이제 갓 스물을 넘은 여자는 그렇게 마주 보았다.

"그러니까……"

제철은 방금 도착한 택배물건을 감상하듯 윤희를 빤히 바라보았다. 윤희는 괜히 수줍은 척 쑥스러워하는 건 적성에 맞지 않아 부러 씩씩한 미소를 짓고서 나이든 남자를 바라보았다.

"엄마하고 많이 닮지는 않았군."

"눈이 아빠랑 좀 비슷해요. 작고 쭉 찢어졌죠."

윤희가 장난스럽게 손가락으로 눈 밑에 긴 선을 그으며 말했다.

제철은 얼굴을 살짝 찡그리고서 다소 거만하게 고개를 끄덕였다.

"그럼 좀 걷지. 내가 산책하는 시간이라서 이 시간에 맞춰서 나온 거니까. 여기는 별로 들어갈 만한 데가 없어. 광장까지 가면 괜찮은 커피숍이 하나 있네."

호주머니에 손을 넣고서 제철이 앞서 걸었다. 바람이 불 때마다 그의 면바지가 펄럭이면서 앙상해진 허벅지와 정강이의 윤곽이 드러났다. 어떤 남자들은 나이가 들면 살이 붙고 또 어떤 남자들은 반대로 야위어 갔다. 제철의 경우는 후자에 가까웠다. 이 도시로 내려오면서부터 살이 빠지더니 어깨는 기울어지고 살은 물렁해지고 단단한 허벅지는 가늘어졌다. 큰 덩치와 날카로운 눈빛이 위압적으로 보이던 제철의 인상은 그런 변화 덕인지 오히려 조금 부드러워졌다. 자신의 인상이 어떻게 달라졌는지 알고 있긴 했지만 제철은 별 감회는 없었다. 사나워 보이건 부드러워 보이건 중심에서 떠밀린 사내는 그저 조용히 늙어가는 수밖에 도리가 없었다.

제철이 생각하기에 남자의 인생은 고속도로를 달릴 때에만 최고일 따름이었다. 그게 안 되면 국도, 그도 아니면 샛길이었다. 물론 그 길에 만족하는 사내는 없다. 만족하는 대신 여자와 가족에게 위안을 얻으며 세월을 보낼 따름이었다. 하지만 고속도로를 달리던 자가 잠시 풍경에 취해 샛길로 빠지면 그건 길이 아니라 절벽과 마찬가지였다. 제철은 뒤늦게 위안을 구하는 성격이 아니라서 스스로를 이 도시에 유폐시켜버렸다.

"여기는 서울을 흉내내려는 도시였겠지. 아니면 돈에 대한 욕망이 갑자기 만들어낸 도시거나. 물론 불행히도 헛된 꿈이 되고 말았지. 이 도시의 광경이 말해주잖나. 그래서 난 여기가 마음에 들어. 조용하고, 우스꽝스럽고, 비참하고, 꼴사납고 그렇지. 이 동네가 평생 빛 볼 일은 없겠지만 뭔가 교훈은 지니고 있거든. 건축회사 사람들은 다 한번 여기 내려와서 느껴봐야 해. 사람이 없다는 이유만으로 멋들어지게 세운 아파트나 상가들이 얼마나 황폐하게 보이는지 말이야."

두 사람이 오 분쯤 걷자 이 도시의 작은 공원 역할을 하는 벤치와 작은 분수대가 있는 광장이 나왔다. 광장에는 평퍼짐한 겨울점퍼를 입은 남자들 둘이서 벤치에 앉아 작은 소리로 대화를 나누었다. 그들은 술 한잔을 걸쳤는지 얼굴이 붉게 달아올라 있었다. 그들 옆에 놓인 반으로 접힌 신문은 바람이 날카롭게 불 때마다 파르르 떨렸다.

"자, 저기로 가지. 그나마 이 동네에서는 저 집 커피가 제일 나아."

제철이 손가락으로 가리킨 곳은 손님이 거의 없는 맥도날드였다.

두 사람은 맥도날드에서 커피를 주문하고 딱딱한 플라스틱 의자에 앉아 잠시 말없이 커피를 마셨다. 커피는 특별히 맛있지는 않았지만 그렇다고 얼굴을 찌푸릴 만큼 최악의 맛도 아니었다.

"그러니까 자네 어머니는 내 눈을 좋아했지."

그는 윤희의 말간 눈을 바라보며 싱긋 웃었다. 윤희가 보기에는 나이든 남자의 눈동자는 별다를 것이라곤 없어 보였다. 그냥 핏발이 선 누런 흰자위에 둘러싸인 갈색 눈동자였다.

"근데, 나에 대한 말을 들었나?"

"이모 말로는 그러니까……"

"내가 좀 맛이 갔다는 말을 하던가?"

윤희는 어색하게 웃으며 고개를 끄덕였다.

"사람들은 내가 대인기피증이 생겼네, 미쳤네, 그러지만 그건 아니야. 그럼, 뭐가 문제였을까. 이 눈동자였지. 한때 나는 특이한 홍채 무늬를 가지고 있었는데, 그건 아무 의미 없는 약간의 흉터에 지나지 않았지만 제대로 사기를 치기에는 써먹기 좋은 표식이었지. 그게 그냥 흉터라도 말이야. 그런데 어느 순간 그 무늬가 거짓말같이 사라져버렸네. 그렇다고 나란 인간이 달라지지 않았지만 난 불안해졌지. 난 모든 걸 다 아는 놈이었지만 어떻게 불안에 대처해야 하는지 알 수 없었네. 언제나 달리는 타입이었고 건강했고 매서운 눈을 가지고 있었고 내가 타인의 불안을 가지고 논다고 생각했으니까. 동시에 늘 불안한 무언가에 끌렸지. 그 불안함이 바로 자네 어머니였고."

제철은 호주머니에서 사진 한 장을 꺼냈다.

바닥에 쪼그리고 앉아 쌀을 씻는 한 여인의 뒷모습을 그린 그림이었다. 다만 원래 크기는 아니었고 디지털카메라로 찍어 다시 인화한 사진이었다.

"우리 둘이 강원도에서 함께 지낼 때 내가 그린 그림이지. 난이 그림이 무척 사랑스러웠네. 자네 어머니를 그린 다른 그림은다 없애고 이 한 장만 남겨뒀지. 이거 하나면 충분하다고 생각했거든. 어떤 가냘픔, 촛불처럼 금방 꺼질 듯 타오르는 불안감이나를 잡아끌었지. 하지만 지금 다시 보면 이 그림 속의 그녀가지금과는 좀 달라 보여."

윤희는 아무 말 없이 그림으로 그려진 야윈 등을 빤히 들여다보았다. 지금껏 신혜의 앞모습을 보았을 뿐 뒷모습은 주의 깊게본 적이 없었다.

"이런, 시간이 벌써 이렇게 됐군. 집에서 손님이 기다리고 있어서 말이야. 그 그림은 가져가게."

"아무도 그 집에는 못 들어간다던데요?"

"그건 다 사람들이 제멋대로 만들어낸 말이지. 난 미친 게 아니라 그냥 얌전히 살고 있을 뿐이야."

입가에 미소를 지으며 제철은 뜯지 않은 일회용 설탕을 가볍게 흔들어 보이다가 바지주머니에 집어넣었다.

제철은 의자에 걸어둔 오버코트를 걸치는 와중에도 젊은 아가씨가 물끄러미 자기를 바라보고 있는 시선을 느꼈다. 제철은 문득 신혜의 딸이 참 아름답다고 생각했는데 그 이유가 단지 젊음 때문인지 아니면 다른 이유가 있는지는 그도 알 수가 없었다. 그가 이 도시로 내려오기 전 서울에 살았다면 아마 염치불구하고 추파를 던져 이 작은 아가씨가 아름다운 이유를 캐냈을 것이다. 아주 옛날 그녀의 어머니 신혜에게 그러했듯. 그러나 지금은 아름다운 것은 그냥 스치듯 바라보고 그 자리에 두어야 한다는 마음이 들었다. 고상하게 늙은 노인네에 어울리는 생각이긴 했지만, 동시에 무기를 모두 빼앗긴 사내의 무기력한 항복선언 같기도 해 씁쓸한 마음이 감돌았다. 제철은 문득 팔순이 될 때까지도 꼬장꼬장한 펜대처럼 보이는 아버지 서기자를 잠시 떠올렸다.

'아버지보단 그래도 내가 재밌게 살았나……'

"왜 두 사람에 대한 이야기는 안 해요?"

윤희가 그를 만난 후 처음으로 약간 목소리를 높여 따지듯이 되물었다. 제철은 입가에 어유로운 주름을 지으며 대답했다.

"그건 우리 둘이 마음속에 간직할 이야기지. 아가씨가 알아야 할 건 아니라네. 하지만 한마디만 더하자면 그쪽은 엄마하고 어떤 부분은 꼭 닮았군. 딱 꼬집어서 어디가 닮았다고 말하기는 힘들지만."

제철은 맥도날드를 빠져나와 호주머니에 손을 넣고 찬바람을 맞으며 아파트단지 사이로 사라졌다. 똑같은 아파트단지였지만 그는 눈을 감고도 자기 집을 찾을 수 있을 것만 같았다. 제철은 차가 몇 대 없는 주차장을 지나 아파트 공동현관 앞에서 비밀번호를 누르고 안으로 들어갔다. 엘리베이터를 타고 구층으로 올라가 잠긴 문을 열기 전에 구두를 바닥에 툭툭 털고 또 비밀번호를 눌렀다.

거실 테이블에는 반쯤 남은 소주병과 소주병보다 더 커 보이는 와인잔이 놓여 있었다. 소파에 잠들어 있던 슬립 차림의 중년 여인이 몸을 일으켜 등받이에 몸을 기대고 제철을 바라보았다. 아침에 다시 화장을 했지만 기미와 푸석푸석한 피부를 감추기는 힘들어 보였다.

"어땠어? 당신 첫사랑은? 나, 여기서 계속 당신 생각했어."

"말해 뭐해. 당신이 훨씬 예뻐."

제철이 안방으로 들어가며 나직한 목소리로 말했다.

방으로 따라 들어온 여인은 그의 옷을 받아 옷걸이에 걸어주었다. 제철은 바지를 벗었다. 바지를 받아 훌렁 바닥에 던진 그녀가 침대에 앉아 제철의 군살 붙은 허리를 껴안았다.

"정말 내가 나아? 얼마나."

고개를 치켜들고 제철을 바라보는 그녀가 말을 할 때마다 입에서 술냄새가 풍겼다.

"그럼, 훨씬 낫지. 어쨌든 지금 내 옆에 있잖아."

제철이 그녀를 번쩍 들어올려 침대에 눕혔다. 그녀는 소녀처럼 까르르 웃더니 다시 제철의 목에 팔을 둘렀다. 제철은 그녀의 목과 가슴과 살찐 옆구리를 어루만졌다. 그녀는 고개를 뒤로 젖히고 천장을 바라보면서 계속 낄낄거렸다.

"우리 남편은 지겹고 속물이야. 당신은 정말 멋진 남자야. 당신은 텔레비전에도 나왔었고 세계적으로 유명했잖아. 반짝이는 초파리도 기르잖아. 당신이 옛날보다 덜 유명해도 내가 사랑하니까 괜찮아."

"이봐, 난 그냥 초파리야. 당신 예쁜 엉덩이하고 가슴이나 간질대다 날아가는."

여인은 그의 손을 힘껏 붙잡고는 고개를 뒤로 젖히고 깔깔거렸다.

"이제 내가 잡았으니 못 날아갈걸. 초파리보단 크고 뚱뚱하잖아. 자, 얼른 날아가봐."

둘은 입을 맞추고 탄력 없는 살을 탐닉하고 말라붙은 꿈들을 적셔가며 침대에서 뒹굴었다. 서로를 사랑하지 않았고 쌓인 정이 많은 부부도 아니었기에 속에 품은 공허한 말들을 마음껏 지껄였다.

해가 질 때까지 윤희는 허름한 도시를 떠나지 못했다. 윤희는 제철에게 받은 사진 위에 로보폰을 올려놓았다. 쌀을 씻는 여인의 가냘픈 등짝 위로 로보폰이 느릿느릿 움직였다. 윤희는 로보폰을 어루만지며 언제나 그렇듯 혼잣말을 내뱉었다.

"아무도 엄마가 어떤 사람인지 확실하게 말을 안 해. 사실, 다들 엄마를 모르는지도 몰라. 모르면서 그냥 안다고 말하는 거지."

2023년은 짧은 2월이 다 지나갈 때까지 추운 날씨가 이어졌고 가끔은 눈보라가 휘몰아쳤다. 오랜만에 찾아온 복고풍의 매운 겨울이었고 사람들은 다들 어깨를 움츠리며 돌아다녔다. 하지만 아무리 요란하게 바람이 쌩쌩 불고 추워도 겨울은 지나가기 마련이었고 봄이 오면 꽁꽁 얼어붙은 땅이 풀리고 연둣빛 싹이 텄다. 연두색은 5월이 되면 어느새 울긋불긋한 빛깔로 변해 온 사방을 아름답게 물들였다.

5월이 되자 라일락나무 집에는 새하얀 라일락꽃이 내뿜는 꽃향기로 가득했다. 어느 볕이 좋은 날, 명옥은 방금 세탁한 빨래를 바구니에 담아 마당으로 나오다가 라일락나무 앞에 서 있는 신혜를 보고 움찔 놀랐다. 라일락 나뭇가지를 손으로 당겨서는 코에 가져다대고 꽃 향기를 맡고 있었다. 지금껏 꽃이 펴도 그냥 바라만 보고 있던 신혜가 직접 꽃을 만지고 향기를 맡으며 웃고 있다니 신기한 일이었다. 명옥은 햇볕이 잘 드는 마당 한쪽에 놓인 빨래건조대에 빨래를 털어 널면서 찬찬히 딸을 바라

보았다. 딸의 입가에 맴도는 미소는 지금껏 봐온 흐릿한 웃음과
는 다르게 생기가 넘쳤다.

명옥은 그날 젖은 빨래를 널고 마른 빨래는 개키면서 문득 어
떤 기대감이 차곡차곡 쌓이는 걸 느꼈다. 그것은 어쩌면 그녀가
세상을 뜨기 전에 마지막 한 번은 딸과 이야기를 나누거나 그도
아니라면 딸의 목소리라도 들어볼 수 있을지 모른다는 희망이
었다.

6월이 넘어가자 향기로운 라일락꽃은 모두 떨어지고 대신 요
란한 매미 소리와 초록의 나뭇잎이 바람에 흔들리는 소리로 사
방이 시끄러웠다.

라일락나무 집의 평상에 앉은 신혜는 꽃이 지고 초록빛만 한
창인 라일락나무를 바라보았다. 신혜가 초록색의 빛깔을 다시
초록색으로 느낀 것은 초여름 바람에 실린 습한 냄새를 코끝으
로 희미하게 느낀 짧은 순간이 지나고서였다. 바람이 휙 그녀의
어깨를 두드리고 사라진다 싶더니 갑자기 모든 것들이 툭툭 선
명하게 눈에 들어왔다.

신혜는 지금 이 순간 자기가 평상에 앉아 있고 잎사귀만 푸르
른 라일락나무를 보고 있으며 날씨가 덥고 공기가 습하다는 걸
알 수 있었다. 하지만 왜 자기가 이런 시골에 내려와 있는지 도
무지 이해가 가지 않았다.

살이 오른 손등을 바라보던 신혜는 울컥 불안해졌다. 그 손은
예전에 알고 있던 그녀의 손이 아니었다. 신혜는 양손으로 천천

히 뺨과 코와 턱을 매만졌다. 살이 찐 것도 같고 조금 푸석해진 느낌도 들었다. 거울을 보고 싶었지만 막상 들여다볼 용기가 나지 않았다. 신혜는 마른 침을 삼키고는 평상에 웅크리고 앉아 있는 한 노파를 바라보았다.

새하얀 머리를 짧고 단정하게 깎은 노파는 얼굴빛이 창백했으며 곳곳에 기미와 검버섯이 피어 있었다. 노파는 어깨가 움츠러들어 초라하게 작아진 몸으로 참외를 깎았다. 껍질을 다 깎자 이번에는 속을 파내고 깍두기처럼 작게 썰었다. 노파는 잘게 자른 참외 한 조각을 손에 쥐고는 신혜의 입에 넣어주었다. 신혜가 참외를 받아먹고는 우물우물 씹었다. 아삭하고 시원한 맛이 혀끝을 감싸자 눈앞에 앉아 있는 이 노파가 누구인지 확실하게 알 것 같았다.

"엄마…… 나는 지금 어디 있어요?"

신혜는 머릿속에서 맴도는 말을 느리게 내뱉었다. 명옥은 잠시 당황한 표정을 짓더니 입을 굳게 다물고 물수건으로 차분하게 손을 닦았다. 가슴은 두근거리고 눈물이 펑펑 쏟아질 것 같았지만 딸을 깜짝 놀라게 해서는 안 되겠다 싶어 우선 마음을 차분히 가라앉혔다. 그러나 수건으로 손가락 마디를 닦으면서도 슬픔과 기쁨이 한데 뒤섞인 뜨거운 덩어리가 목젖까지 울컥울컥 차올랐다. 명옥은 눈물을 감추려 애쓰며 딸 신혜의 손을 잡고 일부러 밝은 목소리로 말했다.

"얘야, 너는 지금 내 옆에 있단다. 참외가 엄청 달구나. 우선

이 참외부터 마저 먹고 더 이야기를 하자꾸나. 우리한테 아직
시간은 많잖니."

　명옥은 그러면서도 다시 돌아온 딸의 손을 놓칠세라 자기도
모르게 힘껏 붙잡았다.

작가의 말

　(죽음을 평생 배낭처럼 짊어지고 다니는)삶과 (숫자놀이로 홀쩍홀쩍 변하는)욕망과 (인어처럼 아름답지만 서글픈 운명의 언어인)잉여에 대해 썼으면 했다. 1970년대부터 2020년대까지의 서울을 이야기가 펼쳐지는 시공 삼아.

　서울은 두렵지만 분명 매력적인 텍스트였다. 너무 복잡했고 너무 비틀렸지만 너무 거대한데다 콘크리트 빌딩마냥 단단하게 단순했다. 나는 거대하고 단순한 것을 견디지 못한다. 두려워서 혹은 이해할 수 없어서. 반대로 종잡기 어렵고 비틀린 무언가는 언제나 나를 끌어당긴다.

　혐오와 선망이 하나의 몸으로 살아 숨 쉬는 공간, '꾸역꾸역'

과 '그럭저럭'이 피곤의 탱고를 추며 흘러가는 시간, 어떤 소설
가가 바라본 서울은 그랬다.

거대한 세계를 객관적으로 조감할 깜냥이 없어 정공법 대신
나는 에둘러 간다. 그래서 서울을 녹인다. 몽상의 손가락으로.
깊은 밤 이불을 뒤집어쓰고 누워 있으면 어둠이 찾아와 두런두
런 귓가에 들려줄 법한 속삭임으로. 잠들기 전 떠올리면 먹먹하
고 짠하고 아름답고 우스꽝스럽고 그리운 추억이지만 날이 밝은
후엔 까맣게 잊히는 내가 없는 세월의 이야기를.

문학동네 장편소설
내가 없는 세월
ⓒ 박진규 2009

초판인쇄 │ 2009년 12월 23일
초판발행 │ 2009년 12월 30일

지은이 박진규
펴낸이 강병선
책임편집 백다흠 정세랑
마케팅 장으뜸 서유경 정소영
제작 안정숙 서동관 김애진

펴낸곳 (주)문학동네
출판등록 1993년 10월 22일 제406-2003-000045호
주소 413-756 경기도 파주시 교하읍 문발리 파주출판도시 513-8
전자우편 editor@munhak.com | 대표전화 031)955-8888 | 팩스 031)955-8855
문의전화 031) 955-8890(마케팅) 031) 955-8862(편집)
문학동네카페 http://cafe.naver.com/mhdn

ISBN 978-89-546-0988-3 03810
✽ 이 책의 판권은 지은이와 문학동네에 있습니다.
  이 책 내용의 전부 또는 일부를 재사용하려면 반드시 양측의 서면 동의를 받아야 합니다.
✽ 이 도서의 국립중앙도서관 출판시도서목록(CIP)은 e-CIP 홈페이지(http://www.nl.go.kr/ecip)에서 이용
  하실 수 있습니다.(CIP제어번호: CIP2009004108)
www.munhak.com